Alexandre Dumas

Le Château
d'Eppstein

Édition présentée, établie et annotée
par Anne-Marie Callet-Bianco
Maître de conférences à l'Université d'Angers

Gallimard

© *Éditions Gallimard, 2015,*
pour la préface, l'établissement du texte, le dossier
et la présente édition.

PRÉFACE

« *Les antiques châteaux des bords du Rhin, bornes colossales posées par la féodalité sur son fleuve, remplissent le paysage de rêverie. Muets témoins des temps évanouis, ils ont assisté aux actions, ils ont encadré les scènes, ils ont écouté les paroles. Ils sont là comme les coulisses éternelles du sombre drame qui depuis dix siècles se joue sur le Rhin.* » Ces mots de Hugo[1] semblent écrits pour **Le Château d'Eppstein** *que publie Dumas en 1844*[2]. *Hommage au génie germanique, récit fantastique, roman d'amour et de formation, cette œuvre inclassable, écrite en collaboration avec le jeune Paul Meurice, fait éclater les cadres traditionnels tout en revisitant la littérature européenne.*

Au départ, il y a l'Allemagne, et surtout **De l'Allemagne** *(1813) de Germaine de Staël, qui a suscité en France un intérêt passionné ; on parcourt les itinéraires les plus connus, on traduit et on lit la*

---

1. Hugo, *Le Rhin. Lettres à un ami*, Bruxelles, Société belge de librairie, 1842, lettre 25.
2. Le roman a d'abord paru du 4 juin au 16 juillet 1843 dans la *Revue de Paris* sous le titre *Albine*.

littérature germanique, on médite sur l'entreprise
napoléonienne qui a ravivé une inimitié séculaire,
on rend visite à Goethe, le grand augure... La vision
que retient et véhicule la cohorte romantique (Hugo,
Nerval, Michelet, Marmier) est à son image : l'Alle-
magne, terre de légende et de poésie, figée dans un
passé millénaire. Dumas est sans doute l'un des
rares écrivains de sa génération à ne pas s'en être
contenté. En 1838, il a accompli avec Nerval le
pèlerinage obligé, dont il a rendu compte dans la
Revue de Paris, *mais en refusant de se limiter à*
une perspective purement passéiste. Alors que Hugo
déplore la dépoétisation de la vallée du Rhin par-
courue par les bateaux à vapeur, alors que le jour-
naliste Francis Wey adopte une attitude désabusée
*dont témoigne le titre de son récit (*Déceptions de
Voyage : aux bords du Rhin[1]*), Dumas voyageur*
prend le pays tel qu'il est, s'intéresse à l'histoire
récente, notamment à l'exécution de Karl Ludwig
Sand[2], relève quelques traits concrets et contempo-
rains (les règlements absurdes, l'esprit prussien, la
cuisine, la literie...) · le résultat est un récit savou-
reux, entremêlant les détails touristiques, les évo-
cations historiques et les légendes[3]. Dumas est un

1. Ce récit paraîtra dans *Le Musée des Familles* en décembre
1846.
2. L'étudiant K. L. Sand fut décapité pour avoir assassiné
en 1819 le ministre August von Kotzebue, opposé aux courants
libéraux et soupçonné d'être à la solde du tsar.
3. La première partie de ce voyage (*La Belgique*) est publiée
dans la *Revue de Paris* (30 septembre-4 novembre 1838), sous
le titre trompeur *La Belgique et la Confédération germanique* ;
la suite (*Fragments d'un voyage sur les bords du Rhin*) paraît
dans *Le Siècle* du 13 août au 25 décembre 1840 ; l'ensemble,

spécialiste du genre, remplissant depuis plusieurs années le « rez-de-chaussée » des journaux avec ses relations de voyage qui constituent alors une partie importante de sa production et entretiennent sa notoriété. On peut les considérer, selon le mot de Dominique Fernandez, comme un « laboratoire » romanesque[1], le creuset où s'élabore l'alchimie de l'œuvre à venir. Pas de cloisonnement qui tienne : roman, théâtre, articles, notes autobiographiques et relations de voyage s'influencent réciproquement. La description du massif du Taunus s'achève par un effet d'annonce : « Au beau milieu de ce panorama s'élève le vieux château d'Eppstein dont je raconterais la légende si je n'en avais déjà trop racontées[2]. » Le lecteur voudra bien patienter.

Malgré ce lien apparent, le passage des Impressions de voyages *au* Château d'Eppstein *enregistre un renversement de perspective très net. Le regard réaliste cède alors la place à l'imagerie romantique, l'Allemagne réelle parcourue en 1838 est reléguée au second plan au profit d'une l'Allemagne rêvée et idéale. Sans doute faut-il voir ici la marque de Paul Meurice, le jeune collaborateur[3]. Alliant les légendes médiévales et le* Sturm und Drang, *le roman utilise des matériaux très divers : réécriture des* Brigands *et d'*Intrigue et amour, *allusions à*

---

enrichi, sera édité en trois volumes chez Dumont en 1841 sous le titre *Excursions sur les bords du Rhin*.

1. *Les Bords du Rhin*, préface de Dominique Fernandez, Flammarion, coll. « GF », 1993.

2. *Les Bords du Rhin*, chapitre « Excursion ». Cette phrase, ajoutée dans l'édition originale en volumes, ne figurait pas dans le texte du *Siècle* du 9 décembre 1840.

3. Voir à ce sujet la notice « La genèse du roman », p. 335.

Hermann et Dorothée, *évocation de la figure de Geneviève de Brabant*[1]. *C'est un manifeste de rejet du prosaïsme et de l'esprit bourgeois qui paraît précisément au moment où les vallées du Rhin et du Main sont devenues, d'après le fameux guide d'Aloys Schreiber*[2], *traduit en français et bien connu des voyageurs romantiques, des contrées vouées au commerce, aux croisières et au thermalisme. Si l'actualité est occultée, en pleine « crise du Rhin*[3] *», l'histoire récente n'est néanmoins pas éliminée, comme en témoigne l'évocation des guerres révolutionnaires et napoléoniennes. Ces différentes inspirations donnent au roman un aspect hétérogène qui fait tout son intérêt.*

Merveilleux, gothique, fantastique

Il occupe d'ailleurs une place charnière dans la bibliographie dumasienne. En 1843, soit un an avant Les Trois Mousquetaires *et* Monte-Cristo, *Dumas, s'il ne se définit pas avant tout comme romancier, n'en est pas à son coup d'essai ;* Le Capitaine Paul *(1838),* Le Maître d'armes *(1840),* Le Chevalier d'Harmental *(1842) ont rencontré un certain succès. Dans cette production, un titre retient particulièrement l'attention : dès 1838,* Pauline *illustre ce mélange des genres qui est la signature de son auteur : souvenirs de voyage en Italie, actualité*

---

1. Voir à ce sujet la notice « Un roman européen », p. 360.
2. *Guide classique du voyageur sur les bords du Rhin*, Audin, 1828.
3. Voir la notice « Aperçus historiques », p. 353.

mondaine, roman noir, climat romantique. Sans exploiter le motif surnaturel, Pauline *reste proche du genre gothique ou « terrifiant ». Né en Angleterre à la fin du XVIIIe siècle, ce courant cultive chez le lecteur la fascination pour l'horreur que le philosophe Edmund Burke analyse comme une forme de plaisir[1]. Privilégiant de sombres histoires d'enfermement et de torture dans des décors* ad hoc *(couvent, vieux château, souterrains) et avec un personnel stéréotypé (bourreau, victime), ces romans mettent en scène une action à rebondissements marquée par la violence et le surnaturel. S'ils attaquent directement le catholicisme, perçu en Grande-Bretagne comme une religion de persécution, ils remettent également en question les Lumières et le rationalisme, traduisant ainsi le malaise des élites traditionnelles anglaises devant la modernité d'un monde désenchanté. Ils ont connu une grande popularité en France au début du XIXe siècle, avec les traductions des œuvres d'Horace Walpole, Ann Radcliffe et Matthew Lewis ;* Le Château d'Otrante *(1764),* Les Mystères d'Udolphe *(1794) et* Le Moine *(1796) ont été de gros succès d'édition et ont suscité une foule d'imitations plus ou moins réussies. Le* Melmoth *de Maturin (1820), qui influencera tant Balzac, en est un des derniers représentants. La mode s'essouffle lors des décennies suivantes.*

Situé dans le prolongement tardif de cette vague, Le Château d'Eppstein *assume donc une certaine dose d'archaïsme, mais renouvelle le cadre en*

---

1. Voir *Recherche philosophique sur nos idées du sublime et du beau* (1757).

transposant la matière gothique dans la région du Taunus. La jeune Albine de Schwalbach, mariée au brutal comte Maximilien d'Eppstein, meurt en donnant le jour à un enfant que son mari suppose être adultérin. Ce soupçon infondé lui vient des relations privilégiées qu'a entretenues sa femme avec un capitaine des armées révolutionnaires pendant son absence ; or ce capitaine n'est autre que Conrad d'Eppstein, son frère, qui a pris l'uniforme français. Conformément à une légende du Moyen Âge, le fantôme de la comtesse revient périodiquement veiller sur l'enfant et le suit tout au long de sa jeunesse. Cet enfant, Éverard, grandit et devient amoureux de sa sœur de lait Rosemonde, fille du garde-chasse. Fou de rage devant cette mésalliance, le comte menace son fils et tente de le tuer. Mais le fantôme d'Albine intervient et l'étrangle. L'idylle entre les jeunes gens est brisée par ces événements tragiques.

Forteresse médiévale, escalier secret, crypte, tombeaux, apparitions fantomatiques : on retrouve là les éléments canoniques du gothique. Le changement de titre souligne cette appartenance : Albine *évoquait le registre sentimental,* Le Château d'Eppstein *privilégie le lieu, à la fois décor et personnage, doté d'une personnalité[1]. Sa masse sombre détermine l'atmosphère de l'action, son délabrement signale la marche irréversible de l'histoire et la fin d'une époque. Mais le roman n'est pas la simple reprise d'un poncif, et se distingue par l'importance des autres thématiques (l'amour, la formation, l'histoire*

---

1. Comme Notre-Dame-de-Paris dans le roman de Hugo.

moderne) qui le placent au carrefour de plusieurs genres très différents.

La composante fantastique, elle-même plurielle, s'inspire d'abord de sources locales, notamment des Traditions populaires du Rhin, de la Forêt-Noire, de la vallée du Nècre, de la Moselle et du Taunus[1] *d'Aloys Schreiber qui, tout en décrivant l'Allemagne moderne dans ses guides touristiques, a voulu faire œuvre de conservateur du patrimoine légendaire. Dans ce recueil, la petite cité d'Eppstein fait bien l'objet d'une tradition orale concernant un chevalier nommé Eppo, vainqueur d'un géant occupant le château, mais elle n'a aucun rapport avec la légende de la comtesse Léonore, inventée par Dumas. D'autres histoires présentent des similitudes intéressantes :* La Dame du Château de Bade *évoque le fantôme d'une femme assassinée par son mari qui revient allaiter son enfant nouveau-né,* Le Chevalier de Rodenstein *met en scène un mari brutal qui, après avoir causé la mort de sa femme enceinte, est hanté par son spectre et celui de son enfant mort. Certains emprunts appartiennent à un corpus plus moderne ; ainsi l'introduction (la nuit du comte Élim dans la chambre rouge) s'inspire-t-elle d'un conte d'Hoffmann,* Le Majorat, *et témoigne de l'influence du maître du fantastique allemand, auquel un hommage explicite est rendu. C'est ce qui explique que le traitement du surnaturel emprunte plusieurs voies, du merveilleux médiéval au fantastique moderne.*

La distinction entre le merveilleux et le fantas-

---

1. Ce recueil a été traduit en français en 1830.

tique a été assez souvent traitée pour qu'on puisse se borner à en rappeler les traits essentiels. Qu'il soit païen ou chrétien, le merveilleux se situe dans un univers où le surnaturel fait partie de l'ordre du monde et est donc perçu comme « normal » par les consciences humaines. Imprégnant le folklore et la production littéraire du Moyen Âge, il doit à son éloignement chronologique ainsi qu'au relais des traditions d'être accepté par le lecteur moderne, qui enregistre volontiers une légende sans toutefois y adhérer profondément[1].

Quant au fantastique lui-même, il ne constitue pas un bloc monolithique. On oppose communément un courant traditionnel, marqué par l'univers gothique, et un fantastique plus moderne qui apparaît en France dans les années 1830 et qu'on rattache à l'influence d'Hoffmann, tant admiré par Dumas. La distinction entre les deux repose moins sur des éléments thématiques que sur un climat mental. Dans le premier, le surnaturel suscite essentiellement la terreur, amplifiée par des situations extrêmes (persécutions, séquestrations), mais pas l'abdication de la raison. Parfois même, chez Ann Radcliffe notamment, les phénomènes les plus étranges trouvent à la fin une explication rationnelle ; les Lumières, un instant mises en défaut, triomphent et rétablissent un monde déchiffrable. Le fantastique romantique, lui, traduit le déchirement intime d'une conscience devant l'inexplicable. Il met

1. Comme le rappelle Walter Scott dans un article important paru en 1829 dans la *Revue de Paris*, « Du merveilleux dans le roman » (*Revue de Paris*, 1829, 2ᵉ édition, t. I, disponible sur Gallica).

en scène des personnalités tourmentées dont la perception du monde est brouillée, et qui font ainsi l'expérience des limites de l'entendement humain. Frôlant la folie, la schizophrénie, la paranoïa, les héros fantastiques traversent de graves crises existentielles.

Narrer le fantastique

Le Château d'Eppstein *s'alimente à ces différents courants et fonctionne selon un régime mixte, mêlant plusieurs approches, ce qui s'explique par le processus d'écriture à deux. Dumas procède à quelques remaniements d'une importance capitale ; l'ajout de l'introduction à la version initiale de Meurice, qui se limitait à une classique histoire de fantômes, change totalement la perspective par le biais du récit-cadre, souvent utilisé depuis les* Entretiens d'émigrés allemands *de Goethe, ou les* Contes des frères Sérapion *d'Hoffmann. Elle introduit un double récit rapporté : un premier narrateur, qui se présente comme Dumas lui-même, évoque des soirées passées à Florence « durant l'hiver de 1841 » dans un cercle d'amis. Il passe la parole à l'un d'eux, le comte Élim, qui assume le rôle de narrateur-relais dans l'introduction du roman, avant de s'effacer devant un troisième narrateur, indéterminé celui-là. Ce procédé censé attester la véracité d'une histoire*[1] *prend une valeur particulière*

---

1. Dumas est coutumier de ce genre d'incipit qu'il utilise dans *Pauline* et *Amaury*.

dans un récit fantastique[1] : en insistant sur les éléments vérifiables qui font profiter tout l'ensemble
de leur authenticité (Dumas a bien passé l'hiver
1841 à Florence, la famille Galitzine et le prince
Élim Metscherski ont une existence avérée), il sert
de caution au surnaturel et conditionne la réception
de l'aventure que le prince rapporte à la première
personne, faisant référence à des lieux réels et à
des contemporains, tels que les Rothschild, comme
pour mieux amener l'incroyable révélation : il y a
un fantôme au château d'Eppstein, qui se manifeste
encore en 1838 dans la chambre du comte Éverard.
En débutant sur la persistance du phénomène à
l'époque contemporaine de l'écriture, le récit suscite,
non pas une adhésion sans faille, mais un sentiment de proximité, et pose l'éternelle question : y
croire ou pas ? L'extraordinaire fait débat et n'est
pas accepté sans réserve, preuve que la menace qu'il
représente pour l'entendement est bien perçue, ce
dont témoigne aussi le caractère tourmenté du
comte Élim, présenté comme une véritable créature
d'Hoffmann.

La suite fonctionne selon d'autres modalités.
Après le récit-cadre, qui ne reviendra d'ailleurs pas
à la fin en guise de clôture, on passe à la version
de Meurice, simple récit à la troisième personne,
dans lequel un narrateur indéfini et extérieur, et
donc peu impliqué, rapporte des faits sans poser
la question de leur fiabilité. C'est là qu'intervient le

---

1. Voir notamment *Les Mille et Un Fantômes* (1849), où
Dumas réutilise ce procédé en se mettant lui-même en scène
et en s'arrogeant un rôle plus important.

deuxième ajout de Dumas[1], *qui insère au chapitre II une (fausse) légende médiévale mettant en scène le fantôme de la comtesse Léonore d'Eppstein, en illustration d'« une prophétie de Merlin » selon laquelle « les comtesses d'Eppstein qui mourraient dans la nuit de Noël ne mourraient qu'à moitié ».* L'action s'inscrit ainsi dans un cadre merveilleux qui prépare le lecteur à accepter l'irruption du surnaturel dans un lieu et une temporalité appropriés. Mais sa persistance dans l'Allemagne de 1793 réclame un autre type de traitement. La modernité ne peut se satisfaire d'un merveilleux adapté aux époques éloignées.

C'est avec les apparitions du fantôme de la comtesse Albine d'Eppstein que s'opère le passage du merveilleux au fantastique. Ces apparitions revêtent un caractère très différent, selon qu'elles se manifestent à son mari ou à son fils. Avec le maudit, Maximilien, trois affrontements majeurs se produisent, selon une gradation précise : avertissement, menace, mise à exécution. Tous trois ont lieu à l'intérieur du château, dans un climat de terreur, mettant en déroute la raison du comte, qui tente de se raccrocher à l'hypothèse du rêve. Le message est clair, l'image également : l'apparition, qui donne d'ailleurs lieu au premier portrait physique de l'héroïne, loin de susciter l'horreur, reste tributaire d'une esthétique assez académique. Ce qui suscite l'effroi du comte n'est pas l'aspect de sa femme,

---

1. Sur les ajouts de Dumas à la première version du texte par Paul Meurice, voir la notice « La genèse du roman », p. 335.

*mais sa simple présence, qui est la transgression de
la séparation entre les vivants et les morts, ainsi que
la signification de cette manifestation marquée non
pas du signe du démon mais du sceau de la justice
divine : c'est à sa qualité d'« élue » qu'Albine doit le
privilège de se manifester régulièrement.*

*Ces trois épisodes se déroulent au château, dans
un décor et une thématique typiquement gothiques,
avec une revenante quittant et regagnant son tombeau à volonté, mais, contrairement aux outrances
descriptives habituelles dans les « romans terrifiants », le surnaturel est traité avec beaucoup de
retenue. La tonalité morale et religieuse est également classique. Mais à ces éléments attendus
s'ajoutent d'autres accents plus modernes, s'atta-
chant aux tourments intérieurs de Maximilien, à
sa terreur, à sa folie croissante. Le comte, qui se
définit comme un esprit fort, imperméable à la peur,
devient une créature en proie à la déraison, dont la
conscience bornée est définitivement mise à mal. Il
est d'ailleurs le seul à faire cette expérience extrême :
les autres acceptent comme allant de soi la signification de ces phénomènes.*

*Avec le jeune Éverard, au contraire, les rencontres
se déroulent dans un tout autre climat, où la ratio-
nalité n'est pas violemment compromise, mais simplement dépassée dans le processus mental de la
rêverie, qui remplace la terreur et la folie par une
perception poétique du monde, finalement assez
proche de la mentalité médiévale. Les contacts quo-
tidiens entre l'enfant et sa mère récusent le clivage
entre la mort et la vie et, loin de susciter l'épouvante,
sont vécus comme un mode de communication nor-*

mal. Mais il s'agit d'une communication entre les âmes, et non plus d'une confrontation physique. Le décor change radicalement : délaissant le château, la chambre rouge et l'escalier dérobé, la morte se confond avec la nature, à laquelle elle mêle sa voix, parlant à travers la forêt, les ruines, le Main... Le surnaturel pur est évacué au profit d'une communion avec l'univers alliant panthéisme germanique et christianisme franciscain. Alors que les apparitions d'Albine devant son mari sont présentées de façon objective et ses propos rapportés au style direct, ici sa présence est interprétée comme un effet de l'imagination d'Éverard : « [...] il voyait partout et toujours sa mère, n'avait d'autre amie, d'autre pensée, d'autre bonheur que sa mère ; il vivait sans cesse avec cette morte, si bien que toute son existence était une vision » (p. 164). La rêverie permet de transcender la réalité : grâce à la médiation de sa mère inspiratrice qui lui fait entrevoir une harmonie cachée, le héros accède à une vérité révélée, contrairement à son père égaré par une raison obtuse et étroite. Ce qui oppose en effet les différents personnages n'est pas seulement un clivage manichéen entre le « méchant » et les « bons », mais leur rapport au monde : le premier s'en tient à un pragmatisme matérialiste, limité à la carrière et aux intrigues, alors que les seconds évoluent dans un univers à part où la réalité est constamment transcendée par la poésie et la légende. Le naïf triomphe finalement de l'esprit fort : le roman procède à une réhabilitation romantique de l'imagination contre le désenchantement du rationalisme.

La brute, la sainte et les innocents

Le personnel romanesque reflète le caractère composite de l'œuvre. On trouve bien au départ le duo obligé du courant gothique, c'est-à-dire le persécuteur et la victime, mais les deux personnages n'appartiennent pas au même univers. Maximilien d'Eppstein, sorte de Lovelace germanique, rappelle le sanguinaire comte Horace de Pauline, *quoique sa personnalité soit moins complexe. Pétri d'orgueil nobiliaire mais prêt à toutes les turpitudes, violent mais lâche, fuyant devant les armées révolutionnaires, il cumule toutes les tares. Au contraire du chevalier au barisel[1] dont il est l'incarnation moderne, il refuse le repentir et meurt victime de son ultime défi. C'est en définitive un personnage tout d'une pièce et seule sa naïve fiancée a pu un instant se tromper sur son compte. Cette erreur, Albine la doit à sa nature « poétique » et « généreuse » et à ses lectures : le* Goetz von Berlinchingen *de Goethe l'a fait rêver à de nobles chevaliers héroïques, et c'est à travers ce prisme qu'elle découvre son futur époux. Quelques années plus tard, Flaubert fera de ce décalage entre les aspirations et la réalité la cause du naufrage d'Emma Bovary. Rien de tel chez Albine, dont les malheurs n'infirment pas la vision du monde. Plus qu'une victime de roman gothique, c'est une héroïne de conte médiéval, qui, dans la lignée de Geneviève de Brabant dont elle reproduit en partie l'histoire,*

---

1. Ce conte est narré par Éverard au chapitre IX.

s'en remet à la justice de Dieu. Devenue son instru-
ment après sa mort, ce qui lui permet d'intervenir
dans le monde des vivants, elle acquiert une stature
hybride, mi-fantôme, mi-sainte.

   À côté de ces deux figures empruntées au roman
noir et à la littérature édifiante, Conrad, frère cadet
de Maximilien, alias le capitaine Jacques, incarne
l'histoire moderne. Devant les préjugés de sa caste,
qui condamnent son mariage avec une roturière,
il choisit non de former une contre-société comme
Karl Moor, mais de s'exiler en France où il adhère
à l'idéal révolutionnaire avant de s'en détacher,
dégoûté par les excès de la Terreur au cours de
laquelle sa femme a été guillotinée. Il se met ensuite
au service de Napoléon, qu'il vénère jusqu'à la dévo-
tion, illustrant ainsi l'engagement aveugle qu'a sus-
cité le héros du XIXᵉ siècle. Personnage complexe,
étranger à lui-même, il représente une génération
perdue dépassée par l'histoire. La double rupture
qu'il assume avec sa caste et sa patrie se traduit par
une grave crise d'identité. Loin de déboucher sur
un renouvellement, sa trajectoire finit à Waterloo et
démontre l'impasse que constitue le culte napoléo-
nien. Son caractère assez falot, par rapport aux por-
traits nettement tracés des autres personnages, tient
au parti pris de déshistoricisation du roman : la
petite vallée du Taunus ne semble absolument pas
touchée par l'écho d'événements pourtant proches.
C'est ainsi que l'agitation de Mayence, où les armées
révolutionnaires rencontrent un courant favorable,
avant un retournement de tendance, est à peine évo-
quée. Le choix de Conrad d'Eppstein n'est pas remis
en question par ses proches, l'épopée impériale est

perçue de très loin, voire totalement éludée, ce qui réclame d'ailleurs une explication du narrateur :

> Pendant ces cinq ans, c'est-à-dire de 1803 à 1808, Napoléon avait accompli la plus belle moitié de son Iliade. Mais le grand et terrible drame joué par la France et l'Europe ne nous regarde pas ici : nous ne sommes que l'historien d'un château et d'une chaumière entre Francfort et Mayence, et ces cinq années, si fécondes pour l'univers, furent pour ce château et cette chaumière si peu remplies, que ce n'est pas la peine d'en parler (p. 172).

Alors que la période de l'occupation française a été déterminante dans les rapports franco-allemands et a suscité outre-Rhin l'émergence d'un patriotisme tout nouveau, rien n'en ressort dans le roman dont la logique ignore complètement les antagonismes nationaux[1]. Contaminées par l'atmosphère légendaire privilégiée ici, les guerres napoléoniennes sont d'ailleurs largement déréalisées, et comparées aux histoires fabuleuses des Mille et Une Nuits, *tandis que l'empereur perd sa stature proprement historique pour devenir une sorte de héros mythologique.*

À l'arrière-plan, d'autres personnages empruntés au petit monde de l'idylle[2] étoffent la distribution. Le garde-chasse Gaspard, sa fille Wilhelmine et son gendre Jonathas vivent loin de tout contact avec l'extérieur, l'histoire ou la politique, n'enregis-

---

1. Voir la notice « Aperçus historiques », p. 353.
2. Il faut mentionner ici un romancier allemand aujourd'hui bien oublié, August Lafontaine, spécialiste de cette veine, qui exerça sur Dumas une influence certaine sur le plan romanesque comme sur le plan théâtral.

trant que les événements essentiels de toute existence humaine : naissance, mariage, mort. C'est
une humanité idéale à la psychologie peu fouillée,
modèle de candeur, d'honnêteté, de simplicité proprement biblique, avec de nombreuses références au
Livre qui accompagne la famille dans la vie quoti-
dienne, servant d'abécédaire aux enfants comme de
réconfort dans les deuils. Dans cet univers idéalisé,
même la mort prend une dimension apaisée et fait
l'objet de tableaux esthétiques et édifiants : Gaspard
et sa fille s'éteignent au milieu des leurs, en accord
avec le monde et avec leur conscience.

Un roman de formation ?

Malgré le titre premier du roman, Albine[1], l'intérêt se focalise vite sur la seconde génération de
héros, Éverard et Rosemonde, qui vivent une idylle
romantique à souhait. Deux enfants élevés sans
distinction de classe dans un cadre naturel, l'éveil
des sentiments, une issue funeste : le roman est
aussi une réécriture de Paul et Virginie de Bernardin de Saint-Pierre, que la jeune Rosemonde
cite volontiers. C'est d'ailleurs cette lecture qui la
pousse à reconsidérer ses relations avec son frère
de lait. Mais une différence essentielle apparaît : on
se souvient que Virginie, partie pour la France afin
de compléter sa formation dans un couvent, mou-

---

1. Dans le brouillon de Meurice, la fille de Wilhelmine,
au départ, se nomme également Albine ; elle devient Rosemonde au bout de quelques chapitres, sans doute pour éviter
les confusions.

rait tragiquement à son retour lors du naufrage du Saint-Géran. Parachèvement inutile et néfaste d'une éducation idéale, l'épisode marquait l'intrusion de l'extérieur, de la vanité, de la superficialité détruisant le bonheur simple et naturel des jeunes gens. Dans Le Château d'Eppstein, *Rosemonde quitte la vallée du Taunus pour un couvent viennois, mais cette expérience se charge d'un tout autre sens et dirige l'intérêt vers la problématique du* Bildungsroman. *L'étude est présentée comme positive, entretenant l'enthousiasme, cette vertu considérée comme propre aux Allemands[1]. Rosemonde n'est d'ailleurs pas la seule concernée : c'est l'éducation du héros qui est en jeu.*

Le jeune Éverard est un personnage complexe malgré son apparente simplicité. C'est d'abord un garçonnet sauvage puis un jeune homme naïf, frère cadet des héros de romance, *mais rongé par le doute des enfants du siècle. Guidé par le fantôme de sa mère, élevé par son humble nourrice Wilhelmine, il a reçu d'abord un enseignement essentiellement moral, apprenant à lire dans la Bible. À cela s'ajoute l'influence de la nature, l'éducatrice suprême, qui le modèle à son image, libre, affranchi des conventions sociales, ignorant l'histoire qui se joue près de chez lui. Comme Heinrich von Ofterdingen[2], il évolue dans un monde suprasensible, en quête*

---

1. Mme de Staël définit l'enthousiasme comme « amour du beau, l'élévation de l'âme, la jouissance du dévouement » (dans *De l'Allemagne,* chap. X et suiv.).
2. Le héros du roman de Novalis *Heinrich von Ofterdingen* (1802) est en quête d'un amour idéal symbolisé par la fleur bleue.

d'une harmonie cachée. Mais son intelligence ne saurait rester en friche, et c'est alors qu'intervient Rosemonde qui, à son retour de Vienne, prend en charge sa formation, ce qui est tout à fait nouveau par rapport au schéma classique. L'éducateur est généralement plus âgé que le héros, et, quand une femme joue ce rôle, son enseignement se limite souvent au domaine sentimental ou aux lois du monde. Or, pendant ce second cycle qui dure trois ans, la jeune fille transmet à son compagnon un savoir très complet (littérature, philosophie, histoire, langues vivantes, dessin et musique), ce qui traduit une volonté de réhabilitation du savoir livresque. Alors que le Bildungsroman *met en scène un héros qui commence sa formation par les études puis la complète dans « le grand livre du monde », lequel souligne le caractère inadapté de l'instruction théorique, le parcours d'Éverard, inversement, insiste sur sa nécessité. Il n'y a cependant pas d'opposition tranchée entre les deux ; le programme, fondé sur l'héritage culturel germanique et européen[1], n'implique pas de renoncer à l'immersion dans la nature préconisée par Rousseau. Les deux éducations se complètent harmonieusement : le livre se lit mieux à l'air libre.*

Que l'initiatrice soit une jeune fille est déjà peu courant. Cette innovation se double d'un renversement des hiérarchies sociales : la fille du forestier fait l'éducation de l'héritier d'une des plus vieilles familles d'Allemagne. Il y a certes une dimension de réciprocité dans ce rôle qu'endosse Rosemonde,

---

1. Voir la notice « Un roman européen », p. 360.

*puisque c'est l'influence d'Albine qui lui a permis
d'acquérir une formation réservée en principe aux
filles des plus nobles familles, mais c'est néanmoins
une manière de proclamer que le savoir n'est pas
réservé à une caste et a vocation à se diffuser le plus
largement possible – thème dumasien essentiel, qui
sera amplifié dans* Monte-Cristo, *où la formation de
Dantès au château d'If témoigne du même appétit
encyclopédique et montre son pouvoir libérateur*[1].
*Ici, c'est au couvent que s'acquiert la culture, ce qui
traduit un changement de regard important : loin
d'être un lieu de séquestration et de torture, comme
dans le roman gothique, de conditionnement mental et psychologique comme dans* La Religieuse
de Diderot, *le Tilleul-Sacré*[2] *représente un endroit
protecteur voué à l'amitié et à la formation. C'est
également le refuge vers lequel se tourne Rosemonde
après la tragédie finale pour y finir sa vie comme
abbesse, dans la lignée d'Hildegarde de Bingen*[3]. *Certains signes dans le roman révèlent d'ailleurs qu'elle
n'est pas vraiment une héroïne de roman d'amour*

1. On sait aussi que ce motif correspond à un élément bien
précis de la biographie dumasienne. Après avoir reçu une
première éducation extrêmement sommaire, Dumas en prend
conscience à vingt ans et s'impose alors, en autodidacte, un
programme de rattrapage très ambitieux. (Voir *Mes Mémoires*,
notamment chap. LXXII et CCXXXII.)
2. Ce nom fait écho à celui du couvent de Saint-Tilleul des
Élixirs du diable (1815-1816) d'Hoffmann.
3. Le roman évoque Thérèse d'Avila, alors qu'on attendrait
plutôt une référence à cette grande mystique allemande du
XIIe siècle, dont le souvenir reste très présent dans la région
rhénane, notamment au monastère de Rupertsberg, qu'elle
fonda en 1150, et à l'abbaye d'Eiblingen où elle s'installa en
1165.

*mais plutôt une éducatrice chargée d'une mission.
Cet aspect progressiste du personnage est cependant
infirmé par sa vision du monde conventionnelle :
fière « d'avoir rendu un d'Eppstein à lui-même et à
son pays » (p. 241), la jeune fille, malgré le démenti
des faits, continue à raisonner selon une logique
figée et inopérante pour ceux de sa génération.
Contrairement à Louise Miller, qui dans* Intrigue
et Amour, *remettait nettement en question les préjugés de caste, Rosemonde accepte l'ordre établi
et l'intériorise au point de se refuser à concevoir
sérieusement une alliance entre elle et Éverard,
transformant sa mission en sacrifice consenti. Tout
le roman témoigne d'ailleurs d'une vision conserva-
trice du monde. Le mariage entre Conrad et Noémi
s'est soldé par l'exil et la mort ; leur enfant, mentionné brièvement, disparaît ensuite totalement du
récit, ce qui prouve le caractère improbable de son
existence*[1]. *La génération suivante ne se risquera
même pas à la transgression.*

Le triomphe du pessimisme

*Cette timidité se manifeste également dans l'itiné-
raire d'Éverard. La logique du* Bildungsroman *est a
priori optimiste : la formation suppose qu'on ait le
projet d'en faire quelque chose, et que l'avenir soit
ouvert. Même si l'apprentissage est plus ou moins
réussi, voire raté, le postulat de départ implique
que l'individu soit libre de construire lui-même*

---

1. Voir la notice « La genèse du roman », p. 335.

son destin. La leçon de Wilhelm Meister *insistait
sur la nécessaire adaptation au réel ; marquée par
le renoncement, la formation n'en débouchait pas
moins sur la réalisation de soi à travers les autres,
dans une tonalité pacifiée. Or, le personnage d'Éverard illustre au contraire le poids de la fatalité :* « *ce
n'est point par la science que vous m'avez rendu
heureux* » *(p. 240), avoue-t-il à Rosemonde. Comprendre le monde, c'est comprendre qu'on ne pèse
rien. Comment être un Eppstein au XIXe siècle, c'est-
à-dire un vieux souvenir médiéval, l'incarnation
d'un ordre dépassé ? Son oncle avait choisi de quitter sa patrie, puis de chercher la mort sur les
champs de bataille ; un instant tenté par cette issue,
qu'il repousse, Éverard envisage une autre manière
de fuir, non dans la mort, mais dans l'obscurité ;
quitter le château pour la chaumière, vivre heureux
et caché. On se rappelle, à la fin d'*Hermann et
Dorothée, *le choix existentiel du jeune héros : rester ferme dans une époque instable pour façonner
le monde à sa manière, aspirer à la paix, mais la
préserver par les armes au besoin. L'idylle et l'action n'étaient pas présentées comme incompatibles,
portées toutes deux par l'optimisme accompagnant
l'ascension de la bourgeoisie allemande. Or, pour
Éverard, ultime rejeton d'une aristocratie vouée à
disparaître, toute issue positive est exclue. Sa
révolte contre son père ne change pas son lot, qui
est de demeurer dans le château de ses ancêtres,
rejetant totalement le monde, à jamais possédé
par le passé et privé d'avenir, comme Hamlet,
dont il se sent très proche. Mais le prince de Danemark avait une mission, une vengeance ; Éverard*

n'est qu'un instrument aveugle et passif au ser-
vice d'un fantôme. L'anéantissement de ses projets
personnels ne vient pas de l'extérieur, comme la
tempête qui séparait Paul et Virginie, mais de lui-
même et de son amie. Curieusement, c'est la mort
du principal opposant, le comte Maximilien, qui
scelle la séparation des deux jeunes gens : « je ne
puis être à vous » (p. 321), dit Rosemonde, qui
décide de prononcer ses vœux. C'était aussi le choix
d'Hildegonde[1]*, mais parce qu'elle pensait que*
Roland était mort. Ici nos héros renoncent à com-
battre et laissent le passé briser leur vie. À la mort
réelle de Conrad, à Waterloo, correspond la mort
sociale d'Éverard et Rosemonde cloîtrés l'un dans
son château, l'autre dans son couvent.

*

Le Château d'Eppstein *est une œuvre profon-*
dément pessimiste, illustrant les impasses de la
condition humaine. Le « méchant » a perdu, mais
les « bons » n'ont pas gagné pour autant. Les morts
l'emportent sur les vivants ; prisonnières des vieilles
malédictions, les jeunes générations sont incapables
de créer le renouvellement. Le roman illustre égale-
ment la difficulté de passer d'un siècle à un autre.
Le rêve de la Révolution de changer l'histoire, le
monde et les hommes s'avère irréalisable et l'épopée
napoléonienne, sous ses dehors brillants, débouche
inexorablement sur la mort. C'était déjà ce que démon-
trait une des premières nouvelles de Dumas, Lau-

---

1. *Les Bords du Rhin*, chapitre « Le Drachenfels. Coblenz ».

rette ou le rendez-vous, *publiée en 1826. Le sens de l'histoire adopte une direction funeste, broyant sur son passage les destinées individuelles. Mais s'y soustraire ne mène nulle part. Dans la France impériale, accouchant de gré ou de force de la modernité comme dans la vieille Allemagne campée sur ses légendes, ses archaïsmes et ses antiques forteresses, le bonheur n'est pas envisageable. L'issue du roman voit donc le divorce irréductible des personnages et du monde. Le couvent, le château, le champ de bataille sont autant de trajectoires de retrait et de fuite qui s'apparentent à des suicides. C'est la mort des âmes généreuses qui ont cru au monde nouveau ou au paradis préservé. C'est la fin de l'héroïsme et de l'idylle, des nobles idéaux et des bons sentiments.*

Dumas n'en a pas fini avec l'influence allemande et l'inspiration fantastique. Dans les années 1850-1851 il fera paraître une œuvre complexe et déconcertante, Dieu dispose, *dont la première partie intitulée* Le Trou de l'Enfer *se passe dans un mystérieux château de la vallée du Neckar et met en scène le monde turbulent des universités pendant l'occupation française.* Le Capitaine Richard *(1854), écrit également en collaboration avec Meurice, a pour héros le jeune Autrichien Frédéric Staps, auteur d'un attentat contre Napoléon en 1809. En 1867, une de ses dernières œuvres,* La Terreur prussienne, *s'intéresse à l'actualité et prend acte de la montée de la puissance prussienne après Sadowa. De* Laurette *à ce dernier roman, la veine germanique l'aura irrigué tout au long de sa vie.*

Le fantastique trouvera son apogée en 1849, année de rédaction des Mille et Un Fantômes, *qui*

*explore toutes les possibilités du genre, du plus tra-
ditionnel au plus moderne.* La Femme au collier
de velours, *publié la même année, revient sur les
rapports franco-allemands en retraçant l'évolution
d'un jeune étudiant*[1] *qui passe de l'admiration au
dégoût pour la Révolution française.* Le Château
d'Eppstein *est donc un point de départ important
dans cette partie de la production dumasienne, ce
qui suffirait à le rendre digne d'intérêt. Son rayonnement est plus large encore : maillon central entre*
Le Château d'Otrante *(1764), au gothique rudi-
mentaire, et* Le Château des Carpathes *(1892), de
Jules Verne, qui dérive vers la scientificité, il inau-
gure une autre voie. Promenant le lecteur de la terreur à la rêverie, alliant le merveilleux légendaire et
les interrogations de la modernité, il offre l'exemple
parfait d'un fantastique proprement poétique, où
s'exprime la quintessence du romantisme européen.*

ANNE-MARIE CALLET-BIANCO

---

1. Ce jeune étudiant est Hoffmann, dont Dumas, en manière
d'hommage, fait le héros de son roman.

LE CHÂTEAU D'EPPSTEIN

INTRODUCTION

C'était pendant une de ces longues et charmantes soirées que nous passions durant l'hiver
en 1841, chez la princesse Galitzine, à Florence[1]. Il
avait été convenu que pendant cette soirée chacun
raconterait son histoire. Cette histoire ne pouvait
être qu'une histoire fantastique, et chacun avait
déjà raconté la sienne, à l'exception du comte
Élim[2].

Le comte Élim était un beau grand jeune
homme blond, mince, pâle, et d'un aspect mélancolique, que faisaient parfois d'autant mieux ressortir des accès de folle gaieté qui lui prenaient
comme une fièvre, et qui se passaient de même.
Plusieurs fois déjà la conversation était tombée,
devant lui, sur des sujets pareils ; et toutes les fois
qu'il avait été question d'apparitions, et que nous
lui avions demandé son avis, il nous avait répondu
avec cet accent de vérité qui n'admet pas le doute :

— J'y crois.

Pourquoi y croyait-il, personne ne le lui avait
jamais demandé ; d'ailleurs, en pareille matière,
on croit ou l'on ne croit pas, et l'on serait fort

embarrassé de donner une raison quelconque de sa croyance ou de son incrédulité.

Certes, Hoffmann croyait à la réalité de tous ses personnages : il avait vu maître Floh et avait connu Coppelius[1]. Tant il y a que lorsque le comte Élim, à propos des histoires les plus étranges de spectres, d'apparitions et de revenants, nous avait répondu : « J'y crois », personne n'avait douté qu'effectivement il y crût.

Lorsque le tour du comte Élim fut venu de raconter son histoire, chacun se tourna donc avec une grande curiosité vers lui, décidé à insister, s'il se défendait de payer sa dette, et convaincu que l'histoire qu'il raconterait aurait le caractère de réalité qui fait le charme principal de ces sortes de récits ; mais le narrateur ne se fit aucunement prier, et à peine la princesse l'eut-elle sommé de tenir son engagement, qu'il s'inclina en signe d'adhésion, en demandant pardon de nous raconter une aventure *qui lui était personnelle*.

Comme on le comprend bien, le préambule ne fit qu'ajouter d'avance à l'intérêt qu'on se promettait du récit, et comme chacun se taisait, il commença aussitôt :

— Il y a trois ans que je voyageais en Allemagne ; j'avais des lettres de recommandation pour un riche négociant de Francfort[2], lequel, ayant une fort belle chasse dans les environs et me sachant grand chasseur, m'invita, non pas à chasser avec lui (il méprisait, je dois le dire, assez franchement cet exercice), mais avec son fils aîné, dont les idées à cet endroit étaient fort différentes de celles de son père.

Au jour dit, nous nous trouvâmes donc au rendez-vous donné à l'une des portes de la ville : des chevaux et des voitures nous y attendaient ; chacun de nous prit une place dans un char à bancs ou enfourcha sa monture, et nous partîmes gaiement. Nous arrivâmes au bout d'une heure et demie de marche à la ferme de notre hôte : nous y étions attendus par un splendide déjeuner, et je fus forcé d'avouer que si notre hôte n'était point chasseur, il savait admirablement du moins faire les honneurs de sa chasse aux autres.

Nous étions huit en tout : le fils aîné de notre hôte, son professeur, cinq amis et moi. À table, je me trouvais placé près du professeur ; nous parlâmes voyages ; il avait été en Égypte, j'en arrivais. Ce fut entre nous le motif d'une de ces liaisons momentanées, que l'on croit durables au moment où elles se forment, puis qui un beau matin se rompent par le départ, pour ne se reprendre jamais.

En nous levant de table, nous convînmes de chasser à côté l'un de l'autre : il me donna le conseil de former le pivot[1] et d'appuyer toujours aux montagnes du Taunus[2], attendu que les lièvres et les perdrix tendaient à regagner les bois qui couvrent ces montagnes, et que, de cette façon, j'aurais non seulement la chance de tirer le gibier que je ferais lever, mais encore celui que feraient lever les autres. Je suivis le conseil avec d'autant plus d'ardeur que nous nous mettions en chasse à plus de midi, et qu'au mois d'octobre les journées sont déjà courtes. Il est vrai que nous vîmes bientôt, à l'abondance du gibier, que nous rattraperions facilement le temps perdu.

Je ne tardai pas à m'apercevoir de l'excellence
du conseil que m'avait donné mon brave professeur : non seulement à chaque instant les lièvres
et les perdrix se levaient devant moi, mais encore
je voyais à tout moment se remettre dans les bois
des compagnies entières que faisaient partir mes
compagnons, et que je joignais plus facilement
à cause du couvert[1] : il en résulta qu'au bout de
deux ou trois heures de chasse, comme j'avais un
bon chien d'arrêt, je résolus de me lancer tout à
fait dans la montagne, me promettant de me tenir
dans les endroits élevés, afin de ne pas perdre de
vue mes compagnons.

C'est surtout pour le chasseur qu'a été fait le
proverbe : l'homme propose et Dieu dispose.
Quelque temps effectivement je me tins en vue de
la plaine. Mais une compagnie de perdrix rouges
prit son vol vers la vallée, c'étaient les premières
que je voyais de la journée. Mes deux coups en
avaient abattu deux ; avide comme le chasseur de
La Fontaine, je me mis à leur poursuite...

— Pardon, dit le comte Élim en s'interrompant
et en s'adressant à nos dames, pardon de tous ces
détails de vénerie ; mais ils sont nécessaires pour
expliquer mon isolement, et l'étrange aventure qui
en fut la suite.

Chacun assura le comte Élim qu'il écoutait avec
le plus grand intérêt, et il reprit :

— Je suivis donc avec acharnement ma compagnie de perdrix, qui de remise en remise[2], de côte
en côte et de vallée en vallée, finit par m'entraî-

ner de plus en plus dans la montagne. J'avais pris tant d'ardeur à sa poursuite que je ne m'étais pas aperçu que le ciel se couvrait de nuages, et qu'un orage menaçait : un coup de tonnerre me tira de ma sécurité. Je promenai mes regards de tous côtés : j'étais dans le fond d'une vallée au milieu d'une petite clairière qui me permettait de distinguer tout autour de moi des montagnes boisées ; sur le plateau d'une de ces montagnes j'apercevais les ruines d'un vieux château ; de chemin, pas de traces ! J'étais venu en chassant, et par conséquent à travers ronces et bruyères ; si je voulais une route frayée, il fallait l'aller chercher... où ? je n'en savais rien.

Cependant le ciel se couvrait de plus en plus, les coups de tonnerre commençaient à se succéder à intervalles toujours plus rapprochés, et quelques larges gouttes de pluie tombaient avec bruit dans les feuilles jaunies, que chaque bouffée de vent enlevait par centaines comme des volées d'oiseaux qui quitteraient un arbre.

Je n'avais pas de temps à perdre : je m'orientai tant bien que mal, et lorsque je crus m'être orienté, je marchai devant moi résolu de ne pas dévier de la ligne droite. Il était évident qu'au bout d'un quart de lieue, d'une demi-lieue, je finirais toujours par trouver quelque sentier, quelque chemin, et que ce sentier, ce chemin, me conduirait nécessairement quelque part. D'ailleurs, rien à craindre dans ces montagnes, ni des animaux ni des hommes ; du gibier timide ou de pauvres paysans, voilà tout. Le plus grand malheur qui pût m'arriver était donc de coucher sous quelque arbre, ce qui n'eût été rien encore si le ciel n'eût point pris à chaque minute un aspect de plus en plus menaçant. Je résolus donc de faire un effort pour gagner un gîte quelconque et je doublai le pas.

Malheureusement je marchais, comme je l'ai dit, dans un taillis semé au versant d'une montagne ; il en résulta qu'à chaque instant j'étais arrêté par les obstacles du terrain. Tantôt c'était le fourré qui devenait trop serré et devant lequel mon chien de chasse reculait lui-même, tantôt c'était une de ces déchirures si communes dans les pays montueux, et qui me forçait à faire un long détour ; puis, pour comble d'ennui, l'obscurité descendait rapidement du ciel, et la pluie commençait à tomber d'une façon assez inquiétante pour un homme qui n'a aucune idée sur le gîte qui l'attend. Ajoutez à cela que le déjeuner de notre hôte commençait à être fort loin, et que l'exercice que j'avais fait depuis six heures en avait singulièrement facilité la digestion.

Cependant, à mesure que j'avançais, le taillis prenait de la force et devenait un bois. Je marchais donc avec plus de facilité ; mais, selon mon calcul, j'avais dû, dans les tours et les détours que j'avais été forcé de faire, dévier de la ligne que je m'étais tracée. Cela toutefois m'inquiétait médiocrement. Le bois prenait à chaque pas un aspect plus grandiose et devenait une forêt. Je m'engageai sous cette forêt, et, selon mes prévisions, j'avais fait un quart de lieue à peine, que je trouvai un sentier. Maintenant, ce sentier, de quel côté devais-je le suivre ? Était-ce à droite, était-ce à gauche ? Rien sur ce point ne pouvait fixer ma détermination ; il fallait m'en remettre au hasard. Je pris à droite, ou plutôt je suivis mon chien, qui prit de ce côté.

Si j'avais été à l'abri, sous quelque hangar, dans quelque grotte, dans quelque ruine, j'aurais admiré le magnifique spectacle qui se développait devant moi. Les éclairs se succédaient presque sans interruption, éclairant toute la forêt des lueurs les plus fantastiques. La foudre grondait par mugissements redoublés, prenant naissance à une extrémité de la vallée, qu'elle semblait suivre, et allant se perdre à l'extrémité opposée ; puis de temps en temps de larges coups de vent passaient sur la cime des arbres, courbant les grands hêtres, les sapins gigantesques, les chênes séculaires, comme la brise de mai courbe les blés en épis. Cependant, la résistance était grande, la lutte était vigoureuse, et les arbres ne se courbaient pas ainsi sans gémir. Aux colères de l'ouragan qui fouettait la forêt avec le vent, la pluie et l'éclair, la forêt répondait par de longues plaintes tristes et solennelles, et pareilles à celles que fait entendre un malheureux que l'adversité poursuit injustement. Mais j'étais moi-même mêlé d'une manière trop directe à ce grand cataclysme, dont je ressentais les atteintes, pour en remarquer toute la poésie. L'eau tombait par torrents ; je n'avais pas un fil de mes vêtements qui ne fût mouillé, et ma faim devenait toujours plus pressante. Quant à mon sentier, que je m'obstinais à suivre, je croyais m'apercevoir qu'il commençait à s'élargir et devenait de plus en plus frayé. Il était donc évident qu'il me conduisait à une habitation quelconque.

En effet, après une demi-heure de marche au milieu de cet horrible désordre de la nature, j'aperçus à la lueur d'un éclair une petite chaumière à laquelle aboutissait directement le sentier que je suivais. Je doublai le pas, oubliant à l'instant même toutes mes fatigues dans l'espérance de l'hospitalité qui m'attendait, et en quelques instants je me trouvai en face de cet abri si désiré. Mais, à ma grande déception, je n'aperçus aucune lumière. Quoiqu'il ne fût pas encore assez tard pour que le propriétaire de la petite maison fût couché, les portes et les contrevents[1] des fenêtres étaient hermétiquement fermés, et avaient un air de solitude intérieure qui se répandait même au-dehors. Au reste, tout autour de la chaumière, à part les dégâts faits par l'orage, il était facile de reconnaître les soins d'une main journalière. Une vigne qui avait déjà perdu une partie de ses feuilles courait le long de la muraille, et de grosses touffes de rosiers, où se balançaient quelques fleurs tardives, ornaient les allées d'un petit jardin fermé par un treillage de bois. Je frappai avec la conviction qu'on ne m'entendrait pas.

En effet, le bruit de mes coups s'éteignit sans éveiller aucun mouvement intérieur ; j'appelai, mais personne ne me répondit. J'avoue que s'il y avait eu un moyen quelconque d'entrer dans cette petite maison, même en l'absence du propriétaire, j'eusse employé ce moyen. Mais les portes et les contrevents étaient non seulement hermétiquement, mais encore solidement fermés, et quelque confiance que j'eusse dans l'hospitalité allemande, j'avoue que cette confiance n'allait pas jusqu'à risquer l'effraction.

Cependant une chose me consolait : c'est qu'évidemment cette petite maison ne pouvait être entièrement isolée et devait se trouver voisine d'un village ou d'un château. Je frappai donc encore quelques coups un peu plus violents que les autres, pour faire une dernière tentative ; mais cette tentative ayant été infructueuse, je pris mon parti et je me remis en quête. Au bout de deux ou trois cents pas, comme je l'avais prévu, j'allai heurter l'enceinte d'un parc. Je la suivis quelque temps pour chercher une grille : une brèche se présenta sur mon passage et m'épargna la peine d'une plus longue investigation. J'enjambai par-dessus les débris de la muraille, et je me trouvai dans le parc.

Ce parc avait dû être autrefois une de ces magnifiques promenades[1] princières, comme on en trouve encore quelquefois en Allemagne, mais comme on n'en trouvera plus en France dans cinquante ans. C'était quelque chose comme Chambord, Mortefontaine ou Chantilly ; seulement, autant la petite chaumière que je venais de voir, et ses alentours que j'avais embrassés d'un coup d'œil, paraissaient l'objet d'un soin particulier et assidu, autant l'orgueilleux parc semblait solitaire, inculte et abandonné.

En effet, autant qu'on pouvait en juger à travers certaines éclaircies de nuages et certaines relâches de la tempête, pendant lesquelles la lune essayait de se montrer au ciel et la nature de reprendre un peu de calme, ce parc, qui autrefois avait dû être si splendide, présentait un caractère de dévastation déplorable à voir : de hautes broussailles

avaient poussé sous la futaie, et des arbres déra-
cinés par la colère des ouragans, ou brisés par la
vieillesse, coupaient les allées réservées à la promenade, de façon qu'à tout moment on était forcé
de se faire jour à travers des branches, ou de franchir des troncs étendus, dépouillés et nus comme
des cadavres. Cet aspect était peu rassurant et me
donnait de médiocres chances de trouver habité le
château auquel ne pouvaient manquer de conduire
ces allées sombres et dévastées.

Cependant, en arrivant à une espèce de carrefour où, sur cinq poteaux autrefois debout,
quatre étaient maintenant abattus, j'aperçus une
lumière qui, passant, à ce qu'il me sembla, devant
une fenêtre, disparut aussitôt. Si rapide qu'eût été
cette espèce d'éclair, il avait suffi pour me guider.
Je me mis en marche dans la direction indiquée,
et, au bout de dix minutes à peu près, je me trouvai hors du parc, et j'aperçus de l'autre côté d'une
pelouse une masse noire qui me parut enveloppée d'arbres. Je présumai que c'était le château.
En avançant, je vis que je ne m'étais pas trompé ;
seulement cette lumière, pareille à une étoile
qui file, avait complètement disparu ; de plus, à
mesure que j'avançais vers l'étrange bâtiment, il
me paraissait complètement inhabité.

C'était un de ces vieux châteaux si communs
en Allemagne, auquel un ensemble architec-
tural, qui avait survécu aux travaux successifs
que la nécessité des temps ou le caprice de ses
propriétaires avaient fait exécuter, imprimait la
date du XIVᵉ siècle ; mais ce qui donnait surtout
à cette massive construction un air de tristesse

indéfinissable, c'est qu'aucune des dix ou douze fenêtres que présentait sa façade n'était éclairée. Seulement trois de ces fenêtres étaient fermées avec des volets extérieurs ; mais comme l'un de ces volets était brisé par la moitié et présentait une large solution de continuité, il était évident que cette chambre n'était pas plus éclairée que les autres, attendu que, si elle l'eût été, on eût vu briller la lumière à travers cette ouverture. Quant aux fenêtres, elles avaient dû être autrefois garnies de contrevents, comme les trois que nous avons indiquées, mais ces contrevents ou étaient à cette heure complètement arrachés, ou pendaient dégingandés, soutenus par un seul gond, et pareils à l'aile brisée d'un oiseau.

Je longeai toute cette façade, cherchant un moyen de pénétrer dans les cours intérieures où j'espérais enfin revoir cette lumière à la recherche de laquelle je m'étais mis, et à l'un des angles du bâtiment, entre deux tourelles, je trouvai enfin une porte qui me parut fermée d'abord, mais qui, faute de serrure et de verrou, céda au premier effort que je fis pour l'ouvrir. Je franchis le seuil, je m'engageai sous une voûte obscure, puis enfin j'arrivai dans une cour intérieure pleine d'herbes et de ronces, au fond de laquelle, derrière une vitre opaque, je vis comme à travers un brouillard briller cette bienheureuse lumière que je commençais à regarder comme une erreur de mon imagination.

À la lueur d'une lampe, deux vieillards se chauffaient, le mari et la femme sans doute. Je cherchai la porte, elle était à côté de la fenêtre, et, comme dans mon empressement ma main se porta sur le loquet, elle s'ouvrit vivement ; la femme jeta un cri. Je m'empressai de calmer la crainte que, bien malgré moi, j'avais inspirée à ces braves gens.

— N'ayez point peur, mes amis, leur dis-je ; je suis un chasseur égaré, je suis fatigué, j'ai faim, j'ai soif ; je viens vous demander un verre d'eau, un morceau de pain et un lit.

— Excusez la frayeur de ma femme, me répondit le vieillard en se levant. Ce château est si isolé, qu'un accident seul y conduit par hasard quelque voyageur ; il n'est donc pas étonnant qu'en voyant apparaître un homme armé, la pauvre Bertha ait éprouvé quelque frayeur, quoique Dieu merci ! nous n'ayons guère à craindre les voleurs ni pour nous ni pour notre maître.

— En tout cas, mes amis, rassurez-vous sur ce point, leur dis-je ; je suis le comte Élim M... Vous ne me connaissez pas, je le sais, mais vous devez connaître M. de R...[1], à qui j'étais recommandé à Francfort et avec lequel je chassais, quand, à la suite d'un vol de perdrix rouges, je me suis égaré dans le Taunus.

— Oh ! monsieur, répondit toujours l'homme, tandis que la femme continuait de me regarder curieusement, nous ne connaissons plus personne à la ville, attendu qu'il y a, je crois, bientôt plus de vingt ans que ni ma femme ni moi n'y avons mis les pieds ; mais nous n'avons pas besoin d'autres renseignements que ceux que vous nous donnez. Vous avez faim, vous avez soif, vous avez besoin de repos ; nous allons vous préparer à souper. Quant à un lit (les deux vieillards se regardèrent), ce sera peut-être un peu plus difficile, mais enfin nous verrons.

— Une part de votre souper, mes amis, et un fauteuil dans un coin du château, c'est tout ce que je vous demande.

— Laissez-nous faire, monsieur, répondit la femme ; séchez-vous et réchauffez-vous ; nous allons pendant ce temps arranger les choses de notre mieux.

Cette recommandation de me sécher et de me réchauffer n'était pas inutile ; j'étais mouillé jusqu'aux os, et mes dents claquaient de froid ; mon chien d'ailleurs me donnait l'exemple, et il était déjà couché au beau travers de l'âtre, supportant une chaleur qui aurait suffi à cuire le gibier à la poursuite duquel il s'était si fort fatigué.

Comme je présumai que le garde-manger était médiocrement garni, et que selon toute probabilité, le souper de ces braves gens se bornait au pot-au-feu qui bouillait devant la cheminée, et à la casserole qui chantait sur le réchaud, je mis ma carnassière à leur disposition.

— Ma foi, dit le mari en y choisissant quelques perdrix et un levraut, cela tombe à merveille, monsieur, car vous en eussiez été réduit à notre pauvre souper ; et, vu l'appétit que vous avez annoncé, cela ne laissait pas que de nous causer quelque inquiétude.

Aussitôt le mari et la femme échangèrent tout bas quelques mots ; la femme se mit à plumer les perdreaux et à dépouiller le lièvre, et le mari sortit. Dix minutes à peu près se passèrent pendant lesquelles, à force de me tourner et de me retourner devant le feu, je commençai à me sécher. Cependant, quand le mari rentra, je fumais encore des pieds à la tête.

— Monsieur, me dit-il, si vous voulez passer dans la salle à manger, il y a grand feu allumé, et vous serez mieux qu'ici. On vous y servira tout à l'heure.

Je le grondai de la peine qu'il venait de se donner en lui disant que je me trouvais à merveille où j'étais, et que j'aurais été enchanté de souper à la même table qu'eux. Mais à ceci il me répondit, en s'inclinant, qu'il savait trop ce qu'il devait à M. le comte pour accepter un pareil honneur. Puis, comme il se tenait debout près de la porte, son chapeau à la main, je me levai et lui fis signe que j'étais prêt à passer dans l'appartement préparé. Il marcha devant, et je le suivis. Mon chien poussa un long gémissement, se remit languissamment sur ses quatre pattes, et me suivit à son tour.

J'avais très grande hâte de retrouver l'équivalent du feu que j'abandonnais, de sorte que je ne fis pas grande attention aux corridors et aux chambres que nous traversâmes ; tout cela seulement me parut être dans un état de délabrement complet. Une porte s'ouvrit ; je vis un foyer immense allumé dans une cheminée gigantesque ; je me précipitai vers le feu, où, quelque hâte que je misse, Fido, grâce à ses quatre pattes, qui avaient retrouvé toute leur élasticité, était encore rendu avant son maître.

Le feu avait eu ma première attention. Mais à peine fus-je installé devant la cheminée, que mes yeux se portèrent sur la table préparée pour moi.

Elle était couverte d'une nappe faite avec cette admirable toile qu'on tire de la Hongrie et couverte d'une vaisselle splendide. Cette magnificence inattendue excita ma curiosité. J'examinai les couverts et les assiettes ; tout cela était d'un beau travail et surtout d'une richesse remarquable. Sur chaque objet étaient gravées les armes du propriétaire, surmontées d'une couronne de comte. J'étais encore occupé de cette investigation lorsque la porte s'ouvrit, et un domestique, vêtu d'une grande livrée, entra, portant le potage dans une soupière d'argent pareille au reste du service. En reportant les yeux de la soupière à celui qui la présentait, je reconnus le vieillard qui m'avait reçu.

— Mais, mon ami, lui dis-je, je vous le répète, vous me traitez avec beaucoup trop de cérémonie ; et véritablement vous allez m'ôter tout le plaisir de l'hospitalité que vous me donnez par le dérangement qu'elle vous cause.

— Nous savons trop le respect que nous devons à monsieur le comte, reprit de nouveau le vieillard en s'inclinant et en posant la soupière sur la table, pour ne pas le recevoir aussi bien qu'il est en notre pouvoir. D'ailleurs, s'il en était autrement, le comte Éverard ne nous le pardonnerait pas.

Il fallait se laisser faire. Je voulus m'asseoir sur une chaise ; mais l'étrange majordome avança un grand fauteuil : c'était celui du maître de la maison. Le dossier était orné d'un écusson aux mêmes armes que celles que j'avais déjà remarquées, et comme celles-ci surmontées d'une couronne de comte. Je pris la place indiquée. Comme je l'avais dit, je mourais de faim et de soif, de sorte que je dévorai d'abord. Au reste, tout ce qu'on m'avait servi, même la portion du dîner que je rognais aux deux serviteurs, était excellent ; le vin surtout était des meilleurs crus de Bordeaux, de Bourgogne et du Rhin. Pendant ce temps, le vieillard se confondait en excuses sur la façon dont il était forcé de me recevoir. Pour le détourner de cette inquiétude qui paraissait l'agiter autant que par curiosité, je lui demandai ce qu'était son maître et s'il n'habitait point le château.

— Mon maître, me dit-il, est le comte Éverard d'Eppstein, le dernier des comtes de ce nom. Non seulement il habite le château, mais encore il y a bientôt vingt-cinq ans qu'il ne l'a quitté. La maladie d'une personne à laquelle il porte une grande affection l'a appelé à Vienne. Voilà six jours qu'il est parti, et nous ne savons quand il reviendra.

— Mais, continuai-je, quelle est cette petite chaumière si propre, si charmante, si entourée de fleurs, que j'ai aperçue à un quart de lieue d'ici, et qui fait un si grand contraste avec le château ?

— C'est la véritable demeure du comte Éverard, répondit le vieillard. Ses anciens habitants sont tous morts, et depuis la mort du dernier, c'est-à-dire du garde-chasse Jonathas, M. le comte se l'est réservée pour lui. Il y passe ses journées, et ne rentre guère au château que pour se coucher. Aussi le pauvre château, comme vous l'avez pu voir ce soir et comme vous le verrez encore bien mieux demain, tombe-t-il en ruine, si bien qu'à l'exception de la chambre rouge, il ne reste pas une seule chambre habitable au château.

— Et qu'est-ce que la chambre rouge ?

— C'est la chambre qu'ont de père en fils habitée les comtes d'Eppstein, c'est dans cette chambre qu'ils sont nés, c'est dans cette chambre qu'ils sont morts, depuis la comtesse Léonore jusqu'au comte Maximilien.

Je remarquai qu'en prononçant ces mots, le vieillard baissait la voix et semblait avec une certaine inquiétude regarder autour de lui. Cependant je ne fis aucune observation ni ne renouvelai aucune demande. Je réfléchissais à cette poétique et étrange chose, du dernier comte d'Eppstein vivant solitaire dans son vieux château, qui quelque temps après sa mort peut-être croulerait sur sa tombe.

J'avais fini de dîner, et la faim et la soif apaisées, le besoin du sommeil commençait à se faire impérieusement sentir. Je me levai donc, et je priai le majordome qui m'avait si bien fait les honneurs du château de vouloir bien me conduire à ma chambre. Sur cette demande, il parut éprouver quelque embarras, balbutia des excuses presque inintelligibles, puis, comme s'il en eût pris enfin son parti :

— Eh bien ! monsieur le comte, dit-il, suivez-moi.

Je le suivis ; Fido, qui de son côté avait fêté le souper presque à l'égal de son maître, et qui avait repris sa place en travers du feu, se leva en murmurant et ferma la marche. Le vieillard me ramena dans la première pièce, c'est-à-dire dans celle où j'étais entré d'abord ; le lit était couvert de draps blancs et fins.

— Mais, lui dis-je, c'est votre chambre que vous me donnez.

— J'en demande bien pardon à monsieur le comte, répondit le vieillard, se trompant sur le sens de mon exclamation ; mais dans tout le château, il n'y a pas une autre chambre qui soit habitable.

— Où coucherez-vous alors, vous et votre femme ?

— Dans la salle à manger, chacun sur un grand fauteuil.

— Je ne le souffrirai pas, m'écriai-je. C'est moi qui coucherai dans un fauteuil. Gardez votre lit ou donnez-moi une autre chambre.

— J'ai déjà eu l'honneur de dire à monsieur le comte qu'il n'y avait pas, dans tout le château, une autre chambre habitable, à l'exception de celle...

— À l'exception de celle..., répétai-je.

— À l'exception de celle du comte Éverard, de la chambre rouge.

— Et tu sais qu'il est impossible que M. le comte couche dans celle-là, s'écria vivement la femme.

Je les regardai fixement tous deux. Ils baissèrent les yeux avec une expression d'embarras visible. Ma curiosité, déjà excitée par tout ce qui m'était arrivé jusque-là, était portée à son comble.

— Et pourquoi impossible ? demandai-je. Est-ce une défense du maître ?

— Non, monsieur le comte.

— Si le comte Éverard savait qu'un étranger a couché dans cette chambre, en résulterait-il quelques reproches pour vous ?

— Je ne crois pas.

— Mais alors pourquoi cette impossibilité ? Et

qu'y a-t-il donc dans cette mystérieuse chambre rouge dont je ne vous entends parler qu'avec terreur ?

— Il y a, monsieur... Il s'arrêta et regarda sa femme qui, par un mouvement des épaules, semblait lui dire : dam ! dis-le si tu veux.

— Il y a..., repris-je. Voyons, parlez.

— Il y a qu'elle est *hantée*, monsieur le comte.

Comme le brave homme me parlait en allemand, je crus avoir mal entendu.

— Comment dites-vous, mon ami ? lui demandai-je.

— Il y a, dit la femme, qu'il y apparaît des revenants. Voilà ce qu'il y a.

— Des revenants ! m'écriai-je ; ah ! pardieu, si ce n'est que cela, mon brave homme, j'ai toujours eu le plus grand désir de voir un revenant. Ainsi, loin de trouver bonne votre raison de m'exclure de la terrible chambre, je vous déclare qu'elle me donne le plus grand désir d'y passer la nuit.

— Que monsieur le comte y réfléchisse bien avant d'insister.

— Ah ! toutes mes réflexions sont faites. D'ailleurs, je vous le répète, j'ai le plus grand désir de me trouver en relation avec un spectre.

— Cela a mal réussi au comte Maximilien, murmura la vieille femme.

— Le comte Maximilien avait peut-être des motifs de craindre les morts ; moi je n'en ai pas, et je suis convaincu que s'ils sortent de terre, c'est pour protéger ou pour punir. Or ce ne peut être pour me punir que les morts sortiraient de terre, car je ne me rappelle pas avoir, dans toute ma vie, une action mauvaise à me reprocher. Si au contraire, c'est pour me protéger, je n'aurai aucun motif de craindre une ombre qui viendrait à moi dans une si charitable intention.

— Oh ! c'est impossible, dit la femme.

— Si cependant monsieur le veut absolument... reprit le mari.

— Je ne le veux point, dis-je, parce que je n'ai point ici le droit de vouloir. Si j'avais le droit, je l'exigerais, je vous le déclare. Mais ne l'ayant pas, je vous en prie.

— Eh bien ? dit la femme.

— Eh bien ! faisons donc comme le désire monsieur. Tu sais ce que dit toujours le comte : « L'hôte est le maître du maître. »

— J'y consens, dit la femme à son mari, mais à une condition : c'est que tu viendras préparer le lit avec moi. Pour tout l'or du monde, je n'irais pas seule.

— Volontiers, dit le mari. Monsieur attendra ici ou dans la salle à manger que nous ayons fini.

— Allez, mes amis, j'attendrai.

Les deux vieux serviteurs prirent alors chacun une bougie et sortirent de la chambre, le mari marchant le premier et la femme ensuite. Je restai tout pensif au coin du feu.

J'avais mille fois dans ma jeunesse entendu raconter des aventures pareilles arrivées dans de vieux châteaux à des voyageurs égarés, et j'avais toujours souri d'incrédulité à ces récits que je regardais comme fantastiques ; aussi me trouvais-je tout étonné d'être sur le point de devenir à mon tour le héros d'une semblable histoire. Je me tâtais pour voir si je ne faisais pas un rêve. Je regardai autour de moi pour m'assurer que j'étais dans une situation extraordinaire. Je sortis pour me convaincre que j'étais bien dans ce vieux château même dont j'avais entrevu dans l'obscurité le cadavre massif et sombre. Le ciel était redevenu serein, et la lune argentait les sommets des toits. Tout était muet, tout semblait mort, et le silence de la nuit n'était troublé que par le cri aigu d'une chouette cachée dans les branches d'un arbre dont on distinguait la masse noire dans un angle de la cour.

J'étais bien dans un de ces vieux châteaux aux vieilles traditions et aux légendes merveilleuses. Et certes, si l'apparition promise me manquait, c'est que le fantôme y mettrait de la mauvaise volonté. Le château où Wilhelm conduisit Lénore[1] n'avait pas un aspect plus fantastique que celui dans lequel j'allais passer la nuit. Bien convaincu que je ne faisais pas un rêve, mais que je marchais en pleine réalité, je rentrai dans la chambre des deux vieillards : la femme y était déjà de retour, tant elle s'était pressée d'accomplir son service ; le mari était resté derrière elle pour allumer le feu. Tout à coup le bruit d'une sonnette retentit. Je tressaillis malgré moi.

— Qu'est-ce que cela ? demandai-je.

— Oh ! ce n'est rien, répondit la femme ; c'est mon mari qui sonne pour me prévenir que tout est prêt. Je vais conduire monsieur le comte jusqu'au bas de cet escalier, mon mari l'attendra en haut.

— Venez donc, repris-je vivement, car j'ai hâte, je vous l'avoue, de voir cette fameuse chambre rouge.

La bonne femme s'arma d'une bougie et marcha devant. Je la suivis, et Fido, qui ne comprenait rien à toutes ces pérégrinations, quitta une troisième fois le feu et nous accompagna. À tout hasard je pris mon fusil. Nous suivîmes le même corridor dans lequel nous nous étions déjà engagés pour aller à la salle à manger. Seulement au lieu de prendre à gauche, nous tournâmes à droite, et nous nous trouvâmes près d'un de ces gigantesques escaliers à balustrade de pierre comme on n'en voit plus en France que dans les châteaux royaux ou dans les monuments publics. Au haut de l'escalier le vieux serviteur m'attendait. Je montai ces larges marches, qui semblaient faites pour des géants, puis, à son tour, le vieillard me servit de guide et pénétra dans la fameuse chambre rouge. Je le suivis.

Un grand feu brûlait dans l'âtre, deux candélabres à trois branches étaient allumés sur la cheminée, et cependant au premier coup d'œil, je ne pus embrasser la vaste étendue de la chambre. Le vieillard me demanda si j'avais besoin de quelque chose, et sur ma réponse négative, se retira. Je vis la porte se refermer derrière lui, et j'entendis ses pas qui s'éloignaient ; enfin, le bruit finit par s'éteindre, et je me trouvai non seulement dans la solitude, mais encore dans le silence. Mes yeux, qui étaient fixés sur la porte, se reportèrent alors sur la chambre ; ne pouvant, comme je l'ai dit, l'embrasser d'un coup d'œil, je résolus de l'examiner en détail. Je pris donc un candélabre et je commençai mon inspection.

Son nom de chambre rouge lui venait de grandes

tapisseries datant du XIVe siècle et dans lesquelles la couleur rouge dominait ; elles représentaient, traitées à la manière de la Renaissance, les guerres d'Alexandre ; elles étaient encadrées dans de larges panneaux de bois qui avaient dû être redorés dans le XVIIIe siècle, et dont certaines parties, restées brillantes, étincelaient ou réfléchissaient les rayons des bougies. Dans l'angle à gauche de la porte, était un grand lit surmonté d'un dais avec les armes des comtes d'Eppstein ; il était garni de vastes rideaux de damas rouge. Les rideaux du lit et les dorures du dais avaient dû être remis à neuf il y avait quelque vingt-cinq ans. Entre les fenêtres étaient des consoles dorées du temps de Louis XIV, surmontées de glaces à cadres enjolivés de fleurs et d'oiseaux ; au plafond pendait un grand lustre de cuivre avec des ornements de cristal, mais il était facile de voir qu'il y avait bien longtemps qu'il n'avait servi.

Je fis lentement le tour de la chambre, suivi de Fido, qui chaque fois que je m'arrêtais, s'arrêtait aussi et ne comprenait rien à cette rage de promenade dont il me voyait possédé. Entre la tête du lit et la fenêtre, c'est-à-dire en longeant la muraille du fond de la chambre qui faisait face à la cheminée, Fido s'arrêta tout à coup, flaira le lambris, se dressa tout debout, puis se coucha, appuyant son nez contre la base de la muraille en soufflant fortement et en donnant des signes visibles d'agitation. Je cherchai quelle cause pouvait lui inspirer cette inquiétude, mais je ne trouvai rien qui pût la motiver : le lambris paraissait parfaitement plein, je n'apercevais aucune solution de continuité ; j'appuyai le pouce en plusieurs endroits, cherchant s'il n'y aurait pas là quelque ressort caché, mais rien ne céda, et, après dix minutes de recherches infructueuses, je continuai mon voyage autour de la chambre rouge. Fido me suivit, mais en tournant cependant la tête vers l'endroit qu'il avait paru et qu'il paraissait encore désigner à mon attention.

Je revins près de la cheminée, et tout retomba dans le silence qui n'avait été troublé que par le bruit de mes pas ; cependant, au milieu de ce silence, un autre bruit se faisait encore entendre, c'était le cri funèbre et monotone de la chouette. Je regardai à ma montre, il était dix heures. Malgré la fatigue qui m'écrasait, mon envie de dormir avait disparu. Cette chambre immense, son aspect d'un autre âge, les événements qui avaient dû s'y écouler depuis deux siècles, ce que m'avaient dit les deux vieillards des hôtes surnaturels qui la fréquentaient, tout cela m'inspirait une émotion à laquelle je n'essaierai pas de trouver un nom. Ce n'était pas de la peur, non, c'était de l'inquiétude, une espèce de malaise mêlé de curiosité. Je ne savais pas ce qui se passerait pour moi dans cette chambre, mais je sentais qu'il s'y passerait quelque chose. Je demeurai une demi-heure à peu près encore dans le fauteuil et les jambes étendues devant le feu, puis, n'entendant rien, ne voyant rien, je me décidai à me coucher tout en laissant brûler un des candélabres sur la cheminée. Une fois dans le grand lit des comtes d'Eppstein, j'appelai Fido, et Fido vint se coucher à côté de moi.

Il n'y a personne qui, dans une situation pareille,

en attendant un événement quelconque, n'ait essayé de dormir. On sait alors comment les yeux se ferment lentement pour, au moindre bruit, se rouvrir tout à coup, comment le regard embrasse d'un seul jet toute la chambre où l'on est couché, puis, la voyant toujours solitaire et muette, comment la paupière se referme pour se rouvrir encore. Il en fut ainsi de moi ; deux ou trois fois déjà, presque entré dans le sommeil, je me réveillai en sursaut ; puis, peu à peu, malgré la lumière des bougies allumées dans le candélabre, les objets commencèrent à se confondre. Les grandes figures de la tapisserie semblèrent se mouvoir, le foyer parut jeter des lueurs fantastiques et inusitées, mes pensées se mêlèrent comme un écheveau de fil inextricable, et je m'endormis.

Combien de temps dura mon sommeil, je n'en sais rien ; seulement je fus réveillé par une sensation indéfinissable de terreur. Je rouvris les yeux, les bougies étaient consumées et le feu éteint. Seulement un tison avait roulé et fumait sur le marbre ; je regardai autour de moi ; je ne vis absolument rien. La chambre, au reste, n'était éclairée que par un rayon de lune qui passait à travers le contrevent brisé. Seulement, comme je le dis, je sentais en moi quelque chose d'extraordinaire, d'indéfinissable, d'inouï. Je me soulevai sur mon coude. En ce moment Fido, qui était couché sur la descente de mon lit, hurla tristement. Cette plainte lugubre et prolongée me fit frissonner malgré moi.

— Fido, dis-je, Fido ! Eh bien, mon chien, qu'y a-t-il ?

Mais au lieu de me répondre, je sentis le pauvre chien tout tremblant s'enfoncer sous mon lit, du fond duquel il poussa un second gémissement. Au même instant un léger bruit se fit entendre, c'était celui d'une porte qui grince sur ses gonds. Puis une portion du lambris se détacha et tourna sur elle-même. C'était celle devant laquelle s'était arrêté Fido. Alors, sur le carré sombre qu'elle venait de découvrir en s'ouvrant, je vis se dessiner une forme blanche, aérienne, transparente, qui, sans paraître toucher le parquet, sans qu'aucun bruit ne se fît entendre, s'avança flottante vers mon lit.

Je sentis mes cheveux se dresser sur ma tête, et une sueur froide me perler au front. Je reculai à mon tour jusque dans la ruelle ; l'ombre s'approcha de mon lit, monta sur l'estrade où il était posé, me regarda un instant en secouant la tête comme pour dire : « Ce n'est pas lui. »

Puis elle poussa un soupir, descendit la marche qu'elle avait montée, repassa dans le rayon lumineux qui me permit de m'assurer de sa singulière transparence, se retourna encore de mon côté, poussa un second soupir, secoua encore une fois la tête, et rentra par l'ouverture du lambris, dont la porte se referma sur elle en grinçant comme lorsqu'elle s'était ouverte.

Je restai, je l'avoue, sans voix, sans force, ne sentant la vie qu'aux battements redoublés de mon cœur. Un instant après, j'entendis Fido qui quittait son asile et reprenait sa première place. Je l'appelai ; il se dressa sur ses pattes de derrière, appuyant ses pattes de devant sur mon lit. Le pauvre animal était tout frissonnant encore.

Ce que j'avais vu était donc bien réel, ce n'était pas une erreur de mon esprit, un rêve de mon imagination. C'était bien une apparition, une ombre, un fantôme. J'étais réellement sous le poids d'un événement surnaturel. Cette chambre avait sans doute été le théâtre de quelque terrible et mystérieux événement. Que pouvait-il s'être passé dans cette chambre ? Voilà dans quelle vague investigation, mon esprit se perdit jusqu'au jour, car, ainsi qu'on le pense bien, je ne me rendormis pas.

Au premier rayon de l'aube, je me jetai en bas de mon lit et je m'habillai. Comme j'achevai de me vêtir, j'entendis marcher dans le corridor. Cette fois, c'étaient des pas humains. Je ne m'y trompai pas. Les pas s'arrêtèrent devant ma porte.

— Entrez, dis-je.

Le vieillard parut.

— Monsieur, dit-il, j'étais inquiet de la manière dont vous aviez passé la nuit, et je venais m'informer de votre santé.

— Mais comme vous voyez, lui répondis-je, elle est excellente.

— Vous avez bien dormi ?

— Parfaitement.

Il hésita un instant.

— Et rien n'a troublé votre sommeil ? ajouta-t-il.

— Rien.

— Tant mieux. Maintenant, si monsieur veut me donner ses ordres pour l'heure où il compte partir ?

— Mais aussitôt après mon déjeuner.

— Alors on va le préparer à l'instant même ; et

quand monsieur voudra descendre, s'il veut bien nous laisser un quart d'heure seulement, il trouvera tout prêt.

— Eh bien, soit, dans un quart d'heure.

Le vieillard sortit en saluant.

Je restai seul un quart d'heure, c'était juste le temps qu'il me fallait pour approfondir ce que je voulais savoir. À peine le bruit des pas eut-il cessé de se faire entendre que j'allai à la porte et que je poussai le verrou. Puis, je m'élançai vers la portion de la muraille que j'avais vue s'ouvrir.

Je comptais sur Fido pour me guider dans mes recherches, mais cette fois, quoique j'employasse les menaces et même le fouet pour lui faire quitter la place qu'il avait prise, il ne voulut pas même s'approcher du lambris. Je cherchai dans toutes les moulures de la boiserie, mais je ne pus trouver aucune solution de continuité visible à l'œil. J'appuyai sur tous les endroits saillants, mais aucun ne céda sous mes doigts. Je vis qu'il existait quelque ressort que je ne connaissais pas et qu'il était impossible de faire jouer sans le connaître.

Après vingt minutes de recherches infructueuses, je fus donc forcé de renoncer à mon entreprise. D'ailleurs j'entendis les pas du vieillard qui se rapprochaient, je ne voulais pas qu'il me trouvât enfermé ; je courus vers la porte et je tirai le verrou au moment où il allait frapper.

— Le déjeuner de monsieur le comte est prêt, dit-il.

Je pris mon fusil et je le suivis en jetant un regard sur le mystérieux lambris. J'entrai dans la salle à manger ; mon déjeuner était servi avec le même luxe d'argenterie que mon souper de la veille.

Quoique très préoccupé de mon aventure de la nuit, je n'en ouvris pas la bouche : j'avais compris que ce n'était pas à des serviteurs nés dans la maison, et vieillis sans doute dans la fidélité, qu'il fallait demander le secret de leurs maîtres. Je me hâtai donc de déjeuner, puis, mon déjeuner achevé, je remerciai encore une fois mes hôtes de la bonne hospitalité qu'ils m'avaient accordée, et je priai le vieillard de m'indiquer mon chemin pour retourner à la ville. Il s'offrit à m'accompagner jusqu'à un sentier qui me conduirait hors des montagnes du Taunus ; comme je ne me souciais pas de m'égarer de nouveau, j'acceptai. Nous fîmes un quart de lieue à peu près, alors nous trouvâmes un chemin assez frayé pour qu'il n'y eût aucune crainte de se tromper en le suivant. Une demi-heure après j'étais hors des montagnes du Taunus, trois heures après j'étais à Francfort.

À peine pris-je le temps de changer de costume ; j'avais hâte de voir mon professeur, je courus chez lui. Je le trouvai extrêmement inquiet de mon absence ; on avait envoyé à ma recherche les deux gardes et trois ou quatre valets de ferme.

— Enfin, me demanda-t-il, où avez-vous passé la nuit ?

— Au château d'Eppstein, répondis-je.

— Au château d'Eppstein ! s'écria-t-il, et dans quelle partie du château ?

— Dans la chambre du comte Éverard, qui était à Vienne.

— Dans la chambre rouge ?

— Dans la chambre rouge.

— Et vous n'avez rien vu ? me demanda le professeur avec une curiosité mêlée d'hésitation.

— Si fait, lui répondis-je, j'ai vu un fantôme.

— Oui, murmura-t-il, c'est celui de la comtesse Albine.

— Qu'est-ce que la comtesse Albine ? demandai-je.

— Oh ! me répondit-il, c'est tout une histoire, terrible, incroyable, inouïe ; une de ces histoires comme on n'en trouve que dans nos vieux châteaux des bords du Rhin, et dans nos montagnes du Taunus, une histoire… que vous ne croiriez pas si vous n'aviez pas couché dans la chambre rouge.

— Oui, mais que je croirai maintenant que j'y ai couché, je vous le jure. Vous pouvez donc me la conter, mon cher professeur, et je vous proteste que vous n'aurez jamais eu un auditeur plus attentif.

— Eh bien ! me dit mon compagnon de chasse, comme le récit est un peu long, faites-moi le plaisir de venir dîner avec moi, et, au dessert, d'excellents cigares à la bouche et les pieds sur les chenets, je vous conterai cette terrible légende, dont notre fantastique Hoffmann eût certainement fait, s'il l'eût connue, le plus terrifiant de ses contes.

Comme on le comprend bien, je n'avais garde de refuser une pareille invitation. Je me trouvai donc, à l'heure dite, chez mon professeur, lequel, après le dîner, me raconta, selon la promesse faite, l'histoire de la chambre rouge.

— Eh bien ! cette histoire ? demandâmes-nous tout d'une voix au comte Élim.

— Cette histoire, j'en ai fait une espèce de livre fort gros et fort ennuyeux, que je vous apporterai demain si vous le voulez absolument, et que je vous lirai le plus rapidement possible.

— Et pourquoi pas ce soir ? demandai-je dans mon impatience.

— Parce qu'il est trois heures du matin, répondit le comte Élim, et que cela me paraît une heure raisonnable pour se retirer.

Chacun fut de l'avis du préopinant[1]. On prit rendez-vous pour le lendemain, dix heures du soir. À dix heures moins un quart, tous les auditeurs étaient rassemblés ; à dix heures juste, le comte Élim arriva, son manuscrit sous le bras. À peine lui donna-t-on le temps de s'asseoir, tant le désir d'entendre le récit des événements promis était vif. On prit place autour du lecteur, et, au milieu du plus profond silence, le comte Élim commença l'histoire si impatiemment attendue.

I

Nous sommes en septembre 1789 ; le sol européen tremble encore de la chute de la Bastille,
et Francfort, ville libre, mais ville où se font les
Césars[1], a en même temps peur et espoir de cette
révolution qui gronde. Le château d'Eppstein n'a
que peur, car son maître, le vieux comte Rodolphe,
est tout dévoué à l'empereur, qui s'apprête à nous
déclarer la guerre[2].

Pourtant ce n'étaient pas seulement les soucis
politiques, à coup sûr, qui courbaient son front
et desséchaient son âme, le jour où ce récit commence. Dans la grande salle de son château, il
était assis, la tête penchée, et à ses côtés se tenait
sa femme. D'abondantes larmes coulaient silencieusement sur les joues amaigries de la comtesse.
Le comte ne pleurait qu'en dedans. C'étaient deux
belles et nobles figures de vieillards ; tous leurs
mouvements trahissaient à la fois une dignité
profonde et une touchante bonté, et leurs têtes
blanchies semblaient, pour parler comme Schiller[3], couronnées de saintes actions. Ils délibéraient
gravement et tristement.

— Il faut pardonner, disait la mère.

— Le puis-je ? répondait le père. Si personne ne devait nous voir, je tendrais les bras à Conrad et à sa femme ; mais, hélas ! noblesse oblige, et il y a tant de regards fixés sur nous. Nous devons au monde de sévères exemples, et, eussions-nous la mort au cœur, il nous faut mourir debout. J'ai chassé Conrad, Conrad ne paraîtra plus devant moi ; nous ne l'embrasserons plus, Gertrude.

— Je comprendrais mieux cette rigueur, reprenait timidement la mère, si Conrad était l'aîné de notre maison ; mais celui qui sera le chef des Eppstein après vous, c'est Maximilien.

— N'importe, dit le comte, Conrad n'en est pas moins un Eppstein.

— Survivra-t-il à votre colère ? hasarda encore la comtesse.

— Il nous rejoindra donc plus tôt là où les pères peuvent toujours embrasser leurs enfants.

Et il se tut, car il avait peur, s'il ajoutait une seule parole, de fondre en larmes comme sa femme.

Après un moment de silence, on frappa discrètement à la porte, et un vieux serviteur de la maison, appelé Daniel[1], entra sur l'invitation du maître.

— C'est monseigneur Maximilien qui demande à son père l'honneur d'un moment d'entretien, dit Daniel.

— Introduisez mon fils, répondit le comte.

— Celui-là, reprit le vieux Rodolphe avec amertume, quand Daniel fut parti, celui-là se déshonore dans mon cœur, mais ne se mésallie pas dans la société. Il se déprave, mais ne se déplace pas ; il oublie d'être bon, mais il se souvient qu'il est comte ; il reste noble, sinon d'âme, du moins d'apparence ; Maximilien est mon digne héritier.

— Conrad n'est que votre digne fils, dit la comtesse.

Le comte Maximilien était un homme d'une trentaine d'années à peu près, d'une figure à la fois sombre et altière, de haute taille et d'allure vigoureuse. Il avait d'ordinaire des gestes résolus et impérieux. Sa physionomie, dans les situations habituelles de la vie, exprimait moins l'intelligence que l'audace. Devant lui, l'on se sentait en présence d'une volonté implacable, et c'est par cette mine déterminée et hautaine qu'il savait imposer à des esprits souvent supérieurs au sien. Le désir chez cet homme devait se traduire immédiatement en action. On avait peine à soutenir son regard fixe et hardi ; on se disait vaguement que peu d'obstacles devaient tenir contre sa colère, et que peut-être lui-même ne saurait pas contenir au besoin sa violente nature. Et cependant, lorsque Maximilien entra, toutes les empreintes rudes ou fatales de sa physionomie étaient en ce moment non pas effacées, mais adoucies par le puissant effort qu'il s'était imposé à lui-même. Il s'agenouilla devant le comte, baisa sa main et celle de sa mère, et attendit debout et en silence que le vieillard lui adressât la parole.

Le comte Maximilien, nous l'avons dit, pouvait avoir trente ans ; mais déjà des rides précoces sillonnaient son visage, où les soucis de l'ambition avait laissé leur dévorante empreinte. Le comte avait un de ces fronts allemands larges, mais qui sonnent le creux, pleins qu'ils sont d'orgueil bien plutôt que de génie. Son nez recourbé et ses lèvres minces ne contribuaient pas peu à lui donner cet aspect dominateur qui frappait d'abord. Le pli de son sourcil, et il le fronçait souvent, était terrible ; en même temps son sourire, et il ne souriait guère, était le sourire obséquieux, faux et avide du courtisan. Sa taille haute et droite savait effectivement se plier devant le maître. En somme dans son extérieur comme dans son âme, de l'audace, mais pas de grandeur ; de la froideur, mais pas de calme ; du dédain, mais pas de clémence. Il était ambitieux à la façon du père Joseph[1], mais non à celle de Wallenstein[2], et l'on comprenait au premier coup d'œil qu'il devait se venger de son humilité envers les grands par sa hauteur envers les petits.

— Avant de vous entendre, mon fils, dit gravement Rodolphe, j'ai à vous reprocher un nouveau grief. Tant que vous avez été jeune, nous avons usé d'indulgence en mettant vos méfaits sur le compte de votre âge, mais vous avancez dans la vie, Maximilien. Si Dieu vous a retiré votre femme, il vous a laissé votre fils. Maximilien, vous êtes père ; de plus, dans quelques jours, je le sens à ma faiblesse, vous deviendrez seigneur et maître de tous nos domaines et seul représentant de tous nos aïeux ; n'est-il pas temps de vous préparer sérieusement à votre destinée, et veiller désormais sur votre conduite qui a causé tant de scandale dans le pays, tant de douleur dans le château ?

— Mon père, répondit Maximilien, votre bonté a toujours un peu trop écouté, ce me semble, les

plaintes des manants ; je suis gentilhomme, j'aime
le plaisir, et les jeux du lion ne sont pas ceux de
l'agneau, mais je n'ai jamais dérogé, que je sache.
Pour l'honneur de mon nom je me suis battu trois
fois ; quant au reste, je n'ai pas la conscience étroite,
c'est vrai. Quel nouveau délit ai-je donc commis,
de grâce ? Mes piqueurs ont-ils encore dévasté un
champ de blé ? Mes chiens se seraient-ils permis
par hasard d'étrangler la laie du voisin ? Mon cheval aurait-il écrasé un paysan par mégarde ?

— Mon fils, vous avez déshonoré la fille du
bailli d'Alpœning.

— Hélas ! c'est vrai, reprit avec un soupir
Maximilien, mais mon noble père devrait ne pas
voir ces sortes de choses ; ne sait-il pas bien que,
comme Conrad, mon frère, je ne me dégraderai
jamais au point d'épouser une fille du peuple ?

— Oh ! je n'ai pas cette crainte sans doute,
interrompit le vieillard avec une triste ironie.

— Eh bien ! continua Maximilien, que redoute
Monseigneur ? le scandale, comme il disait tout
à l'heure ; hélas ! il peut encore se rassurer sur ce
point. Un affreux malheur est arrivé ; la pauvre
Gretchen se promenait seule hier sur les bords
du Main ; elle aura voulu, je le suppose, cueillir
quelque rose sauvage, quelque pervenche ou
quelque myosotis ; le pied lui aura glissé, et le
fleuve l'a entraînée ; bref, on n'a retrouvé son
corps que ce matin. Je suis au désespoir de cette
mort inattendue. J'aimais beaucoup Gretchen, et
pardonnez-le-moi, mon père, je l'ai pleurée, mais
Votre Seigneurie voit qu'elle peut être tranquille
sur les suites de ma folie.

— En effet, dit le comte, stupéfait devant cette insouciante douleur, devant cette égoïste étourderie, qui croyait à un accident plutôt qu'à un crime, et ne voyait à accuser dans tout cela que le hasard.

La mère leva les mains et les yeux au ciel, demandant sans doute pardon à Dieu et à Gretchen pour son fils, qui ne savait ce qu'il faisait. Après une pause, le comte reprit :

— Vous avez à me parler, mon fils ?

— Oui, mon père, j'ai une grâce à vous demander, non pour moi qui ai tâché de ne jamais encourir votre colère, mais pour mon frère Conrad qui, s'il est coupable, est bien malheureux, allez, Monseigneur.

— C'est bien, c'est d'un bon frère, ce que vous faites là, Maximilien, s'écria avec émotion la comtesse, heureuse de trouver une fois son fils généreusement inspiré.

— Oui, ma mère, poursuivit Maximilien ; vous le savez, j'aime Conrad : âme faible mais excellente, il m'a de tout temps cédé comme à son maître, et je n'ai jamais eu lieu d'être jaloux de cette douce et inoffensive nature qui reconnaît ma supériorité sans conteste. Ce n'est pas sa faute s'il est né pour être professeur de philosophie plutôt que pour porter l'épée. Je sais bien que sa bévue est un peu forte : épouser secrètement une fille de rien parce qu'il l'aimait, introduire dans notre famille l'enfant légitime d'une bourgeoise, au lieu de l'enrichir tout simplement d'un bâtard, c'est une niaiserie dont je conviens avec vous. Mais erreur n'est pas crime ; la petite Noémi est fort jolie, elle aura ensorcelé le candide Conrad, dont elle était le premier amour.

Après tout, mon père, la chose est moins grave que si j'avais commis, moi, la même sottise, moi l'aîné et le chef des Eppstein ; je sais bien que l'empereur s'irritera s'il vous voit accepter paternellement une telle mésalliance ; mais j'irai à Vienne et je l'apaiserai. Nous lui transformerons Gaspard, le garde-chasse, père de Noémi, en un vieux militaire ; avec le temps, on oubliera cette histoire. Ce n'est qu'à moi que votre indulgence ferait tort, n'est-ce pas, mon père, à moi qui dois vous succéder dans vos titres et dans la faveur de la cour ! Eh bien ! par amitié pour ce bon Conrad, j'en subirai les conséquences. À force de zèle, je réparerai cet échec porté à notre crédit, et je regagnerai les bonnes grâces de l'empereur. Soyez tranquille. Ainsi, je vous en conjure, Monseigneur, n'exilez pas en France, comme vous le vouliez faire, Conrad et sa femme ; laissez-le près de vous : sa vie studieuse et réfléchie fait-elle tant de bruit ? Le pauvre garçon est plein de tendresse, il vous aime tant, ma mère et vous ; il est tellement attaché à ce sol qu'il n'a jamais pu quitter ! Un bannissement, c'est pour lui presque un arrêt de mort, mon père.

— Vous faites votre devoir, Maximilien, en plaidant la cause de votre frère : je ferai le mien en vous refusant. Conrad s'obstine absolument à ne pas rompre ce mariage, n'est-ce pas ?

— Je dois convenir que sur ce point, il est inflexible, Monseigneur ; il est même inutile de lui en parler, je crois.

— Eh bien ! si je cédais quand il résiste, toute la noblesse d'Allemagne, solidaire des actes de l'un des siens, me pardonnerait-elle ma faiblesse ?

— Non, sans doute ; mais au moins consentez à voir Conrad, à l'entendre lui-même, mon père, répondit Maximilien.

— Impossible, reprit le vieux comte qui avait peur de sa tendresse, impossible.

— Que Votre Seigneurie me pardonne donc, dit Maximilien. Mais j'ai pris sur moi d'inviter mon frère à venir me rejoindre ici. Qu'il ne s'éloigne pas sans voir une dernière fois votre visage. Il est là, sans doute ; il vient, le voici. Par grâce, recevez-le, mon père.

— Monseigneur, dit la comtesse à voix basse à son mari, si je vous ai toujours été une épouse soumise et dévouée, accordez-moi (qui le saura ?) le suprême bonheur de revoir encore mon enfant.

— Qu'il soit fait ainsi que vous le voulez, Gertrude, mais que ce soit sans faiblesse, entendez-vous.

Le comte Rodolphe fit un signe, Maximilien courut à la porte et l'ouvrit à Conrad, qui vint, silencieusement se mettre à genoux à quelque distance de son père.

Les deux frères formaient le contraste le plus complet. Autant Maximilien était fort et résolu, autant Conrad semblait chétif et doux. Le pâle visage de celui-ci, encadré de longs cheveux blonds, animé du feu de ses grands yeux bruns, faisait ressortir avec plus de rudesse les traits anguleux, le teint de bronze et toute la robuste physionomie de Maximilien. Une main de ce dernier eût enserré sans peine les deux mains féminines de Conrad. L'un effrayait presque, l'autre charmait tout de suite. C'était un grand et

solennel tableau de famille que celui-là : le frère
aîné, debout, immobile, spectateur assez indifférent et assez calme de cette scène que sa clémence
calculée avait préparée ; le jeune frère, un genou
en terre, ému, tremblant, mais soutenu par une
pensée intérieure qui mettait dans ses yeux autant
d'éclairs que de larmes ; le père, le grand seigneur patriarche aux cheveux blancs et à la barbe
blanche, assis dans un fauteuil sculpté, plein de
majesté au-dehors, plein de trouble au-dedans, et
se forçant à la rigueur pour ne pas se laisser aller
à l'attendrissement ; puis la mère affaissée sur un
escabeau où elle semblait agenouillée, essuyant
quelque larme furtive et regardant tour à tour son
époux avec crainte, et son fils avec amour ; pour
fond, enfin, une antique et sombre boiserie d'où
se détachaient presque vivants les portraits des
aïeux témoins et juges.

— Parlez, Conrad, dit le comte Rodolphe.

— Monseigneur, dit Conrad, il y a trois ans,
j'avais vingt ans et une âme rêveuse et pressée d'aimer. Tandis que mon frère Maximilien, emporté
par sa fougue, courait l'Allemagne et la France,
je m'étais toujours plu à rester près de vous, près
de ma mère, et dans ma sauvagerie, je n'avais pas
seulement refusé d'aller à la cour, mais de fré-
quenter même les châteaux voisins. Je n'avais pas
besoin d'un grand horizon à mon bonheur ; seulement si mes pieds étaient paresseux, ma pensée,
je le répète, était active, mon cœur impatient. La
seule femme que j'eusse connue, c'était ma mère ;
et quand je trouvai sur mon chemin une jeune fille
belle comme elle avait dû l'être, bonne comme

elle l'était, je ne m'informai pas de quel nom de
famille cette jeune fille s'appelait – l'amour ne sait
que les noms de baptême – et j'aimai Noémi parce
qu'elle était charmante et qu'elle était pure.

— Oh ! si j'avais été ici, murmura Maximilien,
avec quel plaisir j'aurais débarrassé ta Noémi de
cette dernière qualité qui t'a si fort séduit, pauvre
frère !

— Néanmoins, poursuivit Conrad, comme je ne
veux rien avancer qui ne soit vrai, Monseigneur,
je vous avouerai que je n'ai pas aveuglément cédé
tout de suite à cette passion qui m'entraînait ;
non, en mesurant la distance qui séparait de moi
Noémi, en songeant à votre douleur, j'ai essayé
de refouler en moi cet amour, mais il a jailli plus
violent de la contrainte ; une irrésistible puissance
m'attirait sans cesse vers la maison de Gaspard,
et un jour, enfin, Noémi vaincue me dit qu'elle
m'aimait aussi.

— L'ambitieuse fille ! murmura Maximilien.

— Que devais-je faire alors ? reprit Conrad. La
fuir, n'est-ce pas, ma mère ? Je n'étais pas assez
fort. La tromper, dis, Maximilien ? Je n'étais pas
assez lâche. Vous venir trouver, n'est-ce pas, mon
père, et vous tout avouer ? Je ne l'ai point osé.
J'ai épousé secrètement Noémi ; ainsi j'évitais
votre courroux, ainsi je m'épargnais la souffrance
du moment, et il me semblait que je n'offensais
ni Dieu ni les hommes. Je me trompais double-
ment. Un fils m'est né[1], et il m'a fallu choisir entre
votre colère, mon père, et le déshonneur de ma
femme. J'ai choisi votre colère qui ne devait acca-
bler que moi, et, malgré toutes les tentatives des

hommes pour séparer ce que Dieu a réuni, je la choisis encore aujourd'hui et je la choisirai encore demain. Mais vous voyez, Monseigneur, que je trouve votre colère juste et que je l'avais, hélas ! prévue. Ce n'est donc pas pour la détourner de moi que je suis à vos genoux. Seulement, banni de votre présence comme je m'y attendais, je voudrais bien savoir, en partant que je n'emporte pas votre mépris.

— Conrad, répondit le comte d'une voix sourde et lente, nous sommes vous et moi d'une race historique à qui il n'est pas permis de faillir. Le sort nous a placés haut pour que le monde nous voie, et que nous donnions l'exemple au monde. C'est peut-être une fatalité, mais il faut la subir, et vous l'avez éludée. Vous vous êtes rendu coupable d'un crime de lèse-noblesse, Conrad. Le vent de révolution qui souffle de France aurait dû pourtant vous avertir de vous tenir ferme. Plus que jamais nous devons garder nos privilèges quand ils deviennent des dangers. Gentilhomme et père de famille responsable des actions des miens, il sied que ma sévérité répare votre faiblesse, et que le vieillard se redresse là où le jeune homme a chancelé. Partez donc, allez en France, et servez bien le roi Louis XVI. Mes vœux vous suivent. Vous m'avez demandé si je vous méprisais, je vous réponds en me justifiant. Quand votre nourrice vous apporta à moi, Conrad, je vous pris entre mes bras et, vous élevant au-dessus de ma tête, je vous offris d'abord à Dieu, ensuite à l'empereur, puis à la noblesse d'Allemagne, puis enfin à chacun de mes illustres aïeux. Aujourd'hui que je suis encore sur la terre, c'est aux ancêtres, à la noblesse, à l'empereur que je dois compte de vous, et je vous renie ; demain, là-haut, je me glorifierai peut-être de vous devant le Seigneur.

— Mon père, s'écria Conrad, je vous révère et je vous adore. Vous êtes grand, terrible et bon, et vous me rendez fier en m'accablant. Je serai digne de vous, Monseigneur ; je dois à notre famille une expiation et je m'acquitterai en Eppstein. Adieu.

Conrad s'inclina profondément devant son père sans néanmoins s'approcher de lui. Le vieillard lui fit un geste d'adieu de la main, mais il ne parla pas, car l'émotion le gagnait, et il avait peur d'ouvrir les bras à son fils. Pour la comtesse, elle n'osait même pas regarder Conrad. Elle tenait la tête basse, ses larmes baignaient son vieux visage, et les mains jointes, elle priait. Conrad la salua aussi de loin ; mais, en dépit de l'étiquette tacitement convenue de cette entrevue dernière, il ne put s'empêcher d'envoyer un baiser de la main à celle dont les flancs l'avaient porté. À cela près, le fier jeune homme se modela sur le comte et resta inébranlable. Le père fut content de son enfant.

— Accompagnez votre frère jusqu'au seuil, dit-il à Maximilien qui, durant cette étrange et imposante scène, était resté muet et se mordant les lèvres.

— Si Votre Seigneurie me le permet, reprit l'aîné des Eppstein, je reviendrai lui parler tout à l'heure.

— Je vous attends, répondit le vieillard.

Et les deux frères sortirent, l'un d'eux pour ne plus rentrer.

Ce qui se passa entre le père et la mère, lorsque ces deux graves douleurs restèrent face à face, personne ne peut le dire, car Dieu seul vit leurs larmes et entendit les gémissements de leurs cœurs brisés ; seulement, lorsque Maximilien rentra au bout d'un quart d'heure, les deux vieillards avaient repris leur attitude sereine et leur appareil[1] de puissance paternelle.

— Je puis en convenir, Monseigneur, dit Maximilien : maintenant que votre arrêt ne peut plus être révoqué, maintenant que j'ai vu partir Conrad avec sa femme et son fils, ce que vous avez fait, vous deviez le faire.

— N'est-ce pas, Maximilien, reprit le comte avec un sourire amer, n'est-ce pas que c'est bien ton avis ?

— Oui, mon père, car l'empereur ne vous eût pas pardonné votre indulgence ; et, certes, il eût pour longtemps retiré sa faveur de notre famille.

— J'ai agi pour l'honneur, et non pour les honneurs, dit le comte.

— Par le temps qui court, mon père, cela se ressemble beaucoup.

— De quoi aviez-vous à m'entretenir, mon fils ? interrompit gravement le vieux comte.

— Voici, mon père. Malgré la sagesse de votre sévérité, votre crédit n'en a peut-être pas moins un peu souffert : j'ai songé à le relever. Je n'ai perdu Thécla[2], ma femme, que depuis un an ; et, rassuré par la naissance de mon fils Albert sur l'avenir de votre nom, l'idée d'un second mariage ne m'était pas venue encore ; mais avec l'occasion de regagner les bonnes grâces de l'empereur se

présente le parti le plus souhaitable, la fille d'un
de vos vieux amis, mon père, la fille du duc de
Schwalbach, qui est pour l'heure tout-puissant à
Vienne.

— Est-ce d'Albine de Schwalbach que vous parlez, Maximilien ? demanda la comtesse.

— Oui, ma mère ; elle est fille unique et appor-
tera de grands biens dans notre maison.

— Ma sœur l'abbesse, reprit la mère, dans le
couvent de laquelle Albine a été élevée, et auprès
de qui je m'informais de la fille d'un ami, m'a
parlé de cette beauté sans égale.

— Et, ajouta Maximilien, elle a en douaire[1] le
magnifique domaine de Winkel, aux portes de
Vienne.

— Ma sœur ajoutait que la grâce d'Albine n'était
que la parure de la plus charmante bonté.

— Sans compter, poursuivit le jeune homme,
que le duc de Schwalbach obtiendra aisément,
n'est-ce pas, mon père ? de transmettre à son
gendre, après lui, son titre de duc et ses biens.

— Quel bonheur, dit la comtesse, de nommer
cette enfant ma fille, et de lui tenir lieu de la mère
qu'elle a perdue !

— Et quel honneur de s'allier aux Schwalbach !
dit Maximilien.

— Oui, dit le comte, les Schwalbach sont une
des plus grandes et des meilleures branches de
l'arbre germanique.

— Eh bien ! mon père, ayez donc la bonté
d'écrire à votre ancien compagnon d'armes, et lui
demander sa fille pour votre fils.

À cette demande succéda un assez long silence.

Le vieux comte avait laissé tomber sa tête sur sa poitrine et paraissait réfléchir profondément.

— Eh quoi ! mon père, vous ne répondez pas ? Eh quoi ! Monseigneur, vous semblez hésiter ! Une telle union, qui ajouterait tant à la splendeur de notre famille, ne peut pas, ne doit pas vous déplaire.

— Maximilien, Maximilien, reprit sévèrement le comte Rodolphe, ne puis-je employer vos distinctions que je ne reconnais point, et dire que, si le gentilhomme est en vous sans reproche, l'homme, hélas ! a souvent failli ? Maximilien, cette enfant sera-t-elle heureuse ?

— Elle sera comtesse d'Eppstein, mon père.

Il y eut un second silence. Certes, ces deux hommes ne se ressemblaient et ne se comprenaient guère, réunis qu'ils étaient bien plutôt par les lois du monde que par les liens du sang. Le fils dédaignait le père pour ses préjugés ; le père méprisait le fils pour ses déportements.

— Faites attention, Monseigneur, reprit Maximilien, que l'occasion se présentant d'ajouter à l'éclat de notre nom, vous repoussez cette occasion, vous, le gardien de notre gloire, vous, responsable envers les nôtres aussi bien de l'honneur à acquérir que des taches à effacer.

— Votre père sait ce qu'il doit faire, monsieur, repartit le vieux comte, atteint au cœur. Partez pour Vienne ; vous y trouverez en arrivant une lettre de recommandation auprès du duc de Schwalbach.

— Je vais donc, s'il vous plaît, quitter le château sur l'heure, dit Maximilien : une si noble héritière doit être bien entourée, et Dieu veuille que ma demande n'arrive pas trop tard.

— Faites à votre gré, mon fils, répondit le vieillard.

— Daignerez-vous, Monseigneur, et vous, ma mère, donner votre bénédiction à celui qui s'en va ?

— Soyez béni, mon fils, dit le comte.

— Maximilien, que Dieu vous conduise, dit la comtesse.

Maximilien baisa la main de sa mère, fit un salut respectueux au comte, et sortit.

— L'autre, dit le vieillard quand il fut seul avec la comtesse, l'autre, celui qui est parti le premier, n'a pas même osé vous la demander, votre bénédiction. Mais il l'a eue, n'est-ce pas, Gertrude ? Il a eu la tienne et la mienne, et Dieu entend mieux encore le cœur qui se tait que les lèvres qui parlent.

II

Et maintenant, si nous quittons les bords du Main et le morne château d'Eppstein pour les délicieux environs de Vienne et pour la charmante villa de Winkel, nous trouverons là, courant parmi les fleurs, les cheveux épars et le teint animé, Albine de Schwalbach, délicieuse enfant de seize ans. Au bout de l'allée dans laquelle elle voltige, le duc son père, moins grave, plus expansif que son vieil ami le comte d'Eppstein, est assis sur un banc de pierre, et il regarde sa fille qui lui fait mille et mille coquetteries en passant et repassant devant lui. Le duc de Schwalbach est un véritable conseiller allemand[1].

— Qu'avez-vous donc depuis ce matin, père ? demanda la jeune fille en s'arrêtant tout à coup au moment où, passant pour la vingtième fois devant le duc, elle venait de surprendre sur ses lèvres un sourire qui l'avait déjà fort intriguée. Vous me regardez, ce me semble, d'une façon tout à fait mystérieuse et singulière. À quoi songez-vous ?

— À cette grande lettre cachetée de noir qui avait, selon toi, un parfum de Moyen Âge, qui venait de si loin et que j'ai si longtemps méditée.

— Bon alors, je ne vous demande plus votre secret, mon père, car je n'ai bien certainement aucun rapport avec cette respectable missive, dit la jeune fille en s'apprêtant à reprendre sa course.

— Un rapport très direct, au contraire, reprit le conseiller. Cette respectable missive ne parle que de mon étourdie.

Albine s'arrêta en ouvrant de grands yeux étonnés.

— De moi ? dit-elle en se rapprochant du vieillard ; de moi ? oh ! montrez-la-moi vite, alors, mon père. De quoi s'agit-il ? Parlez, mais parlez donc !

— Il s'agit d'une demande en mariage.

— Oh ! alors, si ce n'est que cela, dit la jeune fille en allongeant les lèvres avec un petit air de dédain charmant.

— Comment, si ce n'est que cela ! reprit en souriant le vieillard. Peste ! que traiterez-vous donc avec importance si vous parlez du mariage avec cette légèreté ?

— Mais, mon père, vous savez bien d'avance que

je refuse. Tous ces étourneaux de Vienne, conseillers de cour, conseillers de légation, conseillers intimes, têtes frisées et creuses, ne me plaisent pas le moins du monde et ne me plairont jamais, vous le savez, n'est-ce pas ? Je vous l'ai déjà dit, et je croyais qu'il était convenu, cher petit père, que vous ne m'en parleriez même plus.

— Mais tu oublies, enfant, que la lettre vient de bien loin.

— Ah ! c'est vrai. Alors il faudrait m'éloigner de vous, et c'est encore pis. Je ne veux pas vous quitter, je ne veux pas, je ne veux pas, répéta la jeune fille en se mettant à la poursuite d'un papillon qui bientôt monta en l'air comme une fleur emportée par le vent et disparut.

Le duc attendit un instant ; puis, lorsque sa fille fut revenue à portée de sa voix :

— Petite hypocrite, dit-il, vous omettez la véritable raison de votre refus.

— La véritable raison de mon refus ? dit Albine étonnée. Et quelle est cette raison ?

— Votre passion profonde, irrésistible.

— Oh ! vous allez encore vous moquer de moi, mon père, reprit Albine en se rapprochant du duc comme pour le désarmer.

— Cette passion malheureusement sans espérance pour Goetz de Berlichingen[1], pour le chevalier à la main de fer, mort, hélas ! sous l'empereur Maximilien.

— Mais ressuscité par le poète, mon père ; mais vivant et bien vivant dans le drame de Goethe. Eh bien ! oui, cent fois oui ; en dépit de vos railleries, je l'aime et je l'admire, ce cœur noble et loyal,

ce héros si simple et si sublime, qui aime si fort
et qui frappe si ferme. Que voulez-vous, c'est un
malheur ; eh bien ! tout vieux qu'il est, car vous
êtes toujours à me dire qu'il est vieux, comme s'il
y avait un âge pour de pareils hommes, eh bien !
tout vieux qu'il est, il me dépoétise tous ces petits
messieurs de la cour. Oui, Goetz de Berlichingen, Goetz à la main de fer, voilà mon homme, et
jusqu'à présent, convenez-en, mon père, vous ne
m'avez présenté que des poupées.

— Enfant ! enfant ! tu n'as pas seize ans encore,
dit le duc, et tu veux un époux de soixante.

— De soixante, de soixante-dix, de quatre-
vingts, s'il ressemble à mes rudes, loyaux et braves
chevaliers du Rhin, à Goetz à la main de fer, à
Franz de Sickingen, et même à Hans de Selbitz[1].

— Eh bien ! alors, ma chère Albine, reprit le
duc de l'air le plus grave, cela tombe à merveille,
car c'est un homme de cette trempe, un homme
taillé sur le patron que tu désires, qui demande
ta main.

— Oh ! quelle raillerie, mon père, et comme
vous vous moquez de moi !

— Non, vraiment ; regarde seulement la signature de la lettre, et tu verras.

Et le conseiller tira la lettre de sa poche, la
déplia, et montra la signature à Albine.

— Rodolphe d'Eppstein, lut la jeune fille.

— Eh bien ! ma jolie amazone, voilà qui vous
convient, je l'espère, reprit le duc. Celui-là s'est
battu à la guerre de Sept Ans[2], et tout aussi bien,
à ce qu'on m'a dit, que s'il était né dans votre fabuleux XVIe siècle de barbare mémoire. Par exemple,

il est un peu vieux, je l'avoue ; mais que t'importent à toi soixante ans, soixante-dix ans, quatre-vingts ans, pourvu qu'il ressemble à tes héros, as-tu dit. Rodolphe d'Eppstein en a soixante-douze, cela fait juste ton compte, et quant au courage, à la loyauté et à la noblesse, j'espère que tu ne les nieras pas.

— Croyez-vous, mon père, reprit la jeune fille en riant, que je sache assez peu mon Allemagne pour ignorer que le comte Rodolphe d'Eppstein a épousé, voilà bientôt trente ans, la sœur de ma bonne tante l'abbesse du Tilleul-Sacré ?

— Alors, puisqu'on ne peut pas vous tromper, savante, c'est donc pour un de ses fils que mon vieux compagnon demande votre main : celui-là a le double malheur d'avoir trente ans à peine et peu de cheveux blancs ; mais s'il n'est pas des héros, il est de leur race ; et, sois tranquille, ses trente ans croîtront en nombre, ses cheveux noirs iront blanchissant. Ajoute à cela, folle tête, esprit romanesque que tu es, un vieux château dans les montagnes du Taunus, à quelques lieues seulement de ton vieux Rhin que tu aimes tant, avec une légende des plus fantastiques : une châtelaine qui revient parce qu'elle est morte la nuit de Noël, ce qui ne me paraît pas bien conséquent. Mais, comme tu le sais, la poésie et la raison, ces deux filles du ciel, sont comme les songes, qui sortent les uns par la porte de corne et les autres par la porte d'ivoire[1] : ils viennent du même lieu, mais en se tournant le dos.

— Et quelle est cette légende, mon père ? la savez-vous ? demanda la jeune fille, dont les yeux, à ces mots, brillèrent de curiosité.

— Non, pas assez bien pour t'en instruire ; je l'ai entendu raconter dans le temps à mon vieil ami d'Eppstein pendant nos longues soirées de bivouac. Au reste, ton fiancé t'apprendra tout cela ; je le préviendrai que c'est un moyen de te faire la cour.

— Mon fiancé, dites-vous, mon père ? mais vous approuvez donc cette union ?

— Hélas ! oui, ma pauvre enfant, j'aurai la cruauté d'ôter cet attrait à vos amours ; c'eût été cependant bien beau, n'est-ce pas, une inclination contrariée, un mariage secret, un pardon posthume ? Mais que veux-tu ? le malheur fait qu'âge, naissance, fortune, tout vient s'unir pour me faire souhaiter ce mariage, à la vieille affection que depuis près de cinquante ans j'ai vouée à d'Eppstein. La seule chose à laquelle je pourrais trouver à redire, c'est que le jeune comte est veuf et a un fils ; mais mon Albine, qui a tant d'avenir, ne craint aucune comparaison avec le passé ; et après tout, d'ailleurs, ma chère enfant, tu pourras juger de ton fiancé toi-même, la lettre de son père ne le précédant que de quelques jours.

— Et comment se nomme ce fier prétendant à ma main, qui doit effacer mon Goetz en le réalisant ? demanda Albine.

— Maximilien, répondit le duc.

— Maximilien ? ce nom promet... pour ses ennemis, non pour moi ; car s'il répond à mes rêves, cet homme de fer dans les combats doit être tendre et soumis en amour. C'est le charme promis et réservé aux femmes, en échange de toutes les douleurs qui les attendent, que d'apprivoiser ces lions, et de faire rougir avec un regard celui qui fait trembler avec son épée. Et tenez, mon père, continua Albine avec une gravité comique, je l'aime mieux jeune, en y réfléchissant. Je me mêlerai à l'aurore de sa gloire ; c'est en prononçant mon nom qu'il remportera ses premiers succès, et je serai, comme Élisabeth[1], le témoin et la récompense de ses prouesses.

— Chère enfant, dit le duc en secouant la tête, crois-tu que le temps épique des grands coups d'épée puisse revenir ?

— Pourquoi pas ?

— Ah ! c'est que l'invention de la poudre à canon a fait quelque tort à la chevalerie. Il n'y a plus de Roland, il n'y a plus de Renaud, il n'y a plus d'Olivier[2] ; tous ces hommes, quelle que soit leur force, sont égaux devant un boulet de canon : vois plutôt le maréchal de Berwick et le grand Turenne[3].

— Mais à défaut de grands pourfendeurs, mon père, restent les grands capitaines. Le génie a remplacé la force, et pour n'avoir pas eu la Durandal de Roland, la Balizarde de Renaud, et la lance enchantée d'Astolphe, Gustave-Adolphe, Wallenstein et Frédéric le Grand[4] n'en ont pas moins leur mérite. Je ne sais pourquoi ni d'où cela me vient, mais moi j'ai bonne idée du siècle qui approche.

— C'est bien, dit le duc en tirant sa montre ; nous ferons mettre la prédiction dans l'almanach de Gotha[5]. En attendant, allons dîner, ma belle sibylle, car, à mon âge, je suis fâché de vous désenchanter encore sur l'avenir, on ne se nourrit plus de prophéties et de parfums, de poésie et de soleil.

Albine prit le bras de son père avec un hoche-
ment de tête qui signifiait que le temps n'aurait
pas d'âge pour elle, et tous deux rentrèrent au
château.

Le lendemain de cette conversation, où nous
avons essayé de donner une idée de l'imagination originale et prompte, de la rêverie poétique
et pure d'Albine, Maximilien d'Eppstein arriva à
Vienne, précédé et préparé pour ainsi dire par
les songes de ce jeune et gracieux esprit. Nous
avons fait son portrait. On comprendra facilement qu'il plut beaucoup moins au père qu'à la
fille. Le père, fin diplomate, habitué à lever le
masque pour arriver au visage, lui trouva plus
d'ambition que de vrai mérite, plus d'orgueil que
d'intelligence, plus de calcul que d'amour. Mais
pour Albine, grâce à sa taille puissante, à son
front pâle et sombre, il tranchait sur les fades
amoureux de Vienne. Elle le vit à travers la poésie
qui était en elle ; sa brusquerie lui sembla de la
franchise, sa rudesse de la simplicité, sa froideur
de la noblesse.

— C'est une âme primitive et fière, se disait-elle,
et dont le seul défaut est d'être de trois cents ans
plus jeune que celle de tous les beaux de la cour.

Puis elle confia naïvement à Maximilien le
roman qu'elle s'était promis à elle-même, et Maximilien eut soin d'y conformer sa conduite, d'affec-
ter le plus profond mépris pour les protocoles et
les traités, et de faire sonner héroïquement son
épée et ses éperons. Enfin un jour Albine, voulant savoir si à son esprit romanesque et poétique
répondait l'esprit du jeune comte, le pria de lui

narrer la légende du château d'Eppstein. Maximilien avait peu étudié cette partie de la rhétorique
qu'on appelle discours ; mais il avait la parole
rapide, puissante et colorée ; en outre, Maximilien voulait plaire, il raconta donc la légende du
château d'Eppstein avec conviction, un sentiment
et une verve qui achevèrent de subjuguer la romanesque jeune fille. Voici quelle était la légende du
château d'Eppstein :

Ce château avait été bâti aux temps héroïques
de l'Allemagne, c'est-à-dire à l'époque de Karl le
Grand, par un comte d'Eppstein, aïeul de ceux
qui l'habitaient encore. On ne connaissait rien
sur les temps primitifs, sinon qu'une prophétie
de l'enchanteur Merlin disait que *toute comtesse d'Eppstein qui mourrait dans son château
pendant la nuit de Noël ne mourrait qu'à moitié.*
Comme tout horoscope, cette prophétie était
assez obscure ; aussi fut-on longtemps sans la
comprendre, lorsque enfin mourut la femme d'un
empereur d'Allemagne. On ne savait plus le nom
de cet empereur, mais l'impératrice s'appelait
Ermangarde[1]. Ermangarde avait été élevée avec
la fille du seigneur de Windeck, qui était devenue comtesse d'Eppstein : or, en devenant, l'une
comtesse, l'autre impératrice, les deux jeunes
femmes, malgré la différence des rangs, n'avaient
rien perdu de l'amitié de leur enfance ; et comme
l'impératrice habitait Francfort, et la comtesse
son château d'Eppstein situé à trois ou quatre
lieues seulement de la ville, les deux anciennes
compagnes se voyaient souvent. Le comte Sigis-

mond d'Eppstein était d'ailleurs fort bien en cour, et l'empereur l'avait particulièrement attaché à l'impératrice.

Tout à coup, et dans la nuit du 24 décembre 1342, l'impératrice mourut. Cette mort inattendue causa un grand deuil à la cour. L'empereur surtout adorait l'impératrice, et donna toutes les marques du plus profond regret. L'impératrice fut exposée, selon la coutume, sur un lit de parade, et tous les seigneurs et les nobles dames de la cour admis à lui baiser la main. L'étiquette voulait que cette cérémonie se pratiquât ainsi : l'impératrice était seule dans la chapelle ardente, couchée sur son lit de parade, revêtue de ses habits impériaux, la couronne sur la tête et le sceptre à la main. Un de ses serviteurs veillait à la porte, relevé toutes les deux heures par un autre serviteur ; il introduisait dans la chambre mortuaire la personne qui venait rendre hommage à la défunte. La personne s'agenouillait, baisait la main de celle qui avait été son impératrice, revenait frapper à la porte qui s'ouvrait, et en s'éloignant faisait place à un autre visiteur. Les courtisans de la mort n'entraient qu'un à un.

C'était au tour du comte Sigismond d'Eppstein d'être de garde près de la porte d'Ermangarde. Vingt-quatre heures s'étaient passées déjà depuis la mort de l'impératrice : on en était à la moitié du jour de Noël. Le comte Sigismond avait commencé sa garde à midi. Il était une heure et un quart ; il avait déjà introduit près de l'impératrice morte huit ou dix personnes, lorsqu'à son grand étonnement il vit apparaître à la porte la comtesse Léonore d'Eppstein, sa femme. Nous disons à son grand étonnement, parce qu'il n'avait pas fait prévenir la comtesse, s'étant réservé, sa faction finie, de monter à cheval et d'aller la prévenir elle-même, car sachant la grande amitié que sa femme portait à l'impératrice, il voulait adoucir autant qu'il était en lui le coup qui allait la frapper.

Sigismond ne s'était pas trompé ; le coup avait dû être terrible, car la comtesse Léonore était d'une pâleur mortelle. Cette pâleur ressortait d'autant mieux, qu'elle était vêtue de longs habits de deuil. Son mari s'élança vers elle, et comme il savait quel pieux devoir l'amenait, sans lui demander par qui elle avait appris la fatale nouvelle, il la conduisit muette et éplorée, à la porte, qu'il ouvrit et qu'il referma sur elle.

En général les visites étaient courtes. Le visiteur ou la visiteuse fléchissait le genou, baisait la main de l'impératrice et sortait aussitôt. Mais le comte Sigismond savait qu'il n'en serait pas ainsi de sa femme. Ce n'était pas un devoir de simple étiquette que la comtesse accomplissait : c'était un besoin du cœur qui l'amenait là. Il ne s'étonna donc pas de ce qu'au bout de quelques minutes elle ne fût pas encore sortie ; mais lorsqu'un quart d'heure se fut écoulé sans qu'il entendît la comtesse frapper à la porte pour sortir, il commença à s'inquiéter : il craignit que l'impression n'eût surpassé les forces de Léonore ; et, n'osant ouvrir la porte sans appel, ce qui eût été une infraction aux règles de l'étiquette, il se baissa pour regarder au trou de la serrure, tremblant de voir la comtesse évanouie près de son impératrice morte.

Mais, à son grand étonnement, il n'en était pas ainsi.

Après avoir regardé pendant quelques secondes par le trou de la serrure, il se releva la sueur au front et pâle lui-même comme un cadavre. L'altération de ses traits était si visible que quelques courtisans qui étaient là, attendant leur tour, lui demandèrent ce qu'il avait.

— Rien, répondit le comte Sigismond en passant la main sur son front, rien, absolument rien.

Les courtisans se remirent à causer de leurs affaires, et le comte Sigismond, croyant qu'il avait mal vu, appliqua une seconde fois son œil au trou de la serrure. Cette fois, le comte Sigismond fut convaincu qu'il ne s'était pas trompé, et voici ce qu'il vit : il vit l'impératrice morte, toujours sa couronne en tête et son sceptre à la main assise sur son lit et causant avec sa femme la comtesse Léonore. L'événement était trop étrange pour que le comte en crût ses propres yeux : il pensa qu'il rêvait, qu'il était sous l'empire de quelque songe, et il se redressa encore plus pâle que la première fois.

Presque au même instant, la comtesse Léonore frappa en signe que sa visite à l'impératrice était achevée. Le comte d'Eppstein ouvrit la porte, lança un coup d'œil rapide dans l'intérieur de la chapelle. L'impératrice était de nouveau couchée, immobile, sur son lit mortuaire. Le comte donna le bras à sa femme, et, en la reconduisant, il lui adressa deux ou trois questions auxquelles elle ne répondit point. Son devoir le rappelait encore pour dix minutes à la porte de l'impératrice ; il quitta donc la comtesse dans l'antichambre, pensant que son silence venait de son affliction, ou plutôt ne se rendant compte de rien, tant ses idées étaient bouleversées.

Les courtisans continuèrent d'entrer les uns après les autres. Durant chaque visite, le comte d'Eppstein regarda par le trou de la serrure ; mais toujours l'impératrice demeura immobile. Deux heures sonnèrent : le grand écuyer qui devait le remplacer dans ses fonctions d'introducteur, entra. Le comte d'Eppstein prit à peine le temps de le saluer, il lui transmit la consigne, et, s'élançant hors de la chambre, il courut à l'appartement de l'empereur, qu'il trouva dans un état voisin du désespoir.

— Majesté sacrée, s'écria-t-il, ne pleurez plus ainsi, mais envoyez au plus tôt votre médecin près de l'impératrice : l'impératrice n'est pas morte.

— Que dites-vous, Sigismond ? s'écria l'empereur.

— Je dis que tout à l'heure j'ai vu de mes propres yeux, j'ai vu, Sire, la très noble impératrice Ermangarde assise sur son lit funèbre et causant avec la comtesse d'Eppstein.

— Quelle comtesse d'Eppstein ? demanda l'empereur.

— La comtesse Léonore d'Eppstein, ma femme.

— Mon pauvre ami, reprit l'empereur en secouant la tête, la douleur vous a fait perdre l'esprit.

— Comment cela, Sire ?

— La comtesse d'Eppstein... ! Que Dieu vous donne la force de supporter ce malheur !

— Eh bien ! la comtesse d'Eppstein ? demande avec anxiété Sigismond.

— La comtesse d'Eppstein est morte ce matin.

Le comte Sigismond jeta un cri. Il courut à sa maison, sauta sur un cheval, traversa les rues de Francfort comme un insensé ; une demi-heure après, il entrait au château d'Eppstein.

— La comtesse Léonore ! s'écria-t-il ; la comtesse Léonore ! Mais ceux auxquels il s'adressait détournaient la tête et ne répondaient que par des larmes.

Il courut vers l'escalier en criant : « La comtesse Léonore ? la comtesse Léonore ? » Sur son chemin il rencontrait des serviteurs, mais personne ne répondait à ses cris. Il se précipita dans la chambre de sa femme : elle était couchée sur son lit, vêtue de noir, pâle comme il l'avait vue trois quarts d'heure auparavant : le chapelain psalmodiait des prières au pied de son lit. La comtesse était morte depuis le matin.

Le messager, n'ayant pas trouvé le comte Sigismond chez lui, avait porté la triste nouvelle à l'empereur. Le comte s'informa si, depuis l'heure de minuit que la comtesse était morte, on lui avait vu faire quelque mouvement. « Aucun », répondit-on. Il demanda au prêtre qui priait près du lit s'il s'était éloigné de ce lit. « Pas une seconde », dit le prêtre.

Alors le comte se souvint qu'on était juste au jour de Noël, et qu'une vieille prophétie de Merlin disait que les comtesses d'Eppstein qui mourraient pendant la nuit de Noël, ne mourraient qu'à moitié. Léonore était la première comtesse d'Eppstein qui mourait pendant une nuit de Noël. Sigismond s'était trompé : ce n'était pas Ermangarde qui était vivante, c'était Léonore qui était trépassée ; la comtesse morte était venue baiser la main de son impératrice morte, et les deux fantômes avaient causé dix minutes ensemble.

Le comte Sigismond pensa devenir fou. On assurait que la comtesse, à l'âme de laquelle avait été accordé le privilège de se mettre en relation avec les vivants, avait, pendant la maladie que fit le comte à la suite de cet événement, visité plusieurs fois son époux. Un an après, Sigismond entrait dans un monastère, laissant à son fils aîné son rang, son titre et sa fortune, auxquels il renonçait pour se consacrer à Dieu.

Ces apparitions avaient eu lieu, disait-on, dans la chambre du château qu'on appelait la chambre rouge, et qui, par une porte s'ouvrant dans la muraille et donnant sur un escalier secret, avait une communication avec les tombeaux des comtes d'Eppstein. On ajoutait que, pendant trois générations, la comtesse, dans les grandes circonstances, était apparue aux aînés de la famille, mais enfin, qu'à la quatrième génération, les apparitions avaient cessé. Depuis ce temps, on n'avait pas revu la comtesse Léonore, mais la tradition s'était perpétuée dans le château d'Eppstein, et l'aîné de la famille avait conservé l'habitude de coucher dans la chambre rouge. Du reste, aucune autre comtesse d'Eppstein, depuis cette époque, n'était morte pendant une nuit de Noël.

On comprend l'influence qu'eut sur Albine un pareil récit ; son âme, ardente à toute poésie, dévora cette fantastique légende parole par parole, et, en songeant qu'elle allait s'appeler la comtesse d'Eppstein, en songeant qu'elle allait habiter le vieux château contemporain de Charlemagne, elle se crut presque revenue en réalité à ce Moyen Âge, son âge de prédilection.

Cependant Maximilien n'eût pu soutenir long-temps le rôle qu'il jouait aux yeux prévenus, mais clairvoyants, d'Albine ; par bonheur pour lui, une grave affaire le rappela au bout de quinze jours près de son père : il partit, emportant l'aveu[1] de la jeune fille et le consentement du duc, qui toutefois remettait à un an la célébration du mariage.

Maximilien, dans cet intervalle, vint plusieurs fois à Vienne, mais disparut toujours à temps. D'abord ce fut sa mère qui mourut, puis le comte qui alla la rejoindre ; mais, avant leur mort, les nobles vieillards avaient écrit à la fiancée de leur fils des lettres belles comme leurs cœurs, qui non seulement entretinrent, mais encore augmentèrent, les illusions de la pauvre enthousiaste. À travers le prestige de l'éloignement, Albine, fidèle au cher fantôme que son âme divine avait seule créé, trou-vait son Maximilien grandiose ; elle avait hâte de le consoler de toutes les douleurs qui l'accablaient, d'aller peupler sa triste solitude et d'animer, reine et fée, de sa présence le vieux château d'Eppstein.

Puis souvent elle pensait à la légende de la com-tesse Léonore, et elle se surprenait à demander à Dieu de mourir pendant une nuit de Noël afin que, jouissant de l'antique privilège accordé aux comtesses d'Eppstein qui mouraient pendant cette nuit, elle pût, après sa mort, sortir du tombeau pour revenir visiter son époux.

Enfin, vers la fin de l'année 1791, le mariage tant souhaité eut lieu à Vienne. L'empereur signa au contrat, et les deux nouveaux époux partirent pour le château d'Eppstein. La première chose que demanda Albine en y arrivant fut d'être conduite dans la chambre rouge ; c'était du reste celle qu'habitait Maximilien depuis la mort de son père. On connaît cette chambre dont nous avons fait la description[1] ; elle était à cette époque ce qu'elle est encore aujourd'hui.

Quinze jours après le départ d'Albine, le duc de Schwalbach, emporté par une attaque d'apoplexie, mourut subitement, comme si la protection du père fût devenue inutile à sa fille. Ce fut la première grande douleur de la vie d'Albine, qui devait être une vie de douleurs.

De Conrad et de Noémi, on n'en entendait plus parler, et le nouveau comte d'Eppstein n'en parlait jamais.

III

Un an après, tout était bien changé au château d'Eppstein comme dans le monde : Albine tremblait devant Maximilien, et l'Europe tremblait devant la France.

La Révolution n'avait pas éclaté encore dans

toute sa fureur ; le roi n'était pas mort, mais déjà il était prisonnier ; les grondements de la foudre annonçaient quel serait l'orage, et, comme la mer qui monte en battant ses rives, la France débordait déjà sur les provinces rhénanes, en attendant qu'elle inondât le continent. Custine avait pris Mayence et menaçait Francfort[1].

Au château d'Eppstein, l'humeur turbulente et farouche de Maximilien, bien qu'elle ne l'eût pas encore entraîné à ses écarts d'autrefois, s'était fait jour pourtant, et Albine avait vu mourir une à une toutes ses chimères. Le noble et poétique chevalier qu'elle avait rêvé lui apparut bientôt ce qu'il était en réalité, c'est-à-dire un ambitieux vulgaire et un vulgaire libertin, pour qui un mariage n'était qu'un marchepied et sa femme un plaisir. Albine avait souffert profondément d'abord, puis s'était résignée, et laissait maintenant sans murmure fouler par ce pied brutal toutes les délicates fleurs de son âme. Elle n'eut guère de temps d'ailleurs pour l'ennui ou pour les regrets ; les événements politiques marchèrent plus vite que sa pensée.

Mayence prise, les rives du Main furent militairement occupées, et les vieilles bandes impériales battirent en retraite devant les jeunes troupes de la liberté[2] ; Francfort ne pouvait plus tenir que quelques jours. Le comte d'Eppstein, dont le château était si voisin du théâtre de la guerre, eût été un prisonnier d'importance, et se croyait plus important encore qu'il ne l'était réellement. Au reste on le rappelait à Vienne ; il se voyait donc obligé de quitter le pays, en attendant que la tourmente passât. Essayer de tenir dans son château était chose impossible, et la bravoure dans cette

circonstance désespérée n'eût été qu'une impru-
dente folie. Mais déjà Maximilien avait beaucoup
tardé ; des reconnaissances françaises coupaient
la route de Vienne ; déjà son évasion était devenue
chanceuse[1], et son chemin semé de périls de toute
sorte. La présence d'Albine n'aurait pu que dou-
bler les dangers de sa fuite : Maximilien résolut
donc de laisser sa femme au château. Albine fit
tout ce qu'elle put pour que son mari consentît
à l'emmener. Enfin, la veille de son départ, elle
le conjura par ce qu'il avait de plus sacré de ne
pas la laisser seule. Malheureusement les résolu-
tions prises par Maximilien étaient irrévocables ;
il fut insensible aux larmes, sourd aux prières. Sa
femme le conjura vainement.

— Qu'avez-vous à craindre, lui dit-il, et que
signifient ces puériles terreurs ? Réunis, nous nous
perdons l'un et l'autre ; séparés, nous nous sauvons
tous deux. Vous le savez, cette nuit je m'échappe-
rai avec Daniel sous des habits de paysan, et le
jour venu, si nous sommes rencontrés, nous ne
parviendrons pas aisément, certes, à détourner
les soupçons. Que serait-ce donc si vous étiez avec
nous ? Une fois que je serai hors d'atteinte, que
peut-on contre vous ? Fait-on les femmes prisonnières ? Non. Les Français ne manquent même
pas de générosité : faites-vous respecter, et ils vous
respecteront. Au reste, toute discussion est inutile,
car nous n'avons pas le choix. Si ma vie n'appartenait qu'à moi, j'en ferais, à coup sûr, meilleur
marché ; mais je ne la crois pas sans utilité à mon
pays. Allons, du courage, Albine, et songez que je
vous confie ce que j'ai de plus précieux au monde,

mon fils et mon honneur. Demain, Albine, vous allez être seule et veuve ; mais, ajouta-t-il d'un ton presque tendre et en embrassant la pauvre désolée, oublions demain, puisque aujourd'hui nous reste encore.

Albine, comme toujours, se soumit obéissante au maître. Le lendemain Maximilien partit ; trois jours après, Albine reçut une lettre annonçant qu'il était en sûreté. Mais pendant ces trois jours s'était déjà passé au château d'Eppstein un événement qui devait exercer une terrible influence sur la vie de la malheureuse Albine.

Avant de marcher sur Francfort, Custine, de peur de surprise, avait voulu faire explorer tous les environs de la ville. Deux compagnies furent chargées de fouiller les défilés du Taunus. La précaution était bonne : une embuscade préparée dans ces montagnes boisées fut découverte par les Français non loin du château d'Eppstein. Dans l'engagement qui s'ensuivit, les nôtres[1] furent contraints par le nombre de se replier sur le corps d'armée ; mais la ruse de l'ennemi était découverte, et l'on pouvait, sans crainte d'être pris entre deux feux, marcher sur Francfort, qu'on emporta, au reste, le lendemain. Seulement, dans leur escarmouche hardie, les deux compagnies eurent à regretter bon nombre de soldats et quelques-uns de leurs plus braves officiers. Au nombre de ceux-ci était un jeune capitaine, connu seulement sous le nom du capitaine Jacques, et remarquable en ce que, lors du passage du Rhin, c'est-à-dire du moment où l'on avait mis le pied en Allemagne, il avait jeté son épée dans le fleuve, et portait au côté son fourreau vide. Quoique dépourvu de cette arme défensive, qui, au reste, chez les officiers d'infanterie, est plutôt une marque de leur grade qu'une défense réelle, le jeune capitaine avait, par son courage, son sang-froid et sa connaissance des localités, rendu de grands services. C'était lui qui avait marché droit à l'embuscade ; mais il avait reçu le prix de sa témérité aux premiers coups de feu dont les troupes impériales avaient salué les troupes républicaines : il était tombé frappé d'une balle au front, et avait été laissé pour mort sur le champ de bataille, non seulement par les siens, mais encore par l'ennemi.

Ce fut seulement vers le soir qu'un des nouveaux domestiques du château d'Eppstein (à la mort du comte son père, Maximilien avait, sauf Daniel, le vieil intendant, et Gaspard[1], le vieux garde, renouvelé toute la maison) entendit des plaintes en revenant de Falkenstein, et trouva le capitaine Jacques qui respirait encore. Aidé de deux paysans qu'il appela, il transporta aussitôt le blessé au château d'Eppstein, où Albine ordonna que la plus prévenante hospitalité lui fût accordée. Le chapelain était expert en chirurgie ; il visita la blessure du jeune officier, posa un premier appareil[2], et dès le lendemain crut pouvoir répondre de sa vie.

Albine s'était inquiétée du blessé avec beaucoup d'empressement, d'abord parce qu'elle était femme et que toute douleur la touchait, ensuite parce que la présence du capitaine était pour elle une sauvegarde contre les maraudeurs de l'armée française ; et les vainqueurs, il faut bien le dire, n'usaient pas de leur triomphe avec toute la modération qu'avait promise à sa femme le facile égoïsme de Maximilien. Quand les pillards se présentèrent devant la porte du château, Jacques, averti, se leva, et, malgré toutes les représentations[1] du chapelain et d'Albine, se traînant jusqu'à eux, tout pâle de sa blessure, il sut élever la voix à propos pour préserver de tout péril le château et la châtelaine. Dès lors la reconnaissance autant que la pitié engagea la jeune comtesse à redoubler d'égards et de soins pour celui qui lui avait sauvé la vie, et peut-être plus que la vie.

Le capitaine Jacques était d'ailleurs le cœur le plus généreux, le plus ardent, le plus sympathique enfin à la nature tendre et enthousiaste d'Albine. La seule chose qu'on pouvait lui reprocher, c'était une teinte de mélancolie presque continuelle, et quelque chose d'un peu trop efféminé pour un militaire ; mais la tristesse allait bien à son pâle visage, et on le savait brave comme un lion. On l'avait vu si calme et presque si insouciant au milieu des boulets et des balles, que ses soldats avaient pour cette nature si faible en apparence et si forte en réalité une admiration qui ressemblait à du respect. D'un autre côté, le capitaine Jacques était fort aimé dans le corps des officiers à cause de sa grande et obligeante instruction, ce qui lui faisait pardonner quelques idées d'une philosophie un peu excentrique, ce qui faisait aussi que ses compagnons d'armes ne pouvaient pas toujours suivre son imagination dans les pays imaginaires que sa poétique pensée parcourait. Tandis que les soldats appelaient leur capitaine Jacques le

brave, ses collègues l'appelaient Jacques le rêveur.
Il était évident, en effet, que Jacques se battait
pour une idée, et non pour autre chose, et que la
querelle particulière des souverains disparaissait
entièrement pour lui devant la question générale
des peuples.

On doit comprendre combien un pareil caractère était en harmonie avec celui d'Albine. Jacques
était bien l'homme de ses songes ; brave, loyal et
hardi comme Goetz de Berlichingen, beau et poétique comme Max Piccolomini[1]. Aussi, au grand
étonnement du chapelain, qui connaissait la
réserve d'Albine, une familiarité visible s'établit-
elle bientôt entre le jeune officier et la comtesse.
Au bout de quelques jours, le capitaine appelait la
jeune femme, Albine, et la jeune femme appelait
l'officier, Jacques.

D'ailleurs, comme Jacques paraissait désirer ne
pas être vu des gens des environs du château, il
ne sortait presque jamais des appartements, où
Albine lui tenait compagnie. Les serviteurs du
château pouvaient entrer à toute heure au salon
où se tenaient les deux jeunes gens ; ils les trouvaient toujours riant et causant. La parfaite innocence de leur pensée était leur sauvegarde. On eût
dit que ces deux âmes si blanches, si pareilles, si
sœurs, s'étaient connues dans un monde meilleur
et se retrouvaient dans celui-ci. De longues heures
s'écoulaient donc dans des causeries pleines de
charme, sans qu'Albine et Jacques s'aperçussent
de la fuite du temps. Aussi Jacques parut-il s'éveiller d'un songe lorsqu'on l'avertit qu'il devait, sous
deux jours, quitter le château pour regagner la

France avec son corps. Deux mois de convales-
cence avaient passé comme une heure.

Albine reconduisit le jeune officier jusqu'au perron ; là, il prit congé d'elle en lui baisant la main et
en l'appelant sa sœur ; Albine lui souhaita toutes
sortes de prospérités, en l'appelant son frère. Puis,
tant qu'elle put le voir, elle le suivit des yeux en lui
faisant des signes avec son mouchoir.

Quinze jours après le départ de Jacques,
Albine reçut une lettre de son mari. La retraite
des Français permettait à Maximilien de rentrer
dans son château ; il écrivait donc qu'on l'atten-
dît d'un moment à l'autre. Comme on ne pouvait
pas arriver jusqu'au château en voiture, Albine
envoya Tobias[1] (qui, momentanément et après le
départ de Daniel, avait rempli ses fonctions au
château) attendre avec deux chevaux Maximilien
à Francfort. Maximilien reconnut là une des atten-
tions habituelles d'Albine, mais c'était un de ces
orgueilleux esprits qui pensent toujours qu'on ne
fait pour eux que ce qu'on doit faire. Il monta sur
un des deux chevaux tandis que Tobias montait
sur l'autre : le reste de la suite devait regagner le
château comme il pourrait.

La conversation devait naturellement tomber sur
le séjour des Français dans les environs. Aussi à
peine le comte et Tobias furent-ils en route que le
comte fit signe à Tobias, qui se tenait respectueusement en arrière, de prendre place à ses côtés et
de marcher du même pas que lui. Tobias obéit.

— Eh bien ! demanda Maximilien, les Français,
à ce que du moins m'a écrit la comtesse, ont donc
respecté le château ?

— Oui, monsieur le comte, répondit Tobias, mais grâce à la protection du capitaine Jacques, car je crois que sans lui les choses se seraient mal passées.

— Qu'est-ce que le capitaine Jacques ? reprit Maximilien, la comtesse m'en a parlé dans une de ses lettres. Il avait donc été blessé ?

— Oui, Monseigneur, Hans l'a trouvé mourant à cinq cents pas du château, et l'a fait transporter à Eppstein. Pendant toute une nuit il est resté entre la vie et la mort ; mais M. l'abbé l'a si habilement traité et madame la comtesse l'a soigné si assidûment, qu'au bout d'un mois il a été parfaitement guéri.

— Et alors il a quitté le château ? demanda Maximilien, qui avait froncé imperceptiblement les sourcils à la mention des soins que la comtesse avait donnés au blessé.

— Non, il est resté un mois encore.

— Un mois encore ! et que faisait-il ?

— Rien, Monseigneur ; il restait presque toujours dans l'appartement de madame, et lorsque parfois il sortait, c'était le soir, et pour faire un tour dans le parc. On eût dit qu'il craignait d'être vu.

Les lèvres de Maximilien blêmirent, mais sans que la moindre altération se fît sentir dans sa voix.

— Depuis quand est-il parti ? demanda-t-il.

— Depuis huit ou dix jours seulement.

— Et quel homme était-ce ? demanda le comte. Jeune ou vieux, beau ou laid, triste ou gai ?

— Mais, Monseigneur, c'était un jeune homme de vingt-six à vingt-huit ans à peu près, blond, pâle et grêle, qui paraissait toujours fort triste.

— En effet, dit le comte en se mordant les lèvres, mais en continuant l'entretien presque malgré lui, et avec la persistance que met le cœur à connaître les choses qui doivent le briser ; en effet, il devait s'ennuyer beaucoup au château.

— Non, Monseigneur, il avait l'air triste, mais point ennuyé.

— En effet, continua Maximilien, ses compagnons le venaient voir, et c'était une distraction pour lui.

— Oh ! quant à la distraction, il ne la cherchait pas, car deux fois seulement, pendant tout le temps qu'il est resté au château, son fourrier est venu à Eppstein ; encore était-ce, non point parce qu'il l'avait mandé, mais pour lui apporter les ordres de son colonel.

— Alors, je comprends, il chassait.

— Il n'a pas tenu un fusil, ni monté une seule fois à cheval, et Jonathas m'a dit encore hier que, pendant ces deux mois, il ne l'avait pas aperçu.

— Mais que faisait-il donc alors ? reprit le comte en cherchant à se contenir, car malgré lui il sentait que sa voix s'altérait.

— Ce qu'il faisait ? Oh ! ce n'est pas long à raconter : le matin il jouait comme un enfant avec monseigneur Albert qui l'avait pris en affection, et qui, dès qu'il était levé, entrait dans sa chambre, ou bien il causait comme un vieillard avec M. l'abbé, qui s'étonnait de sa science ; après le déjeuner il faisait de la musique, accompagnait, en chantant lui-même, madame au clavecin, et, alors, c'étaient nos heures de récréation à nous autres, car nous écoutions aux portes du salon leurs voix qui semblaient celles de deux anges ; puis, le concert terminé, on faisait presque toujours une lecture à haute voix, et le soir, comme je l'ai dit à Monseigneur, mais rarement, quelque promenade au jardin.

— Voilà un étrange officier, dit le comte avec amertume, qui joue avec les enfants, qui philosophe avec les vieillards, qui chante avec les femmes, qui lit tout haut, et qui se promène tout seul.

— Tout seul ? non, reprit Tobias ; madame l'accompagnait toujours.

— Toujours ? reprit le comte.

— Ou du moins presque toujours, continua Tobias.

— Et voilà tout ce que tu sais sur cet officier ? Rien de sa naissance, rien de sa famille ? Est-il noble ou plébéien, riche ou pauvre ? Réponds.

— Quant à tout cela je n'en sais rien, Monseigneur, mais madame la comtesse pourra, sans aucun doute, donner à Votre Excellence les renseignements que vous demandez.

— Et d'où vous vient, s'il vous plaît, cette idée, maître Tobias ? dit Maximilien en jetant un regard de côté sur l'indiscret narrateur afin de s'assurer dans quelle intention il avait fait cette réponse.

— Mais cette croyance me vient, Monseigneur, répondit Tobias avec cette bonhomie affectée que donne aux domestiques la haine qu'ils portent presque toujours à leurs maîtres, de ce que je crois que madame la comtesse et ce jeune officier se connaissaient depuis longtemps.

— Et à quels signes avez-vous pu juger, monsieur le physionomiste, reprit Maximilien avec un ton railleur dont Tobias ne pouvait comprendre

la portée, que ce jeune officier et la comtesse
s'étaient déjà vus avant l'événement qui les a rapprochés ?

— Parce que la comtesse appelait Jacques cet
officier, et qu'il appelait madame la comtesse
Albine.

Maximilien, par un mouvement machinal, leva
le fouet qu'il tenait à la main avec l'intention d'en
couper la figure à l'habile observateur qui marchait à ses côtés ; mais presque aussitôt contenant
sa colère :

— C'est bien, dit-il en frappant son cheval au
lieu de frapper Tobias, c'est bien, voilà tout ce que
je voulais savoir pour le moment, et tu as raison,
Tobias, la comtesse me dira le reste.

Le cheval fit un bond en avant, et Tobias se
retrouva en arrière ; puis, comme son maître ne
lui fit plus aucun signe et cessa de ce moment
de lui adresser la parole, il le suivit en se tenant
respectueusement à distance.

Le visage de Maximilien restait calme, mais
d'affreux soupçons dévoraient son cœur, ce cœur
si insensible à l'amour, si prompt à la colère et à
l'accusation. Cependant la certitude manquait, et,
tout en pressant son cheval, il se disait tout bas :
« Une preuve, une preuve de son déshonneur, une
preuve qui me permette d'écraser la coupable ! »
Et cette preuve, il la désirait presque.

En arrivant au bout de l'allée qui conduisait
au château, il vit sur le perron Albine qui l'attendait impatiente et joyeuse, et par un mouvement
convulsif il enfonça ses éperons dans le ventre de
son cheval. La pauvre femme crut que le comte

faisait prendre le galop à sa monture par impatience de la revoir. Au moment où le comte mit pied à terre, Albine lui sauta au cou.

— Pardon, mon ami, lui dit-elle, pardon de n'être pas allée à votre rencontre. Je suis souffrante. Mais qu'avez-vous, Maximilien ? et comme vous paraissez soucieux et préoccupé ! La politique, sans doute ? Oh ! je vais ramener sur votre front la sérénité du bonheur. Venez, Maximilien, venez que je vous dise tout bas un grand secret, un doux secret que je me répète à moi-même avec ivresse et qui m'a aidée à supporter votre longue absence, un secret charmant que je n'ai pas voulu confier à une lettre, car je me faisais une fête de vous l'apprendre de vive voix : un secret que je n'ai pu vous révéler en vous quittant, car je l'ignorais encore. Écoutez, Maximilien, et chassez cette humeur sombre. Vous vous rappelez cette nuit des adieux, nuit à la fois si douce et si cruelle ? Embrassez vite votre femme, et dans six mois, Maximilien, vous embrasserez votre enfant !

IV

On nous permettra maintenant de quitter un instant les vieilles tourelles du comte Maximilien pour le modeste logis du garde-chasse Gaspard[1]. Château et chaumière ont eu déjà et auront encore, comme on le verra dans la suite de ce récit, plus d'un rapport ensemble, et l'histoire de la chaumière devra côtoyer et en plus d'un endroit expliquer celle du château.

La maisonnette du garde-chasse d'Eppstein, située à cent pas de la grille du parc et à l'entrée de la forêt, s'adossait à une petite colline boisée qui la garantissait des vents du nord. Elle était vieille et chétive, cette petite maison ; et cependant elle semblait jeune et riante, tant les briques aux tons rougeâtres, les volets peints en vert foncé et la vigne qui courait capricieusement sur les murailles, avaient pris d'harmonieuses teintes sous l'effort du temps, ce grand peintre. Les quatre gros tilleuls, fraîche antichambre, plantés devant la porte, le banc hospitalier du seuil, le ruisseau, la cour bien rangée, le jardin petit, mais gai, touffu, plein de fruits, de fleurs, et d'oiseaux : tout attirait, tout réjouissait le regard. À l'intérieur, même ordre sans affectation, même propreté sans tristesse : en bas la salle commune et la chambre du père, en haut celle des enfants, blanche, coquette, bien tenue, égayée par quelque cage chantante, et parfumée par quelque pot de fleurs : là où vous verrez sur la fenêtre une rose et un pinson, dites que les habitants sont plus sages et meilleurs que leurs voisins.

Depuis 1750, Gaspard Muden était garde-chasse du comte Rodolphe d'Eppstein ; en 1768, à quarante ans, il prit femme. Au bout de cinq ans de l'union la plus calme et la plus heureuse, la ménagère mourut laissant au pauvre Gaspard deux petites filles, Wilhelmine et Noémi. Gaspard était un homme aussi ferme que loyal, un homme selon le Seigneur : il relut dans sa Bible le livre de Ruth[1], et se promit de vivre pour ses deux orphe-

lines ; il vécut donc, et vécut simplement et digne-
ment, noble exemple de ses enfants qui, sous son
enseignement honnête et paternel, grandirent en
vertu en même temps qu'en grâce.

Wilhelmine et Noémi étaient jolies toutes deux,
toutes deux assidues au travail ; seulement Wilhelmine était plus joyeuse, et Noémi plus pensive.
Lorsque Wilhelmine, qui était l'aînée, eut seize
ans, ce fut à qui des garçons du pays l'obtiendrait
en mariage. Gaspard entre tous ces prétendants
choisit Jonathas[1], qu'il aimait à cause de sa har-
diesse et de son bonheur à la chasse. La chasse
était la passion du vieux Gaspard, qui obtint pour
son gendre la survivance de sa place. En attendant, Jonathas fut élevé au grade de garde adjoint.
Wilhelmine accepta docilement l'époux que lui
présentait son père et s'en trouva bien ; Jonathas
était la meilleure créature du monde, un peu
simple peut-être, un peu insouciant, hormis en
ce qui touchait les daims et les sangliers, mais au
demeurant mari dévoué et ne voyant que par sa
femme. Il vint habiter chez son beau-père.

Pour Noémi, l'enfant gâtée de Jonathas et de
sa sœur aînée, elle était bien moins soumise que
Wilhelmine et rejetait tous les partis : c'est que le
doux regard de Conrad d'Eppstein avait déjà pénétré jusqu'au fond de son âme. Le pâle et mélancolique jeune homme qu'elle avait rencontré parfois
dans les bois et qui à chaque rencontre s'était
détourné d'elle avec tant de trouble, occupait, à
son insu, toutes ses pensées.

Un jour, un violent orage amena le sauvage promeneur dans la maison du garde-chasse, et dès

lors, enhardi par l'accueil cordial du père, fasciné par la beauté de la fille, Conrad revint toutes les semaines, puis tous les jours. Gaspard, dans son bon sens rustique, ne fut point sans remarquer l'émotion de Noémi quand le jeune homme arrivait, sa rêverie quand il n'était plus là. Il eût certes congédié sans façon un libertin reconnu comme Maximilien ; mais l'aspect sérieux, le caractère sévère et digne du jeune savant, comme on l'appelait, inspiraient au garde-chasse de la confiance et presque du respect. Lorsque Conrad n'était pas là, Gaspard parlait de lui avec colère, au grand effroi de Noémi, et jurait qu'il ne recevrait plus dans sa chaumière le jeune et noble seigneur d'Eppstein, dont la place était au château. Conrad arrivait, et Gaspard lui tirait gauchement son chapeau et s'éloignait en grommelant.

On sait le reste. Quand Gaspard apprit le mariage secret de sa fille, l'homme d'honneur n'eut rien à dire ; le fidèle serviteur trembla seulement à l'idée de la colère de son maître. Il se justifia cependant sans peine devant la noble équité du comte Rodolphe ; mais ce fut le père qui eut à souffrir, car il lui fallut dire adieu à sa chère Noémi, bannie parce qu'elle avait aimé. Noémi ressemblait tant à sa femme qu'il crut, en la quittant, la perdre une seconde fois. Néanmoins, dans cette nouvelle épreuve, le chrétien courba encore la tête devant les décrets de la Providence. Il embrassa sans pleurer sa fille, qu'il ne devait plus revoir, et relut dans sa Bible l'histoire d'Agar[1]. Noémi partit, et les jours, les mois, les années s'écoulèrent sans qu'on reçût une seule lettre de Noémi ; tout ce qu'on savait, c'est que Noémi était en France. Quand elle pensait à sa sœur, Wilhelmine pleurait ; mais aussi, il faut le dire, elle ne pleurait que lorsqu'elle pensait à sa sœur. Elle était d'ailleurs heureuse et aimait son mari, qui l'adorait.

Nous avons dit la mort du comte Rodolphe et de sa femme. Maximilien, en renouvelant sa maison, excepta Jonathas et Gaspard de la mesure générale. Au service d'un autre maître, Gaspard pouvait parler de son beau-fils et Jonathas de son beau-frère ; en les gardant tous deux, le comte les obligeait tous deux à la discrétion.

Lorsque Albine vint habiter le château d'Eppstein, elle trouva fort à son gré la douce et bonne Wilhelmine. La jalousie naissante de Maximilien défendait à sa femme les châteaux des environs, mais ne lui interdisait pas les chaumières, et Albine s'ennuyait moins dans la riante maisonnette du garde forestier que dans la noire et morne forteresse. Elle eut chez Wilhelmine ses fleurs qu'elle arrosait elle-même, ses oiseaux qui la connaissaient ; le peu d'air, de soleil et de liberté qui lui restait, ce fut chez Wilhelmine qu'elle le trouva. Ce fut là seulement qu'elle vit luire encore une fois par hasard un des beaux jours de Winkel. Mais lorsque l'arrivée des Français contraignit le comte à partir pour Vienne, il recommanda sévèrement à sa femme de ne plus quitter le château. Les soins du ménage retenaient Wilhelmine chez elle, et la pauvre Albine était plus seule et plus triste que jamais, au moment où arriva au château le capitaine Jacques.

Les gens qui souffrent du cœur ont une tendre pitié pour toutes les souffrances. Albine prit un vif intérêt au pauvre blessé. Le blessé, de son côté, montrait une singulière sympathie pour Albine. Un soir, le capitaine Jacques raconta sa vie à Albine. Sans doute il y avait dans ce récit, qui n'est point parvenu jusqu'à nous, des causes d'intérêt profond, car, à partir de ce moment, une amitié réelle parut réunir ces deux jeunes cœurs. Dès lors la pensée d'Albine parut aussi avoir un aliment et sa vie un intérêt. Elle ne regretta plus autant ses promenades dans la forêt, elle pressa moins vivement Wilhelmine de la venir voir au château. La femme du garde-chasse n'aperçut pas même le blessé pendant tout le temps de son séjour à Eppstein ; elle entrevit seulement son uniforme le jour où il partit pour aller rejoindre son régiment à Mayence.

Quand le capitaine Jacques lui manqua, Albine se rapprocha de nouveau de Wilhelmine, et la conjura de s'échapper de sa maisonnette aussi souvent qu'elle le pourrait. Ces deux jeunes femmes, séparées par la naissance et l'éducation, s'entendaient par l'âme ; de ce côté, c'étaient deux sœurs. La châtelaine avait repris un peu de gaieté ; le doux espoir auquel elle devait sa joie, elle le confia à Wilhelmine, mais à Wilhelmine seule. La femme de Jonathas aussi allait être mère, un mois à peu près avant la comtesse. Alors ce furent entre elles deux des projets, des rêves, des folies.

— Nos deux enfants, disait Albine, seront élevés ensemble et auront les mêmes maîtres ; je le veux, entends-tu, Wilhelmine ?

— Oui, madame, répondait Wilhelmine, mais j'ai pensé à une chose ; vous êtes trop délicate pour nourrir votre enfant, vous. Eh bien ! je l'allaiterai en même temps que le mien. Moi, je suis une femme de la campagne, forte et bien portante, et, soyez tranquille, les soins ne leur manqueront ni à l'un ni à l'autre ; seulement, je ne saurai plus lequel des deux est mon enfant.

Au milieu de tous ces plans, de toutes ces espérances, le comte Maximilien revint de Vienne. Le lendemain de ce retour, quand Wilhelmine se présenta au château comme d'habitude, on lui signifia que madame ne recevrait plus personne : c'était l'ordre de monseigneur. Elle insista, on la chassa presque. Elle rentra chez elle tout inquiète et tout éplorée.

À partir de ce moment, le comte Maximilien, qui avait rarement chassé jusque-là, alla tous les jours à la chasse, accompagné de Jonathas ; car, pour le vieux Gaspard, il ne quittait plus guère la maison, heureux qu'il était de se voir remplacé par son gendre. Dans ces chasses journalières, le comte d'Eppstein montrait une cruauté farouche qu'on ne lui avait pas encore vue, qui croissait tous les jours et qui semblait répondre à un besoin de faire souffrir qu'il avait au fond du cœur. Quand le cerf ou le daim étaient forcés, au lieu de leur épargner par une balle ou par un coup de couteau de chasse une longue et douloureuse agonie, il les laissait dévorer par ses chiens, non sans que les meilleurs de sa meute fussent éventrés ; mais lui, toujours sombre, riait à ce spectacle. Du reste, il demeurait silencieux pendant des journées tout entières. Une fois Jonathas, cédant aux instances de sa femme, lui avait demandé des nouvelles de la comtesse. Alors Maximilien avait visiblement pâli ; et, d'une voix brève et avec un regard menaçant : « Tais-toi, avait-il dit ; que t'importe ce que fait ou ne fait pas la comtesse ? Cela ne te regarde pas. » Et, à partir de ce moment, le pauvre garde-chasse ne s'était plus hasardé à des questions si mal reçues.

Plusieurs semaines s'écoulèrent : on était à la fin de décembre ; l'époque de l'accouchement de Wilhelmine était arrivée. Le matin de Noël, le comte avait donné rendez-vous à Jonathas : celui-ci attendit vainement son maître pendant deux heures, Maximilien ne parut point. Bientôt, à la place de Maximilien, Jonathas vit arriver un messager qui lui annonçait que Wilhelmine l'appelait à grands cris ; Wilhelmine allait devenir mère. Jonathas reprit à grands pas le chemin de la maison ; au moment où il y entra, Wilhelmine mettait au monde une petite fille.

La première pensée de Wilhelmine fut pour son mari, la seconde fut pour Albine.

— Qu'on avertisse madame la comtesse, s'écria Wilhelmine, radieuse dans sa douleur.

Mais nul ne répondit à Wilhelmine que par des larmes et le silence. En effet, il s'était passé le matin même une scène terrible au château.

V

Albine avait pensé que lorsqu'elle ferait à son mari l'heureuse révélation qui remplissait de joie son cœur maternel, Maximilien partagerait cette

ivresse, serrerait sa femme dans ses bras, jette-
rait de ces cris de l'âme que l'âme comprend et
recueille : une ère nouvelle s'offrait dès lors à son
amour.

— J'ai méconnu le comte, se disait Albine dans la
généreuse préoccupation de son cœur. Il est noble,
bon, dévoué ; seulement je le comparais à des rêves,
à des chimères d'enfant. Je demandais à la vie de
réaliser les caprices fantastiques de l'imagination, comme si un homme d'État était un héros de
roman, comme si les hommes du XVIIIe siècle pouvaient ressembler à ceux du XVIe. J'étais folle, mais
maintenant me voici sérieuse, me voici forte, me
voici mère ; plus d'exigence, j'ai des devoirs ; je ne
dois plus être sévère, puisque je suis responsable ;
d'ailleurs je sens que je pardonnerais tout au père
de mon enfant, à celui qui m'a donné mon bonheur
de mère, le plus pur bonheur qui soit au monde.

Ce fut dans une attente pleine d'impatience
qu'Albine souhaita le retour du comte ; ce fut
avec un empressement tout joyeux et tout expansif qu'elle lui glissa à l'oreille en souriant le cher
secret ; ce fut avec une naïve et gracieuse malice
d'enfant qu'elle épia sur le visage de son mari
l'effet de cette bonne nouvelle. Elle espérait qu'il
allait l'embrasser avec transport, l'appeler des
plus doux noms, lui faire mille questions tendres
et inquiètes. Au lieu de cela, Maximilien pâlit
affreusement, serra avec rage la main qu'Albine
lui avait tendue ; puis voyant à quelque distance
derrière lui Tobias et sa suite, sentant la nécessité
de se contraindre, il passa muet terrible devant
sa femme éperdue, et s'éloigna précipitamment.

Albine resta debout, immobile et froide, à la place où le comte l'avait quittée, pareille à une statue de la douleur ; elle passa la main sur son front, elle était bien éveillée, ce n'était pas un rêve affreux. L'âme pleine d'épouvante et d'angoisse, elle regagna son appartement. Qu'avait-elle fait ? quelle faute lui avait attiré la colère de son maître, quel crime plutôt ? Car pour que cette colère tînt devant le bonheur qu'elle avait annoncé, il fallait que cela fût bien grave. Albine avait beau s'interroger sévèrement, elle ne trouvait rien dans sa vie qui motivât tant de rigueur. Peut-être avait-elle eu tort de garder si longtemps le silence ; mais enfin, si elle l'avait fait, c'était pour annoncer elle-même la nouvelle au comte, et une si légère faute ne méritait pas un si rude accueil. La pauvre comtesse, perdue dans mille doutes effrayants, seule dans sa chambre, ne savait qu'imaginer, et tremblait au moindre bruit. Au bout d'une heure, la porte s'ouvrit ; un serviteur entra et lui remit une lettre. Cette lettre était de Maximilien, et contenait ce qui suit :

> Madame,
> Madame, je me borne à vous faire connaître ma volonté, ma volonté expresse, entendez-vous. La voici.
> Vous ne quitterez pas les murs du château ; vous ne paraîtrez jamais devant moi. Libre à vous de vous promener dans le préau et le jardin quand je serai sorti, et je sortirai tous les jours ; mais, sur votre vie, je vous ordonne de ne pas faire un pas au-delà. J'entends aussi que vous n'écriviez à personne, et que votre Wilhelmine ne se présente plus au château. Vous savez qui je suis et ce que

je suis. Obéissez, et ne vous commettez pas avec ma colère, sinon je ne réponds pas des suites d'un éclat que vous seule aurez amené.

Maximilien d'Eppstein.

À la lecture de cette lettre à laquelle elle ne comprit rien, sinon qu'elle était perdue, la comtesse demeura anéantie.

Nous avons dit l'espèce d'autorité violente qu'exerçait l'implacable vouloir de Maximilien, et comme on se soumettait presque malgré soi à ce fatal et grossier pouvoir qu'on ne cherchait pas plus à éluder que les arrêts aveugles et inévitables de la destinée. Cela était à ce point qu'Albine, sûre de ne pas être coupable, courba cependant la tête comme on le fait devant la mort, et attendit. Mais, il faut le dire, dans l'attitude calme qu'elle choisit, il y eut autant de dignité que de résignation. Après tout, le sentiment de son innocence la soutenait, et n'aimant plus son mari, elle tenait moins à l'estime du comte qu'à la sienne propre.

— Si Maximilien ne respecte plus sa femme, se disait Albine, c'est à sa femme de garder le respect d'elle-même et de protester par sa tranquillité confiante et forte contre une injuste condamnation. Je ne sais pas même de quel crime Maximilien m'accuse ; mais l'avenir porte un flambeau avec lequel il éclaire le passé. Un jour viendra donc où Maximilien reconnaîtra son erreur ; jusque-là il sied que je reste paisible et fière.

Ne comptait-elle pas trop sur ses forces, cette âme tendre qui, jusqu'à l'époque de son mariage, avait tout vu céder devant sa faiblesse ? La colère d'un homme tel que Maximilien ne devait certes pas être traitée à la légère, car cette colère, une fois soulevée, ne devait pas s'arrêter à moitié chemin et se laisser détourner par un obstacle ; non, elle briserait l'obstacle et arriverait à son but. Le comte le sentait si bien, qu'il avait peur de lui-même, et qu'il tremblait devant son propre courroux. Saisi de rage lorsque sa femme lui annonça naïvement ce qui était un bonheur pour elle et ce qu'il croyait un déshonneur pour lui, il s'était en quelque sorte enfui devant sa vengeance ; s'il n'eût écouté que ses violents instincts, il eût tué sur le coup cette femme qui l'avait trompé, et qui après l'avoir trompé l'insultait. Mais c'eût été proclamer sa honte ; il dompta sa colère, et provisoirement ne condamna sa femme qu'à la prison, comme on fait pour les criminels. Sa lettre menaçante écrite à Albine, lui aussi, il attendit.

Tous deux habitaient sous le même toit ; tous les matins et tous les soirs, Albine entendait passer Maximilien dans le corridor ; c'était toujours le même pas lent et sombre. Pas une seule fois ce pas ne s'arrêta devant sa porte, ou ne trahit même le moindre désir de s'arrêter. Pendant plusieurs semaines, pendant plusieurs mois, ils ne se virent pas une seule fois ; mais s'ils ne se voyaient pas, ils pensaient l'un à l'autre, et cela certes autant et plus que les amants les mieux unis.

Le comte avait beau vouloir éloigner par la fatigue physique les sombres idées qui l'obsédaient, c'était chose impossible : l'outrage qu'il croyait avoir reçu était de ceux que les hommes de cette trempe ressentent trop vivement pour les oublier ou les pardonner. La comtesse, de son côté, avait beau se réfugier dans sa conscience et écarter toute pensée qui ne fût pas celle de son enfant ou celle de Dieu : le mystère de la conduite de Maximilien l'épouvantait malgré elle, et venait troubler sans cesse, le jour ses espérances, la nuit ses rêves. Le calme auquel ils se contraignaient tous deux n'était que ce calme trompeur qui précède les orages : tous deux ils le savaient bien, tous deux étaient saisis par l'impression douloureuse et fébrile de l'attente. Maximilien et Albine ne vivaient plus ; tous deux, avec l'apparence du calme sur leurs visages, mais la mort au fond de l'âme, tressaillaient souvent aux sourdes terreurs qui oppressaient leurs poitrines. Lui tremblait sans s'en rendre compte devant l'auréole de pureté dont était ceint le front de sa femme. Elle, connaissant la violence de son mari, s'attendait à tout pour le premier jour où ils se rencontreraient.

Et cependant ce fut à Albine la première que cet état devint intolérable ; forte de son innocence, elle résolut d'aller au-devant de ce danger inconnu qu'elle sentait menaçant autour d'elle. Elle avait une telle conviction de ce danger, qu'après plusieurs jours de doute, ayant enfin décidé qu'elle en demanderait une explication à Maximilien, voici ce qu'elle écrivit avant de lui demander cette explication. C'était, comme on va le voir, bien plutôt un testament qu'une lettre :

　　Il ne m'est pas seulement défendu de te voir, ma bonne Wilhelmine, mais aussi de t'écrire ;

aussi cette lettre ne te sera remise que si je meurs. La mort doit, ce me semble, délier de l'obéissance.

Ne t'étonne pas de ces tristes appréhensions, Wilhelmine, il faut tout prévoir dans l'état où je suis, et je ne voudrais pas cependant quitter cette terre sans t'avoir fait, à toi, qui m'as toujours été si dévouée, les legs du cœur auxquels tiennent tous les mourants qui ont aimé.

Mon Dieu ! je ne sais pourquoi les mots viennent si tristes sous ma plume ; je suis pourtant gaie et tranquille, crois-le, ma jolie fermière. Eh ! tiens, je souris même en ce moment aux projets que nous faisions il y a deux mois. Te les rappelles-tu ? En tout cas, je vais te les redire, car de part et d'autre ces projets étaient presque des engagements.

Wilhelmine, tu m'as promis d'être la nourrice de mon enfant si je lui manquais. N'oublie pas cette promesse, car j'y compte, entends-tu bien ? Je vivrai, j'espère que je vivrai pour t'en faire souvenir moi-même ; pourtant je serai plus calme quand je te l'aurai rappelé ici, et dans un moment qu'une résolution que je viens de prendre rend solennel.

Ce n'est pas tout, Wilhelmine, écoute : si Dieu me rappelait à lui, je suis sûre que le comte Maximilien élèverait noblement et avec soin mon enfant, mais l'éducation de l'âme, tu m'entends, celle qu'on reçoit sur les genoux de sa mère, il n'y a qu'une femme qui sache la donner. Les hommes enseignent bien la vie, mais il n'y a que les femmes qui sachent enseigner le ciel. Par exemple, toi qui me connais, tu lui parleras bien mieux de moi que ne lui en parlera son père, qui ne m'a jamais connue. Parle-lui de moi, Wilhelmine, souvent, toujours ; tâche qu'il me connaisse comme s'il m'avait vue ; puis ces caresses qui ne sont pas moins nécessaires aux petits enfants que le lait, ne les lui refuse pas, ma bonne Wilhelmine. Le pauvre orphelin ! qu'il grandisse dans ta tendresse et dans ton amour. Enfin, sois-lui non seulement nourrice, sois-lui mère.

Est-ce bien là tout ce que j'avais à te dire ? Oui ; d'ailleurs, si j'ai oublié quelque chose, ton cœur devinera le reste de mes pensées.

Mais tu me trouves bien égoïste sans doute, je ne t'ai point encore parlé de toi ; pardonne-moi, je te parlais de lui, de lui qui est en moi. D'ailleurs, en te recommandant mon enfant, tu vas voir que je n'ai point oublié le tien. Tu trouveras sous cette enveloppe deux lettres, l'une adressée à la supérieure du Tilleul-Sacré, l'autre au major de Kniebis, à Vienne.

Si tu as une fille, tu l'enverras quand elle aura cinq ou six ans, avec la première de ces lettres, à ma bonne tante l'abbesse Dorothée, qui a été pour moi une seconde mère. À ma prière, Wilhelmine, elle accueillera tout de suite ta fille dans le couvent où j'ai été élevée avec les premières héritières de l'Allemagne. Oh ! heureux temps, où je chantais si joyeusement les cantiques du Seigneur, et où la perte de ma colombe était ma plus grande peine. Là, Wilhelmine, sois tranquille, ta fille recevra une bonne et sainte éducation.

Si tu avais un fils, envoie-le au major, qui le fera entrer dans un collège ou qui le placera dans une école militaire. Ce cher major, c'était l'ami intime de mon père, il ne manquait pas un jour de venir à Winkel. Je me rappelle quel plaisir je prenais à le taquiner, et avec quelle grâce et quelle bonté il se prêtait à mes innocentes malices, ou même les provoquait. Qui est-ce qui dirait, en me voyant aujourd'hui, chère Wilhelmine, que j'ai été la plus folle et la plus étourdie de toutes les jeunes filles ?

Le major n'aura certainement pas oublié sa petite Albine, et pour l'amour de moi, il accueillera ton fils comme s'il était le mien.

Je voudrais que nous eussions chacune un fils ou chacune une fille, nos enfants seraient frères ou sœurs. Fais pour le mien, si je meurs, ce que je ferai pour le tien, si je vis.

Adieu, ma Wilhelmine ; dans tous les cas, j'ai une conviction, c'est que les âmes ne meurent pas, et la mienne ne quittera point celle qui ne quittera point mon enfant.

Je mets pour mon pauvre petit ange une boucle de mes cheveux dans cette lettre qui ne te parviendra que si je m'en vais de ce monde.

Adieu, encore une fois adieu ! N'oublie rien, n'oublie rien.

ALBINE D'EPPSTEIN, NÉE SCHWALBACH.

24 décembre 1793.

P.-S. J'oubliais. Encore un enfantillage ; si j'ai un fils, je souhaite qu'il s'appelle Éverard, comme mon père ; si j'ai une fille, je désire qu'elle s'appelle Ida[1], comme ma mère.

Cette lettre écrite, Albine fut un peu plus tranquille. Rien ne rafraîchit l'âme comme une résolution prise ; et Albine était décidée à faire rompre à Maximilien ce silence sombre, obstiné, terrible, sa première parole dût-elle en éclatant, fatale comme la foudre, la frapper de mort.

La journée s'écoula plus rapide pour Albine que les autres journées, car elle pensait sans cesse que chaque minute qui s'écoulait amenait l'heure décisive, le moment suprême. Les dernières heures eurent des ailes. La nuit vint. La comtesse fit allumer plusieurs bougies ; il lui semblait que plus la chambre serait éclairée, mieux on verrait le calme de son front, plus on pénétrerait l'innocence de son âme, plus elle serait forte, enfin. Puis elle écouta ; à l'heure accoutumée, elle entendit le bruit des pas de Maximilien. Elle ouvrit la porte et s'avança dans le corridor.

Maximilien parut au haut de l'escalier ; il était conduit par un domestique qui l'éclairait en le précédant. Quand il aperçut Albine, il s'arrêta un instant étonné. Le valet continua sa route, s'inclina en passant devant la comtesse ; puis vint le tour de Maximilien. Il allait passer sans rien dire ; mais, avec une fermeté dont Albine elle-même se serait crue incapable, elle lui posa la main sur le bras. Au toucher de cette main l'homme de fer tressaillit.

— Que voulez-vous, madame ? dit Maximilien.

— Un moment d'entretien, comte, répondit Albine.

— Et quand cela ?

— Sur-le-champ, si vous le voulez bien.

— Comment, ce soir ?

— Ce soir.

— Madame ! dit Maximilien avec menace.

— Je vous en prie.

— Vous vous rappelez le conseil que je vous avais donné, de laisser dormir ma colère ; vous venez l'éveiller, c'est vous qui le voulez, madame. Eh bien ! soit ; je suis à vos ordres.

Ils se regardèrent tous deux à la clarté vacillante du flambeau ; ils étaient aussi pâles l'un que l'autre. Ce moment décisif, si longtemps redouté et qu'on savait inévitable cependant, il était venu ; peut-être

du fond du cœur, après l'avoir plus d'une fois souhaité, tous deux eussent-ils voulu le remettre ; mais
il était trop tard, une impulsion plus forte que celle
de leur volonté les poussait en avant.

— Madame, dit après une pause le comte d'une
voix altérée, il en est temps encore ; dites-moi de
me retirer et de rentrer dans mon appartement,
je sens que vous êtes souffrante, et, à parler
vrai, je vous en préviens, je ne puis répondre de
moi, madame, faites-y bien attention. Voyons,
souhaitez-vous que nous nous retrouvions tout de
suite face à face, ou que nous ajournions encore
notre explication ?

— Non, pas d'ajournement, répondit la comtesse ; il y a assez longtemps que j'attends et que
je souffre : je n'ai rien à redouter, moi. Suivez-moi
donc, s'il vous plaît.

Le comte fit signe au valet de porter la lumière
dans sa chambre et suivit sa femme dans la
sienne. La comtesse entra la première et ferma
la porte après le comte. Tant de fermeté rendait
Maximilien presque interdit ; il la regarda faire
avec étonnement ; puis, voyant que la comtesse
venait se replacer en face de lui et fixait ses yeux
calmes sur les siens :

— Madame, madame, dit-il, prenez garde, j'ai à
vous demander un compte sévère de vos actions,
de toutes !

— Et moi aussi, monsieur, dit la comtesse, j'ai à
vous accuser ; vous me calomnierez après si vous
voulez.

— Parlez donc la première, dit le comte. Mais
vous êtes pâle et souffrante ; asseyez-vous donc,

de grâce, ajouta-t-il avec une galanterie terrible et en avançant un fauteuil à la comtesse.

La comtesse s'assit. Maximilien resta debout, les bras croisés, les lèvres serrées, le regard sombre. On était dans cette grande chambre rouge, la chambre de la famille, que la comtesse avait continué d'habiter pendant l'absence de Maximilien, et que Maximilien lui avait laissée à son retour. Cette chambre était éclairée par quatre bougies, mais elle était si vaste qu'à peine si la lumière atteignait les murs du fond. Le lit se dessinait dans la demi-teinte avec ses grandes tentures, et les rideaux mouvants tremblaient devant les fenêtres à travers lesquelles se glissaient quelques souffles de la brise hivernale. Il y eut un instant de silence. Puis, d'une voix ferme et assurée, la comtesse reprit :

— Monsieur, j'étais près de mon père, jeune fille calme, heureuse et adorée ; je riais, je courais, je jouais. Le bonheur débordait de mon âme, et l'enthousiasme de mon cœur. L'enthousiasme n'est pas une vertu vulgaire[1], croyez-le, monsieur, et cependant c'est cette vertu qui m'a perdue. Vous êtes venu, et, pauvre folle que j'étais, j'ai trouvé que vous ressembliez à mes rêves. J'ai vu en vous un vrai gentilhomme, chevaleresque, brave, ardent ; vous cependant, monsieur, vous m'épousiez pour des richesses et pour un titre :

— Madame ! interrompit le comte d'une voix sourde et quelque peu railleuse.

— Dès que j'ai été votre femme, continua Albine, vous n'avez même plus pris la peine de me tromper et d'entretenir des illusions qui vous devenaient inutiles. Mon Dieu ! il me semble pourtant qu'il y avait quelque chose à faire de ma vie.

— Vraiment ! s'écria Maximilien avec un rire amer et éclatant.

— J'ai vu, monsieur, j'ai vu, poursuivit la comtesse, s'effeuiller une à une toutes mes croyances sans lesquelles j'eusse cru qu'il m'était impossible de vivre. Alors je me suis rappelé une parole de ma bonne mère l'abbesse du Tilleul-Sacré. Mon enfant, me dit-elle lorsque je la quittai pour ne plus la revoir, si jamais le bonheur te manque réfugie-toi dans le devoir.

— Ah ! oui-da ! interrompit encore le comte ; et son accent sardonique avait quelque chose d'effrayant.

— Docile à ce souvenir, reprit la comtesse avec la sérénité d'un ange, j'ai mis toute ma vie dans l'obéissance, toute ma vertu dans la résignation ; mais je m'étais armée contre l'oubli et non contre la haine, contre l'indifférence et non contre le mépris. Je ne vous reproche pas, monsieur, ma jeunesse trompée, mes songes détruits, mon existence perdue ; je ne réclame pas de vous un amour impossible ; mais j'ai droit du moins à revendiquer votre respect ; je veux ne pas rougir devant mes gens. Est-ce trop exiger, monsieur le comte ? répondez, dites !

— Vous avez fini, n'est-ce pas, madame ? répondit Maximilien. À mon tour, s'il vous plaît.

— Je vous écoute, monsieur, répondit la comtesse.

— Je commencerai par vous dire que je n'ai point à m'occuper de ces puérilités de pensionnaire dont vous m'avez d'abord entretenu ; le temps d'un homme est assez précieux, je suppose, pour ne pas être gaspillé à de pareilles chimères ; et si je n'ai pas réalisé les songes de votre tendresse, avez-vous réalisé, vous, les projets de mon ambition ?

— Oh ! mon père ! mon père ! vous l'aviez prédit, s'écria Albine. Un ambitieux de cordons, un ambitieux de titres, dont tous les efforts ont pour but d'être grand-croix au lieu d'être commandeur, d'être duc au lieu d'être comte ! et il appelle cela de l'ambition ! et il vient me parler de son ambition !

— Attendez, madame, dit le comte rougissant de colère et frappant du pied ; ce n'est pas de tout cela, au bout du compte, qu'il s'agit : et vous le savez bien.

— Non, je ne le sais pas, car c'est pour le savoir que j'ai désiré avoir avec vous cet entretien.

— Eh bien ! je vais vous le dire alors. Je vous avais confié mon nom et mon honneur : qu'en avez-vous fait, madame ? Ne mentez pas, n'hésitez pas, ne prenez pas vos mines de sainte, vos airs de martyre, c'est inutile. La question est claire ; répondez-y clairement.

— Même dans les choses frivoles, je n'ai jamais menti.

— Eh bien ! dites-moi donc alors, loyale épouse, dites-moi, ce que c'était que cet homme, ce Français, ce capitaine Jacques ?

À ce mot, Albine comprit tout ; elle sourit, regarda un instant le comte d'un air de pitié ; puis elle dit :

— Ce capitaine Jacques, monsieur, c'est un blessé à qui j'ai sauvé la vie peut-être, et qui m'a sauvé l'honneur certainement.

— Et voilà pourquoi il vous nommait Albine ; voilà pourquoi vous le nommiez Jacques ; voilà pourquoi vous l'appeliez *mon ami* : voilà pourquoi, n'osant pas vous donner le même nom, il vous appelait *ma sœur* : voilà pourquoi il était toujours dans cette chambre avec vous ; voilà pourquoi vous ne vous quittiez pas d'une minute ; voilà pourquoi enfin vous pleuriez quand il est parti.

— Ah ! monsieur ! dit la comtesse en se levant.

— Oh ! ne jouez pas la fierté, ne simulez pas l'indignation, madame, reprit Maximilien s'exaltant à sa parole ; ne souriez pas avec ce dédain, ne me regardez pas avec ce mépris, je vous le conseille. Si l'un de nous deux doit mépriser l'autre, c'est le mari outragé et non la femme coupable.

— Pauvre Maximilien ! murmura Albine.

— Ah ! ah ! de la pitié ! Prenez garde, madame ; ne me poussez pas à bout avec votre insultante froideur ; prenez garde, madame, prenez garde ! Je n'ai pas le sang patient. Cet homme a été votre amant, je vous dis qu'il l'a été ; mais je me vengerai, soyez tranquille ; je me le suis juré tout bas et vous répète mon serment tout haut. Donc, au lieu de sourire, madame, je crois que vous feriez mieux de trembler.

— Je ne tremble cependant pas, monsieur, dit Albine impassible ; voyez plutôt !

— Et que faites-vous alors ?

— Je vous plains.

— Oh ! en voilà assez. Tenez, s'écria le comte avec explosion, arrêtez-vous là et pliez plutôt

devant ma colère. Vous vous tenez debout, hautaine et insolente, espérant me duper sans doute
à force d'impudence ; mais je vous répète que je
sais tout, qu'on ne me trompe pas si aisément que
vous l'avez cru, que vous vous êtes prostituée à cet
homme, et que cet enfant que vous portez n'est
pas le mien, mais l'enfant de l'adultère. Entendez-
vous, madame, entendez-vous ? Osez me regarder
en face, maintenant. Vous l'osez... Elle l'ose, la
misérable ! Abaisserez-vous ce regard ? Vous ne
le voulez pas, infâme ! Encore ce sourire. Ah !...

Maximilien marcha furieux vers la comtesse,
ébloui, aveuglé par la rage, un nuage de sang
devant les yeux. Albine, calme, le regard assuré,
un sourire triste sur les lèvres, regarda venir
l'orage sans faire un pas en arrière, sans dire une
parole, sans faire un geste pour l'éviter. Le comte
s'arrêta frémissant, enflammé, à un pas d'elle ; une
seconde ils restèrent ainsi debout face à face, éperdus tous deux, lui, invoquant l'enfer, elle, priant le
ciel. Mais Maximilien ne put supporter longtemps
la muette insulte de tant de sérénité, et, appuyant
ses deux mains sur les épaules de sa femme :

— Une dernière fois, cria-t-il d'une voix tonnante, pliez, demandez grâce, grâce à genoux.

— Malheureux insensé ! dit Albine.

Elle n'avait pas achevé qu'une imprécation terrible retentissait, et que les deux mains violentes
et impies du comte avaient fait plier comme un
roseau et jeté rudement à terre la frêle créature qui
le bravait. La tête d'Albine alla frapper l'angle du
fauteuil où elle était assise un instant auparavant.
Le sang jaillit, et elle s'évanouit en murmurant :

— Mon enfant, mon Dieu ! mon enfant !

Maximilien demeura un instant devant ce corps inanimé, l'œil fixe, immobile et comme stupéfait de son propre crime ; puis, s'arrachant à cette torpeur, il s'élança hors de la chambre en criant :

— Au secours ! au secours !

Les domestiques accoururent au bruit, on transporta la comtesse, toujours sans connaissance, sur son lit, et on alla chercher le chapelain, qui, ainsi que nous l'avons dit déjà à propos du capitaine Jacques, avait fait des études de médecine.

— Je ne sais comment cela s'est fait, balbutiait le comte ; elle est tombée, et son front a heurté un meuble ; le pied lui aura glissé.

Et en prononçant ces paroles, Maximilien se souvint de la pauvre Gretchen, la fille du bailli, à qui le pied avait glissé aussi et qui était morte victime non pas de sa colère, mais de son amour. Ainsi cet homme brisait toutes les existences qu'il touchait. Maximilien pâlit affreusement à cette pensée et s'appuya sur la cheminée, essayant de se remettre, car les valets le regardaient et le chapelain venait d'entrer.

Albine ne reprenait pas ses sens, tant la secousse avait été violente. C'était cependant l'âme plutôt que le corps qui avait été brisée. Le chapelain ne savait comment ranimer la comtesse ; l'eau froide n'y faisait rien, les sels étaient impuissants. Mais bientôt le miracle que ne pouvait faire l'art, la nature l'opéra. Les douleurs de l'enfantement prirent la comtesse ; Albine rouvrit les yeux, mais ses yeux restèrent égarés ; elle recouvra la parole et non la raison. Le délire s'empara d'elle, les

mots incohérents qu'elle laissait échapper dans
sa fièvre, incompréhensibles pour tous les assis-
tants, avaient pour son mari, pour son mari seul,
une signification terrible.

Le chapelain déclara que si quelque habile
médecin n'arrivait point de Francfort à son aide,
non seulement il ne répondait pas de la mère,
mais ne répondait pas non plus de l'enfant. Aussitôt un des domestiques du comte partit pour la
ville, menant un cheval en bride, afin que sans
retard le docteur pût arriver.

Le délire allait croissant.

— Je meurs, disait Albine entrecoupant ces
tristes paroles de tristes plaintes, car l'harmonie
détruite dans la raison était restée dans la douleur. Je sens mon âme qui se détache de moi.
Oh ! qu'elle ne remonte pas à vous tout entière,
oh ! mon Dieu ! que j'en puisse laisser la moitié
à mon enfant ! Mon enfant, le vôtre, Maximilien !
Entendez-vous ? le vôtre. Oh ! sur le seuil de l'éternité je le jure, Maximilien, où êtes-vous ? Maximilien, vous vous êtes cruellement trompé, oh ! oui
bien cruellement. Mon Dieu que je souffre ! si vous
saviez, si vous saviez, Maximilien, mais ce secret
n'est pas à moi, il m'a fait jurer de ne pas le dire.
Un jour vous saurez... un jour par lui-même... un
jour il reviendra. La mort... la mort... mais la mort
n'est pas le terme, n'est-ce pas, monsieur le chapelain ? le cercueil c'est le berceau du ciel. Et vous,
mon père, mon bon père, donnez-moi la main.
Mon père, j'ai une prière à vous adresser à vous
seul ; tâchez que Maximilien n'entende pas ce que
je vais vous dire. Mon père, écoutez : vous trouve-

rez sous mon chevet une lettre pour Wilhelmine.
Au nom de Jésus ! remettez-la-lui. Dites-lui, mon
père, dites-lui que je meurs, mais que je reviendrai voir si elle fait bien ce que je lui ai demandé.
Vous savez, mon père, les comtesses d'Eppstein
qui meurent pendant le jour ou la nuit de Noël ne
meurent qu'à moitié. Oh ! mon enfant, mon pauvre
enfant. Dieu m'exauce, Dieu m'exauce ! je te sens
plus maintenant que je ne me sens moi-même. Je
te donne mon cœur, je te transmets ma vie. Prends,
prends tout et que je meure. Oh ! monsieur le chapelain ! monsieur le chapelain ! sauvez-le et ne
vous inquiétez pas de moi… moi je suis perdue.

En ce moment, minuit sonna, et le comte tressaillit. En effet, comme l'avait dit Albine au milieu
de son délire, on entrait dans la journée de Noël.

La comtesse allait toujours s'affaiblissant.

— Adieu ! adieu, disait-elle. Je vous pardonne,
Maximilien ; mais aimez votre fils, aimez-le. Mon
père, me voici ! Ah ! ah ! c'est aujourd'hui Noël !
ah ! je me meurs !

Albine, qui, dans un dernier mouvement d'agonie, s'était soulevée presque sur son séant, retomba
sur son oreiller et expira. Maximilien s'élança vers
le lit et prit Albine entre ses bras ; mais, quoiqu'elle
fût morte, il sentit tressaillir l'enfant dans son sein,
et recula comme épouvanté. En ce moment le
médecin de Francfort arriva. On fit sortir tout le
monde et même Maximilien. Il s'agissait de sauver
l'enfant par une opération terrible.

Une heure après, du sein de la mère déjà froide,
un enfant fut tiré vivant ; étrange mystère qui
fait sortir ainsi la vie de la mort. La sympathie

n'est-elle pas plus intime alors entre la mère et l'enfant ? et l'âme de l'enfant, dites, messieurs les philosophes, répondez, messieurs les médecins, l'âme de l'enfant ne semble-t-elle pas un dernier soupir de la mère ?

Le chapelain entra dans la chambre du comte, qu'il trouva la sueur au front, et lui remettant la lettre trouvée sous le chevet de la comtesse, et adressée à Wilhelmine :

— Monseigneur, lui dit-il, vous avez un fils.

Le comte ouvrit la lettre, qui n'était point cachetée, la parcourut des yeux et répondit :

— C'est bien : vous l'appellerez Éverard.

Le même jour où un fils naissait à Maximilien au château des comtes d'Eppstein, la fille de Wilhelmine venait au monde dans la chaumière du vieux Gaspard.

VI

Le lendemain, la comtesse fut revêtue de ses plus riches habits, couchée sur son lit et exposée. Elle resta trois jours ainsi, puis on la déposa dans le cercueil toute parée comme elle était, et on la descendit dans le caveau de la famille d'Eppstein.

Le lendemain du jour où Albine fut inhumée, le comte partit pour Vienne où il resta un mois. Pendant ce temps, on effaça toute trace de mort ; de sorte que, lorsqu'il revint, à part le pauvre orphelin dont Wilhelmine s'était déclarée la mère, on aurait pu croire qu'Albine n'avait jamais existé. Les domestiques avaient compris par instinct que c'était faire la cour à leur maître que d'éloigner de ses yeux tout ce qui pouvait lui rappeler le souvenir de la comtesse.

Cependant, malgré tous ces soins, l'émotion de Maximilien fut vive en se retrouvant seul dans ce vieux château : Albert, son fils bien-aimé, était dans une pension à Vienne.

Ce fut surtout lorsqu'il rentra dans cette chambre héréditaire qu'on appelait la chambre rouge[1], ce fut lorsqu'il se retrouva au pied de ce fauteuil contre lequel s'était fendu le front de la comtesse, en face de ce lit sur lequel elle était morte, ce fut alors que tous les souvenirs qui se rattachaient à Albine refluèrent vers son cœur, et qu'il se sentit frissonner malgré lui. C'est qu'en tout temps, et même pour ceux dont la conscience était tranquille, je ne sais quelle terreur glacée, impossible à décrire, tombait de ces sombres lambris ; ce soir-là, elle était augmentée encore par la rage du vent qui sifflait au-dehors. Un grand feu brûlait dans la large cheminée, où d'énormes quartiers de chêne se consumaient en criant ; et pourtant il faisait froid comme toujours dans cette chambre vaste et déserte. Un candélabre à quatre branches était posé allumé sur une table, et pourtant nulle clarté ne semblait pouvoir illuminer ces murailles sombres et ce haut plafond. C'était absolument comme dans cette soirée terrible où avait eu lieu la scène de la nuit de Noël ; seulement le fauteuil où Albine était assise était vide.

De moment en moment la tempête augmentait

de violence ; en se brisant aux angles des murs, l'ouragan gémissait lamentablement ; c'étaient comme de longues plaintes qui ne mouraient que pour renaître, qui ne s'éteignaient que pour recommencer. Certes le comte était brave : si on lui eût dit qu'un homme avait frissonné au murmure de la brise, il eût ri de cet homme et l'eût appelé lâche ; et cependant le comte frissonnait malgré lui. Il se promenait en rêvant, la tête inclinée sur sa poitrine et le menton appuyé dans la main ; il se promenait de long en large, mais sans jamais dépasser cependant le cercle de lumière que le candélabre répandait autour de lui. Et de temps en temps même, avouons-le, il jetait un regard dans les angles sombres ou sur les rideaux raides et mouvants.

— C'est une terrible imagination, se disait tout bas le comte, que celle qui met dans les longues fureurs du vent les plaintes désespérées de tous les trépassés de ce monde : ce pleur incessamment grossi des âmes qui planerait en certains moments sur la nature inanimée, cette angoisse impuissante qui briserait les forêts et se briserait aux montagnes, ce funèbre appel de ceux qui sont sous la terre à ceux qui sont dessus, tout cela serait affreux !

Le comte s'arrêta, frissonnant, et s'accouda sur la cheminée, puis il lui arriva ce qui arrive toujours en pareille circonstance : c'est qu'une fois pris à cette idée, son esprit plongea jusqu'au fond.

— Parmi ces morts qui pleurent, se dit-il, ceux qui se lamentent si tristement dans les corridors du château sont peut-être les miens. Hélas, ils

sont bien nombreux, la faux implacable a fait une
ample moisson dans ce château. Hélas ! hélas !
Voyons… Sans parler des ancêtres, sans remonter à ceux que je n'ai pas connus, il y a d'abord
ma mère. Sainte femme ! quand elle vivait, je l'ai
fait gémir bien souvent ! Plus elle était douce et
tendre, plus j'étais emporté et volontaire, moi. Que
de nuits ma mère a passées à genoux entre mon
père et moi, exhortant l'un, apaisant l'autre. Et lui,
mon père, il est là aussi, et s'il s'est aussi couché
dans sa tombe avant l'heure, c'est moi peut-être,
ô mon Dieu ! qui ai abrégé ses derniers jours.
C'était un noble vieillard que le comte Rodolphe,
mais bien austère et bien rigide : il n'aurait pas
dû prendre au sérieux comme il le faisait les orageuses boutades de ma jeunesse. Mon frère est là
encore sans doute, puisque depuis le jour où il est
parti je n'ai pas eu de ses nouvelles. Mon pauvre
Conrad ! Oh ! celui-là, quoi qu'en aient dit souvent
mon père et ma mère, je l'aimais bien, ce faible
et poétique jeune homme que son père a maudit
parce qu'il s'était mésallié, et qui est mort probablement parce que son père l'avait maudit. Sont-ce
là tous ceux que je pleure ? Non, non ; la funèbre
revue n'est pas close : il y a encore Thécla[1], ma
première femme ; un nom plutôt qu'un souvenir,
une ombre même quand elle était de ce monde ;
figure insignifiante qui n'a passé que pour laisser,
Dieu en soit béni ! un aîné à la maison d'Eppstein.
Et puis enfin, et puis il y a…

Le comte Maximilien s'arrêta, haletant, et sentant que, quoique appuyé contre la cheminée, les
jambes lui manquaient, il se laissa tomber dans un

fauteuil. Puis, dans sa muette pensée qu'accompagnait cependant le mouvement de ses lèvres :

— Il y a l'autre, reprit-il en respirant avec peine, il y a Albine, Albine qui m'a trahi. Oh ! elle doit se lamenter plus haut que les autres, celle-là, car sa mort, à elle, n'a pas été une mort naturelle, comme celle de Thécla ; car la maladie dont elle est morte, c'est ma jalousie ; car je l'ai tuée, non pas avec mon épée, mais avec ma colère. Eh bien ! quoi ! je l'ai tuée, ou plutôt je l'ai punie, et je ne m'en repens pas, non ; et cela serait à refaire, que je le referais encore.

En ce moment le vent gémit plus tristement que jamais. Le comte se leva, pâle et glacé.

— Comme il fait froid ici ! dit-il à voix haute.

Et il poussa du pied dans le foyer un gros tronçon de chêne :

— Comme il fait sombre, reprit-il.

Et il alluma un second candélabre placé sur la cheminée. Mais à quoi bon ? c'était dans son cœur qu'était le froid, c'était dans sa conscience qu'était la nuit. Pourtant il essaya de chasser les noires pensées qui se heurtaient à son âme, comme les hiboux au mur d'un caveau. Il appela à son aide la distraction pour lui la plus puissante, ses rêves d'ambitieux.

— Allons donc, dit-il en passant la main sur son front, allons donc, Maximilien, n'es-tu plus un homme ? Au diable toutes ces chimères. Voyons, écrivons cette lettre à Kaunitz[1].

Il s'assit devant un bureau, prit la plume et écrivit la date : *24 janvier 1794*[2]. La plume lui tomba des mains.

— Il y a aujourd'hui un mois qu'elle est morte, murmura-t-il.

Et il se leva en poussant violemment son fauteuil. Une singulière angoisse lui serrait le cœur. Il se mit alors à marcher, tout éperdu et essayant en vain de ressaisir sa pensée engourdie. Je ne sais quels murmures funèbres lui disaient tout bas qu'il allait se passer quelque chose de terrible, de surnaturel, d'inattendu, quelque chose qu'il ne pouvait vaincre par la lutte, quelque chose qu'il ne pouvait éviter par la fuite. Puis il comparait en lui-même l'agitation qui bouillonnait dans son sein avec le morne silence qui l'entourait et qui n'était troublé que par les plaintes mourantes du vent, et cela l'épouvantait.

Il est des moments où, même pour les âmes les plus fortes, tout se résout en effroi. Dans ce silence, le frémissement du timbre de l'horloge prêt à sonner les douze coups, ces douze coups eux-mêmes, dont le dernier venait d'annoncer qu'on était entré dans le vingt-cinquième jour de janvier, un éclat de bois qui jaillit du foyer sur le parquet, tout cela causa une commotion électrique à cet homme si brave ; le glapissement lointain d'un de ses chiens dans le chenil jeta un trouble insurmontable dans ce cœur si résolu. Bientôt il eut peur du bruit sourd de ses pas résonnant sur le parquet, et il resta debout, sans bouger, appuyé contre la muraille ; mais alors il eut peur de son immobilité même, il se frotta les mains, il hocha la tête avec un tremblement nerveux. Il attendait, il sentait venir quelque chose d'effrayant.

C'est que le monde invisible qui nous entoure,

qui échappe à notre vue, qui fuit notre toucher, qui trompe tous nos sens, secouait autour de lui, dans cette chambre silencieuse et sombre, ses muets épouvantements. Toutes les terreurs qu'ont versées Alighieri dans le poème, Michel-Ange dans la peinture, Weber dans la musique[1], frissonnaient autour des tempes du comte Maximilien ; il les respirait dans l'air, en quelque sorte. Que pouvait donc sa pauvre raison contre les visions sinistres de son imagination frappée ?

Un souvenir terrible s'agitait d'ailleurs vaguement au fond de tout cela. Maximilien se rappelait cette sombre légende de la comtesse Léonore, morte le jour de Noël ; il calculait que la comtesse Albine était morte le même jour que la comtesse Léonore, et il se souvenait que la légende disait que les comtesses d'Eppstein mortes ce jour-là ne mouraient qu'à moitié. Puis, au fond des ténèbres de son âme, Maximilien entendait la voix d'Albine qui disait :

— Si je n'avais pas été coupable, mais victime ? et toi, Maximilien, qui t'es cru juge, si tu n'avais été que meurtrier ?

Ces lentes et solennelles paroles, la voix les répéta vingt fois ; vingt fois elles retombèrent sur la conscience du comte, lourdes et corrosives, comme ces gouttes de plomb fondu dont parle Dante. Le comte recueillit toute son énergie pour s'arracher à ce supplice de damné.

— L'étrange et folle illusion ! dit-il tout haut, sans doute pour dominer du bruit de sa voix la voix qui murmurait tout bas au fond de son cœur.

Mais tout à coup, au moment où il parlait ainsi,

le cri d'un petit enfant s'éleva dans le silence et
sembla continuer la plainte de la morte. Seulement, cette fois, il n'y avait point à s'y tromper,
le bruit était réel. C'était le vagissement soutenu
de l'enfance, et il partait de la chambre située au
dessus de l'appartement de Maximilien.

— Allons, pensa le comte, après la mère, c'est le
fils, maintenant ; son fils, son Éverard, un étranger pour moi, un ennemi qu'il faut que j'élève sous
mes yeux, dans ma maison, et comme mon propre
enfant, ou sinon la honte de la mère retombe sur
moi. Mais, continua-t-il avec rage, va-t-il se taire,
à la fin ! Wilhelmine est-elle sortie ? L'aurait-elle
laissé seul dans son berceau ? Est-ce ainsi, ajouta-
t-il avec un rire amer, qu'elle suit les dernières
instructions de son amie ?

Ayant affaire à un bruit matériel, Maximilien
attendit avec moins de crainte, mais peut-être
avec plus d'impatience. Cependant les larmes
de l'enfant ne cessaient pas. Maximilien prit son
épée, monta sur une échelle de bibliothèque, et
frappa de la garde au plafond, afin de réveiller
la nourrice, sans doute endormie. Les cris continuèrent.

Bientôt le mouvement de colère de Maximilien
commença de faire place à une angoisse nouvelle ;
son cœur, un instant dilaté, s'oppressa comme
auparavant. Ce gémissement ininterrompu, qui
semblait se plaindre à Dieu de la mort de la mère
et de l'abandon du fils, troubla le comte à le
rendre fou. Il voulut sortir, mais pour aller où ?
Il essaya d'appeler quelqu'un ; sa voix s'arrêta dans
son gosier. Il prit la sonnette et la reposa sur la

table. En effet, qui appeler ? Tout dormait dans le château, excepté l'orphelin et le meurtrier.

Le feu, que Maximilien avait oublié de ranimer, s'était peu à peu éteint dans l'âtre, de sorte que l'obscurité envahissait la chambre, où la lueur tremblante des bougies luttait seule contre les ténèbres ; au-dehors, le vent mugissait toujours ; au-dessus, les vagissements de l'enfant continuaient de se faire entendre. Le comte avait froid, il avait peur ; et lorsque dans son délire il porta les mains à son front, il les retira par un mouvement subit, car il lui sembla que son front de feu brûlait ses mains glacées. Alors, et comme rappelé à lui-même par la force même de sa terreur, il se mit à rire, mais d'un rire morne et terrible, en disant :

— Ah çà, mais je crois, Dieu me damne ! que je perds la tête. Allons voir pourquoi cet enfant crie, c'est bien simple.

Alors il s'avança d'un pas assez délibéré vers la muraille, mit le doigt sur un ressort caché dans la tapisserie, et poussa devant lui une petite porte secrète. Cette porte donnait sur un étroit escalier de pierre, connu de père en fils par les comtes d'Eppstein seuls, et qui n'avait d'autres issues, également ignorées de tous, que dans l'étage supérieur où pleurait l'enfant, puis dans l'étage inférieur, et enfin, jusque dans les caveaux où reposaient les aïeux de Maximilien. Cet escalier était comme un espion géant, dressé contre la muraille le long du château, et auquel rien n'échappait.

Au moment où la porte secrète s'ouvrit, un vent glacial, un vent de tombeau frappa Maximilien au visage, éteignit les quatre branches du candélabre qu'il tenait, et le comte, pâle comme un cadavre, les cheveux hérissés, demeura pétrifié sur le seuil. Dans cet escalier, dont nul que lui n'avait le secret, où nul ne pouvait pénétrer, il entendait le frôlement distinct d'une robe de femme, et il voyait une forme blanche glisser légèrement dans l'ombre devant lui.

L'enfant criait toujours. C'étaient trop de terreurs à la fois. Le comte, sentant que ses genoux manquaient sous lui, s'appuya à la muraille pour ne pas tomber. Combien de temps le comte Maximilien demeura-t-il là privé de sentiment ? c'est ce qu'il n'aurait pu dire lui-même. Il y a des instants qui durent des années. Au bout d'une minute, au bout d'une heure peut-être, il se réveilla baigné d'une sueur froide et écouta le silence.

L'enfant ne criait plus. Le vent avait cessé de souffler.

Maximilien, dans un suprême effort, réunit tout son courage. Il ramassa le candélabre qu'il avait laissé tomber, le ralluma, tira son épée du fourreau, et, s'élançant dans l'escalier, monta jusqu'à la chambre de l'enfant. En ouvrant la porte secrète qui donnait dans l'étage supérieur, le candélabre, que le comte tenait de la main gauche, s'éteignit de nouveau, et cette fois non par un courant d'air, ni par un souffle de vent, mais par une influence surnaturelle. Cependant la lune, qui, à cette heure, se dégageait d'un nuage qui l'obscurcissait, laissa tomber à travers la haute croisée un de ses pâles rayons, et, à la lueur de cette lumière blafarde, voici ce que vit le comte.

Wilhelmine, la nourrice, était absente ; mais

Albine, la morte, debout près du berceau de son fils, le balançait doucement, et l'enfant, tout murmurant encore, commençait à se rendormir. C'était bien Albine, et Maximilien la reconnut tout de suite, l'étrange berceuse !

Elle portait la robe blanche avec laquelle elle avait été ensevelie ; on voyait à son cou cette chaîne d'or à gros anneaux qui lui venait de sa mère, et avec laquelle, dans sa lettre à Wilhelmine, elle avait recommandé qu'on l'inhumât. Albine était belle comme de son vivant, plus belle peut-être ; oui, la mort l'avait embellie. Ses longs cheveux noirs inondaient ses épaules dont la blancheur semblait transparente ; il y avait autour de son front comme une vapeur lumineuse ; mais c'était son regard surtout qui répandait une douce flamme ; c'était son sourire qui rayonnait.

Quand Maximilien parut sur le seuil, elle leva sur lui son œil calme et fier, et, approchant un doigt de ses lèvres, comme pour lui imposer silence, elle continua de bercer son enfant. Le comte fit machinalement, et de la même main dont il portait son épée, le signe de la croix, mais sa main resta comme paralysée à son front : la morte remuait les lèvres !

— On conjure les démons et non les bienheureux, dit-elle avec mélancolie, et sa voix résonna comme une musique céleste. Croyez-vous, Maximilien, que Dieu m'aurait permis de revenir aux cris de mon enfant, si je n'étais point parmi ses élus ?

— Parmi ses élus ? murmura le comte.

— Oui, Maximilien, car Dieu est juste, et il sait bien, lui, que j'ai toujours été une épouse chaste et fidèle. Je vous l'ai dit à mon dernier soupir, et vous ne m'avez pas crue ; je vous le répète aujourd'hui que le Seigneur m'a reçue dans son sein, et les morts ne mentent pas. Maximilien, cette fois me croyez-vous ?

— Mais cet enfant ? murmura le comte en montrant Éverard de la pointe de son épée.

— Cet enfant est le vôtre, Maximilien, répondit la comtesse. Vivante, les apparences m'accusaient ; morte, ma présence ici me justifie, ce me semble. Je vous dis, comte, que cet enfant est à nous deux, et qu'il vous appartient légitimement comme à moi.

— Est-ce vrai ? est-ce vrai ? répéta Maximilien égaré, absent de lui-même en quelque sorte, et parlant comme poussé par une irrésistible puissance.

Après un moment de silence, il reprit en balbutiant :

— Mais alors, cet homme, ce capitaine Jacques, quel était-il ?

— Vous le saurez un jour, mais probablement trop tard. Tout ce que je puis vous dire, c'est qu'un serment me lie morte comme il me liait vivante ; c'est que cet homme n'a été et ne pouvait être pour moi qu'un frère.

— Mais en ce cas, s'écria Maximilien, en ce cas, je vous aurais donc soupçonnée injustement ? D'où vient que vous ne vous vengez pas, alors ?

Albine sourit à ce mot de vengeance.

— Oh ! je vous pardonne ma mort, Maximilien, reprit la morte ; les orages des passions humaines n'agitent plus la sphère céleste où nous nous reposons. Seulement tâchez d'adoucir pour votre fils votre humeur violente et farouche, Maximilien ; n'appuyez jamais la main sur lui comme vous l'avez appuyée sur moi ; car il est bon que vous sachiez que Jésus m'a accordé de continuer, même au-delà de la tombe, mes soins maternels et de veiller sur le père et sur le fils, pour protéger l'un au besoin, pour punir l'autre s'il le fallait, car je suis morte dans la nuit de Noël.

— Dieu puissant ! murmura le comte.

— Ainsi, continua la morte de sa voix grave et solennelle, ainsi, comme Wilhelmine, la chère nourrice d'Éverard, était retenue ce soir, bien malgré elle près de son mari blessé, et comme mon enfant pleurait, je suis venue bercer et apaiser mon enfant. Mais voici Wilhelmine qui rentre ; je retourne dans mon tombeau, prête toujours à en sortir, songes-y, Maximilien, au premier cri de mon fils. Adieu !

— Albine ! Albine ! s'écria le comte.

— Adieu, Maximilien, reprit Albine d'une voix solennelle, adieu, et prends garde que ce ne soit au revoir ; adieu et silence. Souviens-toi ! souviens-toi !

L'ombre quitta alors le berceau de l'enfant, qui s'était rendormi en souriant, et s'avançant vers Maximilien, qui se dérangea pour la laisser passer, elle passa, le doigt posé sur ses lèvres, devant le comte anéanti, et disparut par l'escalier secret.

Maximilien, épuisé par tant d'émotions, ne se rendit plus compte, à partir de ce moment, de ses actions. Sans doute, en entendant le bruit des pas de la nourrice, il referma machinalement la porte mystérieuse, et, guidé par cet instinct aveugle qui survit parfois à la raison, il regagna sa chambre sans bruit. Toujours est-il qu'en se réveillant le lendemain, après un sommeil fiévreux, il se trouva tout habillé sur son lit et se dit : « J'ai fait un rêve terrible ».

Cependant Wilhelmine, qu'il interrogea, avait été retenue effectivement une partie de la nuit dans sa chaumière par une blessure que Jonathas, son mari, avait reçue dans la journée : un sanglier qui tenait tête aux chiens, ayant foncé sur le garde, lui avait déchiré la cuisse d'un coup de boutoir. Au retour, Wilhelmine avait trouvé l'enfant calme comme elle l'avait quitté.

Ce n'était donc pas un songe, c'était une apparition ; mais cette pensée était trop terrible pour le comte, et il se répéta :

— J'ai rêvé ! j'ai rêvé !

VII

Les événements qui, depuis cinq ans, heureux ou sinistres, sinistres plus souvent qu'heureux, marchaient avec tant de rapidité à Eppstein, se ralentirent un peu après cette solennelle apparition d'Albine. Depuis cette lugubre nuit de Noël, le séjour du château était devenu tout à fait insupportable au comte Maximilien ; chaque nuit il se réveillait en sursaut, croyant entendre des pas dans l'escalier de la muraille. Le jour, il tressaillait chaque fois que Wilhelmine et son nourrisson se rencontraient sur son passage. Enfin il n'y put tenir et prit la fuite devant ses remords. Un matin il demanda sa voiture, et une heure après il était en route pour Vienne, emmenant son fils Albert[1].

C'était sur ce fils aîné que se concentraient désormais toutes les espérances et toute la tendresse du comte. Cet enfant du moins était bien le sien, et Maximilien aimait à se répéter que de naissance et de droit il serait un jour le chef de la maison d'Eppstein, qu'il continuerait l'ambition et qu'il succéderait aux titres de son père. Le comte avait résolu de faire donner à Albert l'éducation la plus complète et la plus brillante, éducation de gentilhomme, d'officier et de diplomate, de diplomate surtout. Au reste, ce fils chéri, unique, car son frère cadet ne comptait pas, n'avait pas trop perdu non plus que son père à l'alliance avec les Schwalbach, alliance malheureuse sans doute au point de vue du foyer, mais avantageuse par ses résultats politiques. Les Schwalbach étaient tout-puissants et fort bien apparentés. Tout ce qu'on savait à Vienne de la triste fin d'Albine, c'est qu'elle était morte en couches ; et on plaignait fort ce pauvre comte veuf une seconde fois après deux ans de mariage. Qu'est-ce, après tout, qu'un déshonneur qu'on ignore ? se disait Maximilien. Et, comme avec cela sa conscience était un peu sourde, il ne tarda pas à s'étourdir dans tous les plaisirs bruyants de la cour, et dans tous les projets de grandeur qu'il formait pour lui et pour son Albert.

Quant à l'étranger, quant à Éverard (c'est le nom sous lequel le chapelain avait baptisé le

fils d'Albine), le comte d'Eppstein ne s'en sou-
ciait guère, et n'y pensait pas plus qu'à son frère
Conrad, à sa première femme et à Gretchen. Un
bruit complaisant s'était répandu à Vienne ; la
santé délicate de l'enfant exigeait, disait-on, qu'on
le laissât dans l'air pur des montagnes : nouveau
sujet par conséquent de s'apitoyer sur ce malheureux père, forcé de se séparer de l'un de ses fils.

Heureusement, tandis que Maximilien recevait
ces compliments de condoléances et s'appuyait de
toutes ses forces sur les parents d'Albine, Éverard
avait trouvé une mère. Wilhelmine relisait chaque
jour la lettre de la comtesse, et exécutait pieuse-
ment le testament sacré de sa bienfaitrice. Accep-
tée comme nourrice par l'indifférent dédain du
comte, elle avait, dans une exagération de sentiment propre aux âmes généreuses, donné plus de
soins, sinon plus d'amour, au fils d'Albine qu'à sa
propre fille. Au bout de sept mois, elle avait sevré
sa petite Rosemonde, mais jusqu'à un an et plus,
elle continua d'allaiter l'enfant adoptif de son cœur.

— Écoute donc, Jonathas, disait-elle à son mari
un peu jaloux de ces préférences, notre fille est
notre fille, et nous n'avons à en répondre à personne ; mais ce pauvre orphelin, qui n'a que nous et
Dieu, si nous le négligeons quand sa mère est morte
et quand son père l'oublie, qu'est-ce que penserait
madame ? Et puis, il est si faible, le cher petit !
tandis que Rosemonde est forte et bien portante.

Wilhelmine fut donc pour Éverard la mère la
plus tendre et la plus dévouée, et, hormis le soir
fatal où elle fut forcée de le laisser pour soigner
son mari blessé, elle ne le quittait jamais plus d'un

quart d'heure. Grâce à ces soins de tous les instants, l'enfant vint si bien que c'était merveille ; il y
avait plaisir à les voir, Rosemonde et lui, blanches
et charmantes créatures, s'ébattre sur le gazon.

Des années s'écoulèrent, et les goûts d'Éverard
se développèrent, un peu sauvages et assez peu
studieux. Il apprit bien, en même temps que sa
sœur de lait Rosemonde, à lire et à écrire, mais,
comme Rosemonde n'apprenait pas le latin ni
l'histoire, il ne voulut pas entendre parler de l'histoire ni du latin que dom Aloysius, le chapelain,
tenait fort à lui enseigner. Il aimait beaucoup
mieux courir dans les bois avec Rosemonde, ou
suivre de ses petites jambes Jonathas à la chasse,
ce qui n'empêchait pas que ce ne fût un grand
bonheur pour lui d'écouter, le soir, assis près de
Rosemonde, aux pieds de Wilhelmine qui filait,
quelque histoire de revenants ou de fées, contée
par Jonathas ou par le vieux Gaspard.

Au reste, si l'éducation de l'esprit lui manquait,
celle du cœur, celle que sa mère avait demandée
pour lui à Wilhelmine, lui était largement donnée.
D'abord il n'y avait qu'à regarder faire la sainte
femme du garde-chasse pour s'instruire en douceur et en piété ; puis, soir et matin, dès qu'Éverard fut en âge de comprendre, Wilhelmine le
mena faire sa prière dans les caveaux funéraires
du château, sur le tombeau de sa mère, et, la
prière achevée, elle lui parlait de l'ange qu'il avait
perdu sur la terre, mais qui veillait encore sur lui
dans le ciel.

— Songez, Éverard, lui disait-elle, que votre mère
vous voit, vous suit sans cesse, qu'elle est présente

à toutes vos actions, qu'elle sourit de vos bonnes pensées et pleure de vos fautes. Songez que son corps est dans le tombeau, mais que son âme est partout où vous êtes.

L'enfant s'efforçait alors d'être sage et docile, afin de faire sourire sa mère. Quand il avait commis quelque délit de son âge, il rougissait et se retournait comme s'il allait rencontrer le regard triste de son invisible témoin. Cette pensée devint pour lui une seconde religion. Sa jeune imagination frappée crut même voir, plus d'une fois, ou, qui sait ? vit peut-être, dans le silence de la nuit, une ombre blanche, qui ne lui faisait pas peur, debout à côté de son lit, le contemplant avec amour, et il tendait ses mains vers elle, mais elle lui disait : « Dors, mon Éverard, dors ; le sommeil est bon aux petits enfants. » Et il se rendormait doucement, et, ces nuits-là, il faisait les plus charmants rêves.

Le lendemain, il ne manquait pas de tout raconter à Wilhelmine, et Wilhelmine ne le détrompait pas ; elle ne voyait pas de danger à cela, la digne femme, et y en avait-il réellement ? où était le risque, pour cette jeune âme, de croire à la présence d'une céleste gardienne de son enfance ? Wilhelmine, d'ailleurs, y croyait la première. « Madame a dit, pensait-elle, qu'elle ne quitterait ni la nourrice ni le nourrisson. » Bien souvent il lui arrivait de parler tout haut à la trépassée, et de lui demander aide et conseil. Éverard s'accoutuma, à son exemple, à l'invoquer, et il disait *ma mère* comme on dit *mon Dieu*. La morte vivait toujours dans ces deux cœurs.

Nous ne parlons pas de la petite Rosemonde ; elle devenait pourtant, en grandissant, jolie comme les amours et bonne comme les anges. Gracieuse et tendre créature, elle était toute gentillesse et toute douceur. Éverard l'adorait et lui cédait en toute chose. Wilhelmine pleurait de joie en voyant le dimanche, à la chapelle, ses deux enfants agenouillés à quelques pas devant elle, et priant pour elle qui priait pour eux.

Le comte Maximilien resta sept années absent ; la politique l'avait pris dans son tourbillon. Au bout de ce temps, il vint passer quinze jours à Eppstein, non pour voir son fils, mais pour toucher les fermages et renouveler les baux. C'est à peine s'il demanda à voir Éverard ; il n'avait d'yeux que pour son Albert qui, du reste, lui ressemblait en tout, et qui joua mille méchants tours à son frère et aux gens du château.

Le chapelain crut devoir faire part au comte de la résistance d'Éverard à tout enseignement.

— Eh ! mon Dieu ! laissez-le, dit Maximilien au grand étonnement de dom Aloysius, laissez-le ; qu'il fasse ce qu'il voudra, et qu'il devienne ce qu'il pourra, peu m'importe. Qu'a-t-il besoin de savoir quelque chose, étant destiné à n'être rien ?

Au bout d'une semaine de séjour au château, le comte Maximilien repartit pour Vienne avec Albert.

Deux autres années se passèrent encore calmes et heureuses sur la maison du garde-chasse, que les deux enfants égayaient de leurs francs rires, et parfumaient de leurs haleines pures. Éverard et Rosemonde avaient chacun dix ans ; la douleur annonça son retour à Eppstein par la mort

presque subite de dom Aloysius : le vénérable
vieillard, chargé d'ans et de vertus, s'éteignit doucement en feuilletant un in-folio sur lequel on le
crut endormi, tandis qu'il était mort. Ce fut le premier chagrin d'Éverard, qui ne put s'empêcher de
pleurer le cher maître qui n'avait été pour lui que
trop faible et trop indulgent.

Cette douleur, hélas ! n'était rien à côté de celle
qui l'attendait, le pauvre enfant. Dom Aloysius
avait fourni une longue carrière, après tout ; sa
mort était dans le cours naturel des choses, et
il restait le dernier survivant de tous les siens :
c'était le contemporain du vieux comte Rodolphe
et de la vieille comtesse Gertrude, qui dormaient
déjà depuis dix ans dans leurs tombeaux. Il fer-
mait l'ère des ancêtres. Mais Wilhelmine, la
bonne, l'utile ménagère, sa jeune vie n'était-elle
pas nécessaire encore à deux enfants ? ne tenait-
elle pas aux entrailles de toute sa famille ?

Dieu rappela pourtant à lui la femme de vingt-
neuf ans presque en même temps que le vieillard
de quatre-vingts. On mourait jeune dans la famille
de Wilhelmine. Sa mère s'était de même prématurément éteinte, comme aussi, sans doute, sa
sœur Noémi, et Wilhelmine alla les rejoindre ainsi
que sa maîtresse qu'elle avait servie si fidèlement
jusque dans la tombe.

Depuis longtemps, au reste, sa santé avait
donné de graves inquiétudes. Toute blonde et rose
qu'elle était, dom Aloysius avait reconnu chez elle
les symptômes de la maladie des corps faibles et
des cœurs tristes. Depuis longtemps Wilhelmine
devenait plus pâle de jour en jour, et cependant,

de jour en jour, à la moindre émotion qu'elle éprouvait, de plus vives rougeurs passaient sur son visage. À chaque automne, clle s'affaiblissait sensiblement. On eût dit que, vivant de la même vie que les fleurs, elle devait disparaître avec les lys dont elle avait la blancheur et la modestie, et avec les roses dont elle avait le pâle éclat et les parfums. À chaque printemps, comme si cette vie régénératrice qui se répand dans toute la nature s'épanchait aussi en elle, elle se reprenait à un mieux factice qui n'était qu'une fièvre plus ardente. Les deux enfants, ignorant les causes de cet éclat fébrile, la regardaient alors, et lui disaient, en lui jetant leurs bras au cou : « Oh ! comme tu es belle, petite mère ! » Alors Wilhelmine souriait tristement, car elle ne s'abusait pas sur son état ; elle serrait ses chers enfants sur son cœur, et lorsqu'ils lui disaient, en la regardant avec étonnement : « Pourquoi pleures-tu ? » elle leur répondait : « Parce que je suis trop heureuse. »

Cependant, vers le commencement de l'année 1802[1], Wilhelmine sentit à sa faiblesse croissante que le mal allait faire de plus rapides progrès ; alors, pour ne pas user le peu de forces qui lui restaient, Wilhelmine renonça aux longues courses dans la forêt, courses qui faisaient les délices des deux enfants ; elle se renferma dans sa chambre sans se plaindre, car une plainte d'elle eût éveillé des soupçons, et par suite la tristesse dans toute la famille. Elle se renferma, disons-nous, dans sa chambre, qui bientôt, sous ses mains, prit l'apparence, avec ses rideaux blancs, ses fleurs étagées sur les meubles, ses rameaux bénis à Pâques, de ces reposoirs qu'on élève dans les villages le jour de la Fête-Dieu, et où Dieu s'arrête un instant, entre le parfum de l'encens et le parfum des fleurs.

Seul de toute la famille, le vieillard, plus près de la mort lui-même, sentait que la mort venait. Dans les belles soirées de l'été, lorsqu'on attendait le retour de Jonathas et que le vieillard était assis devant la porte aux derniers rayons du soleil couchant, regardant les deux enfants courir, cueillir les pâquerettes mêlées à l'herbe de la forêt, ou poursuivre des insectes emportés par la brise du soir, Wilhelmine apparaissait tout à coup sur le seuil de sa porte comme une pâle vision, venait sans bruit s'asseoir aux pieds de son père, et appuyer sa tête inclinée sur ses genoux tremblants. Alors, sans cesser de regarder le ciel, le vieillard laissait tomber sa main sur la tête de sa fille ; Wilhelmine sentait frissonner cette main, et sans changer de place, répondant à sa pensée muette par une parole à peine intelligible : « Que voulez-vous, mon père ? murmurait-elle ; cela doit être bon, puisque Dieu le veut ainsi. »

Et le vieillard ne répondait pas, car un père ne comprend jamais que Dieu veuille que son enfant meure. Quant aux deux enfants, ils ne s'apercevaient de rien, ils jouaient, ils chantaient, ils étaient heureux.

Enfin, Jonathas remarqua à son tour la faiblesse de sa femme, et la crainte le gagna. Il en dit deux mots à son père, qui alors lui apprit ce que depuis longtemps il avait deviné. Le lendemain, Jonathas partit comme il allait faire sa tournée dans la forêt, et vers le milieu du jour il revint avec un médecin qu'il était allé chercher à Francfort. À cette vue, Wilhelmine frissonna, car elle comprit que son mari savait tout, et la pauvre femme souffrit de sa douleur.

Avec des riches, le médecin eût dissimulé, il eût donné des espérances pour se ménager une occasion de revenir ; mais les pauvres sont les favoris de la vérité. Le médecin dit tout. D'abord Jonathas refusa de le croire. Il avait craint une indisposition, rien de plus. L'idée que sa chère Wilhelmine pouvait lui être enlevée au tiers de sa vie ne s'était jamais présentée à son esprit. Il examina alors la pauvre malade avec plus d'attention, et il s'aperçut enfin des ravages affreux qu'avait déjà faits le mal. Alors, comme tous les hommes robustes et habitués aux fatigues physiques, mais dont l'esprit n'a jamais eu occasion de lutter contre les douleurs morales, Jonathas se laissa abattre tout à coup. Il passa le reste du jour et toute la soirée muet à regarder Wilhelmine ; toute la nuit il veilla à côté de la chambre de sa femme. Puis le matin venu, il décrocha son fusil comme d'habitude, fit quatre pas hors de la porte, mais il n'eut pas la force d'aller plus loin ; il rentra, remit son fusil à sa place, et quand Wilhelmine se leva (chaque jour elle se levait plus tard), elle trouva son mari assis sur un escabeau devant la cheminée et la tête dans ses mains. Elle alla à lui.

— Que veux-tu, Jonathas ? lui dit-elle, il faut du courage.

Jonathas voulut répondre, mais il sentit qu'il allait éclater en sanglots, et il s'élança hors de sa maison.

À partir de ce moment, la vie du pauvre garde-chasse fut complètement désorganisée. Il sortait toujours le matin avec son fusil, mais il ne s'éloignait pas de la petite maison qu'il ne pouvait se décider à perdre de vue. Malgré les précautions qu'il prenait pour se cacher, Wilhelmine le voyait souvent passer dans quelque clairière, ou bien les deux enfants revenaient tout tristes, se tenant par la main, et demandant à Wilhelmine :

— Petite mère, qu'a donc Jonathas ? Nous l'avons vu couché au pied d'un arbre : il pleurait.

Enfin le moment vint où Wilhelmine cessa de se lever. Le soir seulement, au moment où le soleil se couchait, on ouvrait la fenêtre, et la mourante souriait mélancoliquement à son dernier rayon. Alors tout le monde se rassemblait dans sa chambre. Les enfants apportaient de gros bouquets de fleurs qu'ils mettaient sur son lit. Jonathas apportait la Bible, qu'il présentait à son père, et le vieillard lisait quelque sainte et sublime histoire, tandis que Wilhelmine priait, que Jonathas pleurait, et que les deux enfants faisaient silence, assis à côté l'un de l'autre dans un grand fauteuil appuyé au lit de la malade.

Un matin, Wilhelmine se sentit plus mal que d'habitude, et ce fut elle-même ce jour-là qui dit à Jonathas de ne pas sortir. Les deux hommes demeurèrent donc presque toute la journée auprès d'elle. Quant aux deux enfants, ils passèrent leur temps comme d'habitude, à rentrer et à sortir, emportant les fleurs fanées et rapportant des fleurs nouvelles. Plus Wilhelmine se rapprochait de la mort, plus elle aimait les fleurs. Depuis quelques jours, elle ne semblait plus vivre que de leurs parfums.

Le soir, la lecture eut lieu comme d'habitude ; mais, à la fin de la lecture, Wilhelmine s'évanouit. On s'en aperçut à un léger soupir. Jonathas s'élança près d'elle. Au premier moment, il la crut morte, et jeta un grand cri. Wilhelmine entendit ce cri du fond de son évanouissement et rouvrit les yeux.

— Pauvre ami ! dit-elle en tendant sa main froide et humide à Jonathas, pauvre ami ! Et moi aussi, crois-moi, cela me déchire le cœur, de te quitter si tôt et quand tu as encore besoin de moi, toi qui m'as tant aimée ; mais le Seigneur le veut. Sois ferme, sois homme. Par bonheur, le plus fort de ma tâche est accompli ; les enfants sont à moitié élevés et se portent bien. Je n'ai jamais trouvé le courage de me séparer de Rosemonde, j'ai eu tort ; et quand je n'y serai plus, mon ami, je te prie de la conduire à Vienne, au couvent du Tilleul-Sacré, où tu remettras à la supérieure la lettre de ma bonne maîtresse ; on achèvera là d'élever notre enfant selon Dieu ; n'y manque pas, entends-tu bien ? Veille toujours sur Éverard, remplace-moi près de lui, et sa mère t'accompagnera partout comme elle m'accompagnait. Éverard ! Éverard ! écoutez, vous aussi. Vous voilà grand et raisonnable, et vous irez bien sans moi prier matin et soir sur le tombeau. N'y manquez pas un seul jour, tant que vous resterez ici, mon enfant. Respectez votre père, mais aimez votre mère. Je vous recommande votre sœur Rosemonde. Et toi, Rosemonde, ma fille, ne cesse pas d'être pieuse et charitable, montre-toi digne de la sainte maison où tu vas entrer, et aie toujours devant les yeux l'exemple de la noble protectrice dont je t'ai si souvent raconté les vertus.

Les enfants se mirent à pleurer, sans trop savoir ce que cela voulait dire, et parce que tout le monde pleurait. Wilhelmine se tourna ensuite vers Gaspard, debout derrière son mari, qu'il dépassait de toute la tête, immobile et calme, vieux chêne qui voyait périr tous ses rejetons.

— À vous, mon père, que dirais-je ? à vous qui, douleur vivante, ensevelissez tous vos enfants !

— Dis-moi au revoir, ma fille, répondit gravement le vieillard, car c'est moi qui te rejoindrai le premier. Si mes vieilles mains doivent encore coudre ton jeune linceul, notre séparation du moins sera la moins longue, et la sainteté de ta mort m'est encore une consolation. Nous nous retrouverons aux pieds de Dieu, Wilhelmine. Je m'en irais tout à fait tranquille, hélas ! si je savais que ta sœur Noémi a fait une fin aussi chrétienne, aussi pure que la tienne.

— N'en doutez pas, mon père, n'en doutez pas. Moi, je ne fais que mourir ; Noémi avait souffert. Mais ne me parlez pas encore de nous rejoindre, mon père ; vivez pour enseigner la résignation à Jonathas, vivez pour veiller sur mes deux enfants ; ils n'ont que la vie pour vous voir, eux, Noémi et moi, nous aurons l'éternité pour vous attendre.

Puis, sentant qu'elle s'affaiblissait encore, et voulant épargner à son mari la douleur de l'adieu suprême :

— Je sens que je vais un peu mieux, dit-elle ; retirez-vous, je voudrais dormir.

Jonathas voulut emmener les deux enfants.

— Non, laissez-les, dit Wilhelmine ; ils dormi-
ront dans le fauteuil.

La pauvre femme ne voulait pas mourir seule.

Jonathas se retira, croyant véritablement au
sommeil ; mais Gaspard découvrit la vérité, il se
pencha sur le lit de sa fille, la baisa au front, et
lui serrant les mains :

— Au revoir au ciel, lui dit-il.

Wilhelmine tressaillit ; puis, le plus bas qu'elle
put et pour que son mari ne l'entendît pas :

— Adieu, répondit-elle.

Les deux hommes sortirent. Jonathas, écrasé de
fatigue, s'endormit ; Gaspard se mit en prières.

Au bout d'une heure, n'entendant plus rien, il
descendit, entrouvrit doucement la porte de la
chambre : Wilhelmine semblait endormie ; on eût
dit une belle madone de cire couchée sur son lit
couvert de roses. Elle tenait dans ses mains les
deux mains réunies de Rosemonde et d'Éverard.
Les deux enfants ne dormaient pas ; ils regardaient.

— Oh ! Grand-père, dirent-ils en apercevant
Gaspard, nous avons bien peur, va ! Petite mère ne
nous répond plus, et sa main est si froide qu'elle
glace nos mains.

Gaspard s'approcha du lit de sa fille ; Wilhelmine était morte.

Le lendemain en revenant d'ensevelir sa femme,
le bon Jonathas, plus faible que le vieux Gaspard, se laissa tomber à genoux à la place que sa
femme occupait d'ordinaire. Tout à coup il sentit
des petits bras qui l'enlaçaient, et deux bouches

roses se posèrent sur ses joues brunes inondées de larmes. Il regarda les deux enfants et se trouva un peu consolé.

Cette même année, le comte Maximilien d'Eppstein eut aussi sa consolation : il fut nommé conseiller intime.

VIII

Ce fut une nouvelle et affreuse douleur pour Éverard quand il lui fallut se séparer de Rosemonde ; il venait de connaître la mort, il allait apprendre l'absence.

Cependant, malgré les pleurs et les prières d'Éverard, Jonathas, pour remplir le dernier vœu de Wilhelmine, conduisit sa fille à Vienne. Comme l'avait prévu la pauvre Albine, sa lettre ouvrit à sa filleule les portes du couvent du Tilleul-Sacré, et Rosemonde fut reçue par l'abbesse comme si elle eût été la propre fille de la comtesse d'Eppstein. Éverard avait quelque temps espéré être du voyage, mais le garde-chasse lui avait fait comprendre qu'il n'avait pas le droit, sans une permission du comte, de l'emmener à Vienne. Éverard était donc resté seul et bien triste avec le vieux Gaspard.

Le retour de Jonathas n'avait pas même ramené sa gaieté ; seulement Éverard lui avait fait redire vingt fois où était ce couvent, et comment était la chambre de Rosemonde. La chaumière, si joyeuse autrefois, si pleine de cris et de chants, était deve-

nue morne et muette ; ses habitants restaient la
plupart du temps tous trois taciturnes et sombres
en face les uns des autres : le vieillard, l'homme
et l'enfant.

Gaspard ne quittait plus la maison et le jardin ;
il restait pour la plupart du temps assis sur le banc
de la porte quand il faisait beau, et sur une chaise
près du foyer quand il pleuvait ; là, pensif, les yeux
fermés, il regardait en lui-même vivre ses souvenirs et sourire sa femme et ses deux filles, Noémi
et Wilhelmine. Jonathas, quelque temps qu'il fît,
jetait dès le matin son fusil sur son épaule, sifflait
ses chiens, s'enfonçait dans la forêt, et, le plus souvent, revenait le soir sans gibier ; il avait passé la
journée à errer dans les endroits les plus sombres,
ou bien il avait laissé passer le temps, couché au
pied d'un arbre. L'âme de ces deux hommes était
comme une horloge dérangée, arrêtée pour ainsi
dire sur une douleur. Depuis que cette douleur
était entrée en eux, ils semblaient ne plus exister ;
ils respiraient, voilà tout.

Quant à Éverard, il était trop jeune pour que son
ardeur et sa sève restassent ainsi glacées par le chagrin ; mais dans sa retraite profonde, loin de toute
relation humaine, sans famille, sans confident,
n'ayant vu du monde entier que le château et la
forêt d'Eppstein, n'ayant connu des hommes que
Gaspard et Jonathas, n'ayant d'autre amour que
l'amour filial qu'il portait à Wilhelmine morte
et l'amour fraternel qu'il portait à Rosemonde
absente, cloîtré pour ainsi dire dans sa propre
pensée, qui n'avait pas un cœur où se répandre,
il laissait son esprit obéir à la direction de son

instinct, et se formait un caractère au fond généreux et droit, mais heurté, sauvage, étrange. Seul
avec lui-même, ses premières impressions d'enfant
devinrent ses convictions de jeune homme, et il se
fit des passions et des croyances inaltérables, des
sentiments naïfs, mais faux, qu'il aurait vus tomber d'eux-mêmes s'il avait trouvé, dans les livres,
quelque point de comparaison, dans la vie, quelque
conseiller ou quelque guide. Il en résulta que son
imagination prit la place de son jugement. Fidèle
aux terreurs et aux amours dont la bonne Wilhelmine avait fait en quelque sorte le fond de son
cœur, il voyait partout et toujours sa mère, n'avait
d'autre amie, d'autre pensée, d'autre bonheur que
sa mère ; il vivait sans cesse avec cette morte, si
bien que toute son existence était une vision.

Le témoin, le confident, le complice de cette
apparition constante et sainte était la verte forêt
d'Eppstein. Nous avons déjà essayé de peindre
ce vaste bois, sombre, noir, profond, solitaire,
sublime et comme sacré, cette sorte de *lucus*[1]
antique dont le vent semblait l'âme attristée. Il y
avait de tout dans ce bois, pareil au génie complet d'un homme : il y avait des ravins au fond
desquels le jour ne descendait jamais ; il y avait
des sources murmurantes qui causaient avec les
oiseaux ; il y avait de larges quartiers de granit
blancs à la lune, gris au soleil, ruines de la nature ;
il y avait des pans de muraille écroulés, des donjons éventrés, des caves découvertes, ruines de la
société. Ces tours inquiètes, penchées sur la vallée
dont elles dominaient les chemins, avaient l'air
de regarder si les barbares ne revenaient pas. Les

fantômes devaient aimer à reparaître au milieu de ces débris de l'histoire, fantômes eux-mêmes des temps disparus.

Éverard connut bientôt son verdoyant univers dans tous ses détours : clairières, fourrés, taillis, rien pour lui n'y était secret : il avait grimpé à tous les arbres, il était descendu dans toutes les profondeurs, il avait embrassé tous les horizons ; on le voyait courir sur le bord des abîmes, descendre par le lit des cascades, sauter d'un bond du chêne au peuplier ; il jouait avec cette forêt comme un enfant avec sa nourrice, et la forêt le respectait, l'aimait et lui souriait.

Il y trouvait tout familier et ami ; mais lui, de son côté, était bon et inoffensif pour tout ce qui l'entourait ; il n'arrachait pas les branches des arbres, il n'écrasait pas du pied les fleurs, il ne chassait pas comme Jonathas les cerfs et les biches ; il plaignait même les hiboux et avait pitié des couleuvres : volontiers il eût dit comme ce charmant saint François d'Assise[1], qu'il ne connaissait pas pourtant : *Chevreaux mes frères, hirondelles mes sœurs*. Aussi, les daims qui venaient se désaltérer au ruisseau près duquel il était assis ne s'effarouchaient pas, et les petits oiseaux ne s'envolaient pas de l'arbre au pied duquel il se reposait : ils continuaient au contraire à battre des ailes et à chanter leurs chansons. Tous les hôtes de ces épais ombrages lui faisaient les honneurs de leur gîte, devinant sans doute en lui un être innocent et bon comme eux.

Le vieux bois n'était pas d'ailleurs seulement pour le jeune homme une retraite, une maison, un nid ; c'était autre chose, c'était plus que tout cela ; c'était, avec le caveau funèbre du château, l'endroit où il revoyait sa mère. Dans la tombe, sa mère était morte : sous ce bois, elle vivait comme lui et avec lui. Quand une fois Éverard s'était enfoncé dans quelque sentier bien tranquille, s'il voulait voir Albine, il n'avait qu'à fermer les yeux ; parfois même, de ses yeux ouverts, de ses yeux mortels, il la voyait, l'âme céleste. C'était elle qui le soutenait lorsqu'il se suspendait à quelque racine d'arbre au-dessus d'un précipice, lorsqu'il franchissait des abîmes, lorsqu'il s'aventurait sur des pierres croulantes, et elle ne se contentait pas de lui apparaître et de l'aider ; elle lui parlait souvent, elle le conseillait toujours. La voix qu'elle empruntait alors, c'était celle de la forêt même, voix tantôt douce et tendre, tantôt grave et sérieuse, quelquefois grondeuse et terrible.

À l'aube, par exemple, à l'aube d'une journée de mai, quand le soleil éclatant sur l'horizon faisait un diamant de chaque goutte de rosée, un orchestre emplumé de chaque arbre, une cassolette de chaque fleur, quand tout chantait, embaumait, resplendissait, et que la brise, suave comme les lèvres d'une amante, caressait le front d'Éverard, notre solitaire, étendu sur le gazon, inondé de lumière et tout enivré de la nature, se croyait dans les bras de sa mère, lui envoyait mille baisers, et, en prêtant l'oreille, l'entendait dire : « Mon Éverard, mon enfant chéri, tu es beau et bon, je t'aime ! souris-moi, je t'aime ! regarde-moi, je t'aime ! » et toutes sortes de ces paroles flatteuses et caressantes dont les mères ont coutume de bercer leurs enfants quand elles les tiennent sur leurs genoux. Et plus le soleil montait, plus les expressions de la mère devenaient tendres et ardentes, plus aussi l'esprit du fils s'animait et se réchauffait aux flammes vivifiantes de cet amour. C'était un bonheur, un délire ; qui eût dit alors à Éverard qu'il était orphelin l'eût bien étonné.

Presque autant que les beaux jours de la belle saison, il aimait certaines journées d'hiver, les jours de neige surtout. La neige, triste aux villes, est si charmante aux bois ; cette robe blanche que revêt la terre est presque aussi gaie que sa robe verte de printemps. Ces jours-là aussi, Éverard croyait que sa mère était contente de lui, et il était content.

Albine ne causait pas toujours comme une mère avec son enfant ; elle ne lui était pas seulement mère, elle lui était institutrice, et il y avait des moments où, dans de sérieux entretiens, elle essayait de le faire meilleur et plus fort. C'était par exemple aux heures solennelles du soir, quand l'ombre descend sur la terre et la réflexion dans les cœurs ; tout va dormir, mais l'homme pense ; alors les derniers bruissements des feuilles, avec les derniers pétillements des oiseaux, avec les derniers rayons du soleil, la mère donnait de sages conseils à son fils. Son éloquence, c'était quelque ruine rencontrée, quelque arbre droit et fort la veille et que le vent avait brisé le matin ; souvent aussi l'horizon s'élargissait devant Éverard, il était arrivé au sommet d'une montagne, et, en même temps que se développait à ses yeux la forêt tout entière, il entendait là-bas dans le lointain un grand murmure continu qui semblait le bruit de l'éternité. C'était le Main qui roulait calme et puis-

sant, argenté par les premiers rayons de la lune.
Ainsi, entre la morte et le rêveur, tout servait de
truchement, tout, même la pluie et son ennui gri-
sâtre, le brouillard et sa morne mélancolie, qui le
faisaient rentrer en lui-même, tout, jusqu'à l'orage
où il entendait de justes reproches et qui jetait
dans son cœur un effroi salutaire bientôt dissipé
par un baiser du soleil perçant les nuages. Ainsi
se fit l'éducation d'Éverard, et son âme n'eut pour
maîtres que les caprices du vent et l'ombre d'une
trépassée.

D'ailleurs, il ne voyait, il n'entendait personne.
Son père ? Savait-il seulement qu'il avait un père ?
De temps en temps, on répétait autour de lui :
« Monsieur le comte ne reviendra pas à Eppstein cette année. » Que lui importait ? ces paroles
n'éveillaient dans son âme aucun écho, aucun souvenir ; il n'était ni triste ni content de l'abandon
où on le laissait ; cet abandon ; il y était habitué, il
ne s'en étonnait ni s'en plaignait ; il ne disait pas :
Mon père ! il disait comme tout le monde : *Monsieur le comte !* Il y avait au château deux ou trois
valets chargés de donner de l'air aux chambres ou
d'entretenir le jardin, mais Éverard ne s'occupait
pas d'eux, et ils ne s'occupaient pas de lui. Il avait
bien sa chambre à Eppstein, mais il l'occupait
rarement ; le plus souvent il allait passer la nuit
sous le toit de Jonathas. Là, il était plus près de
sa chère forêt ; d'ailleurs, tout l'été, pour peu qu'il
fît beau, sa chambre était la forêt même.

Au plus épais du bois, sur le bord d'un ruisseau
qui en cet endroit, plus large et plus impétueux,
y déversait presque un torrent, il avait trouvé une

sorte de grotte naturelle formée par l'excavation
d'une roche très haute et très escarpée. Ces bords
rudes et étranges l'avaient enchanté tout d'abord,
et quand il y découvrit une retraite charmante
cachée aux regards par un buisson d'aubépines
et par un figuier sauvage, il se crut dans un paradis. Sur la rive opposée se levait une montagne
presque à pic, couverte de gigantesques sapins ;
la sombre verdure de ces arbres, jointe aux rugis-
sements du torrent, ajoutait à la scène je ne sais
quelle lugubre sublimité. C'était sévère et grand.

La mélancolie du lieu n'était pas d'ailleurs
sans être parfois déridée par quelque beau reflet
doré descendant le long des pierres du haut de
la montagne et par quelque faible senteur exha-
lée de l'orage, et semblable à une bonne action
cachée. Éverard ne saisissait nulle part mieux
que là cette douce et mystérieuse musique qui,
disait-il, accompagnait partout ses pas et donnait
le ton à toutes ses actions et à toutes ses idées.
« Ne l'entendez-vous pas ? » demandait-il. « Non. »
« Eh bien ! je l'entends, moi ; elle m'entraîne, elle
m'enveloppe ; c'est dans ce nuage mélodieux qui
marche partout avec moi que j'ose parler à ma
mère et lui faire mes confidences, lui raconter mes
désirs, mes chagrins, mes joies, et lui demander
ses avis. »

Dans ce coin de vallée perdu, Éverard passait
donc la plupart de ses nuits et la moitié de ses
jours. C'est là qu'il grandit, c'est là qu'il vécut heureux, en se souvenant de sa mère et de Wilhelmine,
et, disons-le, en attendant, en espérant Rosemonde. Un regret, un rêve, n'est-ce pas là toute la

vie ? Et quand notre songeur eut cherché dans les voyages, dans les monuments, dans le trouble des émotions et des plaisirs, y eût-il trouvé quelque chose de plus que dans sa solitude embaumée ?

Oui, il souhaitait ardemment le retour de Rosemonde ; la petite compagne de son enfance n'était pas sortie de sa mémoire : il l'avait sans cesse devant les yeux avec son béret noir, d'où s'échappaient les boucles de ses cheveux blonds, avec son minois rose, sa moue boudeuse, son sourire espiègle ; il se rappelait leurs jeux, leurs querelles, et la grave protection dont il l'entourait. C'était d'elle seule qu'il parlait à Jonathas et au vieux Gaspard ; quand ceux-ci lui répondaient, c'était d'elle seule qu'il était question. Rosemonde fut ainsi pour Éverard le seul lien qui le rattachât à la vie de ce monde. Pour le reste, il était en tout point semblable, malgré ses quatorze ans, à Jonathas, qui en avait quarante, à Gaspard, qui en avait quatre-vingts. Grave et taciturne comme l'homme et le vieillard, il venait s'asseoir près d'eux à leur foyer sans rien dire et eux non plus ne l'interrogeaient pas, ne lui demandaient jamais d'où il venait, ce qu'il faisait, ce qu'il comptait faire.

Quand on recevait par hasard une lettre de la pensionnaire du Tilleul-Sacré, c'était fête dans la maison du garde-chasse. L'enfant sautait de joie, le père essuyait une larme d'attendrissement, et l'aïeul lui-même sortait de son extase contemplative. Puis, Gaspard et Jonathas écoutaient avec recueillement la lecture de la bienheureuse lettre, dont se chargeait toujours leur jeune ami. Rosemonde parlait de ses compagnes, des progrès qu'elle faisait, des soins qu'on lui donnait comme si elle eût été la fille d'un duc. Elle apprenait l'histoire, le français, le dessin, la musique, toutes sciences dont Éverard savait à peine le nom. Aussi ce qui lui agréait le plus, c'est quand Rosemonde retournait par la pensée à Eppstein près de son vieux grand-père, de son père Jonathas et de son cher frère Éverard. La lettre lue, on la relisait, puis on la commentait, puis on la relisait encore. Ces soirs-là, la lampe et le feu brûlaient tard dans la salle boisée de Jonathas. Le lendemain, les trois solitaires pensaient certes, chacun de son côté, à l'absente, mais ils ne s'en parlaient plus.

C'est dans cette profonde retraite, dans cette liberté absolue, parmi les apparitions, au milieu des pins séculaires et sur la limite du merveilleux et du ciel que s'écoula l'enfance songeuse d'Éverard. Il n'ouvrit, pendant des années, d'autre livre que celui que la nature lui présentait à chaque heure ; il n'adressait la parole à personne autre qu'à ses deux amis muets et sérieux, Gaspard et Jonathas. Quand un bûcheron, un paysan des environs se trouvait sur son passage, il s'enfuyait comme un faon effarouché. Quand la Bible du vieux Gaspard lui tombait entre les mains, il ne dérangeait pas la page marquée, et se contentait de suivre machinalement, d'un œil distrait, les caractères noircis où il avait vu autrefois se poser les doigts de Wilhelmine près du petit doigt de Rosemonde, alors que la jeune femme apprenait à ses petits enfants à épeler.

Était-elle pourtant muette – nous ne le croyons pas – l'âme de cet ignorant sublime qui avait

appris à épeler dans la Bible et à lire dans une
fosse ? Était-elle aride, cette âme faite de foi et
d'amour, cette âme féconde en éblouissements,
en surprises, en féeries surhumaines, comme un
conte des *Mille et Une Nuits* ; cette âme naïve,
pure, chevaleresque comme une légende des bords
du Rhin ; pareille enfin à ces cathédrales où la
fantaisie arabe s'épanouit en fleurs si charmantes
sur le fond de la gravité chrétienne ?

Cependant les jours s'écoulaient doucement. Il
se trouva un matin que cinq ans s'étaient passés,
sans apporter, comme nous le disions en com-
mençant, un changement à Eppstein ; seulement,
Éverard et Rosemonde avaient quatorze ans, et
Jonathas, à la grande joie d'Éverard, parlait d'aller
chercher Rosemonde à son couvent.

Pendant ces cinq ans, c'est-à-dire de 1803 à
1808, Napoléon avait accompli la plus belle moitié de son Iliade. Mais le grand et terrible drame
joué par la France et l'Europe ne nous regarde pas
ici : nous ne sommes que l'historien d'un château
et d'une chaumière entre Francfort et Mayence, et
ces cinq années, si fécondes pour l'univers, furent
pour ce château et cette chaumière si peu remplies, que ce n'est pas la peine d'en parler.

IX

Vers ce temps-là, le vieux Gaspard, qui de jour
en jour s'affaiblissait, ne trouva plus un matin la

force de quitter son lit pour aller s'asseoir à son banc sur le seuil de la porte ou même à son fauteuil, près de la cheminée. Il appela Jonathas.

— Mon ami, lui dit-il, je sens que je m'éteins, et que le froid de la mort me gagne.

— Faiblesse momentanée, mon père, répondit le garde-chasse ému plus qu'il n'eût voulu le paraître, nous vous garderons longtemps encore.

— Non, Jonathas, reprit le vieillard avec une fermeté calme, je n'ai plus, crois-le, que quelques jours à vivre ; je ne m'en plains pas, je m'en réjouirais plutôt. Néanmoins, avant de quitter ce monde je souhaiterais encore deux choses. Que veux-tu, l'homme est un demandeur éternel, l'agonie même a ses désirs : je voudrais donc savoir d'abord ce qu'est devenue ma fille Noémi disparue dans cette tourmente de la France, si je dois la retrouver là-haut, et si elle est morte saintement comme sa sœur. Ce souhait ne se réalisera pas, hélas ! et pourtant Dieu sait que l'accomplissement de ce vœu rendrait ma mort deux fois plus paisible. Mais le second souhait, tu peux le satisfaire, Jonathas.

— Parlez, mon père.

— Jonathas, ne verrai-je pas pour une derrière fois la fille de ma Wilhelmine ?

— Mon père, je partirai demain pour Vienne.

— Merci, Jonathas ; Dieu te bénira pour comprendre sur un mot les mourants, et m'accordera à moi, je l'espère, la grâce d'attendre ton retour.

Le lendemain matin, le garde-chasse se mit en effet en route. Éverard le suivit jusqu'à la moitié du jour ; il aurait bien voulu l'accompagner jusqu'au terme de son voyage, et sans doute il l'eût pu ; qui se serait aperçu au château de son absence ? Jonathas s'y refusa pourtant, quelqu'un devait rester pour veiller le grand-père. À trois heures donc, après avoir partagé avec lui son modeste repas, Éverard embrassa le voyageur, le chargea de mille vœux et de mille tendres paroles pour la petite Rosemonde, et reprit à pas lents le chemin d'Eppstein.

Quand il arriva à la forêt, il était neuf heures du soir ; la nuit était tout à fait tombée, mais une nuit de juin, limpide, calme et bleue. D'une hauteur où Éverard s'arrêta, il put embrasser du regard toutes les harmonieuses ondulations du bois blanchissant à la lueur de la lune. Ce groupe de vallées et de coteaux avait réellement l'air d'une mer, on n'entendait que le cri du grillon, et un frisson du vent courait à peine à la cime des arbres ; au ciel, les étoiles scintillaient ; en bas, au fond, un étang immobile luisait comme un miroir d'argent. Dans cette ombre diaphane, les maisons pâles semblaient dormir, et les champs tranquilles rêver ; on s'endormait soi-même dans la rêverie devant ce paysage fantastique, et une paix religieuse pénétrait le cœur.

Éverard s'assit sur l'herbe, et songea. Une voisine avait promis de rester cette nuit-là près du malade, et l'air était si doux, si tiède, que le jeune homme résolut de ne rentrer qu'au matin. Il avait besoin d'être seul, de penser, de causer avec sa mère, qui lui envoyait les caresses de cette brise ; il avait besoin de récapituler sa vie, de revoir son passé, d'imaginer son avenir ; il lui semblait qu'une ère nouvelle allait s'ouvrir pour lui, et comme le voyageur parvenu au sommet d'une montagne jette un dernier coup d'œil sur la vallée qu'il a parcourue, il donnait un regard d'adieu aux jours écoulés. Bien peu d'événements, mais beaucoup de pensées et de sensations avaient rempli son existence ; aussi était-il à la fois naïf et profond ; il avait l'esprit simple d'un enfant avec le cœur ardent d'un homme. Cette nuit-là, cœur et esprit, il sentait tout troublé en lui, comme devant une crise de sa destinée ; les ombres chères ou indif-férentes qui avaient traversé ses jours repassèrent à ses yeux, et le saluèrent. Tandis qu'Albine, fidèle témoin, se tenait debout à ses côtés, il vit dans une sorte de songe lumineux, d'abord Wilhelmine, sa seconde mère, puis son bon vieux maître Aloy-sius ; puis, dans le lointain, son père, le sourcil froncé, et son frère, méchant et moqueur ; mais il détourna d'eux ses regards avec effroi, pour les reporter avec amour sur la noble et belle figure du vieux Gaspard, sur le visage doux et triste de Jonathas.

Alors, descendant de plus en plus en lui-même, cet enfant, aimé seulement de deux mortes gla-cées et de deux hommes silencieux, se trouva bien seul au monde, et sentit qu'il lui manquait quelque chose, qu'il y avait dans son sein un vide qui n'était pas rempli, et que son âme appelait une autre vie ; il se reprocha amèrement cette pensée, il la combattit, elle revint malgré lui. Il se figurait que sa mère devait être irritée de son ingratitude, et il n'osait fermer les yeux ni détourner la tête, de peur de la voir sévère et fâchée ; il se trompait, il la trouva souriante et calme. Tous les morts n'ont pas la jalousie mesquine des vivants.

Heureux de n'être pas coupable en désirant autre chose que ce qu'il avait, Éverard songea alors à sa petite amie d'autrefois, qu'il allait revoir, et je ne sais quelle joie inconnue lui remplit le cœur. Il ne se la figurait pas grandie et changée : non, il l'imaginait enfant et espiègle comme lorsque, cinq ans auparavant, il la portait dans ses bras, la peureuse, pour passer les ruisseaux. Il allait donc enfin oser être jeune et jouer et rire aux éclats ; ils étaient du même âge, du même jour, ils se comprendraient, ils se parleraient, Dieu sait ! Ce n'est pas avec Rosemonde qu'Éverard s'aviserait de se taire et de réfléchir, comme avec les hommes attristés ou avec la nature muette ; près de sa vive et joyeuse compagne d'enfance, comme il courrait, comme il vivrait, comme il aimerait, comme il lui ferait gaiement les honneurs de la forêt familière !

Il ne vit rien de plus, rien au-delà. Pour le moment, cette idée lui suffit, et, à cette idée, mille espérances et mille joies chantèrent en lui comme les oiseaux aux premiers rayons du soleil. Pour ne s'étendre qu'à quelques journées, son avenir n'en était pas moins immense ; il s'enivra d'une divine attente, et, dans son fécond délire, il lui sembla qu'il aurait désormais deux cœurs.

Cependant les heures de cette poétique veillée passèrent vite, et l'aube couronna d'une vive lueur le sommet de la montagne où Éverard s'était assis. L'enfant passa la main devant ses yeux, offrit, selon sa coutume de chaque matin, son âme à

Dieu et à sa mère, et se mit à descendre dans la vallée vers le village d'Eppstein.

La grotte chérie se trouvait sur son chemin ; Éverard ne voulut pas passer sans dire bonjour à sa retraite préférée, qu'il n'allait plus revoir de quelques jours peut-être s'il était retenu près de Gaspard. Il ne tarda pas à entendre le murmure de la source qui arrosait son royaume de deux cents pas. Bientôt il l'embrassa tout entier. Mais il recula tout à coup en jetant un cri de surprise et d'indignation ; son asile de fleurs, que nul ne connaissait, était violé ! Un homme, un étranger, était assis, le front dans ses mains, au bord du ruisseau. Le premier mouvement d'Éverard fut un mouvement de colère jalouse. Il s'avança rapidement vers l'inconnu ; ses pas étaient amortis par l'épais velours du gazon, et il arriva ainsi près du profane sans que celui-ci s'en aperçût. Mais alors toute l'indignation du tendre enfant tomba ; l'homme pleurait.

Il pouvait avoir de trente-cinq à quarante ans ; il était petit et délicat, mais semblait nerveux et avait une physionomie belle et puissante. Son costume était grave comme son visage ; sa redingote verte, boutonnée jusqu'en haut, laissait voir un bout de ruban rouge. Il y avait quelque chose de militaire dans son attitude et sa tournure. Un instant suffit à Éverard pour faire ces remarques, et tout de suite il se sentit pris d'une inexplicable sympathie pour cet étranger ; c'était peut-être à cause des larmes qu'il voyait couler sur ses joues. Après l'avoir contemplé quelques minutes en silence avec un attendrissement mêlé de respect, il lui dit de sa voix la plus douce :

— Bienheureux ceux qui pleurent !

— Qui me parle ainsi ? dit le voyageur en se retournant. Un enfant ! Êtes-vous de ce pays, mon ami ?

— Oui, monsieur.

— Alors vous pourrez me donner les renseignements que je viens chercher. Dites-moi… mais tout à l'heure, la voix me manque ; laissez-moi me remettre un peu.

— Oui, remettez-vous, monsieur, dit Éverard touché de cette douleur vraie ; remettez-vous et pleurez toutes vos larmes ; les larmes sont bonnes presque toujours. Vous savez la légende des eaux de cette montagne[1] ? ajouta-t-il comme se parlant à lui-même. Un chevalier méchant et impie racontait à un saint ermite sa vie souillée, non par repentir, mais par dérision : « Que pourrai-je jamais faire, mon père, disait-il en riant, pour effacer tant et de tels crimes ?

« — Rien que remplir d'eau cette gourde, répondit le saint homme.

« — Quoi ! si peu ! et pour cette pénitence vous m'absoudrez ?

« — Quand la gourde sera pleine, vous serez absous ; mais donnez-moi votre foi de noble homme que vous la remplirez, dit l'ermite.

« — Je vous la donne ; cette source, dont j'entends le bruit, n'est pas si loin.

« Mais la source se dessécha à l'approche du chevalier. Il alla au ruisseau ; le ruisseau se tarit. Il alla au torrent ; le torrent cessa de couler. Il alla à la rivière ; l'eau n'entra pas dans la gourde. Il alla au fleuve ; la gourde resta vide.

Il alla à la mer ; la gourde ne s'y mouilla seulement pas,

« Alors, au bout d'un an de courses infructueuses, le méchant chevalier revint près du solitaire.

« — Vieillard, lui dit-il, tu t'es moqué de moi ; mais ce ne sera pas impunément.

« Et il frappa le saint homme au visage.

« — Ayez pitié de lui, mon Dieu ! dit l'ermite.

« — Demande grâce pour toi plutôt, reprit le chevalier ; et il poussa rudement l'ermite, qui tomba sur le sable.

« — Mon Dieu ! dit le solitaire, prenez toute ma vie de prières pour expier sa vie de péchés !

« — Tu te tairas, à la fin, s'écria le chevalier hors de lui.

« Et il lui porta un coup de son épée.

« — Mon Dieu ! dit l'ermite en tombant, pardonnez-lui comme je lui pardonne !

« Alors enfin, en entendant ce cri évangélique, en voyant ce vieillard qui priait pour celui qui l'avait blessé, un grand déchirement se fit dans l'âme du chevalier : il se mit à trembler comme un enfant et tomba à genoux près du saint homme, et voici qu'une à une ses larmes tombèrent silencieusement dans la gourde aride : elle fut vite remplie ; cependant le chevalier pleurait toujours, et non seulement il fut sauvé et absous par les larmes, mais ces pleurs de remords, allant se mêler à la source autrefois desséchée, donnèrent à toutes les eaux de ces montagnes la propriété de guérir les plaies du corps comme elles avaient fermé les plaies de l'âme. »

— Pleurez donc toutes vos larmes, ajouta Éverard ; les larmes apaisent, les larmes consolent.

L'étranger, d'abord distrait, avait ensuite relevé la tête avec surprise, et regardait en souriant le petit pâtre qui lui parlait ce langage mystique. Éverard, en effet, portait le costume d'un paysan de ces montagnes : guêtres et ceinture de cuir, large pantalon venant à mi-jambes, veste de velours brun, la chemise rabattue sur les épaules et rattachée au col par un anneau d'or, un chapeau de feutre gris avec une grande plume noire. Mais sous ces habits grossiers se révélait une distinction innée : le regard ferme et profond n'était certes pas celui d'un rustre ; la pâleur de ce front avait une étrange poésie ; sous l'enveloppe frêle de ce corps délicat, on sentait une âme puissante ; enfin, dans la gaucherie timide et naïve de l'attitude se laissaient voir une grande honnêteté et une sincérité parfaite.

Ce fut donc avec une certaine déférence que le voyageur dit à l'enfant :

— Et qui êtes-vous, mon ami ?

— Le fils de la comtesse Albine d'Eppstein, répondit Éverard.

— Le fils d'Albine ! et où est-elle, votre mère ?

— Morte pour tous, excepté, bien entendu, pour son fils, reprit sérieusement l'enfant.

— Que voulez-vous dire ?

— Les morts ne vivent-ils pas toujours pour ceux qui les aiment ?

— Albine vit donc pour moi ! s'écria l'étranger avec un accent profond, car Dieu sait si je l'ai aimée, la noble et sainte créature ! Et quand l'avez-vous perdue, hélas ?

— Le jour où je suis né.

— Au moins quelque chose reste d'elle sur la terre, et permettez-moi, mon enfant, de reporter sur vous l'affection que je lui avais vouée.

— Vous qui avez connu, qui avez aimé ma mère, je vous aime et je vous reconnais, dit Éverard.

Et l'enfant ingénu, l'homme grave se donnèrent la main comme deux vieux amis.

— Vous ressemblez à Albine en effet, reprit l'étranger.

— Vraiment ! Oh ! que vous me faites plaisir en m'apprenant cela.

— Oui, voilà bien ses beaux yeux limpides, miroir de son âme céleste ; c'est sa voix que j'entends quand vous parlez, et qui va comme autrefois jusqu'à mon cœur. Mon enfant, comment vous appelle-t-on ?

— Éverard.

— Éverard, je vous le dis, votre mère revit en vous.

— Et elle revit pour moi, monsieur, car, je vous le répète, elle n'est morte que pour les autres ; mais moi je l'entends, je la vois ; elle est ma confidente et mon appui. C'est elle qui met à cette heure dans mon âme la confiance et la sympathie que j'ai ressenties pour vous, moi si sauvage ! Vous n'auriez pu me tromper, allez ; j'y vois clair à travers ma mère.

Alors Éverard raconta à son nouvel ami sa vie tout entière, si l'on peut appeler vie cette existence entre la tombe et la terre, cette vision perpétuelle de la mort, où la trépassée partageait l'existence du vivant où le vivant était de moitié dans la mort de la trépassée, où l'enfant semblait presque un fantôme, où la mère était presque une réalité.

Ombres charmantes de l'Allemagne, anges et nymphes de la nature et de la vie, sylphes, ondines, sylvains, salamandres, je conçois que vous ayez aimé et gâté cet enfant, qui n'était pas moins gracieux que vous ; et toi-même, Germanie, vieille panthéiste qui as l'univers pour religion et pour idéal, comme tu devais, sœur européenne de l'Inde, te reconnaître dans ce fils amoureux des flots et des nuées, épris de l'infini palpable, et si tendrement respectueux pour une mère invisible et partout présente !

L'étranger écouta le bizarre récit d'Éverard gravement et sans sourire, comme un homme qui a sondé l'incertitude et la faiblesse de l'esprit humain sans avoir pu mesurer la toute-puissance de Dieu. Éverard, à son ordinaire, parla peu du comte d'Eppstein. Le secret de la jalousie de Maximilien et de la dernière heure d'Albine était resté entre elle et Dieu, et le voyageur pleura sa mort étrange et subite sans y soupçonner un crime.

Il ne parut pas s'intéresser moins vivement à tout ce qui regardait la famille du garde-chasse.

— Vous avez donc aussi connu mon autre mère Wilhelmine, puisque sa fin prématurée vous touche tant ? lui dit Éverard. Elle et ma mère, vous les pleurez vraiment comme deux sœurs.

— Comme deux sœurs en effet. Mais vous dites donc que le vieux Gaspard Muden vit encore, et que Wilhelmine a laissé à Jonathas une fille ?

— Oui, ma sœur Rosemonde. Jonathas est parti hier pour l'aller chercher à Vienne, et je le disais à ma mère cette nuit, il me semble que son retour va commencer pour moi une ère nouvelle.

— Et Jonathas reviendra-t-il bientôt ?

— Ah ! je l'espère. Il faut qu'il se hâte, s'il veut accomplir un des derniers vœux de Gaspard, qui est couché à présent sur son lit d'agonie, et qui voudrait bien revoir sa petite-fille avant de mourir. Ce que les hommes peuvent faire pour contenter les mourants, il faut qu'ils le fassent. L'autre désir de l'aïeul dépendrait de Dieu seulement ; ce serait de savoir si sa seconde fille Noémi est morte d'une mort pieuse ou vit d'une vie prospère ; mais Noémi est en France, et ce souhait du pauvre vieillard ne peut être exaucé.

— Si fait, dit l'étranger.

— Et qui donc l'accomplirait ?

— Moi[1].

X

Éverard offrit à l'étranger l'hospitalité dans la maison du garde-chasse, et son nouvel ami accepta l'offre avec empressement.

— Seulement, dit-il, je voudrais ne reparaître devant le vieux Gaspard que lorsque Jonathas sera de retour. Alors, et en même temps que la présence de sa petite-fille réalisera un des vœux du vieillard, je m'engage, moi, à réaliser l'autre.

Le voyageur inconnu parlait avec tant de confiance et d'autorité, qu'Éverard n'opposa à

son désir aucune objection, et s'achemina pensif
avec lui du côté de la cabane. Au fur et à mesure
qu'ils approchaient, l'homme ralentissait le pas
et semblait respirer avec plus de difficulté ; une
singulière émotion oppressait sa poitrine ; quand
il arriva devant la maison verdoyante de vignes, il
s'arrêta tout à coup sans pouvoir avancer davantage. Éverard le regardait avec étonnement, mais
n'osait l'interroger. L'étranger se remit enfin, entra
dans la chaumière, et se laissa conduire par son
jeune guide dans une chambre éloignée de celle
du malade : là il passa tout le reste de la journée,
soit à se reposer, soit à écrire des lettres. Puis,
quand vint la nuit, une nuit transparente et claire
comme celle de la veille, il pria Éverard, qui était
venu lui faire une visite, de l'introduire au château. L'enfant avait la clef d'une petite porte du
parc, et, on le sait déjà, les deux ou trois domestiques laissés à Eppstein par le comte Maximilien
ne s'étonnaient ni ne s'inquiétaient de la présence
ou de l'absence du fils de leur maître ; Éverard put
donc remplir le désir de l'étranger et le faire entrer
dans la vieille demeure de sa famille.

L'homme et l'enfant entrèrent d'abord dans le jardin. Là commencèrent les étonnements d'Éverard ;
ce jardin parut rappeler à son compagnon mille
souvenirs. Il s'arrêta à chaque buisson, à chaque
massif d'arbres ; en passant devant un berceau, il
alla s'asseoir sur un banc et brisa une branche de
chèvrefeuille qu'il porta à ses lèvres. Du jardin on
passa au château. Rien n'y était changé depuis la
mort d'Albine. L'étranger alla droit à l'oratoire : la
petite chapelle n'était éclairée que par un rayon de

la lune qui passait à travers les vitraux peints, et venait tomber juste sur le prie-Dieu de velours où la Bible était encore ouverte, au dernier endroit où l'avait lue la trépassée. L'étranger s'agenouilla sur ce prie-Dieu, laissa tomber son front sur le livre saint et pria profondément.

Éverard se tint debout à la porte, regardant cet homme qu'il n'avait jamais vu et pour lequel cependant chaque objet semblait être un souvenir. Après un quart d'heure de prière, l'étranger se leva. Ce n'était plus Éverard qui le conduisait, c'était lui qui conduisait Éverard ; il s'achemina vers la grande chambre, vers la chambre de famille, vers la chambre rouge.

À la porte, et comme il mettait la main à la clef, Éverard mit la main sur sa main :

— Cette chambre était celle de ma mère.

— Je le sais, dit l'étranger.

Et il entra. L'enfant le suivit. Cette chambre aussi n'était éclairée que par les rayons de la lune, mais ils jetaient une lueur assez vive pour que l'on pût distinguer chaque objet. L'étranger alla s'appuyer contre un grand fauteuil de chêne.

— Ce fauteuil est celui de mon grand-père, le comte Rodolphe, dit l'enfant.

— Je le sais, répondit l'inconnu.

Alors il rapprocha ce fauteuil d'un autre fauteuil pareil.

— Ce second fauteuil est celui de ma grand-mère Gertrude, dit Éverard.

— Je le sais encore, répondit l'étranger.

Puis l'étranger retourna vers la porte, et de là, regardant les deux fauteuils placés comme ils l'étaient, et qui sans doute, par cette position même, lui rappelaient quelque profond souvenir, il porta la main à ses yeux et se prit à pleurer. Puis, après un instant de silence :

— Et maintenant, dit l'étranger, allons aux tombeaux.

Éverard voulut sortir, car il ne connaissait aux caveaux mortuaires de sa famille d'autre entrée que celle qui donnait dans la chapelle ; mais l'étranger l'arrêta, et le prenant par la main :

— Viens par ici, dit-il.

L'enfant étonné se laissa conduire par cet homme qui semblait connaître mieux que lui le château de ses pères. L'étranger s'avança vers une partie de la tapisserie qui était située entre la fenêtre et la tête du lit, et appuya la main contre la muraille. Au grand étonnement d'Éverard, la muraille céda : un air humide vint frapper son visage, et ses yeux, habitués à l'obscurité comme ceux des animaux avec lesquels il passait ses nuits dans la forêt, découvrirent les premières marches d'un escalier.

— Suis-moi, dit l'étranger.

Et l'enfant de plus en plus étonné marcha derrière l'inconnu. À mesure que les deux visiteurs nocturnes descendaient les marches de cette espèce de couloir pratiqué dans l'intérieur de la muraille, une pâle lueur semblait venir au-devant d'eux. C'était celle de la lampe qui éclairait les caveaux, et qui, par un ordre spécial d'un des ancêtres, devait brûler éternellement.

Éverard et l'inconnu arrivèrent à une petite grille. Cette grille était fermée : l'inconnu étendit la main, et derrière l'angle d'un pilier, prit une clef suspendue à un clou et ouvrit la porte, Éverard se rappela avoir souvent, de l'intérieur des caveaux, remarqué cette grille, mais sans s'être jamais inquiété où elle donnait.

L'enfant alla s'agenouiller au tombeau de sa mère, et l'étranger à celui du comte Rodolphe. De ce tombeau, l'étranger passa à celui de la comtesse Gertrude, puis il vint à celui d'Albine. L'enfant était tellement absorbé dans sa prière qu'il n'entendit point les pas de l'inconnu, qui s'approchait de lui.

Arrivé près d'Éverard, l'inconnu écouta la prière de l'enfant ; mais à son grand étonnement, ce n'était pas une prière, c'était une causerie ; l'enfant ne priait pas comme on prie auprès du tombeau d'une mère morte, l'enfant parlait comme on parle à sa mère vivante. Puis il faisait des pauses, pendant lesquelles il écoutait et souriait. L'étranger s'agenouilla de l'autre côté du tombeau.

Ils restèrent ainsi longtemps, chacun d'eux semblant avoir entièrement oublié l'autre. Enfin l'inconnu se leva, et frappant sur l'épaule d'Éverard :

— Viens, lui dit-il, il est tard, et tu dois avoir besoin de repos.

L'enfant s'était endormi, la tête appuyée au tombeau de sa mère.

Le lendemain et les jours suivants, l'inconnu devint de plus en plus familier et paternel avec Éverard, qui, de son côté, depuis la scène du tombeau, lui avait montré beaucoup de tendresse. L'étranger profita du sentiment que l'enfant lui manifestait pour l'interroger sur son père, le

comte Maximilien. Mais sous ce rapport, hélas !
Éverard était bien ignorant.

— En vérité, dit l'enfant, je ne sais si je le
reconnaîtrais moi-même ; tant d'années ont passé
depuis que je ne l'ai vu, et il est parti si vite. Toute
son affection, comme c'est juste, s'était portée sur
mon frère aîné, sur Albert. Je ne m'en plains pas ;
de cette façon il m'a laissé tout entier à ma mère,
et ma mère m'aime pour deux.

L'étranger avait déjà remarqué que l'enfant parlait de sa mère, non pas comme d'une trépassée,
mais comme si elle était toujours vivante. Cette
espèce de lutte, dans laquelle un enfant semblait
vouloir disputer l'amour d'une mère à la mort,
rendit plus intéressant encore à ses yeux ce jeune
homme, qu'il paraissait, du reste, aimer profondément.

Mais en pénétrant plus avant dans l'amitié
d'Éverard, l'étranger commença de s'apercevoir, et
cela avec un grand étonnement, de l'ignorance de
cet esprit si profond, si réfléchi, parfois même si
subtil. Un jour l'inconnu prononça devant l'enfant
le nom de Napoléon, et l'enfant lui demanda quel
était cet homme. Éverard était peut-être le seul
homme en Europe qui ignorât ce nom, que répé-
taient à cette époque tous les échos du monde.
L'inconnu lui fit connaître alors cette magnifique
épopée, dont l'Égypte n'était qu'un chant et Austerlitz qu'un épisode ; il lui dit enfin que Napoléon était un de ces rares génies qui apparaissent
à des temps voulus, météores providentiels qui
éclairent les peuples, et qui s'appellent César ou
Charlemagne[1]. Mais l'enfant ne connaissait pas

davantage les noms de Charlemagne et de César qu'il ne connaissait le nom de Napoléon.

Aussi, quand l'inconnu raconta à l'enfant les Alpes, l'Italie et l'Égypte, celui-ci écouta avec un étonnement naïf ce premier retentissement de l'histoire dans sa solitude, comme il eût écouté un conte des *Mille et Une Nuits* ; mais sa pensée était vaste et profonde, sa vie l'avait préparé au merveilleux et à l'infini : il cessa bientôt de s'étonner et admira seulement.

XI

Ce fut une belle mort que celle de Gaspard Muden[1], une mort comme n'en ont pas souvent les rois, entourés de princes et de serviteurs. De chaque côté de son chevet Conrad d'Eppstein et Rosemonde lui tenaient la main, représentant sur la terre les anges invisibles du mourant, Wilhelmine et Noémi ; au pied du lit pleuraient Éverard et Jonathas.

Les deux souhaits des derniers jours de Gaspard étaient ainsi réalisés, la mort la plus heureuse couronnait sa vie éprouvée, et son dernier soupir fut éclairé d'un sourire divin, aube du ciel qui colorait dès ici-bas son visage.

Aussi la douleur des enfants qui perdaient leur père fut tempérée par je ne sais quelle confiance sereine. Cette fin, calme et belle comme un coucher de soleil d'automne, leur paraissait une récompense ; et quand le lendemain au point du jour, selon la coutume des laborieuses campagnes, ils accompagnèrent au tombeau le corps de l'aïeul, leurs larmes ne manquaient pas d'une certaine douceur pleine d'une espérance indéfinie.

C'est à travers ces pleurs tempérés par la foi qu'Éverard aperçut d'abord la blanche et rayonnante figure de Rosemonde. Nous l'avons dit, il attendait, dans son étourderie naïve, l'enfant joueuse et rieuse qu'il avait connue ; il s'imaginait qu'il allait la prendre par la main et la tutoyer comme autrefois, et qu'il débuterait en l'abordant par une franche accolade fraternelle. Mais l'enfant était devenue jeune fille, et en retrouvant son souvenir beau comme un rêve, Éverard resta timide et muet sans oser faire un pas vers sa sœur ainsi transformée ; il fallut même que sa silencieuse extase fût bien profonde, car elle lui fit oublier, une seule minute il est vrai, mais toute une minute, et le vieil ami qu'il venait de perdre, et le frère de son père, qu'il venait de retrouver.

Rosemonde était en effet une ravissante créature ; déjà grande et formée à quinze ans, ce qui au premier coup d'œil frappait dans son aspect, c'était un éclat mêlé de charme, un air de sagesse et de bonté, quelque chose à la fois d'imposant, et d'aimable. Il y avait dans son attitude une chasteté admirable, et dans la ligne fine et pure de ses traits un calme infini. Son front lisse et ses yeux bleus semblaient le siège de toute paix et de toute douceur ; elle était belle de l'éternelle beauté des statues, vivifiée par une grâce fière et un enjoue-

ment modeste, comme en a prêté le seul Raphaël
à ses divines madones.

Qu'on se figure maintenant l'éblouissement que
devait causer à notre sauvage Éverard cette res-
plendissante apparition descendue en sa solitude.
Toute simple que pouvait être Rosemonde dans
sa démarche et ses vêtements, elle devait sembler
une reine, une fée, un ange au jeune habitant de
la forêt d'Eppstein, et cette première révélation
de la beauté idéale remplit son âme d'un trouble
inconnu ; il lui parut, à lui, fils de comte, que cette
jeune fille de paysan était élevée à une hauteur
qu'il n'atteindrait pas. Il mesura comme un abîme
entre elle et lui l'admiration ingénue qu'elle lui inspirait, et il se dit qu'il ne pourrait jamais combler
cet intervalle immense. Aussi ce fut Rosemonde
qui, voyant que son ami d'enfance semblait ne
pas la reconnaître, s'avança vers lui et lui tendit
sa petite main blanche en lui disant doucement :
« Bonjour, Éverard. »

Le charme était rompu. Pourtant les quelques
mots qu'Éverard échangea avec Rosemonde
étaient toujours marqués de ce respect étrange
dont il s'était senti saisi à la première vue de celle
qu'il avait jusqu'alors appelée sa sœur. Ce rapide
entretien fait à voix basse et la rougeur au front
fut bientôt interrompu. D'ailleurs, le jour de la
mort de Gaspard devait être rempli par les prières,
les graves pensées et les larmes, et le repas du soir
eut lieu en famille, mais dans le silence.

Le lendemain, au retour du cimetière, pendant que Rosemonde restait agenouillée, dans la
chambre occupée autrefois par Wilhelmine, au

prie-Dieu de sa mère, Conrad d'Eppstein prit à part Éverard et Jonathas pour leur faire ses confidences en même temps que ses adieux. Il fallait qu'il repartît sur-le-champ pour la France où son devoir le rappelait ; il n'avait que trop tardé déjà pour voir ensevelir le père de sa Noémi, mais il ne voulait pas quitter le fils d'Albine et le mari de Wilhelmine, sans leur rien dire de sa vie passée et de son avenir.

— Je suis rayé, leur dit-il, et de ma famille et de la vie ; hormis vous, nul ne s'intéresse à moi dans le monde ; vous seuls donc savez que j'existe. J'ai résolu de mourir tout vivant, d'éteindre mon nom et ma personne, de m'effacer de la terre. Mon histoire est triste et fatale, vous en savez une partie, je vais la compléter et l'achever. Mon père m'a exilé parce que j'aimais d'un amour pur et saint. Alors j'ai cherché un refuge en France, et je me suis renfermé dans mon amour. Gentilhomme, j'ai caché mon rang et j'ai pris un nom vague, un nom de bâtard. On m'a ainsi oublié, et pendant quelque temps je me suis oublié moi-même. Mais la Révolution grondait sur la France, et il est difficile de préserver du souffle d'une tempête la flamme pure de l'amour. À mon insu je respirai les idées électriques dont s'était chargé cet air orageux ; je lus Jean-Jacques, j'entendis Mirabeau[1], je me familiarisai avec les hardis penseurs du XVIIIᵉ siècle. Les études et rêveries de ma jeunesse m'avaient préparé d'ailleurs à cet apprentissage. Allemand banni par l'Allemagne, noble répudié par la noblesse, je pris la philosophie pour famille et la liberté pour patrie. Libre des instincts qu'on m'avait interdits, des pré-

jugés qu'on m'avait défendus, je jugeai mieux du
dehors ceux qui m'avaient chassé de leurs rangs et
je vis clairement, en même temps que leur gloire,
les fautes de leur passé et les tendances contraires
de l'avenir. Je repris alors non l'épée de comte,
mais le sabre de soldat, et je mis au service de
la jeune république ce qui me restait d'existence.
Noémi, que son tendre cœur avertissait mieux que
ma fière raison, me laissait faire sans jalousie et se
contentait de sourire tristement. La noble femme
était presque heureuse de me voir revivre avec cet
enthousiasme. Je n'avais fait que mon devoir envers
elle, certes, mais elle avait juré de me récompenser
en me sacrifiant constamment son bonheur, son
âme, sa vie. Elle a bien tenu parole ! Elle m'en-
courageait donc à ce qui me ramenait à l'espoir,
et semblait partager mes illusions sans jamais se
plaindre de l'abandon où je la laissais. Aveugle que
j'étais, je ne compris pas son abnégation et j'allai,
j'allai sans m'inquiéter de son calme : je ne devais
pas tarder à me réveiller de ma double erreur. Les
vins les plus généreux ont leur ivresse. Les premières fumées de la liberté troublèrent la raison de
la France, et je reconnus bientôt sur la paille d'une
prison le néant de mes rêves[1].

Vous savez le reste de mes malheurs. Ma Noémi
ne se laissa pas distraire de son dévouement par
la mort ; et pour mon nom que je lui avais donné,
elle me donna sa vie[2]. Pendant trois ou quatre ans
je ne sais ce que je devins ; quelles ont été mes
actions, mes pensées pendant ce terrible veuvage,
je ne m'en souviens plus ; quels songes ont occupé
mon sommeil, je l'ignore.

Ce fut au bruit des premières victoires de Bonaparte que je secouai cette torpeur. Cadavre vivant,
mon admiration me ranima. Les principes auxquels j'avais cru autrefois n'étaient donc pas des
chimères, puisqu'ils se faisaient homme et se dis-
posaient à la conquête du monde. Je sentis que
ma vie, abandonnée, perdue, pouvait encore être
bonne à quelque chose, et que dans les grandes
époques on peut toujours remplir son rôle et être
utile, ne fût-ce qu'en se dévouant comme Curtius[1].

Je ne tenais à rien, et rien ne tenait à moi. Je
me donnai comme un chiffre à ce qu'on appelait
l'ambition de l'empereur ; j'abdiquai mon passé,
mes anciennes convictions et comme ma personne pour m'absorber dans celui qui devait être
la pensée de son siècle et pour devenir un instrument de ses projets, un manœuvre de son génie.
Il me semblait qu'en lui obéissant j'obéissais à
un destin invincible. Il me menait, mais Dieu le
menait, lui.

Nous sommes beaucoup ainsi qui le suivons sur
un mot, sur un geste. Tous ceux qui passent sous
son regard sont fascinés, tous ceux qui vivent dans
son ciel vont à lui comme le fer va à l'aimant. Mais
j'ai la fierté de croire que je me suis donné à lui
par raison comme les autres par instinct. Où nous
conduira-t-il ? je ne sais ; j'irai avec lui jusqu'au
bout du monde, j'ai idée même que je ne mourrai
que lorsque ma tâche sera remplie, et qu'il n'aura
plus besoin de moi. Il n'a pas tardé à s'apercevoir
de mon obéissance passive, et pourtant intelligente, car c'est un homme à qui rien n'échappe ; il
sait qu'il est mon but, mon maître, ma famille, ma

patrie. Il me dit : « va là », j'y vais ; « fais cela », je le fais. Quand il me dira : « meurs », je mourrai ; le tout sans répliquer. Il est ma volonté.

Cela vous étonne peut-être qu'un descendant des comtes d'Eppstein agisse et pense de cette façon servile. Aussi ne suis-je plus Conrad d'Eppstein ; Conrad est mort. De quel nom m'avez-vous appelé, Jonathas, et comment avez-vous cru me reconnaître ? Conrad est mort, vous dis-je, mort deux fois et trois fois ; mort le jour où son père l'a chassé, mort le jour où sa femme est morte. Celui qui est devant vous et qui vous parle est un colonel français au service de l'empereur et revenant d'une mission secrète à Vienne.

Napoléon, qui ne m'avait demandé jusqu'ici que mon sang sur les champs de bataille, a voulu employer cette fois mon intelligence pour une négociation, et j'ai suivi ses commandements comme toujours. Ils m'ont mieux reçu là-bas, sous mon simple nom de baptême, que si je m'étais présenté comme un des fils de Rodolphe d'Eppstein. Il paraît que l'Autriche a résolu de faire de la Germanie une autre Espagne[1], et que, vieille dynastie jalouse d'un empire d'hier, elle veut appuyer l'insurrection de la Péninsule ; elle a couvert l'Allemagne d'agents et de pamphlets, préparé une armée de quatre cent mille hommes et renouvelé son alliance avec l'Angleterre. Je suis allé demander des explications, et l'on m'a répondu par des protestations. C'est pourquoi, avant un an, avant six mois peut-être, la guerre sera déclarée, la guerre contre mon ancienne patrie. Mais j'aime mieux ma patrie de choix que ma patrie de hasard, et la vraie mère à qui je dois avant tout ma vie, c'est la pensée.

Jonathas, Éverard, vous savez tout maintenant. Je me suis cru obligé de donner une consolation aux derniers moments du père de Noémi, et je n'ai pu m'empêcher de vous révéler ma vie à vous qui êtes si simples et si affectueux. Mais gardez-moi le secret, je vous en supplie. Il y a deux hommes en moi, je veux oublier le premier. Ce mois écoulé dans cette chaumière, je veux le regarder comme un charmant rêve des jours écoulés, mais seulement comme un rêve. Voici le réveil, et je ne me rappelle plus les doux fantômes qui m'ont obsédé, je reprends mon œuvre et mon personnage qui est devenu ma personne. Amis, pas un mot de ce qui s'est passé entre nous, je vous en conjure encore. Que je reste enseveli dans vos cœurs ; que mon frère surtout ignore mon passage. Si je l'avais trouvé malheureux comme vous, Jonathas, je n'aurais pu résister au désir de l'embrasser peut-être ; mais il est heureux, je le sais, ne troublons donc pas son bonheur. Maintenant adieu, mes amis, il faut que je parte sur-le-champ. Vous reverrai-je ? C'est comme il plaira à Dieu. Pourtant quelque chose me dit que je ne quitte pas Eppstein pour la dernière fois. Ainsi au revoir, Jonathas. Vous recommanderez le secret à votre chère Rosemonde, n'est-ce pas ? Toi, Éverard, à qui je dois encore une révélation, veux-tu remonter le Rhin avec moi jusqu'à Worms et m'accompagner quelques jours ?

Conrad ajouta tout bas :

— Nous parlerons de ta mère.

— Ah ! cher oncle, je le désire autant que je vous aime.

— Eh bien ! c'est dit, dans une heure nous partirons, dans huit jours tu seras revenu.

Éverard était surtout satisfait de quitter Eppstein, le croirait-on ? pour s'éloigner de Rosemonde. Il avait comme peur d'elle et de lui-même ; il tremblait à l'idée de reparaître devant la charmante fille et acceptait avec joie tout ce qui pouvait retarder le moment où il se retrouverait seul en sa présence. Ses apprêts furent donc lestement et joyeusement faits. Ses adieux à Rosemonde passèrent sans trop d'embarras avec ceux de Conrad, et il ne s'aperçut pas du désappointement naïf qu'exprimèrent les traits de la jeune fille quand elle le vit s'éloigner si vite et si allègrement.

XII

Huit jours après, comme l'avait calculé Conrad, Éverard était de retour de Mayence, ayant vu plus de pays en une semaine qu'il n'avait fait jusque-là dans toute sa vie. Avant de rentrer à Eppstein, il s'arrêta selon sa coutume, dans sa forêt, et arrivé à sa chère retraite, il songea.

Que d'événements en un mois ! le départ de Jonathas, l'arrivée de Conrad, les récits fabuleux du colonel, la mort de Gaspard, le retour de Rosemonde, les révélations de son oncle sur le premier voyage à Eppstein, voyage qui avait précédé de six mois sa naissance ; le monde réel entrevu, le passé éclairé, l'avenir dans l'ombre : que de faits, que d'idées !

C'était surtout ce qu'il venait d'apprendre de Conrad sur sa mère qui le préoccupait. Le vieux Gaspard et Jonathas lui avaient souvent parlé d'Albine, sans doute ; mais c'était, l'un à travers les glaces de son âge, l'autre à travers l'enveloppe grossière de son esprit tandis que Conrad, c'était avec les yeux d'un frère, le cœur d'un poète et l'esprit d'un rêveur qu'il lui avait parlé de sa mère.

Puis cette histoire étrange des amours de Conrad et de Noémi, cette union du château et de la chaumière, ce passé d'un autre qu'on eût dit la révélation de son avenir à lui, faisait battre à coups pressés son cœur. Chose étrange, ce souvenir qui était là comme un phare pour marquer l'écueil, au lieu de l'effrayer, entraînait l'âme de l'enfant comme un attrait, comme une promesse, comme un vertige, et ce terrible exemple, qui semblait envoyé tout exprès par Dieu pour l'effrayer, lui apparaissait vaguement comme une justification toute prête : Conrad avait aimé Noémi. Un jeune homme, un comte d'Eppstein, sorti un jour du château, avait rencontré une jeune fille pauvre et sans naissance qui venait de la maison de Gaspard le garde-chasse ; il l'avait aimée, il en avait fait sa femme ; sa femme, c'est tout ce que voyait Éverard.

Tout cela agitait tourmentait, oppressait ce jeune esprit. L'enfant en avait comme la fièvre ; il se trouvait transformé, exalté, grandi : il se croyait plus fort et était tout fier de sa force ; vagues élans, confuses espérances, souffrances nouvelles, il confia tout à sa mère, avec un certain délire inconnu et qu'il ressentait pour la première fois. Éverard était heureux sans savoir pourquoi il était heureux ; il avait vécu et pensé jusque-là ; il éprouvait le besoin d'agir, il avait si bien et si vite compris les grandes choses qu'on lui avait montrées pour la première fois, que, sans être à leur hauteur par l'exécution, il lui semblait pouvoir atteindre à tout par la pensée. Que n'entreprendrait-il pas maintenant ? Quel obstacle pourrait l'arrêter ? Devant qui tremblerait-il ?

En ce moment, il pensa qu'il n'était plus qu'à une lieue de la maison du garde-chasse, et qu'il allait revoir Rosemonde ; il s'arrêta et pâlit. Oui, sans doute, tout le reste de la terre, il l'eût bravé, mais elle, Rosemonde, si belle, si grande, si savante maintenant, oserait-il même paraître devant elle ? Et d'instinct, sans s'en rendre compte, au lieu de retourner comme d'habitude à la maison du garde-chasse, il s'achemina vers le château.

Le soir tombait quand Éverard arriva devant la petite porte du parc, et notre songeur, tout préoccupé des grandes choses qu'il avait vues et des grandes choses qu'il avait rêvées, ne s'aperçut pas d'un certain mouvement inusité qui régnait dans les cours et dans les corridors. Absorbé par ses pensées, qui l'isolaient sans cesse de ce qui l'entourait, quand ce n'était pas sa forêt bien-aimée, il entra dans la grande salle sans voir et sans entendre ; sa tête était penchée, et son front pâle : mais, nous l'avons dit, son âme se sentait fière et hardie, et tout son être semblait renouvelé.

— Voici monsieur Éverard, dit un valet en

ouvrant la porte du corridor qui donnait sur la chambre rouge.

L'enfant entra sans savoir pourquoi on l'annonçait. Un homme de haute taille, qu'Éverard ne connaissait pas, était assis devant la cheminée où brûlait un grand feu, car dans cette chambre aux murs épais on allumait du feu en toute saison. Seulement, comme ce feu éclairait à peine, le domestique alluma les quatre bougies d'un candélabre : ces quatre bougies firent un cercle de lumière qui s'étendit au tiers de l'appartement, à peu près, et qui ne jeta que de faibles lueurs dans le reste des grandes ombres de la vaste salle.

— Ah ! oui-da ! voilà monsieur Éverard, dit, avec un accent sardonique et en se levant, l'étranger qui, au grand étonnement de l'enfant, paraissait s'être établi dans cette chambre qu'habitait sa mère, et où sa mère était morte.

— Oui, dit-il, me voilà. Qu'y a-t-il, et que me veut-on ?

— Ce qu'il y a ? ce que l'on vous veut ? On veut savoir d'où vous venez ainsi, vagabond !

— Mais d'où il me plaît, répondit Éverard ; et, sur ce point, il me semble que j'ai toujours été libre et n'ai jamais rendu de compte à personne.

— Qu'est-ce que cette insolence ? dit l'étranger en fronçant le sourcil et en saisissant de sa main crispée le dossier de son fauteuil. Ne savez-vous point, monsieur, à qui vous parlez ?

— Non, en vérité, dit avec la meilleure foi du monde Éverard, de plus en plus surpris.

— Comment, non ? Ah ! vous raillez quand j'interroge ! vous plaisantez quand j'accuse !

— Sans doute ; car j'ignore d'où vous vient ce droit de m'interroger et de m'accuser.

— D'où me vient ce droit ?... Êtes-vous fou, monsieur ?... À moi, le comte Maximilien d'Eppstein !... à moi... votre... père !

— Vous êtes le comte d'Eppstein ? vous êtes mon père ? s'écria Éverard stupéfait.

— Vous ne m'avez pas reconnu, n'est-ce pas ? l'excuse me paraît bonne et surtout filiale.

— Monseigneur, pardonnez, mais je vous jure que dans cette obscurité, et au premier aspect..., et d'ailleurs il y a si longtemps que je n'ai eu l'honneur de vous voir...

— Taisez-vous, s'écria le comte, furieux de cette justification où sa conscience lui montrait un blâme ; taisez-vous, et tâchez de répondre en fils soumis, au lieu de parler en enfant révolté.

Il se fit une pause. Éverard, tête nue, debout, la rougeur sur le front, une larme tremblante dans les yeux, attendait. De son côté, le comte Maximilien, dont la colère montait comme une marée, se promenait de long en large, s'arrêtant parfois pour regarder celui que par un effort il était arrivé à appeler son fils, et cela, dans la chambre de sa mère, dans la chambre d'Albine, à la même place où, quinze ans auparavant, il avait écrasé celle qu'il croyait coupable du poids de cette même colère qui, renaissante, l'étouffait encore aujourd'hui. Maximilien se sentait plein de haine pour cet enfant comme pour un ennemi ; il ne pouvait lui pardonner les remords qu'il avait ressentis parfois ; il ne pouvait lui pardonner surtout cette profonde terreur qu'il avait éprouvée

la nuit où il avait fait ce rêve dans lequel il avait
vu Albine morte berçant son enfant endormi ;
aussi, s'arrêta-t-il tout à coup devant Éverard, les
bras croisés, et, comme si l'enfant avait pu suivre
les pensées tumultueuses qui bouleversaient son
esprit et brûlaient son front :

— Mais répondez donc ! s'écria-t-il.

— Je croyais que vous m'aviez dit de me taire,
répondit l'enfant.

— L'ai-je dit ? soit. Eh bien ! maintenant, je
vous ordonne de parler. Voyons, d'où venez-
vous ? Pourquoi quittez-vous ainsi ce château des
semaines entières ? J'arrive, il y a cinq jours de
cela, je demande après vous, je m'informe ; on
me dit qu'on ne sait où vous êtes, qu'après avoir
assisté aux funérailles de je ne sais quel manant,
vous êtes parti avec je ne sais quel vagabond.

— Monsieur, c'était Gaspard Muden qui était
mort, et…

— Vous, comte d'Eppstein, vous avez conduit
les funérailles de ce paysan, c'est très bien. Mais
après avoir fait cet acte de popularité, qu'êtes-vous
devenu ? où êtes-vous allé ? Répondez… Mais,
sang-Dieu, répondez donc !

— Pardon, Monseigneur, répondit doucement
Éverard ; mais en quittant le château pour des
jours, et, même, pour des semaines, je sais bien
que je n'alarme personne.

Dans ces paroles toutes simples, mais puis-
santes par leur simplicité même, le comte vit une
allusion amère à l'abandon dans lequel il laissait
son fils ; et, en effet, telle était la terrible position
de ce père vis-à-vis de son enfant, qu'Éverard ne

pouvait dire un seul mot qui ne le blessât. Or, on sait ce que c'était que la colère de Maximilien, et l'on comprend quelle rage devait produire en lui l'involontaire ironie de celui qu'il regardait comme un intrus dans sa famille. Il marcha donc sur Éverard, et d'une voix tonnante :

— Cesserez-vous bientôt de m'insulter ? s'écria-t-il. Vous n'avez à alarmer, dites-vous, personne : eh ! pardieu, méritez-vous qu'on s'alarme pour vous, enfant maudit, qui nous faites honte par votre ignorance et votre bassesse ? Êtes-vous digne de votre place au foyer de la famille et dans le cœur paternel ? Avez-vous gagné votre part d'héritage et d'amour ? Qui êtes-vous, monsieur, qui êtes-vous ?

— On m'a dit que j'étais votre fils, comte Maximilien d'Eppstein, et je ne sais malheureusement là-dessus que ce que l'on m'a dit.

— On vous a dit ! railleur impie, on vous a dit, répéta le comte dont tous les soupçons se réveillaient à ce mot, qui réveillait aussi toutes les colères ; ah ! l'on vous a dit que vous étiez mon fils. Êtes-vous sûr, continua-t-il en appuyant son poing crispé sur l'épaule de l'enfant, êtes-vous sûr que celui qui vous a dit cela ne mentait point ?

— Monsieur ! s'écria l'enfant indigné, monsieur !... Ah ! par la sainte mémoire de celle qui nous regarde tous deux, c'est vous qui mentez, car vous calomniez ma mère.

— Misérable bâtard ! s'écria le comte.

En même temps, le comte d'Eppstein, incapable de résister à la violence de sa colère, leva sa main violente et la laissa retomber sur le visage d'Éverard qui plia sous le coup. Maximilien, effrayé de lui-même, recula aussitôt d'un pas. Mais l'enfant se releva lentement et regarda son père.

Il y eut un moment de silence affreux. Puis Éverard, pâle d'humiliation, la poitrine gonflée, des larmes dans ses yeux brillants, la main sur son cœur oppressé, Éverard, d'une voix saccadée, se contenta de dire ce mot simple et profond, naïf et terrible, parole d'enfant plus effrayante qu'une menace d'homme :

— Prenez garde, monsieur, je le dirai à ma mère !

XIII

Éverard, tout éperdu, sortit de la salle et du château. Il marcha quelque temps ainsi devant lui, sans savoir où il allait, et ne retrouva un peu de calme et de raison qu'en se jetant tout en pleurs sur le gazon fleuri qui entourait sa grotte bien-aimée.

Deux heures auparavant, il se sentait si fier et si joyeux ; ses nouvelles pensées l'avaient tant grandi ; une amitié et un amour venaient d'entrer si heureusement dans sa vie isolée ; et tout à coup un outrage, un seul, l'avait fait redevenir enfant : il pleurait. Entre l'amour de Rosemonde, dont il avait peur, et le mépris de son père, dont il avait honte, il se sentait seul sur la terre. Château et chaumière lui étaient fermés ; il ne lui restait plus pour asile que son petit vallon solitaire, pour ami que l'ombre protectrice d'Albine : un désert et un fantôme.

— Oh ! ma mère, ma mère ! s'écria-t-il en sanglotant, comme on nous a insultés tous deux ! Ma mère, es-tu là ? m'entends-tu encore ? ou bien vas-tu me manquer et me renier, toi aussi ? Tu sais cependant comme on m'a maltraité. Ce n'est pas tant l'odieuse injustice de ce soufflet ; mais être humilié avec ton nom, être châtié avec ta mémoire, voir ce que j'aime flétri, ce que je respecte souillé, c'est là qu'est la douleur et l'ignominie ! Ma mère, conseille-moi. Ma colère est-elle impie ? ma rébellion est-elle sacrilège ? Ma mère, conseille-moi, et surtout console-moi, car il est certain que ma souffrance est bien affreuse.

Ces plaintes, ces cris, ces prières s'exhalaient tout à la fois de la poitrine d'Éverard ; mais les larmes qu'il versait en même temps, les larmes qu'il versait sans cesse, diminuèrent peu à peu l'amertume de son angoisse, si bien qu'il put enfin écouter, regarder autour de lui, et s'interroger lui-même avec quelque tranquillité.

La nuit était calme et fraîche, les étoiles brillaient au ciel, les rayons blancs de la lune s'émiettaient en diamants dans le ruisseau, les aubépines sauvages jetaient à la brise leurs pénétrantes senteurs ; dans le bosquet sombre, un rossignol ravi chantait cette belle et paisible nature ; tout était joie, amour et extase dans la forêt, et l'âme d'Éverard, délivrée comme par une puissance supérieure des doulou-reuses pensées qui l'agitaient d'abord, bercée par ces secrètes mélodies, assoupie par ces discrètes lueurs, s'apaisa tout doucement. Bientôt il leva la tête, regarda ce beau ciel, et, à la douce brise du soir, les pleurs se séchèrent sur ses joues.

— Oui, ma mère, oui, ma bonne mère, murmurait-il, tu as raison ; c'est moi qui ai eu tort de m'affliger, c'est moi qui ai eu tort de regarder ses insultes comme une offense. L'affront qu'il a voulu te faire, ô sainte ! ne pouvait pas plus t'atteindre que la main ne peut saisir cet impalpable rayon de la lune. J'étais un fou de me désoler pour un reproche ou un châtiment qui ne me vient pas de toi. Toi, tu m'aimes, ma mère. Oui, je t'entends, oui, je te sens, ma mère, dans cette nuit sereine ; c'est toi qui lui imprimes cette chaste et sereine harmonie, c'est toi qui en es l'âme cachée. Merci, merci, ma mère ; tout s'apaise en moi, parce que je sens que tu n'es point irritée contre ton fils, et que tu le plains et le caresses au contraire. Le bruit du ruisseau, c'est ta voix ; la brise, c'est ton souffle. Merci. Encore un mot, encore un baiser, ma mère, avec le vent embaumé, et je m'endors calme et heureux sous ton regard d'ange.

En effet, en murmurant ces paroles, l'enfant ferma les yeux, et sa respiration douce et régulière prouva bientôt qu'il s'était endormi d'un profond sommeil.

Voyons maintenant si l'on dormait aussi tranquillement au château que dans la forêt.

Le comte Maximilien était resté anéanti, foudroyé, par cette simple parole d'Éverard : Je le dirai à ma mère. Pour son remords toujours inquiet et éveillé, ce mot avait une signification terrible. Qui donc avait enseigné à l'enfant ce *Mane, Thecel, Phares*[1] d'une conscience troublée ? Il était là, se le demandant, debout, pâle d'horreur et les mains tremblantes. Il fit quelques pas en chancelant, puis sonna avec violence, et alla tomber dans un fauteuil. Quelques laquais accoururent

— Du feu ! des lumières ! s'écria le comte ; tout de suite, à l'instant même !

Les laquais obéirent : le feu brilla dans l'âtre, six bougies s'allumèrent dans les candélabres de la cheminée.

— Allumez aussi le lustre, s'écria le comte. Et vous, dit-il à un autre laquais, courez chercher Éverard et amenez-le ici.

En ce moment il sentait au fond de son âme tant de terreur, qu'il voulait qu'on lui amenât l'enfant : s'il revenait sur son injure, l'enfant, pensait-il, reviendrait, de son côté, sur sa menace. Mais, un instant après, le valet rentra, disant qu'on avait eu beau chercher le jeune comte, qu'on n'avait pu le retrouver nulle part.

— Alors, dit Maximilien, faites monter mon secrétaire ; j'ai à travailler avec lui.

On appela le secrétaire. Le comte Maximilien, sous prétexte de vérifier les comptes de ses fermiers, le fit rester avec lui jusqu'à neuf heures. À neuf heures, on vint annoncer que le souper était servi. Le comte Maximilien descendit seul, en disant au secrétaire de l'attendre en travaillant. Il lui semblait que la présence d'un étranger dans cette chambre en chasserait les fantômes.

Albert attendait son père dans la salle à manger. C'était un grand jeune homme, triste, impertinent, ennuyé et ennuyeux. Le comte était si pâle et si agité, qu'Albert le regarda avec étonnement, lui demandant avec plus d'affection que d'habitude s'il ne lui était pas arrivé quelque accident. Maximilien lui répondit gaiement et bruyamment que non ; puis il se mit à table, remuant les chaises avec fracas, parlant, riant, buvant et mangeant beaucoup. Un instant le comte avait eu l'idée de s'enivrer pour fuir la terreur dans l'ivresse ; mais il pensa tout à coup que l'ivresse même pouvait enfanter les spectres qu'il craignait. Il cessa de manger à l'instant même, et tomba dans une si profonde rêverie qu'il n'entendit pas sortir Albert. Tiré de cette espèce de torpeur par un valet qui lui demandait s'il n'était pas indisposé, il jeta un coup d'œil hagard autour de lui, s'aperçut qu'il était seul à table, s'informa de ce qu'était devenu son fils ; puis, apprenant qu'il s'était retiré dans son appartement, il se décida à rentrer lui-même dans sa chambre.

Il retrouva son secrétaire devant le bureau et travaillant.

— Vous n'avez rien vu ni entendu, Wilhelm ? demanda le comte en rentrant.

— Non, Excellence, répondit le secrétaire. Pourquoi ?

— Oh ! pour rien, dit le comte ; je croyais avoir entendu marcher une seconde personne.

— Monsieur le comte s'est trompé, reprit le secrétaire.

Et il se remit à la besogne.

Le comte se promena à grands pas dans la chambre, s'arrêtant de temps en temps devant la porte secrète et la regardant avec une invincible terreur.

— Wilhelm, demanda le comte en revenant derrière le fauteuil du secrétaire, pour combien de temps croyez-vous avoir encore d'ouvrage ?

— Mais pour trois ou quatre heures, Excellence, dit le secrétaire.

— C'est que je voudrais fort avoir ce travail demain matin.

— Je puis l'emporter dans ma chambre et passer la nuit dessus.

— Faites mieux, dit Maximilien, achevez-le ici.

— Mais peut-être empêcherai-je de dormir monsieur le comte ?

— Non. D'ailleurs je me sens un peu indisposé, et ne serais point fâché d'avoir quelqu'un près de moi.

— Je ferai comme il plaira à monsieur le comte.

— Eh bien ! faites donc comme je vous le dis ; c'est ce qu'il y a de mieux, je crois.

Le secrétaire s'inclina en signe d'obéissance, et, croyant qu'effectivement son maître était pressé de vérifier les calculs qu'il était en train de faire, il se remit à son travail. Quant à Maximilien, enchanté d'avoir trouvé un prétexte de faire rester quelqu'un près de lui, il appela son valet de chambre pour se déshabiller, et se mit au lit.

Malgré toutes ces précautions, Maximilien eut d'abord grand-peine à s'endormir. La chambre était illuminée, Wilhelm était là, il entendait sa plume crier sur le papier, mais ses pensées lui tenaient lieu de fantômes. Cependant une chose le rassurait : c'était la sérénité de cette belle nuit de juin, si différente de la lugubre nuit de Noël, pleine de rafales et de tempêtes. Cette fois, au contraire, un calme profond régnait au-dehors ; toute la nature semblait endormie, et à travers le contrevent entrouvert, le comte, de son lit, voyait scintiller les étoiles. Riant donc de ces folles chimères et rassuré d'ailleurs par la présence de Wilhelm, le comte, pour ne pas voir la lumière, tira ses rideaux, et finit par s'endormir d'un sommeil fiévreux.

Il n'eût pu calculer depuis combien de temps il dormait, lorsqu'il se réveilla tout à coup en sursaut, et, sans motif apparent, il se dressa sur son séant, une sueur glacée au front ; puis, chose étrange ! il vit, par l'ouverture de ses rideaux, les bougies des candélabres et du lustre s'éteindre les unes après les autres.

Quant à Wilhelm, accablé de fatigue sans doute, il s'était endormi dans son fauteuil. Le comte voulut crier pour le réveiller, mais la voix s'arrêta dans son gosier ; on eût dit qu'une main invisible lui serrait la gorge. Il voulut sauter à bas du lit, mais il se sentit comme enchaîné à sa place. Pendant ce temps, les bougies continuaient de s'éteindre avec une régularité effrayante. Il ne restait plus que trois bougies allumées ; elles s'éteignirent à leur tour, et rendirent la chambre à une nuit complète. Presque aussitôt le bruit sourd d'une porte roulant sur ses gonds se fit entendre. Le comte se rejeta dans son lit les yeux tournés du côté du mur et la tête enveloppée dans ses draps. Quelqu'un, à coup sûr, s'approchait de son lit : il sentait cela dans l'air plutôt qu'il ne l'entendait ; et malgré lui, comme dominé par une puissance invincible, il dégagea sa tête de ses draps et fixa ses yeux hagards vers le point d'où la chose venait.

Maximilien s'agitait vainement ; il ne pouvait ni parler ni se lever, il ne pouvait ni chasser ni fuir l'apparition qui le menaçait. Enfin, les rideaux de son lit s'écartèrent, et il resta immobile et pétrifié en reconnaissant l'ombre pâle d'Albine, telle qu'il l'avait déjà vue. La fatale visiteuse semblait seulement, cette fois, plus sévère et plus irritée que la première, et lorsque son impassible regard de statue s'arrêta fixement sur Maximilien, le coupable demeura plus froid que le cadavre, son juge, et ses cheveux se dressèrent d'épouvante sur sa tête.

Alors, dans le silence de cette nuit étoilée, comme quatorze ans auparavant au milieu du mugissement de l'orage, une voix brève et courroucée retentit :

— Maximilien ! Maximilien ! dit cette voix, tu veux donc décidément oublier les protestations de la mourante et les ordres de la morte ? Ah ! tu frappes mon enfant et tu injuries ma tombe ! Prends garde, Maximilien, prends garde : l'enfant te condamnera, la tombe te punira. Pour la dernière fois, tu entends, pour la dernière fois, écoute-moi, et tâche de te souvenir et surtout de me croire, car, si tu ne croyais pas aux paroles de ma langue glacée, c'est ma main glacée qui se chargerait de te convaincre.

Le comte fit un mouvement comme pour parler ; mais avec un geste, plein d'autorité, Albine lui imposa silence et reprit :

— Écoute, Maximilien ; Éverard est ton fils comme il est le mien, ton fils aussi bien qu'Albert. Tu aimes Albert, tu négliges Éverard ; soit. Je veille sur mon enfant, et n'ai pas besoin de toi pour en faire un homme. Va-t'en, si tu veux ; quitte ce château, si cela te plaît, sans plus songer à Éverard ; retourne à Vienne et à ton ambition, j'y consens, et je ne t'y autorise pas seulement, je t'y engage. Mais je te défends, au nom du Dieu vivant, de lever la main sur mon fils et de toucher un seul cheveu de sa tête ; abandonne-le, mais ne le menace pas. Indifférent, oui ; violent, non. Tu ne veux pas être son père, ne sois pas son bourreau. Le droit de le reprendre ou de le châtier, tu ne l'as point, et je ne veux pas, moi, que tu touches à mon Éverard. Tu m'as bien entendue ? Maintenant, si tu me désobéis, Maximilien, fais attention : dans ce monde, tu es perdu ; dans l'autre, tu es damné, oui, damné et perdu. La première fois que tu m'as revue depuis ma mort, c'était là haut dans la chambre de l'enfant. Aujourd'hui, c'est ici, dans l'étage intermédiaire, dans ta chambre à toi, dans la chambre rouge. La fois prochaine, songes-y, ce serait tout en bas, dans ma chambre à moi, dans mon caveau, dans ma tombe.

— Horreur ! murmura le comte.

— Un mot encore, Maximilien et je retourne dans ma demeure de granit. Mon âme parle réellement à la tienne, et aucune illusion du sommeil ne t'abuse ; mais tu pourrais, comme il y a quatorze ans, te dire en te réveillant le lendemain : « J'ai rêvé. » Or, pour Éverard et pour toi-même, je ne veux pas te laisser à cette erreur fatale. Maximilien, reconnais-tu cette

chaîne[1] que tu as passée, il y a vingt ans, au cou de
ta fraîche fiancée, et qu'on a ensevelie, quatre ans
après, avec la dépouille glacée de ta femme ? Cette
chaîne, Maximilien, en la retrouvant demain matin
sur tes épaules, tu n'auras plus le droit de croire
que tu n'as eu cette nuit qu'un cauchemar terrible,
tu ne pourras pas retomber dans ton insouciance
aveugle et mortelle, car tu verras de tes yeux, tu
toucheras de tes doigts la preuve et le gage de ma
présence et de mes paroles ; cette chaîne, reçois-là
de la morte comme tu l'as donnée à la vivante.

Et ce disant, Albine retirait la chaîne de son
cou, et la repassait au cou de Maximilien tout
inanimé d'effroi.

Les lèvres du comte remuaient, mais sans proférer un seul mot.

— Et maintenant, reprit Albine, j'ai tout dit.
Adieu, au revoir, souviens-toi : Maximilien !

Le comte n'entendait plus que vaguement ces
paroles ; il ne vit pas même le fantôme s'éloigner,
ses yeux étaient clos, sa respiration s'était arrêtée,
il retomba sans mouvement sur son oreiller.

Couché pendant ce temps sur la mousse du bois,
Éverard dormait du sommeil des bienheureux.

Le lendemain, quand aux premiers rayons du
jour, Maximilien se réveilla, ou plutôt sortit de
son évanouissement, son premier mouvement fut
de porter la main à son cou : il sentit la chaîne
d'or froide sous ses mains froides et devint plus
blanc que ses draps.

— Wilhelm, cria-t-il, Wilhelm, réveille-toi donc,
malheureux !

Wilhelm se réveilla en sursaut.

— Qu'y a-t-il, Excellence ? demanda le secrétaire abasourdi.

— Il y a que je veux parler à Jonathas, le garde-
chasse. Descendez et dites à un valet d'aller me le
chercher à l'instant même. Il faut que je lui parle.

— Et cette besogne, demanda timidement Wilhelm, est-il nécessaire que je la termine ici ?

— Non, emportez-la dans votre chambre, je
désire être seul.

Quelque diligence que fît Wilhelm pour obéir au
comte, et le valet pour obéir à Wilhelm, lorsque
Jonathas, prévenu que le maître le demandait,
entra dans la chambre rouge, il y trouva Maximilien debout et habillé. Son premier mouvement
fut de reculer de terreur en voyant le comte si
défait et si pâle. Mais Maximilien essaya de sourire.

— Jonathas, lui dit-il, approche et ne me
trompe pas. Tu étais présent quand on a enseveli
ma femme Albine dans son linceul, quand on l'a
couchée dans sa bière, quand on a cloué son cercueil ?

— Hélas ! oui, Monseigneur.

— Comment était-elle vêtue ?

— De sa robe blanche de noces, et malgré la
mort, bien belle encore, je vous le jure.

— Jonathas, as-tu remarqué, as-tu vu qu'elle
eût quelque chose au cou ?

— Oui, Monseigneur, une chaîne d'or que lui
avait donnée Votre Excellence, et qu'elle avait
recommandé qu'on lui laissât.

— Cette chaîne d'or, la reconnaîtrais-tu ?

— Oui, Monseigneur, oui, si elle n'était enfermée sous un triple cercueil de sapin, de chêne et de plomb, scellé par une dalle de marbre.

— Regarde bien, Jonathas, est-ce celle-ci ? lui demanda Maximilien.

— Profanation ou miracle, Monseigneur, s'écria Jonathas, c'est celle-là même !

Le comte devint plus pâle encore, remit la chaîne à son cou, et fit signe à Jonathas de se retirer.

Un quart d'heure après, les équipages du comte Maximilien d'Eppstein ayant été préparés à la hâte, le comte accompagné d'Albert se mettait précipitamment en route pour Vienne, sans demander Éverard, sans se retourner en arrière.

XIV

Éverard, épuisé par trois jours de marche et par les cruelles émotions de la veille, ne s'éveilla que tard le lendemain, le soleil était déjà haut sur l'horizon, les oiseaux chantaient à plein gosier ; tout était lumière et joie. Pourtant dans le bel azur du ciel, un nuage noir du côté du nord se formait lentement. Éverard embrassait des yeux ce beau ciel, puis, de temps en temps, son regard se portait sur ce nuage.

— Voilà, disait-il le symbole de ma destinée ; heureuse, mais avec une menace éternelle, heureuse et calme aujourd'hui, puisque ma mère ne m'en veut pas, mais inquiète et troublée demain.

Demain, où serai-je ? Je ne veux plus rester au château d'Eppstein, où mon père me recevrait plus mal
qu'un mendiant ; je ne puis retourner maintenant
à la chaumière où Rosemonde me remplace, et où,
je ne sais par quel instinct, je tremble de me rencontrer avec elle. Que ferai-je donc ? Quel refuge
me reste-t-il ? Vous seule, vous seule, ma mère !

L'enfant laissa tomber sa tête dans ses mains et
rêva. Il ne pleurait plus, mais il était sérieux ; mille
projets et mille pensées se combattaient dans son
esprit, il crut enfin avoir pris une résolution ferme
et se leva en disant :

— Allons, c'est cela, pas de faiblesse ; le seul
parti qui me reste, c'est de rejoindre mon oncle
Conrad. Comment ferai-je, seul et sans ressource ?
Je ne sais pas, mais j'irai. Je laisserai tout à fait
le pays que j'ai quitté pour la première fois il y
a huit jours ; la providence de tous, Dieu, et ma
providence à moi, ma mère, ne me manqueront
pas. Avec leur aide, je serai fort et courageux, je
l'espère ; et si, après tout, quelque obstacle insurmontable m'arrête, si quelque événement imprévu
me dérange, si je suis obligé de revenir sur mes pas
et de renoncer à mon dessein, c'est que Dieu et ma
mère le voudront ainsi, et je me soumettrai. Je fais
ce qui me semble juste ; qu'ils fassent de moi ce
qui leur paraîtra bon. Je règle ma conduite comme
je peux ; qu'ils mènent ma destinée où ils veulent.

Les apprêts d'Éverard n'étaient pas longs à
faire ; il portait avec lui toute sa fortune, tout
son avenir ; il n'avait qu'à prendre un bâton et
à se mettre en route. Mais avant de partir, avant
d'abandonner sa chère forêt, sa vallée, sa grotte,

il se jeta à genoux et adressa à sa mère une prière fervente.

Il se releva content et ferme, et, sans vouloir trop raisonner, sans se permettre de trop réfléchir, il se mit bravement à monter la colline pour regagner la route qui devait le conduire à Mayence. Il pouvait être midi à peu près quand il atteignit le grand chemin bordé d'ormes que côtoyaient la forêt d'un côté, et de l'autre la vallée du Main et la route de France. Il allait donc quitter pour toujours le château natal et la forêt nourricière ; au premier détour de la descente, il serait presque en pays étranger. Une fois encore avant d'y arriver, il se retourna pour donner un dernier regard, un dernier adieu aux maisons çà et là éparses d'Eppstein.

Oui, Éverard avait eu raison de faire, dans ses projets, la part de la Providence et de ne pas toucher à son rôle sacré ; car, en jetant un dernier coup d'œil sur la montée qu'une minute après il n'allait plus apercevoir, le jeune homme vit précisément déboucher d'un sentier de la forêt le garde-chasse Jonathas, son fusil sous le bras, et tenant de l'autre main par la bride son petit cheval, sur lequel Rosemonde riante était fièrement assise. Le groupe du père et de la fille se dessinait vivement sur le fond du ciel bleu et des arbres verts.

Notre voyageur, qui n'avait plus, se disait-il, qu'un regard à jeter sur sa terre natale, resta là immobile à contempler Jonathas et Rosemonde comme s'il les voyait dans un rêve, et comme si les amis qui s'avançaient de son côté n'allaient pas finir par l'apercevoir lui-même. Il demeurait sans bouger, les regardant venir de loin ; avec eux lui apparaissait une tout autre vie que celle qu'il projetait l'instant d'auparavant. Qu'Éverard eût passé sur la route cinq minutes plus tôt ou cinq minutes plus tard, et tout son avenir était changé.

Mais avant que le bon Jonathas aux cheveux gris et la belle Rosemonde aux touffes blondes n'atteignent Éverard, plongeons dans la vie de la jeune fille, et interrogeons les doux secrets de sa vie et de sa pensée.

Le double caractère de toute son enfance, écoulée au couvent du Tilleul-Sacré, avait été la pénétration de l'esprit et la pureté de l'âme. Rosemonde, chose rare, revenait à Eppstein très instruite et très innocente. Langue, histoire, musique, elle avait étudié toutes choses avec ardeur ; mais le mal, elle l'ignorait. Dans sa merveilleuse aptitude à tout apprendre, à tout concevoir, elle n'avait cependant jamais pu comprendre le vice ; à quinze ans, femme par la pensée, elle était restée enfant par le cœur.

Au reste, bien peu d'événements avaient jusqu'à ce jour rempli son existence ; des études ardentes et de vives amitiés, voilà tout ; beaucoup de sentiments et d'idées, peu de faits. Parmi toutes ses compagnes, et ses compagnes étaient les plus riches et les plus nobles héritières de la vieille Autriche, elle avait toujours été la première par l'intelligence, et, chose rare, la plus aimée. Elle se faisait pardonner sa supériorité à force de douceur. Ses amies, et toutes les pensionnaires l'étaient ou cherchaient à l'être, la consultaient, la respectaient, cédaient à son ascendant, et cela sans envie. Elle était la reine, digne, bonne et gracieuse, de ce petit peuple frais et charmant, et avec cela chérie de ses maîtresses, qui la regardaient comme une des leurs ; aussi, lorsqu'elle partit, ce fut, parmi les religieuses et parmi les élèves, un véritable désespoir.

On n'avait plus d'ailleurs grand-chose à lui enseigner au couvent du Tilleul-Sacré, et c'était elle qui enseignait les autres. À quinze ans, la curiosité de son esprit avait été si avant dans l'étude, que l'étude n'avait plus de mystères pour elle. Mais qu'on ne s'y trompe pas, sa grâce et sa modestie n'en avaient pas été le moins du monde altérées. C'est sans affectation et avec la plus parfaite simplicité qu'elle eût pu dire à grands traits, ce qui fait supposer qu'elle l'eût dit en détail, l'histoire des nations et des individus. C'est avec un enthousiasme sincère, avec une vivacité sentie qu'elle parlait de Corneille ou de Klopstock, de Goethe ou de Shakespeare[1]. Musicienne, elle n'entrait pas moins avant dans le génie de Gluck ou de Palestrina, de Mozart ou de Paisiello[2] ; et, croyez-le bien, cette vive perception poétique, cette précoce intelligence musicale ne l'empêchaient point de sauter à la corde à merveille et de jouer au volant dans la perfection. Autant les religieuses la voyaient grave et pensive sur les bancs de la salle d'étude, autant ses amies la trouvaient folle et rieuse sous les grands marronniers du jardin ; c'était ce charmant mélange de gaieté expansive et d'application réfléchie qui la faisait à la fois chérir et respecter de toutes.

Parmi toutes ses amies, et, nous l'avons dit, Rosemonde avait pour amies, depuis la première jusqu'à la dernière pensionnaire du couvent, parmi toutes ses amies, celle que Rosemonde préférait, c'était la fille d'un ancien ambassadeur près de la cour d'Angleterre, retiré depuis quelques années des intrigues de la diplomatie. Lucile de Gansberg avait pour mère une Anglaise ; il en résulta que Lucile, dont l'anglais était la langue maternelle, apprit comme en jouant cette langue à sa compagne inséparable, sans compter que plus d'une fois la fille du grand seigneur emmena chez elle la fille du garde-chasse. Rosemonde devina ainsi par échappée un peu de la vie du monde ; mais elle rentrait toujours au couvent sans que la paix de son noble cœur fût troublée ; elle ne voyait le monde et n'en était vue qu'à travers le voile de sa pureté. Tels furent les événements de cette simple et tranquille existence. Nous en omettons un cependant qui préoccupa plus peut-être les deux jeunes têtes de Rosemonde et de Lucile que tous les fades compliments des seigneurs de la cour de Vienne : ce fut une lecture de *Roméo et Juliette*, faite à la sourdine[1] sous une tonnelle de chèvrefeuille. Cette ardente et pure poésie de l'amour emporta les deux anges terrestres dans un monde idéal plus dangereux mille fois que le monde réel. La passion que Shakespeare a su peindre si puissamment laissa les deux sœurs toutes rêveuses et toutes troublées ; mais l'innocente folie de leurs quinze ans l'eut bientôt emporté sur la rêverie de leur cœur. L'âme chaste et pure de Rosemonde s'éveilla la première de ce périlleux songe, et cette vague révélation de l'amour fut la seule ombre qui se mêla aux rayonnements de ces deux aurores.

Quand Rosemonde dut partir avec son père, quitter son couvent et ses amitiés, quand les deux inséparables furent sur le point de se séparer, on conçoit quelle fut leur douleur. Ces regrets, du reste, nous le répétons, tous ceux qui connaissaient Rosemonde les partageaient : on la fêtait, on l'embrassait, on la pleurait : « Nous vous aimerons toujours, lui disait-on de toutes parts ; nous penserons sans cesse à vous. Hélas ! maintenant, qui nous réconciliera ? qui nous conseillera ? qui sollicitera pour nous le pardon des sœurs ? Notre ange gardien nous quitte, notre guide s'en va. » Et c'étaient alors mille protestations, mille présents, mille caresses ; on voulait la garder au moins encore quelques jours, on ne pouvait se résoudre à la quitter si subitement ; telle fut la cause qui retint Jonathas à Vienne plus qu'il n'eût voulu. Les supérieures et les religieuses n'étaient pas moins tristes que les élèves.

— Si, loin de nous, plus tard vous n'étiez pas heureuse, dirent-elles à Rosemonde en la quittant, revenez au Tilleul-Sacré ; vous trouverez toujours votre place au dortoir et aux classes, et notre affection maternelle dans nos cœurs.

— Merci, mes bonnes mères, merci, répondait Rosemonde en pleurant. Oh ! certes, si mon père n'était pas seul, si mon grand-père mourant ne me redemandait pas, si je n'avais pas un frère qui m'attend, je ne vous quitterais jamais ; il me semble que je vais laisser ici tout le calme et toute la joie de ma vie : si un jour je souffrais, où si un jour je n'étais plus nécessaire à personne, oh !

certes, je reviendrais, et quelque chose, hélas ! mes bonnes mères, me dit que je reviendrai.

Cependant il fallait partir : l'aïeul qui se mourait n'avait pas le temps d'attendre ; il fallait quitter le couvent, les religieuses, les compagnes, il fallait quitter Lucile. Après s'être cent fois embrassées, s'être promis de s'écrire, les deux amies se dirent un dernier adieu : mais, comme souvenir, Lucile exigea que Rosemonde emportât une petite bibliothèque de merisier, pleine de leurs auteurs chéris, et une édition anglaise de Shakespeare se cacha dans un coin.

— En lisant nos grands poètes, lui dit Lucile, tu te rappelleras, Rosemonde, les jours où nous les lisions ensemble, et celle qui les lisait avec toi. Adieu, ma sœur chérie, adieu ; au revoir peut-être.

Et la lourde porte du couvent se referma derrière Rosemonde.

— Se rouvrira-t-elle jamais pour moi ? disait la jeune fille en s'éloignant pensive au bras de son père, reverrai-je ces murs paisibles, ces bonnes religieuses, mes chères amies ? Oh ! je n'ose dire Dieu le veuille. J'étais heureuse là, parce que j'étais jeune : je n'y rentrerais que parce que j'aurais souffert ; et quand nos joies deviennent nos consolations, elles sont presque douloureuses ; quand notre paradis devient notre refuge, il est presque triste, ainsi donc, doux nid de mon enfance, plaise au Seigneur que je ne te revoie jamais.

Bientôt cependant le mouvement du voyage, la nouveauté des impressions, réussirent à distraire un peu Rosemonde. Silencieuse d'abord, elle répondit bientôt à Jonathas ; enfin, au bout de deux jours de route, c'était elle qui l'interrogeait sur Eppstein, sur la vie qu'on y menait et sur ceux qu'elle allait y voir. Le bon homme Jonathas ne demandait pas mieux que de satisfaire sur tous les points la curiosité de sa fille chérie. Il avait été un peu jaloux des regrets de Rosemonde, le pauvre père ! Il lui dit, non pas combien elle allait être heureuse, mais combien elle allait être aimée : qu'elle serait d'abord tout son orgueil et tout son bonheur à lui, et puis qu'elle se retrouverait chez elle libre et maîtresse comme autrefois, quand elle était petite et que sa mère la gâtait tant. Il lui parla alors du jeune hôte qu'elle allait revoir, d'Éverard, qui l'attendait avec tant d'impatience, et qui était si simple, si triste et si bon. C'était chose inutile ; quand Rosemonde aurait pu oublier le blond compagnon de son enfance, les lettres fraternelles qu'elle avait reçues de lui l'auraient rappelé à son souvenir ; mais elle avait la mémoire du cœur et pensait souvent à Éverard, orphelin comme elle, né le même jour qu'elle.

Il était de son âge, il était abandonné et malheureux ; une douce pitié se mêla donc dans le cœur de Rosemonde à l'affection qu'elle lui avait conservée ; elle le consolerait, elle remplirait sa solitude. Elle pressa de questions Jonathas sur le compte du jeune homme, et toutes les réponses de Jonathas lui montrèrent notre rêveur poétique et charmant : elle eut hâte alors de le voir, sans s'expliquer son impatience. D'ailleurs, elle se fût interrogée, la chaste jeune fille, que cette impatience lui eût paru toute naturelle. Éverard était son frère, Éverard avait été nourri du même lait qu'elle, Éverard avait été élevé avec elle, traité comme elle par sa mère ; Éverard était le fils de sa bienfaitrice, le fils d'Albine, dont le souvenir était toujours vivant au Tilleul-Sacré ; Éverard enfin, par sa naissance, par son éducation sans doute, allait être la seule personne qui la comprît, avec qui elle pût parler, non seulement de cœur à cœur, mais encore d'esprit à esprit. Son père lui disait qu'il était simple et excellent, elle ne demanda point s'il était spirituel et instruit ; cela allait de soi-même dans son rêve : l'essentiel était qu'il ne fût pas fier et méprisant. Quant à la distance qui les séparait, est-ce que leur douleur commune ne l'effaçait pas ? et puis, je vous demande si c'est à cela que l'on pense à quinze ans ! Rosemonde, la belle et chaste enfant, rêva donc sans scrupule et en toute innocence à celui qu'elle nommait tout bas son frère ; elle appela de tous ses désirs l'instant où elle pourrait tendre la main à Éverard et lui conter les mille choses qu'elle avait à lui dire.

Devons-nous dire que l'espoir de retrouver son jeune ami compensait presque, dans le cœur de Rosemonde, la douleur que devait y réveiller la pensée de la mort prochaine de son grand-père ? Au reste, pourquoi ne l'avouerions-nous pas ? Cet égoïste oubli de la jeunesse, qui ne voit qu'elle au monde et n'aime à regarder qu'en avant, est si naturel, nous allions dire si charmant, qu'on le lui pardonne et qu'on s'en fait volontiers le complice : qu'elle néglige le passé, qu'elle ne se soucie pas d'hier, c'est tout simple : son royaume à elle, c'est demain, c'est l'avenir !

Nous savons l'arrivée de Rosemonde à Eppstein et sa première entrevue avec Éverard. Il n'était pas seulement modeste, il était timide. Non seulement il ne se montrait pas orgueilleux, mais il avait peur. Cette douceur et cet embarras n'allaient pas mal à la tournure d'esprit ferme et sérieuse de Rosemonde ; ce qu'elle méprisait le plus, c'était l'impertinence et les grands airs. Mais son orgueil se changea en tristesse lorsqu'elle vit qu'Éverard allait jusqu'à l'éviter. Ne la devinait-il donc pas ? Lorsqu'il partit avec son oncle Conrad, sans presque la regarder, elle eut peine à retenir ses larmes. Elle se trouvait froissée dans la sympathie qu'elle avait tout d'abord éprouvée pour cette nature tendre et mélancolique. Il semblait à Rosemonde qu'elle eût pu aider, soutenir Éverard, et elle souffrait de renoncer à ce doux rôle de sœur aimée, qu'elle eût si bien rempli. Cette froideur, qu'elle n'avait pas méritée, lui brisait l'âme ; que devait-elle donc faire pour ramener Éverard qui semblait s'éloigner d'elle ?

Durant tout le temps de son absence, elle fut inquiète, préoccupée ; cependant son père l'entourait de soins, de distractions, de tendresses. Tous les matins, bon gré et mal gré, il fallait qu'elle montât à cheval, qu'elle visitât avec lui une partie nouvelle de la forêt, son royaume ; et Jonathas était heureux quand il pouvait la faire sourire et lui arracher une exclamation de surprise, d'admiration ou de joie. Il lui parlait aussi tant qu'il pouvait d'Éverard, car il s'était bien aperçu que ce sujet de conversation plaisait à sa fille, et que, quand ils causaient ensemble de l'absent, les couleurs montaient aux joues de la jeune fille, et la flamme à ses yeux.

Mais nous en savons assez sur Rosemonde ; d'ailleurs, elle a eu le temps de rejoindre Éverard, que nous avons laissé immobile et muet au pied d'un arbre, regardant venir la jeune fille comme une apparition. Retournons donc à eux ; nous les retrouverons ensemble.

XV

Ce fut Rosemonde qui, la première, aperçut Éverard, et elle jeta un cri de surprise en le voyant :

— Ah ! mon frère Éverard !

Aussitôt elle sauta à bas de son cheval et courut au-devant du jeune homme en lui tendant la main. Justement elle était d'une humeur charmante ; son père venait de lui raconter comment un jour Éverard s'était jeté tout habillé dans le Main pour sauver l'enfant d'une pauvre femme qui y était tombé en jouant.

— Ah ! vous voilà donc, Éverard ? Que vous avez été longtemps ! Nous commencions à être inquiets, vraiment. C'est mal de ne pas nous avoir donné de vos nouvelles ; mais vous voilà, tout est oublié.

Pendant ce temps, Jonathas s'était rapproché des enfants.

— Enfin ! voilà notre cher absent de retour, dit le brave garde-chasse. Vous ne savez pas, Éverard, que votre père est venu à Eppstein en votre

absence, et vous a, ma foi, demandé avec beaucoup d'instances pendant plusieurs jours, ce qui
ne l'a pas empêché de partir sans vous avoir vu.

— Il est parti ! s'écria Éverard.

— Eh ! mon Dieu, oui ; et ce matin, en partant,
il n'a pas beaucoup parlé de vous, il faut en convenir. Après cela, il paraissait fort agité et très pressé
de s'en aller. C'est égal, il est bien singulier qu'il
n'ait pas seulement prononcé votre nom. J'étais là,
car il m'avait envoyé chercher pour me demander
un renseignement bien étrange, et je lui ai dit, en
voyant qu'il se disposait à partir : « Monseigneur
n'attend donc pas le retour de M. Éverard ? » Il
m'a imposé silence avec un accent terrible.

— Parti ! répétait Éverard, parti !

— Oui : mais, en revanche, vous voilà revenu,
dit de sa douce voix Rosemonde.

Éverard la regardait avec un singulier mélange
de tendresse et d'embarras ; elle baissait les yeux
et souriait.

— Et puisque le voilà revenu, reprit le père, ma
foi, je vais vous laisser, s'il vous plaît, continuer
la promenade ensemble. Depuis huit jours, Rosemonde, pendant que je tiens mon cheval par la
bride et que je te conte des histoires, mon fusil
reste oisif, bien entendu, et les loups et les bracon-
niers ont beau jeu. Çà, Éverard, prenez ma place,
mon beau chevalier, et menez cette enfant par les
sentiers les plus fleuris ; vous les connaissez mieux
que moi encore. Vous n'avez pas déjeuné peut-
être ? Vous déjeunerez ensemble. Elle a emporté
dans le bissac tout ce qu'il fallait ; pour dessert
vous cueillerez des mûres et des fraises sauvages,

et pour boisson vous puiserez à quelque source.
Sur ce, je vous laisse, enfants ; à ce soir, au dîner.
Je n'ai pas besoin de vous recommander votre
sœur. Bonne promenade, mes amis !

Le garde-chasse jeta son fusil sur son épaule, dit
adieu aux enfants de la main, et s'enfonça dans
le taillis en sifflant. Rosemonde et Éverard restèrent seuls, aussi embarrassés l'un que l'autre ; ce
fut Rosemonde qui rompit la première ce silence
gênant :

— Puisqu'il faut déjeuner, Éverard, nous allons,
si vous voulez bien, prendre pour table ce gazon,
pour toit l'ombre de ce grand chêne, et faire là
sur l'herbe un repas royal pendant que les oiseaux
nous donneront le concert.

Aussitôt dit, aussitôt fait. Éverard attacha le cheval à un arbre, tandis que Rosemonde étalait ses
provisions sur l'herbe, et voilà nos deux amis mangeant du meilleur appétit du monde. Toutefois,
Éverard ne disait mot encore ; à peine échangèrent-
ils, pendant un quart d'heure que dura le déjeuner,
quelques paroles insignifiantes ; mais Rosemonde,
qui le regardait, trouvait ses yeux plus éloquents
que lui ; elle voyait sa pensée dans son regard, et
l'entendait aussi bien que s'il eût parlé. Sous son
simple et grossier costume de montagnard et de
paysan, nous l'avons dit, Éverard était beau, beau
surtout de cette beauté du dedans qui se traduit
par le mot physionomie. À travers ses manières
empruntées perçaient la fierté et la dignité de
l'âme ; son regard ferme et doux charmait et per-
suadait tout de suite. Malgré sa gaucherie et son
silence, il fallait être un niais pour le croire un sot.

Or, Rosemonde était aussi fine, aussi pénétrante qu'une jeune fille bonne et sincère peut l'être ; puis, il y a entre les cœurs honnêtes et purs une secrète sympathie qui ne les trompe jamais.

— Quand nous aurons achevé de déjeuner, dit Rosemonde, vous me montrerez les parties du bois que vous aimez ; dites, Éverard, y consentez-vous ? Est-ce que cela vous fâcherait de me servir de guide et de compagnon ?

— Me fâcher ! s'écria Éverard.

— Ou peut-être, reprit Rosemonde, ai-je dérangé votre promenade et votre solitude ? car je vois maintenant que vous aimez à être seul ; moi qui vous plaignais !

— Vous m'avez plaint, vous, Rosemonde ?

— Oui, et je me disais : dorénavant, au moins, il aura une sœur, une amie ; je croyais que nous allions bien nous entendre. Je me rappelais les jours d'autrefois, et il me semblait que nous pourrions reprendre et continuer, dans ces solitudes qui paraissent calmes et belles comme le paradis, la douce fraternité de notre enfance. La vie doit y être aisément heureuse et pure. Enfin, je rêvais un roman comme celui de *Paul et Virginie*[1], ajouta-t-elle en riant d'abord de son idée, puis en rougissant ensuite.

— Qu'est-ce *Paul et Virginie* ? demanda Éverard.

— Un beau livre français de Bernadin de Saint-Pierre ; ne le connaissez-vous pas ? Je vous le prêterai. J'avais fait un songe de bonheur ; nous aurions vécu ignorés, mais si contents, dans les montagnes, dans les forêts, mon bon père Jonathas entre nous deux. J'y ai pensé tout le long de la route. Demandez à mon père, que j'accablais de questions sur votre compte, et qui me répondait de manière à encourager mes chimères et mes espérances. Cependant je suis arrivée, et dès le premier coup d'œil j'ai vu que tous mes projets n'étaient que des illusions. Je vous ai tendu la main comme à un frère, et vous m'avez accueillie comme une étrangère ; ce n'est pas fierté, je le sais, mon père m'a assuré que vous étiez aussi noble de cœur que de naissance ; d'où viennent donc votre froideur et votre indifférence ?

— Oh ! ce n'est pas de la froideur, dit vivement Éverard, ce n'est pas de l'indifférence, mais que voulez-vous, je suis un enfant farouche, un fils sauvage de ces forêts, et votre présence m'a intimidé comme l'apparition d'un ange ou d'une fée.

— Quoi ! vraiment, suis-je majestueuse et terrible à ce point ? dit en riant la jeune fille. Éverard, reprit-elle sérieusement, faisons en sorte qu'il n'y ait pas entre nous de méprise ; je vous dis franchement, et dans la simplicité de mon cœur, que je me sens attirée vers vous ; et c'est parce que je vous crois loyal et bon que je vous offre d'être mon ami et mon compagnon. Puisque nous pouvons être deux, à quoi bon rester seuls l'un et l'autre ? La nature de Dieu, au milieu de laquelle nous vivons, et le souvenir sacré des morts sanctifient en quelque sorte notre affection. Pas de fausse honte et de malentendu ; en présence de nos deux mères et de ces vieux chênes, je vous demande d'être mon frère. Le voulez-vous ?

— Si je le veux ! Ah ! vous êtes une âme grande

et généreuse, Rosemonde, et je tâcherai de n'être pas indigne de votre amitié. Je rougis maintenant de m'être montré si craintif et si timide, mais le faon effarouché est apprivoisé maintenant, ma belle sainte, et le daim, au lieu de s'enfuir, viendra vous lécher les pieds.

— Tout comme si j'étais Geneviève de Brabant[1], dit en riant Rosemonde.

— Qu'est-ce que Geneviève de Brabant ? demanda Éverard.

— Ah ! vous m'ôtez du cœur un grand poids, continua la jeune fille sans avoir entendu la malencontreuse question. Donc c'est par timidité que vous ne m'avez pas adressé la parole le premier jour, c'est par timidité que vous avez évité ma rencontre, que vous êtes parti avec votre oncle Conrad, sans presque me dire adieu.

— Et que j'allais quitter Eppstein et l'Allemagne pour toujours et sans vous revoir, reprit Éverard, quand la Providence et ma mère vous ont envoyée sur ma route.

— Mais à présent vous restez ! dit vivement Rosemonde, à présent nous allons nous comprendre et nous aimer. Eh bien, qu'avez-vous ? À quoi pensez-vous ?

— Je pense, continua Éverard songeur, que ce n'est peut-être pas par sauvagerie uniquement que je voulais m'éloigner, rejoindre l'armée de l'empereur. Il y avait mon père qui... mais il est reparti pour Vienne. Il y avait quelque chose encore...

— Quoi donc ? demanda Rosemonde avec inquiétude.

Il y eut un silence. Éverard, les yeux fixés, semblait

regarder dans la nuit de sa pensée, et secouait la tête d'un air méditatif.

— Rosemonde ! Rosemonde ! reprit-il d'une voix lente, un charme m'attire vers vous, et cependant une voix me crie : Fuis ! fuis ! Vous ne me comprenez pas ? C'est qu'il ne faut pas me juger comme les autres ; je suis un être à part, une nature étrange, je ne vis pas de la vie de tous. Vous voyez que je commence à vous parler avec confiance. Oui, j'ai confiance, et... j'ai peur ; un pressentiment me dit que notre amitié sera funeste, et qu'il y a entre nous un malheur ! Un instinct m'avertit que je ferais mieux de partir, et pourtant je ne partirai pas. Il y a des prédestinations, Rosemonde.

— Il y a Dieu, dit la pieuse jeune fille.

— Oui, Dieu ! continua Éverard en s'enfonçant dans sa rêverie. Eh bien ! mon Dieu, reprit-il en joignant les mains comme s'il était seul, mon Dieu, vous qui m'éclairez de ces lueurs imparfaites, vous qui me donnez ce vague désir de m'éloigner sans m'en laisser le courage et la force, je vous obéis, Seigneur ; faites de moi ce que vous voudrez ! Que sert à mon esprit de s'agiter, puisque votre main me mène ? C'est ma mère peut-être qui me conseille de partir, mais si votre destin m'ordonne de rester, qu'y puis-je ?

— Oh ! oui, restez donc, restez donc, dit Rosemonde avec une gracieuse insistance ; nous pouvons être si heureux ensemble. Vous avez dans le bois, m'a dit mon père, vos retraites inconnues ? vous m'y mènerez et vous verrez, mon ami, qu'il vaut mieux, mais beaucoup mieux, être deux que de rester seul. Oh ! moi d'abord, sans vous, loin de mon père qui passe la journée dans la forêt, je vous avoue que je périrais d'ennui, tandis que tous deux nous pourrions causer, nous communiquer nos idées, nos sensations, lire ensemble, étudier ensemble. Vous paraissez surpris, vous me croyez une petite fille ignorante, sans doute ? Eh bien ! vous vous trompez ; j'ai appris beaucoup, et je pourrais vous comprendre, vous répondre à peu de chose près sur tout. J'avoue que je n'ai pas dû approfondir comme vous, qui êtes homme, le français, le grec, le latin, l'histoire, les mathématiques surtout, que je n'aime guère.

— Rosemonde ! Rosemonde ! mais j'ignore jusqu'au nom de tout cela.

— Comment ! que me dites-vous ?

— La vérité. Votre mère m'a appris à lire et le chapelain à écrire ; mais ils sont morts, et je suis resté seul ici, abandonné, vous le savez bien, n'ayant d'autre maître que la forêt, d'autre éducation que celle de la nature ! Qui m'aurait instruit ? personne. Je n'ai encore ouvert que la Bible, et cela ne m'est pas même arrivé souvent. Les arbres et les oiseaux ne me reprochaient pas mon ignorance : je la connus pour la première fois il y a un mois, à l'arrivée de mon oncle ; j'en rougis pour la première fois aujourd'hui.

— Est-il possible ! s'écria Rosemonde. Oui sans doute, j'aurais dû réfléchir, j'aurais dû penser... Pauvre ami ! je vous demande pardon de vous avoir involontairement blessé, peut-être.

— Vous ne m'avez pas blessé, Rosemonde, mais vous voyez bien que ma compagnie ne peut ni

vous plaire ni vous servir, que je ne suis pas à la
hauteur de votre esprit, et que mon entretien vous
fatiguerait loin de vous distraire ; vous voyez bien
qu'il faut me laisser seul dans mon ignorance et
dans mon ennui ; vous voyez bien que j'avais raison, et que le mieux que j'aie à faire est de partir,
d'aller me battre.

— Ami, dit gravement Rosemonde, vous avez
l'âme trop élevée pour écouter un faux orgueil et
obéir à une susceptibilité mesquine. Demeurez,
et nous pourrons nous être utiles l'un à l'autre.
Vous avez le cœur savant. Éverard, et les champs,
les bois, le ciel, ont dû vous donner des enseigne-
ments bons et salutaires. Vous m'en ferez part, et
cela me profitera ; moi, de mon côté, puisque je
dois quelque éducation au hasard, ou plutôt à la
protection de la comtesse Albine, ne me refusez
pas la joie de rendre un peu au fils ce que je tiens
de la mère. Acceptez-moi pour maître, voulez-
vous ? Ce serait charmant en vérité.

— Non, il est trop tard, Rosemonde, trop tard !

— Mon Dieu ! vous croyez donc la science chose
bien rude et bien difficile ? C'est très simple, très
intéressant, Éverard. Vous n'y trouverez rien de
nouveau ; vous verrez naître les nations comme des
sources, croître les génies comme les chênes, éclater
les révolutions comme les tempêtes. Il y a des livres
qui vous réjouiront comme une belle soirée de mai ;
il y des époques qui vous désoleront comme une
pluvieuse journée de décembre. Les langues ne sont
pas plus difficiles à déchiffrer que les signes du ciel
et du vent, et vous reconnaîtrez Dieu dans l'histoire
comme dans la nature. Et puis ne serez-vous pas

fier et heureux de rencontrer dans les annales de l'Allemagne les annales de votre glorieuse famille, de retrouver à chaque pas dans nos chroniques le nom de vos ancêtres, le vôtre, le nom d'Eppstein ?

— Est-ce que je suis un d'Eppstein, moi ? interrompit Éverard avec une mélancolie amère. Vous vous trompez, Rosemonde, je suis un enfant abandonné, renié par son père ; voilà tout. À quoi bon apprendre ? à quoi bon m'élever pour mieux comprendre mon abaissement ? Rosemonde, pour ce que j'ai à faire ici-bas ce que je sais suffit. Ma mère me guide, c'est assez. Vous ne me comprenez pas : si vous entriez plus avant dans ma confidence et dans ma vie, je vous révélerais des choses qui vous frapperaient d'étonnement et même d'effroi. Je vous le répète, mon âme et ma destinée sont étranges ; Dieu m'a marqué d'avance pour un avenir qu'il connaît seul, et que je ne puis éviter. Je sens que son souffle me pousse, et puisqu'il voit pour moi, à quoi me servirait la science humaine ? Mon instinct me suffit pour obéir à sa volonté, mais j'aurais peur de ma raison ; le mieux pour moi serait de partir, ou d'ignorer, puisque je ne pars pas.

Nous ne répéterons pas toutes les supplications de Rosemonde, toutes les réponses d'Éverard, toute cette lutte de l'instinct éclairé et de la prudence aveugle. Le rôle de petite mère allait à merveille avec la figure sereine et le caractère sérieux de la pensionnaire du Tilleul-Sacré ; elle disait à Éverard combien leurs études seraient aimables et ravissantes à l'ombre des arbres séculaires et dans la solitude des clairières parfumées. Éverard hésitait, cédait presque, puis reculait.

La journée entière se passa à discuter tout en se promenant, tout en admirant les grands aspects et les beaux points de vue du paysage. Les conseils furent aussi, il faut le dire, entremêlés de jeux et de défis, et il arriva souvent qu'on interrompît une dissertation sur les avantages de la science pour courir après quelque papillon diapré. Qu'on veuille bien ne pas oublier que le plus âgé de nos héros n'a pas encore quinze ans. Bref, au milieu des enfantillages et des sermons, le soir vint, et il fallut bien qu'Éverard reconduisît sa sœur à la maison du garde-chasse. Pourtant ses indécisions n'étaient pas encore fixées, et il jurait bien qu'il partirait le lendemain.

Il ne disait pas tout à Rosemonde, il ne lui disait pas ce qui le chassait ainsi, c'était un affront sanglant reçu de son père, et qu'il ne pouvait plus rentrer au château, dont cet affront le bannissait. Mais bien qu'il se tût sur ce sujet, il y pensait certainement, et chaque fois qu'il y pensait, il sentait de subites rougeurs lui monter au visage. Ce fut au milieu de ces irrésolutions qu'il rentra dans la maison de Jonathas, qu'il s'était promis le matin même de ne plus revoir. Le garde-chasse les attendait.

— Que vous avez été longtemps dehors ! dit-il ; j'étais presque inquiet. Éverard, voici une lettre que monsieur le comte m'adresse de Francfort, et qu'un piqueur vient d'apporter à toute bride. Lisez-la ; elle vous concerne.

Éverard prit le papier d'une main tremblante et lut. Maximilien avertissait Jonathas qu'il allait définitivement se fixer à Vienne, et que dorénavant on ne le verrait plus à Eppstein.

« Dites-le à mon fils Éverard, ajoutait-il, et prévenez-le qu'il peut disposer du château et du quart des revenus. Mon intendant ira chaque année toucher le surplus ; mais qu'Éverard sache qu'il ne doit pas quitter Eppstein ni tenter de me rejoindre. Nos deux destinées doivent être séparées, et je lui défends de chercher à les réunir. C'est à cette condition que je le laisse libre et maître dans ma vie et dans ma maison. Il fera tout ce qu'il voudra, tout, pourvu qu'il ne vienne pas où je serai. Je ne l'inquiéterai plus, mais qu'il ne m'inquiète pas davantage. Je ne lui demanderai aucun compte de ses actions, mais qu'il ne me demande jamais raison des miennes. Restons étrangers l'un à l'autre pour rester heureux. Telle est ma résolution expresse et formelle, et malheur à lui s'il y résiste. »

Éverard, cette lettre achevée, laissa tomber sa tête sur sa poitrine : triste et joyeux à la fois, il parut se recueillir un moment.

— Eh bien ! lui demanda Rosemonde avec anxiété.

— Eh bien ! Rosemonde, dit-il l'œil brillant, mais le sein gonflé d'un soupir, eh bien ! Dieu le veut, je resterai.

XVI

À un quart de lieue du hameau d'Eppstein, à deux cents pas de la maison du garde-chasse Jona-

thas, il y avait sur la lisière de la forêt une large
et fraîche pelouse où les paysans des environs se
réunissaient le dimanche. Ce beau rond de gazon
était la salle verdoyante et le tapis épais des bals
du pays, et près de là un grand massif de tilleuls
centenaires servait de point de réunion aux vieux
et aux savants du village. On trouvait, entre les
arbres, une fontaine creusée dans un pli du terrain, et à laquelle on descendait par un escalier
de pierres toutes moussues. Autour de la source
étaient établis des bancs avec un mur d'appui très
commode pour puiser de l'eau.

Trois ans après la mort de Gaspard, un jeune
homme, par une mélancolique et douce matinée
de septembre, était assis sur l'herbe, au plus épais
du rond de tilleuls, et, un carton sur les genoux,
dessinait un vieux tronc d'arbre tordu et noueux
qu'un essaim d'abeilles avait choisi pour royaume.
Le jeune homme interrompait fréquemment son
travail pour regarder du côté de la pelouse. C'était
pourtant un jour de la semaine, et pas une âme
n'y paraissait ; on n'entendait absolument que le
clapotement continu de la fontaine et la chanson
d'une fauvette perdue dans le feuillage.

Cependant, au bout d'une heure d'attente, une
jeune fille parut au bout de la pelouse, et le des-
sinateur se leva comme pour aller à sa rencontre ;
mais il s'arrêta au bout de quelques pas, et se mit
à la regarder sans être vu d'elle. Ce jeune homme
était Éverard, cette jeune fille était Rosemonde.

Éverard, toujours noble et beau, portait avec
plus d'élégance et de distinction qu'autrefois son
costume simple et pittoresque ; c'était le même

regard grave et doux, mais plus profond et plus triste ; c'était le même front haut et sérieux, mais marqué plus visiblement encore du sceau d'un destin sombre et de je ne sais quelle fatalité cachée. Rosemonde, toujours ravissante et modestement fière, était vêtue d'un corsage rouge et d'un jupon noir ; le bord plissé de sa chemise entourait son gracieux visage. Elle portait une cruche de grès sur son épaule et une plus petite à la main, et se dirigeait vers la fontaine. Quand elle descendit les degrés usés, Éverard quitta le massif de tilleuls, et courut la rejoindre.

— Bonjour, Éverard, dit-elle en l'apercevant, d'un ton qui indiquait qu'elle s'attendait à le trouver là.

Ils s'assirent tous les deux sur le banc.

— Tenez, Rosemonde, dit Éverard en ouvrant son carton, j'ai presque terminé mon dessin, et, ma foi ! grâce à vos bons avis d'hier, il n'est pas trop mal venu, ce me semble ; j'ai tâché d'y imprimer cette horreur que prêtait, dites-vous, aux forêts notre grand Albert Durer[1], dont vous me racontiez l'autre jour la simple et sublime histoire.

— Mais c'est fort bien, en vérité, dit Rosemonde ; seulement l'ombre portée de cette branche pourrait produire un effet meilleur.

Et lui prenant le crayon des mains, elle corrigea la faute en quelques traits.

— Maintenant, c'est magnifique, dit Éverard en battant des mains, et je suis deux fois plus fier de mon chef-d'œuvre depuis que vous y avez touché. Il faut que vous soyez aussi bonne que vous êtes belle, Rosemonde, pour avoir tant d'indulgence et de patience avec votre maladroit écolier.

— Enfant que vous êtes, dit la jeune fille tandis qu'il lui baisait doucement les mains et la contemplait avec une admiration naïve, est-ce qu'il n'y a pas un attrait charmant dans nos études ? Est-ce que nos leçons sont autre chose que des plaisirs ? Est-ce que mon écolier n'est pas mon compagnon ? Et puis je serais si glorieuse, Éverard, d'avoir rendu, d'avoir presque donné à la noblesse allemande un de ses plus historiques représentants, un gentilhomme appelé par son rang à de si hauts destins, qui languissait dans l'ignorance et dans l'ennui. J'ai fait pour vous, ah ! je m'en sens fière quand j'y pense, ce qu'eût fait votre mère, ce qu'aurait dû faire le comte Maximilien. Et que de progrès en trois ans ! Comme vous avez saisi avec promptitude ! comme vous avez deviné tout à fait ce que je ne savais qu'à demi ! Maintenant, que seraient près de vous tous les papillons dorés de la cour de Vienne ?

— Hélas ! reprit tristement, Éverard, ce n'est point par la science que vous m'avez rendu heureux, ma sœur Rosemonde ; à quoi bon agrandir la pensée quand la vie est si étroite ! Que servent les ailes à l'aigle en cage ? Que fait un nom éclatant à une destinée obscure ? Je n'ai jamais mieux compris mon isolement que depuis que je comprends le monde ; et si je ne vous bénissais de votre présence, je vous en voudrais, je crois, de vos leçons. Depuis que je vous vois, j'existe ; mais depuis que je pense, je souffre. Nous déplorerons peut-être un jour, Rosemonde, le don fatal que vous m'avez fait.

— Non, répondit Rosemonde, je ne me repentirai jamais d'avoir rendu un d'Eppstein à lui-même et à son pays.

— Ah ! je suis un d'Eppstein renié, oublié, dit Éverard en secouant la tête avec mélancolie ; je ne serai jamais un général illustre comme mon grand-père Rodolphe, que redoutait Frédéric, ni un profond diplomate comme mon aïeul maternel, qui en remontrait à Kaunitz ; je serai tout au plus le héros de quelque sombre et terrible légende, et si je suis fameux un jour, ce ne sera ni dans les camps, ni dans les lycées, mais aux veillées des paysans.

— Éverard, mon frère, encore vos folles idées ! interrompit Rosemonde.

— Oh ! vous avez beau dire, je sens un crime dans mon sort. Précisément depuis que vous m'avez fait entrer dans la réalité, j'ai conscience de la vie étrange que Dieu m'a imposée côte à côte avec une morte. Aux lueurs de vérité que vous m'avez fait entrevoir, je m'aperçois bien que je suis comme en dehors de l'humanité : une ombre, un fantôme, une menace peut-être et une vengeance ; tout enfin, excepté un homme.

— Mon ami !

— Ah ! vous ne pouvez rien contre cela. Vous êtes devant moi, Rosemonde, mais ma mère Albine est derrière moi ; vous seriez un avenir bien rayonnant, mais elle est un passé si formidable ! Tenez, parlons d'autre chose.

Il y eut une pause pleine de pensées.

— Avez-vous achevé l'*Histoire de la Guerre de Trente Ans*[1] ? dit Rosemonde.

— Oui, et Wallenstein est un grand général,

comme Schiller est un grand poète. Merci à vous,
Rosemonde, qui m'avez introduit dans les chroniques des jours écoulés, qui avez pour ainsi dire
ajouté à ma vie toutes ces vies fécondes et écla-
tantes ; merci à vous qui m'avez appris l'enthousiasme[1]. Ah ! quand je vous adresse des paroles
amères, pardonnez-moi, ne m'écoutez pas, je suis
injuste, je suis méchant. Mais au fond, je vous
aime comme ma sœur, et je vous vénère comme
ma mère.

— Éverard, dit Rosemonde ; et vraiment sa voix
grave, et sa sérieuse attitude la faisaient ressembler à une jeune mère exhortant son fils ; Éverard,
je sais que vous êtes bon et doux, mais je vous
blâme en effet d'être triste et découragé. Pourquoi
croyez-vous à la fatalité et ne croyez-vous pas à
la Providence ? c'est mal. Dieu et votre mère ne
veillent-ils pas pour vous ? Une seule chose vous
manquait, l'éducation de l'esprit ; j'ai été choisie
pour l'apporter, et l'hiver au coin de l'âtre, l'été
dans votre grotte ou sur l'appui de cette petite
fontaine, nous avons causé, lu, médité. Vous avez
vite appris ce que je savais, et puis, dépassant mon
enseignement imparfait, vous m'avez montré à
votre tour ce que j'ignorais encore. Maintenant,
soit que vous restiez ici dans votre retraite, soit
que vous alliez dans le monde à Vienne, à la
cour, vous serez partout une intelligence éclairée et distinguée. Maintenant, vous pourrez vous-
même diriger et conseiller les autres. Ne troublez
donc pas, je vous prie, par vos doutes et par vos
tristesses, la joie que j'éprouve à songer que j'ai
contribué dans mes faibles moyens à vous rendre

digne du nom que vous portez et de l'avenir qui vous attend.

— Eh bien ! je serai joyeux, si vous le voulez, Rosemonde, joyeux tant que vous serez là, comme les fleurs sont joyeuses tant que le soleil brille.

— À la bonne heure, frère, dit Rosemonde ; laissez-moi donc puiser l'eau qu'il faut que je rapporte tout de suite à la maison, et puis, si cela vous plaît, nous achèverons de repasser ensemble l'histoire des Hohenstauffen[1].

— Je crois bien, que cela me plaît ! s'écria gaiement le jeune homme ; Rosemonde, je vous promets de ne pas penser à demain si je reste près de vous aujourd'hui.

Et les deux amis se pressèrent la main avec un sourire plein d'une affection vraie. Puis la jeune fille prit la plus petite cruche et se pencha pour puiser de l'eau. Éverard saisit l'autre cruche et s'inclina aussi vers la fraîche fontaine. Le ciel était tout bleu au-dessus de leurs têtes, et leurs charmants visages se réfléchissaient dans le miroir de la source. Ainsi entourés d'azur, ils se rapprochaient dans l'eau et riaient et se saluaient doucement. Quand ils se relevèrent :

— Laissez-moi boire, dit joyeusement Éverard.

Rosemonde lui présenta la cruche, et il but[2]. Le sculpteur qui eût saisi leur gracieuse attitude eût trouvé le plus heureux groupe qu'on puisse imaginer.

— Nous devons avoir l'air d'un tableau de la Bible, d'Éliézer et de Rébecca[3], reprit en souriant la jeune fille.

Elle franchit lestement les degrés de pierre

pour s'éloigner de la fontaine, emportant sa petite cruche sur l'épaule. Éverard, l'autre cruche à la main, son carton sous le bras, ne tarda pas à la rejoindre, et tous deux se dirigèrent ainsi vers la maison du garde-chasse. Ils se regardaient souvent en marchant ; les yeux d'Éverard étaient pleins d'admiration et de tendresse, mais dans le regard de Rosemonde il y avait moins une expression d'amour qu'une expression de sagesse et de bonté.

XVII

Le récit de cette seule matinée peut faire comprendre quelle avait été pendant trois années la douce vie à deux d'Éverard et de Rosemonde. Le tendre rêveur des bois du Taunus et la grave pensionnaire du Tilleul-Sacré s'étaient développés l'un et l'autre dans le sens de leur caractère et de leur destin. Rosemonde avait enseigné Éverard et Éverard avait aimé Rosemonde. Le promeneur solitaire désormais n'était plus seul. Il avait à qui offrir son âme, à qui envoyer sa pensée, à qui consacrer les parts de son cœur et de sa vie que sa mère laissait vides. Il mit son bonheur à obéir à Rosemonde ; ce qu'elle lui donnait à faire, il en venait à bout sans effort ; elle eut sur le sauvage esprit une juridiction souveraine ; tout fut à elle dans cette nature rude et dévouée.

La seule chose qu'Éverard garda pour lui, ce fut sa religion pour l'ombre d'Albine. Rosemonde était sa confidente pour tout le reste, mais il ne s'ouvrit qu'avec réserve même à elle sur ses visions de la nuit et du jour. Le secret des apparitions et des conseils du cher fantôme ne fut révélé qu'à demi. Comme l'amour véritable, le respect filial d'Éverard avait sa pudeur qui lui défendait de trahir cette tombe fermée pour tous, hormis pour lui.

Éverard eut dès lors une double existence et un double amour, et sa mère ne lui sembla pas irritée du partage. Quand Rosemonde était là, il travaillait avec elle, heureux de l'écouter et de la comprendre. Elle partie, il s'enfonçait dans la forêt et dans sa rêverie, et c'était sa mère qu'il appelait, sa mère qui venait, qui reprenait sur lui son ancienne autorité, et qui lui parlait dans le vent ou dans la brise toujours pour l'instruire et l'améliorer.

Or, ces entretiens, il en taisait les détails et l'objet, comme l'amant respectueux qui ne dit pas les baisers de sa maîtresse. Les froids rayons de la lune ou les pâles clartés des étoiles en étaient les seuls témoins et les seuls confidents ; seulement il faut croire que sa mère le plaignait, si elle ne le blâmait pas, et que, s'il n'encourait pas de reproches, il était troublé de ses appréhensions et de sa pitié ; car il revenait de sa grotte le plus souvent mélancolique et même sombre, et, quand Rosemonde l'interrogeait, il refusait doucement de lui répondre ; puis il pleurait avec amertume et parlait vaguement d'un avenir redoutable. Elle ne réussissait pas ces jours-là à le consoler.

Hormis sur ce point, il était tout à Rosemonde, et subissait de jour en jour avec un charme plus vif l'ascendant de la jeune fille. Il faut dire aussi qu'elle en usait avec une sagesse et une douceur infinies, comme si les instincts maternels qui étaient en elle ne devaient pas, hélas ! trouver d'autre occasion de s'exercer. Elle avait entrepris avec joie et mené à fin avec amour l'éducation du jeune et inculte esprit d'Éverard. Elle était revenue avec lui sur les rudes et ingrats sentiers de la science ; elle avait montré à son élève avec patience et bonne grâce tout ce qu'elle savait : l'histoire, la géographie, le dessin, la musique ; elle lui avait rendu familières les langues française et anglaise, sans parler de la littérature nationale. Sur plusieurs points, il l'avait dépassée ; sur d'autres, elle lui était restée supérieure ; mais en vérité ç'avait été un spectacle charmant et touchant que celui de cette enfant enseignant un autre, et c'était un mystère étrange que cette transformation faite par une jeune fille d'un rude et ignorant paysan en un homme élégant et lettré.

Raconter d'ailleurs les événements de ces trois années à Eppstein serait impossible. Rien n'était plus simple que l'existence que menaient Rosemonde et Éverard, existence stérile en faits, féconde en idées. En deux mots on pourrait la dire. Les suivre un jour, c'était les connaître depuis trois ans.

Dès le matin, Éverard quittait le château où il avait définitivement repris sa chambre, et après avoir fait une longue prière sur la tombe de sa mère, il venait frapper à la porte du bon Jonathas. Tandis que Rosemonde, qui était la meilleure et la plus exacte ménagère, rangeait et disposait tout dans la maison, il étudiait seul, il repassait les leçons de la veille et préparait celles du jour. Puis on déjeunait en famille, simplement et gaiement. Les heures du travail venaient ensuite, animées et sérieuses, à la maison quand le temps menaçait, dans le bois, dans la plaine, à la source, quand il faisait beau ; et les études n'en étaient pas plus mauvaises pour être faites le long d'un champ de blé, les lectures n'en étaient pas moins bien comprises pour être accompagnées de quelque chanson d'oiseau. Parce que des fleurs cueillies sur la route marquaient les pages des livres, les livres parfumés n'en profitaient pas moins aux lecteurs.

La soirée était donnée au repos et à la causerie. L'hiver, on s'asseyait au coin du foyer flamboyant, l'été sur le banc du seuil, sous le chèvrefeuille et le jasmin. L'hiver on écoutait tomber la pluie ou la neige ; l'été on regardait le soleil se coucher et se lever les étoiles. Puis le bonhomme Jonathas ou Rosemonde avaient toujours à raconter quelque conte merveilleux ou quelque légende charmante. Le garde-chasse surtout, qui était le plus grand conteur du pays, n'en avait jamais fini avec ses souvenirs, parmi lesquels il n'omettait pas même, dans la pureté et la sincérité de son cœur, toutes sortes d'histoires d'amour, dangereuses peut-être pour des auditeurs aussi jeunes que les siens, s'il n'en eût atténué l'effet par sa candeur chaste et sa naïveté sainte.

Quand on ne racontait pas, Rosemonde s'asseyait à son clavecin et jouait les plus beaux morceaux de Gluck, de Haydn, de Mozart, de Beethoven même, qui commençait alors à jeter son éclat. On ne saurait décrire l'effet que produisirent ces immortelles mélodies sur l'esprit d'Éverard, à la fois vague et profond comme la mer, et comme la musique même. Tandis que les petits doigts de Rosemonde couraient agiles sur son clavier, les rêveries du jeune homme erraient rapides et folles dans les champs sans limites de l'imagination. Nous avons raconté déjà comment il se croyait entouré d'une éternelle harmonie, et quelles voix célestes il entendait à toute heure dans le silence. Or il reconnaissait parfois, dans les sublimes inspirations des maîtres, les notes éparses des concerts de son extase. Rosemonde aussi, dans ces moments-là, lui apparaissait, comme autrefois Albine, précédée par les sons des harpes séraphiques et tout enveloppée comme elle d'un voile de mélodie. Il l'eût volontiers adorée alors ainsi qu'une sainte, et il fallait que la voix de Jonathas le réveillât pour qu'il ne se crût pas transporté en paradis.

Puis, quoique les événements fussent bien rares dans sa vie solitaire, le beau est vraiment si simple, que, dans telle sonate ou telle sympathie, notre rêveur attentif croyait souvent retrouver son humble histoire. Oui, cette basse continue si majestueuse et si grave, c'était bien le fond triste et sombre de son existence, la pensée éternellement présente de sa mère morte, la menace sourde et grondante d'un avenir inconnu, tandis que les étincelantes et vives fantaisies, arabesques légères de sons brodées sur les accords uniformes, lui rappelaient sa vie au soleil, et Rosemonde souriante, et les prés et les bois vermeils, et ses études mêlées de jeux. Éverard

souriait et se reposait, bercé dans les caprices de
l'harmonie, mais tout à coup une note foudroyante
ramenait, coup de tonnerre dans le ciel bleu, le formidable présage de quelque sinistre événement.

Quand on ne racontait pas, quand on ne faisait
pas de musique, Rosemonde ou Éverard lisaient à
voix haute. Ces lectures pouvaient passer pour les
vrais, les seuls événements de leur retraite. C'est
ainsi qu'un soir Rosemonde lut *Hamlet*[1]. Éverard
écouta en silence le sombre drame, se leva sans
mot dire quand il fut achevé, et sortit, incliné sous
le poids de ses pensées.

Le lendemain, il confia à Rosemonde les impressions que la terrible épopée du doute avait lais-
sées dans son âme. N'existait-il pas une étrange
conformité, une sorte de parenté morale entre lui
et le héros du scepticisme ? Tous deux voyaient
sans cesse une ombre à leurs côtés. Ils étaient
jeunes, tristes, faibles tous deux. Ils sentaient l'un
et l'autre qu'ils avaient quelque chose d'horrible à
faire, et que la fatalité les avait pris pour ses ins-
truments. Ce qu'Éverard n'osait ajouter, c'est que,
comme Hamlet, il hésitait devant la vie, c'est qu'il
avait peur d'espérer, peur de croire, peur d'aimer
surtout ; c'est qu'en son amer découragement il
eût volontiers dit à son Ophélie : « Au couvent !
retourne au couvent[2] ! »

— Il est pourtant un point, disait Éverard pensif, sur lequel nous sommes différents, le prince de
Danemark et moi, pauvre exilé : la mission affreuse
dont le destin le charge, il la connaît, et moi, je
l'ignore. Il voit le but auquel il marche, le poignard
dont il doit frapper, et il s'épouvante. Que serait-ce,

s'il allait comme moi au crime dans les ténèbres, s'il se savait un bourreau, mais un bourreau aveugle ?

— Éverard, que dites-vous ! s'écria Rosemonde effrayée.

— Oui, Rosemonde, je vous fais horreur et pitié, n'est-il pas vrai ? Mais je ne suis pas fou, mes révélations ne me trompent pas. Hamlet est l'instrument d'une vengeance ; je dois être l'occasion d'un châtiment. Ma mère en est triste et pleure beaucoup de ses yeux desséchés. Je ne frapperai pas peut-être, mais je serai cause que Dieu frappera. Je ne viens pas faire autre chose sur la terre, Rosemonde. Il y a des hommes qui sont grands, qui accomplissent de belles œuvres, et qui renouvellent la face du monde. Moi, je ne suis destiné à aucune de ces actions mémorables. Hélas ! moi, je ne suis pas libre comme mes semblables ; je ne servirai dans la main du Seigneur ou dans celle du démon qu'à faire punir quelqu'un. Caillou jeté sur le bord du chemin, je ne suis bon qu'à faire tomber une âme dans l'enfer. C'est là que tend ma vie, cette vie que vous essayez de faire intelligente et utile, Rosemonde. Ah ! vous avez tort ! À quoi bon, mon Dieu ? Qu'on illumine les palais, soit ; mais la lampe du cachot ne sert à éclairer que la misère.

Telles étaient parfois les amères plaintes de cette âme désolée, et le sourire de Rosemonde avait bien de la peine à la ramener à l'espoir et à la résignation. La généreuse fille y parvenait cependant à force de soins, de courage et de bonté. Elle corrigeait *Hamlet* avec l'*Imitation de Jésus-Christ*, et *Werther* avec la *Vie de sainte Thérèse*[1]. Qui l'emporterait dans cette lutte entre l'amour et le sort ? Qui aurait raison, des espérances de Rosemonde ou des terreurs d'Albine, de la vivante ou de la morte ? Dieu seul le savait.

On connaît maintenant les détails touchants ou effrayants, enfantins ou lugubres, de ces trois années de la vie d'Éverard et de Rosemonde. Ajoutons que si nous avons plusieurs fois prononcé le mot d'amour, les deux enfants, eux, ne l'avaient jamais laissé échapper. Éverard était trop triste, Rosemonde était trop pure pour cela. Daphnis et Chloé[1] chrétiens, ils s'aimaient sans le savoir, sans se l'être avoué à eux-mêmes. Une révélation du dehors pouvait les éclairer par hasard ; mais en eux-mêmes rien ne devait certainement les avertir.

Ils allaient cependant, ils vivaient innocents et seuls sous le ciel bleu dans la maison rustique, à l'ombre des grands arbres, toujours et partout ensemble, la main dans la main, leurs fronts se touchant quand ils lisaient dans le même livre ; et, à les voir ainsi dans quelque attitude gracieuse ou abandonnée, on les eût souvent pris pour quelque groupe antique de marbre blanc.

XVIII

Le bonhomme Jonathas avait un cœur honnête et candide, mais son esprit, dénué de clairvoyance, n'était guère capable de deviner une passion cachée ou d'en arrêter les progrès. Éverard devenu

jeune homme, et Rosemonde devenue jeune fille,
ne lui semblaient toujours que des enfants. Il
n'avait pas d'ailleurs complètement tort, et leur
innocence, nous l'avons dit, justifiait son aveu-
glement. Ils eussent été réellement frère et sœur,
selon les deux noms qu'ils se donnaient, qu'une
pureté plus sincère n'eût pas été plus présente à
leurs entretiens comme à leurs jeux. On leur eût
demandé s'ils s'aimaient, qu'ils eussent répondu
oui en toute candeur ; mais, comme à Paolo et à
Francesca[1], il devait suffire d'un hasard, d'un mot,
pour leur révéler ce qui se passait à leur insu dans
leur cœur.

Ce hasard, Dieu l'envoya à l'heure marquée pour
précipiter le dénouement de cette simple histoire.
Un jour, le garde-chasse, en revenant de sa tournée
dans la forêt, trouva à la maison une lettre. Cette
lettre était de Conrad. Le compagnon de l'empereur, qui depuis trois ans n'avait pas donné de ses
nouvelles à Eppstein, parlait peu de lui aux habitants de la chaumière, et ne leur envoyait qu'un
souvenir. D'ailleurs, il espérait sous peu aller les
surprendre quelque matin ; il songeait toujours,
dans ses courses glorieuses à travers l'Europe à
la pauvre petite famille abritée dans un pli du
Taunus ; il leur disait à tous de bonnes paroles.
Les seuls parents qu'il eût au monde maintenant,
c'étaient eux. Au bivouac, et quand les trompettes
sonnaient la bataille, leurs souvenirs passaient
devant son âme. Eux pensaient-ils, de leur côté,
à l'absent ? Jonathas le nommait-il parfois à la
veillée ? Les enfants priaient-ils Dieu pour lui ?
Son jeune Éverard, son hôte et son compagnon,

qui, après lui avoir fait les honneurs du château
d'Eppstein, l'avait accompagné à Mayence, était-
il toujours sauvage, solitaire et rêveur ? ou bien,
comme l'Hippolyte de Racine[1], s'était-il enfin
apprivoisé ? Voilà ce que demandait Conrad.

— Oh ! oui, certes, il est resté dans nos mémoires
et dans nos cœurs, s'écria Jonathas tout attendri.
Digne Conrad, comme c'est beau et bien à lui de
ne pas nous avoir oubliés ! À table ! et nous boi-
rons à sa santé, mes enfants.

Le brave Jonathas but en effet à dîner quelques
rasades de plus qu'à l'ordinaire pour faire fête au
souvenir de Conrad, et, après avoir vidé deux ou
trois fois son gobelet des dimanches, il se sentit
le cœur tout épanoui et la langue toute déliée.
On était à la fin de décembre. Le soir était venu
pendant le repas. Au-dehors, la neige tombait à
gros flocons ; mais un bon foyer flambait dans
la chaumière, et, comme on le sait, le coin du
feu en hiver, quand le vent souffle au-dehors,
pousse au bavardage, presque autant que le vin.
Le repas fini et la table repoussée, Jonathas, les
mains jointes, s'étendit sur son grand fauteuil de
cuir verni ; les deux enfants s'assirent côte à côte,
vis-à-vis de lui, sur un banc adossé au pied du lit,
et l'on causa.

Bien entendu que Conrad fut le sujet de la
conversation. Jonathas était du même âge, à peu
près, que son beau-frère, et l'avait connu tout
enfant ; il parla de ses courses solitaires, de ses
goûts sérieux, et, peu à peu, en vint à raconter
comment il était devenu, lui, comte d'Eppstein,
c'est-à-dire, un des plus grands seigneurs de l'Alle-

magne, l'hôte de la maison du vieux Gaspard le garde-chasse, et l'amant de Noémi la paysanne.

C'était une histoire qui avait trop d'analogie avec la leur pour qu'Éverard et Rosemonde n'écoutassent point Jonathas avec la plus grande attention. La chambre n'était éclairée que par la flamme du foyer, si bien que le garde-chasse, voluptueusement assis sous le haut manteau de la cheminée, se trouvait seul éclairé par le cercle lumineux ; les deux jeunes gens, tapis dans un coin, restaient cachés et perdus dans l'ombre. Sans savoir pourquoi, ils retenaient leur souffle et se sentaient émus comme à l'approche de quelque grave événement.

— Savez-vous, dit Jonathas d'un air fin, quand et comment j'ai commencé à m'apercevoir que monseigneur Conrad aimait Noémi ? C'est en remarquant par quel obstiné hasard ils se rencontraient toujours l'un l'autre. Noémi avait une petite chèvre blanche, qu'elle menait brouter elle-même sur la lisière du bois. Eh bien ! chose incroyable, quelle que fût l'heure qu'elle choisît, et quelque chemin qu'elle prît, on était toujours assuré de trouver sur sa route monseigneur Conrad qui, sans faire semblant de rien, se promenait un fusil ou un livre à la main. Il accostait alors négligemment Noémi, et voilà la conversation engagée. Quand ce n'était pas la chèvre, c'était une visite ; quand ce n'était pas une visite, c'était l'office du dimanche qui attirait Noémi dehors, et c'était toujours l'amour qui entraînait Conrad sur les pas de Noémi ; et dans ce temps-là, où j'étais jeune comme eux, ma foi, il n'y avait pas grand mérite à découvrir qu'au fond, toutes ces promenades n'étaient que des rendez-vous.

Éverard et Rosemonde se regardèrent d'un mouvement subit, bien que l'obscurité les empêchât de se voir avec les yeux du corps. C'est qu'eux aussi, attirés par un invincible aimant, s'étaient bien des fois trouvés dans le même chemin sans s'expliquer comment cela se faisait ; ils ne s'étaient pas prévenus, ils se croyaient seuls, ils pensaient l'un à l'autre, et, tout à coup, au détour d'un sentier, au saut d'une haie, ils se retrouvaient tout joyeux, mais tout surpris en même temps de ce lien invisible, de cette sympathie secrète, qui les rapprochaient sans que leur volonté y eût part.

— Je me rappelle encore, continua Jonathas, je me rappelle certain jour où le chien du père Gaspard tua d'un coup de dent la fauvette apprivoisée de Noémi. L'enfant se mit à pleurer à chaudes larmes ; elle aimait cette petite fauvette, qui s'en allait dans la forêt comme un oiseau sauvage, et qui, au premier appel de sa jeune maîtresse, revenait chanter sur son doigt sa mélodieuse chanson. Conrad ne dit rien, et s'en alla dans le taillis ; il revint le soir, ses habits en lambeaux et ses mains ensanglantées : il était allé découvrir, tout au fond d'un fourré, où mon chien Castor n'avait pas pénétré, un nid chantant de fauvettes qu'il rapportait à la désolée Noémi. C'étaient cinq oiseaux pour un, c'était l'avenir pour le présent. Les regrets de la petite se changèrent donc bien vite en joie ; mais cet exploit de Conrad était si peu dans son caractère, qu'en vérité si Gaspard eût été moins aveugle...

Rosemonde et Éverard n'entendirent pas la fin de la phrase. Leurs mains s'étaient rencontrées et entrelacées, car Rosemonde s'était, à ce moment-là même, souvenue d'une surprise que, de son côté, lui avait faite son frère Éverard. Un jour elle lui avait, sur un bout de papier, tracé le plan exact d'un petit jardin qu'elle cultivait elle-même autrefois, au couvent, et qu'elle regrettait beaucoup : un jardin de dix pieds carrés, au moins, et qui contenait un rosier de roses blanches, un groseillier, des fraises en abondance, et une quantité innombrable de fleurs de la saison. Le lendemain, en se promenant dans le jardin de Jonathas, Rosemonde poussa tout à coup un cri de joie et de surprise. Un petit domaine tout pareil à celui qu'elle avait laissé au Tilleul-Sacré, fleurissait dans un coin charmant. En relevant la tête, elle aperçut, près d'elle, Éverard qui épiait son étonnement. Elle lui avait d'autant plus su gré de cette prévenance, que c'était à peu près la première fois qu'Éverard touchait à une bêche et à un rateau.

Or, l'histoire de la fauvette avait, il faut l'avouer, bien de l'analogie avec l'histoire du jardinet, et les deux enfants en étaient tout ravis et tout troublés. Rosemonde avait serré la main d'Éverard comme pour le remercier encore du plaisir qu'il lui avait causé ce jour-là. Leurs mains brûlantes étaient restées jointes ; emportés dans une autre vie, ils croyaient assister à un rêve en écoutant ce que leur racontait Jonathas, repris comme malgré lui aux puissants souvenirs de la jeunesse.

— C'étaient de nobles cœurs vraiment, poursui-vit-il. Ils étaient purs comme des enfants du bon

Dieu, et ce n'était pas leur faute, après tout, s'ils étaient jeunes et beaux et s'ils s'aimaient. Moi, j'étais de leur âge à peu près, je recherchais en mariage ma bonne Wilhelmine, et je les comprenais mieux qu'ils ne se comprenaient eux-mêmes. Il arriva que Noémi tomba malade, non pas dangereusement, Dieu merci ; mais le médecin déclara qu'elle ne pourrait de quelques jours sortir ni même quitter la chambre. Conrad n'avait aucune inquiétude à avoir, seulement il restait seul. Alors il tomba dans une tristesse sombre dont rien ne pouvait le tirer : je remplaçais déjà quelquefois Gaspard dans son emploi de garde-chasse ; eh bien ! à chacune de mes courses je rencontrais ce pauvre Conrad si navré, si désolé, que cela me faisait peine. Il cachait ses larmes quand il m'apercevait, et ne voulait convenir de son chagrin avec personne ni avec lui-même. Aussi, quand je l'interrogeais avec toute la retenue que m'inspirait son rang et en même temps toute la paternelle tendresse que je lui portais : « Que veux-tu, mon bon Jonathas ? me disait-il ; je ne sais ce que j'ai, je ne puis me rendre compte à moi-même du singulier malaise que j'éprouve. Tout me blesse, tout m'irrite sans motifs ; et si je pleure, Jonathas, je te jure que c'est sans cause. » Voilà ce qu'il me disait, et je faisais semblant de le croire ; mais la vérité, c'est que je connaissais bien la cause de cette tristesse, et que j'aurais pu, s'il l'ignorait, la lui dire ; car, moi aussi, j'aimais Wilhelmine comme il aimait Noémi, et j'avais été séparé de Wilhelmine.

Si l'ombre où ils se tenaient abrités n'eût pas

été si profonde, Éverard et Rosemonde, qui souffraient déjà beaucoup, auraient bien plus souffert encore, car aux paroles du père ils se sentaient vingt fois par minute rougir et pâlir tour à tour. En effet, un mois auparavant, Rosemonde était allée passer quelques jours à Spire, chez une cousine de son père, et à son retour, Éverard lui avait raconté de quel ennui, de quel accablement avaient été remplies les longues journées passées loin d'elle, assurant que la jeune fille avait véritablement emporté son âme avec elle, et qu'il avait pleuré des heures entières sans savoir pourquoi.

— Mon Dieu ! mon Dieu ! se disaient-ils chacun de leur côté, quand on est sans cesse attiré, sans cesse ramené l'un vers l'autre, quand on donnerait son bonheur et sa vie pour satisfaire un désir exprimé, quand on ne se sent vivre et respirer que sous un regard, c'est donc qu'on s'aime ? Mon Dieu ! mon Dieu ! ce mot de l'énigme que nous cherchions, c'est donc l'amour ?

Et tout un monde inconnu se révélait aux deux enfants émerveillés et éperdus. Ils brûlaient et frissonnaient en même temps. Leurs corps se touchaient, leurs mains ne s'étaient pas quittées ; ils auraient pu entendre les battements de leurs cœurs s'ils avaient pu écouter autre chose que leurs tumultueuses pensées.

La nuit cependant était au-dehors paisible et sereine. La brise qui fouettait la cabane avait cessé de souffler. La lune brillait au ciel balayé de nuages, et plongeait quelques-uns de ses rayons à travers les gerçures des contrevents. La forêt

semblait endormie. Le silence qui entourait Rosemonde et Éverard finit presque par les épouvanter.

— Et comment Conrad et Noémi se sont-ils
enfin entendus ? demanda Éverard d'une voix
dont le tremblement apprit à Rosemonde que le
jeune homme n'était pas moins ému qu'elle.

— Ils se sont entendus sans rien se dire, allez,
dit le bonhomme Jonathas. Les amoureux n'ont
pas besoin de mots pour parler. Quand je dis les
amoureux, cependant, j'ai tort. Il ne faudrait pas
pour certaines personnes se servir des mêmes
termes que pour tout le monde. C'est vrai ce que
je dis : ils étaient si purs et si saints, qu'ils me semblaient mariés quand ils ne l'étaient pas encore, et
que j'ai toujours cru que le bon Dieu les avait unis
avant le prêtre. Et puis, ils ont tant souffert depuis,
que la douleur et la mort ont épuré encore tous
ces souvenirs sacrés ; l'histoire de leur innocente
et belle affection me paraît respectable comme la
vie des martyrs et des saints, et quand j'y pense,
c'est pour moi comme une seconde religion. Je
les vénérais plus peut-être que je ne les aimais,
et ce n'est pas peu dire. Ils savaient bien que je
leur étais dévoué, et, me regardant déjà comme de
la famille, ils m'avaient pris pour confident. Oh !
comme ils me parlaient avec attendrissement et
douceur l'un de l'autre ! Or, Noémi a raconté à sa
sœur Wilhelmine, qui me l'a raconté elle-même
quand elle a été ma femme, qu'un jour ils étaient
seuls assis sur le même banc et la main dans la
main. Ils lisaient, je crois, un livre, mais le seul
livre qu'ils lussent en réalité, c'était celui de leurs
cœurs ; si bien que, sans savoir comment cela se

fit, leurs haleines si pures se mêlèrent, leurs lèvres, leurs douces lèvres se rapprochèrent, et, ma foi, ils se dirent ainsi, sans une parole, ce que du reste ni l'un ni l'autre n'avaient plus depuis longtemps à apprendre : c'est qu'ils s'aimaient !

Et tandis que Jonathas parlait ainsi dans la candeur de son âme et dans la pureté de sa pensée, Éverard et Rosemonde, les mains pressées, les âmes confondues, se serraient l'un contre l'autre, enivrés, haletants, cachés par la nuit. Nul ne les voyait ; ils ne se voyaient pas eux-mêmes. Le bras du jeune homme était passé derrière le corps frémissant de son amie, et Rosemonde, Rosemonde elle-même, entraînée par une fascination irrésistible, n'avait plus ni force ni pensée ; leurs cheveux en ce moment touchèrent, leurs haleines se confondirent, leurs lèvres se rapprochèrent toutes tremblantes, leurs bouches s'unirent ; mais ce baiser, leur premier bonheur, n'eut que la durée d'un éclair. Effrayés d'eux-mêmes, ils se reculèrent précipitamment. Puis, comme s'il n'eût attendu que ce moment :

— Allons, allons, enfants, dit le garde forestier, le feu s'éteint, séparons-nous. Il est l'heure, vous, monsieur le comte, de regagner le château, et toi, Rosemonde, de rentrer dans ta chambre.

La voix du garde forestier réveilla les deux enfants de leur extase, et les précipita du paradis sur la terre. Tous trois se levèrent alors. Éverard et Rosemonde étaient si étourdis et si tremblants, qu'ils furent obligés, pour ne pas tomber, de s'appuyer l'un sur l'autre. Après quelques mots et un serrement de main échangé, ils se séparèrent,

Jonathas bien tranquille et rêvant au passé, Rosemonde et Éverard bien émus et rêvant à l'avenir.
Comme leur cœur battait, aux deux pauvres ingé-
nus ; comme leurs haleines étaient précipitées,
comme on eût dit qu'ils venaient de courir vite et
longtemps ! et en effet, n'avaient-ils pas parcouru
bien vite un long chemin sur cette pente rapide
de la jeunesse qu'on appelle l'amour ?

Voilà comment Éverard et Rosemonde apprirent
ce qui se passait dans leurs âmes. Le destin semblait vouloir se servir de l'histoire ébauchée des
amours de Conrad et Noémi, pour continuer
dans leurs neveux l'histoire de leurs amours. À
quel dénouement terrible cette histoire était-elle
destinée ?

Nous l'avons dit, Dieu seul le savait.

XIX

Le lendemain, les deux amants, car nous pouvons désormais leur donner ce nom, se retrouvèrent à la leçon du matin dans la grotte tapissée
de mousse, et chaude même en hiver. Éverard
avait la joie dans le cœur et dans les yeux ; Rosemonde paraissait plus réfléchie et plus sérieuse
que jamais. Il est inutile de dire qu'ils n'avaient
dormi ni l'un ni l'autre.

Le jeune homme, après le premier moment
de surprise, avait passé la nuit dans une sorte
de délire et d'ivresse. Aimé ! il était aimé ! et lui

aussi il aimait ! Ce qui avait rempli leurs deux pensées et leurs deux existences, ce trouble, ces langueurs, ces élans involontaires, c'étaient donc ce qu'on appelle l'amour ? Une seconde vie se révélait à Éverard ; mille doux souvenirs s'éclairaient d'un jour nouveau, mille espérances rayonnantes brillaient dans son avenir Oh ! il ne serait plus triste maintenant. Si son destin devait être sombre, qu'importe ! N'en avait-il pas maintenant près de lui un autre où se réfugier ?

Pour Rosemonde, sa veillée avait été pleine d'angoisses et d'effroi ; non que son âme courageuse se repentît d'avoir cédé à un entraînement irrésistible, mais elle ne se pardonnait pas d'avoir apporté à Éverard un nouveau sujet de malheur, d'avoir donné à l'injustice de Maximilien un nouveau prétexte de courroux. Était-ce ainsi qu'elle devait payer sa bienfaitrice Albine de tant de bontés ? Car enfin son amour, pur aux yeux de Dieu, était répréhensible selon le monde, et l'exemple de Conrad et de Noémi, qui avait fasciné Rosemonde la veille, l'épouvantait le lendemain. Où les avait menés leur passion sainte ? À l'exil, au désespoir, à la mort. Et pourtant le comte Rodolphe ne haïssait pas son fils comme le comte Maximilien haïssait Éverard, et Noémi ne devait pas à Conrad l'éducation, cette vie de l'âme ! Voilà pourquoi, en arrivant à la grotte, Rosemonde était grave, et pourquoi Éverard était joyeux.

Dès que le jeune homme aperçut Rosemonde, que, tout frémissant d'impatience, il attendait depuis longtemps, il courut au-devant d'elle.

— Oh ! s'écria-t-il, Rosemonde, c'est vous ? Oh !

les paroles manquent à mes lèvres ; mais écoute, mais laisse-moi te dire un seul mot, un mot qui contient le monde : je t'aime ! et un autre mot qui contient le ciel : Rosemonde, vous m'aimez !

Et le jeune homme tomba à genoux devant elle, les mains jointes et la regardant avec ravissement.

— Éverard, mon ami, mon frère, dit Rosemonde avec un accent et un geste empreints de cette dignité qui ne l'abandonnait jamais, Éverard, levez-vous, et causons fraternellement, selon notre coutume. Je ne reviendrai jamais sur l'aveu tacite échappé à notre enivrement ; oui, je vous aime comme vous m'aimez, Éverard.

— Anges du ciel, vous l'entendez ! s'écria l'impétueux enfant.

— Oui, continua la pensive Rosemonde, oui, je le répète, car ces paroles ont je ne sais quel charme où l'âme se complaît, je vous aime comme Noémi aimait Conrad ; mais pensez à Conrad et pensez à Noémi. Je vous donne ma vie, je ne puis, hélas ! accepter la vôtre. Vous dites quelquefois que vous apercevez un grand malheur à votre horizon : ce malheur, si c'était par moi qu'il dût vous venir, Éverard, ah ! j'en mourrais d'abord. Je veux bien être malheureuse, moi, mais souffrir en vous ce serait au-dessus de mes forces, je vous en préviens. Le mieux serait donc d'oublier le rêve dangereux que nous avons fait hier soir.

— J'oublierais donc ma vie, reprit Éverard, car ce rêve, c'est mon souffle, c'est mon être, c'est mon existence ; ce rêve, c'est moi : dorénavant rien ne peut plus nous séparer, Rosemonde, et vous êtes à moi comme je suis à vous.

— Qui parle de nous séparer ? dit Rosemonde, âme ferme, mais cœur ignorant, qui obéissait sans s'en douter aux subtils conseils d'une passion impérieuse. Nous pouvons rester ensemble Éverard, mais à condition que nous vivrons comme par le passé, que nous effacerons l'un et l'autre cette fiévreuse soirée de nos mémoires, que nous reviendrons au calme et à la sainteté de nos entretiens d'autrefois ; à la condition, Éverard, que mon frère me servira de sauvegarde et d'appui, et que nos mères, ces deux saintes, resteront présentes entre nous. Si vous le voulez ainsi, nous aurons encore bien des jours heureux, car j'avoue qu'il m'en coûterait trop vraiment de renoncer tout de suite à notre douce intimité. Mais si nous faisons avec courage et résignation notre devoir, Dieu nous soutiendra et nous aimera, et il faut penser que l'avenir est dans sa main.

— L'avenir !... C'est cela, dit Éverard avec amertume, ajournons notre bonheur comme on ajourne un créancier qu'on n'est pas en état de payer.

— Éverard, mon ami, mon frère ! dit Rosemonde en regardant tristement Éverard, pourquoi cette ironie et cette injustice ? Les joies paisibles et pures qui vous suffisaient hier vous semblent-elles méprisables aujourd'hui ? Ne voulez-vous plus que votre amie, votre sœur soit sacrée pour vous, honorée pour tous ?

— Oui, Rosemonde, oui, il faut que tout le monde vous honore et vous vénère, et c'est bien pour cela qu'il ne faut point nous borner pour l'avenir à des paroles incertaines. Écoutez ; mon abandon qui, Dieu et ma mère le savent, m'a fait verser tant de larmes amères, me plaît et me sert aujourd'hui. Mon père a décidé qu'à la condition qu'il ne serait plus rien pour moi, je ne serais plus rien pour lui : je suis donc libre et maître de ma vie. Eh bien ! ma vie est à vous ; je ne vous la donne pas, c'est Dieu qui vous la donne, puisqu'en me faisant orphelin, il m'a remis le droit d'en disposer. Acceptez-la seulement, je vous en conjure, Rosemonde, acceptez-la ; soyez ma femme.

— Hélas ! hélas ! Éverard, c'est ce qu'a dû dire Conrad à Noémi... Et Noémi... Rappelle-toi, Éverard.

— Noémi est morte sur l'échafaud, n'est-ce pas[1] ?... Mais moi, ce n'est pas un mariage secret que je vous propose, Rosemonde ; non, c'est un mariage au grand jour, dans la chapelle d'Eppstein, un mariage reconnu par les hommes et par Dieu, un mariage que je ne cacherai pas même à mon père. Les livres que vous m'avez fait connaître m'ont un peu appris le monde, et j'ai deviné à peu près, je le crois, les desseins et les sentiments du comte Maximilien. Si je cherchais à m'élever, à paraître, si je cherchais ma part dans sa gloire et dans l'éclat de son nom, si je réclamais ma place au soleil de la faveur impériale, il me maudirait et m'accablerait ; mais que je me cloître dans l'obscurité, que je me ferme les portes de la cour et de la renommée ; que, dans ses idées étroites, je descende et je me mésallie, cela ne l'offensera point, je vous le promets, et, loin de le détourner de cette voie, il m'y pousserait s'il le pouvait. Je le gêne là-bas dans son ambition et dans sa vanité, et il sera heureux, croyez-le bien, Rosemonde, d'être débarrassé de moi par moi-même. Du moment où j'aurai élevé entre nous cette barrière, et où il n'aura plus à rendre de moi à personne un compte qui le ferait rougir, du moment où il pourra m'accuser seul et se plaindre, le beau rôle lui appartient, et il me saura gré secrètement de le lui avoir donné. Il pourra alors penser tranquillement enfin à sa propre fortune dans le présent et à celle de mon frère aîné dans l'avenir. Albert sera vraiment son seul fils désormais. Je ne pourrai plus venir, tiers importun, me jeter à la traverse de leurs sublimes projets ! Je serai un enfant rebelle qui, comme Conrad d'Eppstein, aura épousé une simple pay-sanne, et que son père aura légitimement renié ! Comme Conrad, le monde m'oubliera aujourd'hui et m'oubliera demain ; mais, comme Conrad, nous n'aurons pas besoin de fuir, rien ne nous force à changer de vie et à déplacer notre félicité. Le comte d'Eppstein vit et demeure à Vienne, et, d'après la lettre même qu'il m'a écrite, ne s'en éloignera jamais ; et nous, Rosemonde, nous pourrons rester ici dans la maison de votre père, seuls et ignorés, c'est-à-dire calmes et heureux. Allez, Rosemonde, allez, vous pouvez bien accep-ter ; ce n'est pas le riche héritier de la maison d'Eppstein qui vous offre sa main, c'est un pros-crit bien pauvre, bien misérable et bien obscur, à qui vous, généreuse fille, apportez la sérénité de votre front, la joie de votre regard, le trésor de votre amour. Voyons, est-ce que ce dévouement que je réclame de vous ne vous sourit pas ? Est-ce que notre union ne serait pas le paradis, et ce paradis, Rosemonde, lorsque je vous l'offre, moi Éverard, votre frère, votre ami, est-ce que vous aurez le courage de le refuser ?

— Éverard ! Éverard ! ne me tentez pas, dit Rosemonde d'une voix troublée, mais en repoussant le jeune homme avec fermeté. Oui, c'est le ciel que vous m'offrez, mais nous sommes sur la terre, et vous êtes un enfant et un insensé d'espérer le bonheur absolu, comme vous étiez un blasphémateur et un impie quand vous pressentiez sans hésitation un avenir tout misérable. Hélas ! pauvre faiseur de songes que vous êtes, ne savez-vous point que le mieux ici-bas est de ne pas rêver, mais d'attendre ?

— Rosemonde ! Rosemonde ! s'écria Éverard, ne me rejetez pas dans les angoisses de ma destinée. Ce malheur, que mon instinct prévoit, il me semble que vous auriez le pouvoir de le détourner et de changer d'un seul signe, comme une fée bienfaisante, tous mes doutes en illusions. Si vous me repoussez, au contraire, je penserai que vous avez peur de partager la dot de souffrances que me garde la destinée.

— Oh ! ne dites pas cela, ne croyez pas cela, reprit vivement Rosemonde. Je n'ai peur que de provoquer vos peines, mais m'y associer, je vous le jure, serait une véritable joie.

— Eh bien ! c'est convenu alors, vous êtes à moi, Rosemonde, vous êtes ma femme ; vienne après cela la douleur, vienne la mort ! Un jour de paradis avec vous sur la terre, et qu'il se continue ici-bas ou là-haut, qu'importe ?

Et le jeune homme parlait avec tant de force et tant d'éloquence, il avait en lui tant de flamme, que Rosemonde se sentait, comme la veille, fascinée, entraînée. Elle était tombée assise sur un quartier de roc, lui s'était retrouvé comme par enchantement à ses genoux. Elle regardait vaguement autour d'elle la grotte, ces bancs de mousse, ces lieux témoins de tant d'heures délicieuses et calmes passées ensemble. Dans son cœur, elle éprouvait le bonheur des anges, et se laissait aller, elle, l'immaculée, la noble enfant, aux périlleuses émotions, au prestige étrange de ce bonheur ; puis le silence même qui l'entourait était plein de trouble et de séduction.

Ce furent précisément la vivacité et la nouveauté de ces sensations qui réveillèrent la fière et chaste vierge. Passant la main sur son beau front pour en effacer jusqu'au reflet des pensées qu'y faisait monter son cœur, elle se leva tout à coup, et ordonna d'un geste ferme à Éverard de se lever aussi ; puis, se tenant debout devant son amant subjugué, elle lui dit avec un calme plein de force et de décision :

— Frère, pas de faiblesses ni de dangereux songes ; devons-nous en une minute, sans réflexion, et comme des enfants étourdis, engager, je ne dirai pas nos âmes, hélas ! nos âmes sont engagées dès longtemps, mais nos existences ? Frère, du courage, du sang-froid, et envisageons avec tranquillité l'avenir que Dieu nous a fait, la route que nous devons suivre.

— Ah ! vous réfléchissez ! s'écria Éverard, donc vous ne m'aimez pas.

— Je vous aime saintement, Éverard, Dieu le sait, et il y a dans mon cœur, quand je pense à vous, quelque chose de doux et d'enivrant, mais aussi quelque chose d'auguste et pour ainsi dire de maternel.

— Vous ne m'aimez pas, vous ne m'aimez pas ! répétait Éverard.

— Écoutez, Éverard, répondit la sincère et forte Rosemonde, il me semble qu'en effet, si je vous aime, ce n'est pas d'un amour pareil au vôtre. Je vous aime selon ma nature, probablement ; néanmoins, je puis vous attester une chose, car, remise de mon trouble, j'ai beaucoup pensé cette nuit, beaucoup sondé mon âme. Or, écoutez ; je vous promets et je vous jure, Éverard, que si je n'appartiens pas à vous, je ne serai à personne en ce monde qu'à Dieu, et que l'idée d'unir mon destin à un autre qu'à vous, Éverard, m'est insupportable. Si cela pouvait vous consoler et vous apaiser un peu, j'en serais bien heureuse.

— Cela me ravit aujourd'hui, Rosemonde, mais est-ce assez pour demain ?

— Demain comme aujourd'hui, mon existence est à vous, Éverard ; mais croyez-moi, n'enlevons pas à notre amour la sanction de la souffrance et du temps : réservons les droits du malheur. J'imagine que si nous acceptions notre joie sans nous soumettre à aucune épreuve, le sort s'en vengerait, et l'on m'a appris à faire en toutes choses la part de Dieu. Qu'est-ce que je vous demande ? De la patience. J'ai peut-être tort déjà de vous laisser un espoir chimérique sans doute, de n'être raisonnable qu'à demi et pour le présent seulement, mais quoique vous disiez que je ne vous aime pas, l'effort est au-dessus de mon courage, et je ne puis comme cela renoncer à tout le bonheur entrevu. Pardonnez-le-moi, mon Dieu ! ô ma mère, ô Albine, pardonnez-le-moi !

— Oh ! ma mère, Rosemonde, ma mère non seulement vous pardonne, mais vous remercie pour son fils, car vous allez rendre ma vie, de sombre et triste qu'elle était, belle et rayonnante. Et tenez, Rosemonde, en son nom, et que ce nom révéré sanctifie ma pensée et mon action, en son nom, acceptez cet anneau qu'elle portait étant jeune fille ; prenez-le pour l'amour d'elle et de moi, et puisque vous daignez ne pas me fermer l'avenir, que ce gage vous fiance à moi, ma sainte adorée !

— Éverard, Éverard, vous le voulez ?

— Je prie et j'implore, dit Éverard.

— Écoutez-donc mes conditions, reprit Rosemonde.

— Oh ! j'écoute, j'écoute.

— D'abord, si je m'engage à vous, et je le fais de grand cœur, j'entends que vous resterez libre, entièrement libre.

— Ah ! Rosemonde !

— Je le veux, Éverard. En outre, tout en gardant dans notre âme le souvenir de cette matinée solennelle, nous ne nous en reparlerons jamais ; nous redeviendrons ce que nous étions hier, frère et sœur ; nous reprendrons nos leçons et nos entretiens paisibles. Jamais le mot amour ne sera prononcé entre nous, et nous attendrons ainsi, calmes et confiants, les changements du temps et de la Providence.

— Mais, mon Dieu, cette douloureuse épreuve n'aura-t-elle point un terme ?

— Dans deux ans, le jour où nous aurons vingt ans tous deux, Éverard, vous déclarerez votre intention à votre père, et nous verrons.

— Deux ans ! dans deux ans !

— Oui, frère. Acceptez-vous ma volonté expresse, irrévocable ?

— Je m'y résigne, Rosemonde.

— Mettez donc votre anneau à mon doigt, Éverard. Merci, ami ; de ce jour, je suis votre fiancée dans mon cœur, mais, de ce moment, je redeviens votre sœur dans mes paroles.

— Chère Rosemonde !

— Montre-moi la fin de ta traduction d'*Hamlet*, Éverard.

On comprend bien que, malgré l'héroïque résolution des enfants, la leçon de ce jour-là fut courte et troublée par quelques distractions ; ils ne faiblirent pas néanmoins, et quand ils se quittèrent, ils étaient restés fidèles à leur promesse et à eux-mêmes.

XX

Rosemonde était heureuse d'une joie calme ; elle croyait, la pauvre enfant, avoir tout gagné en gagnant du temps, et parce qu'elle s'était tenue entre son amour et son devoir, parce qu'elle avait transigé avec la passion tout en satisfaisant sa conscience, elle était contente d'elle, et se répétait que Dieu et Albine devaient être contents aussi.

— Deux ans, c'est si long, se répétait-elle ; d'ici là Éverard, hélas ! ne m'aimera sans doute plus. Je lui aurai pourtant sauvé tout remords ; en attendant, je pourrai le garder près de moi, et si dans deux ans il m'aime encore... Mais vous êtes témoin, ô mon Dieu, que je suis bien certaine qu'il ne m'aimera plus.

Pour Éverard, il quitta Rosemonde ivre d'amour et fou de joie.

— Deux ans, c'est bien court, disait-il, puisque je la verrai toujours ; j'emploierai ces deux années de noviciat à la persuader de mon amour et de ma tendresse. Je ne crois pas m'être trompé sur les dispositions de mon père. Je l'éprouverai, d'ailleurs ; j'essaierai, c'est une ruse que Dieu me pardonnera, j'essaierai de l'alarmer sur mes projets futurs et de le faire croire à mon ambition. Il sera heureux alors de trouver, à la place d'une exigence légitime qui l'effraierait, un amour qui le rassurera ; il me laissera faire tout ce que je voudrai en m'accablant de reproches, et Rosemonde, trop fière pour m'accepter noble et puissant, est trop dévouée pour me repousser seul et abandonné. Oui, c'est cela, dès aujourd'hui, je vais écrire à mon père et l'inquiéter par quelques mots vagues, par quelques phrases détournées. Relisons d'abord pour me guider le billet qu'il a écrit autrefois à Jonathas, et où il renonce à son autorité si je veux renoncer à mes droits.

Ce billet, Éverard l'avait serré précieusement dans sa chambre, au château d'Eppstein ; il s'ache-

mina donc à pas lents et la tête baissée vers les
hautes tours du manoir de famille, tout en com-
binant les termes de la lettre qu'il voulait écrire
au comte ; il l'avait à peu près composée dans son
esprit quand il arriva aux portes du château.

— Oui, c'est ainsi qu'il faut le prendre, disait-
il, c'est bien cette corde qu'il faut toucher, mon
succès est presque certain, et il faut bien que je
recoure à une lettre, d'ailleurs, puisque mon père
a juré de ne plus revenir à Eppstein.

En se parlant ainsi, Éverard, le cœur tout joyeux,
franchissait lestement le seuil de la grande porte,
lorsqu'en relevant la tête il aperçut debout devant
lui, sombre et hautain, le comte Maximilien en
habits de deuil. Le même frisson courut dans les
veines du père et du fils.

Le comte Maximilien d'Eppstein appartenait à
cette race tortueuse et cauteleuse de politiques qui
regardent la ligne droite comme le plus long chemin d'un point à un autre. Un étranger qui eût
observé l'attitude et l'accent qu'il prit en recevant
Éverard eût pressenti que le diplomate, à travers les
mille détours et les mille périphrases de sa parole,
avait un but caché qu'il ne perdait pas de vue ; on
voyait qu'il voulait, le profond et l'habile, sonder et
étudier son fils avant de prononcer un mot mystérieux qu'il retenait sur ses lèvres et ménageait
comme un auteur dramatique ménage sa péripétie.

— Monseigneur d'Eppstein ! murmura enfin
Éverard stupéfait.

— Dites votre père, Éverard, et venez m'embrasser, mon fils, répondit le comte.

Éverard hésita.

— J'avais hâte de vous revoir, continua Maximilien, et c'est pour vous revoir que j'arrive de Vienne en quatre jours.

— Pour me revoir, monsieur ? balbutia Éverard ; vous revenez pour me revoir ?

— Songez donc, mon fils, que voilà trois ans que je ne vous ai vu, trois ans que ces odieux soucis de la politique me retiennent loin de vous à Vienne. Mais que je vous fasse compliment, Éverard : j'avais laissé un enfant, et je retrouve un homme. Vous avez un air mâle et charmant qui me ravit, et, en vous revoyant si différent de ce que vous étiez, mon cœur de père se sent plein de bonheur d'orgueil et de joie.

— Monseigneur, dit Éverard, si je pouvais vous croire, vous me rendriez moi-même bien fier et bien heureux.

Éverard ne pouvait revenir de sa surprise : était-ce bien le comte Maximilien, autrefois si dur et si cruel, qui lui parlait maintenant avec cette douceur et cette bonté ? Aussi, malgré la candeur de son âme, Éverard, éclairé par l'instinct de l'amour, devinait un piège et se tenait sur ses gardes. Le comte, de son côté, épiait sur le visage d'Éverard ses impressions et ses pensées.

C'était un singulier spectacle que l'entrevue, après trois ans d'absence, de ce père et de ce fils, se soupçonnant l'un l'autre en s'embrassant, jouant l'un vis-à-vis de l'autre au plus fin avec mille protestations, et comme si, joueurs ou duellistes, ils avaient à la main des cartes ou des épées, scrutant leurs regards et leurs mouvements au milieu de leurs paroles paternelles et filiales.

— Oui, Éverard, continua le comte du même
ton posé et avec le même regard interrogateur,
vous ne sauriez imaginer avec quelle satisfaction
je me rapprochais d'Eppstein, et quelle fête je me
faisais de revoir un fils que j'avais un peu méconnu
et trop négligé peut-être, mais qui me pardonnera,
je l'espère, cet oubli apparent en faisant la part
des ennuis qui m'obsèdent. Dans votre isolement,
Éverard, et je le déplore amèrement aujourd'hui,
la science des livres et la connaissance du monde
n'ont pu vous arriver, mais, avec une nature généreuse comme l'est certes la vôtre, l'éducation ne
vient jamais trop tard. Voici, continua le comte,
le savant docteur Blazius[1] que je vous présente et
que j'ai amené de Vienne pour voir où vous en
êtes et pour vous élever au degré d'instruction qui
vous est nécessaire.

En ce moment, Éverard vit s'avancer par une
porte du vestibule un homme grand, sec et noir.
Cet homme, quand on prononça son nom, salua
profondément Éverard en balbutiant quelques
paroles dans lesquelles son futur élève ne distin-
gua que les mots *monseigneur* et *dévouement*.

— C'est cela, pensa Éverard, et les respects de
mon professeur comme les caresses de mon père
m'éclairent : on veut savoir si je ne serais point
par hasard devenu dangereux, et si je suis bien
resté l'enfant ignorant et inoffensif d'autrefois. Le
moment est venu de jeter dans leurs cœurs soup-
çonneux quelques alarmes, et de leur montrer que
je puis au besoin reconnaître et traverser leurs
projets.

— Mon père, répondit le jeune homme en s'inclinant, je vous sais gré, ainsi qu'à monsieur, de vouloir bien apporter à un pauvre reclus la science dont en effet je suis d'autant plus avide que je n'ai pu jusqu'ici en recueillir qu'une bien faible portion.

— Hélas ! reprit Maximilien, oui, c'est un reproche à me faire à moi bien plus qu'à vous ; mais tout peut encore se réparer, n'est-ce pas, docteur Blazius ?

— Sans nul doute, Monseigneur, sans nul doute, répondit le professeur patenté, et j'aime mille fois mieux m'adresser à un esprit neuf pareil à une table rase, à une feuille blanche où aucun signe n'a encore été tracé, qu'à une intelligence faussée par des doctrines et des principes erronés ; nous aurons tout à faire, mais rien à défaire, et c'est beaucoup.

— Je vous remercie d'espérer, dit le comte.

— Et moi de ne pas désespérer, dit Éverard, dont l'esprit ferme et loyal s'indignait de la comédie à laquelle il croyait assister, et qui prenait un singulier et amer plaisir à mêler son ironie à leur fausseté.

— Nous allons donc, reprit le docteur, et je m'en applaudis, nous allons donc, je le répète, prendre toutes choses à leurs éléments : histoire, langues, sciences, philosophie.

— Pour ne pas perdre de temps, dit Éverard en observant sur le visage de son père l'effet de ses paroles, nous ferons bien, mon cher professeur, de laisser là les résultats, que je crois posséder assez bien, et de remonter tout de suite ensemble aux principes. Ainsi, pour nous en tenir à l'histoire, je crois que vous n'aurez pas grand-chose à m'apprendre sur les faits ; mais je serai heureux de causer avec un homme aussi éclairé que vous sur la philosophie que contiennent les événements. Êtes-vous comme moi pour Herder contre Bossuet[1], monsieur le docteur ?

Le comte et le docteur se regardèrent étonnés.

— Quant aux langues, reprit Éverard, je sais assez bien le français et l'anglais pour expliquer Molière et Shakespeare à livre ouvert ; mais si vous voulez bien me faire descendre plus avant dans la pensée de ces grands génies, étudier avec moi l'esprit après la lettre, je vous promets que vous trouverez en moi, docteur, un écolier, sinon bien intelligent, du moins fort attentif et zélé.

Maximilien et Blazius ne pouvaient revenir de leur surprise.

— Éverard, s'écria le comte, qui donc a pu vous rendre si savant dans votre solitude ?

— Ma solitude même, dit Éverard, qui sentit que c'était là surtout qu'il devait redoubler de prudence. Oui, j'emportais dans les bois les livres de la bibliothèque, grammaires, chroniques, traités de mathématiques ; je ne les quittais qu'après les avoir compris : je fécondais mes lectures par la réflexion. J'ai eu de la peine sans doute ; les sciences exactes surtout m'ont donné beaucoup de mal ; mais, à force de patience et de courage, j'ai triomphé des difficultés, et j'ai eu la joie de voir un jour, en trouvant sous ma main le programme des connaissances exigées par les écoles du gouvernement, que je pourrais me présenter avec confiance aux examens des écoles militaires comme à ceux des universités, et que si je vous suivais même à la cour, mon père, loin de vous donner à rougir de moi, je vous ferais peut-être quelque honneur.

— Est-il possible ? s'écria le comte ; mais c'est un miracle, docteur, un véritable miracle ! Voyez donc à l'interroger, car je n'y puis croire. Rentrons, rentrons vite, docteur, j'ai hâte d'être rassuré. Et toi, Éverard, mon cher fils, viens, viens !

Et le comte entraîna Éverard dans la salle à manger, qui se trouvait sur leur chemin. Là, le docteur Blazius fit subir un examen au prétendu écolier ; mais il vit bientôt qu'il serait prudent à lui de ne pas trop s'aventurer avec le jeune érudit, car, sur beaucoup de sujets, l'apprenti était, sinon plus instruit, du moins mieux instruit que le maître. L'aptitude vraiment remarquable d'Éverard avait en effet, sur bien des points, dépassé la science un peu superficielle de Rosemonde, et il s'amusait, en dépit de sa modestie accoutumée, à étonner par son assurance le pédantisme classique du docteur officiel Blazius.

— C'est un miracle ! dit finalement le professeur abasourdi, un miracle que vous devait le ciel, monsieur le comte, non certes comme un dédommagement, mais au moins comme une consolation.

— Aussi, reprit Maximilien, en ai-je senti une joie telle que j'en ai un instant presque oublié le deuil de mon âme et de mes habits. Hélas ! oui, cher Éverard, apprends la funeste nouvelle que je ne voulais t'annoncer qu'après avoir éprouvé si tu étais digne de tes aïeux et de toi-même. Ton frère aîné, mon pauvre Albert...

— Eh bien ? demanda Éverard avec anxiété.

— Il est mort, Éverard... Tué, tué comme d'un coup de foudre, en trois jours, par une fièvre cérébrale, à vingt ans ! quand un si bel avenir s'ouvrait devant lui, préparé par mes soins et par ses talents ; car, pauvre jeune homme ! il avait déjà tant d'habileté, tant de ressources dans l'esprit, il savait déjà si bien se tenir sur ce terrain glissant de la cour, il se tirait si finement des intrigues les plus embrouillées, il déjouait d'un coup d'œil si prompt les ruses de nos ennemis, et leur rendait si adroitement coup pour coup ! Et Dieu me l'a repris, Éverard ! comprends-tu ? Mais il ne m'a frappé que d'une main, puisqu'il me rend un autre fils aussi digne qu'Albert de mon affection et des faveurs de Sa Majesté impériale. Tu continueras ton frère, mon enfant ; te voilà l'aîné et le seul héritier des Eppstein, et tu sais à quoi cet honneur t'engage. Une vie nouvelle va commencer pour toi ; oublions le passé pour ne voir que l'avenir, n'est-ce pas ? compte désormais sur toute la tendresse et toute la protection de ton père. J'ai formé des projets qui vont te faire regagner tout de suite le temps et le terrain perdus ; sois tranquille, mon fils, sois tranquille.

Éverard pâlissait et sentait ses genoux chanceler sous lui ; d'un coup d'œil il venait d'envisager tout ce que l'événement que lui annonçait son père allait apporter de changement dans son existence ; cependant, comme, malgré ce combat intérieur, sa figure restait impassible, le comte reprit :

— Éverard, tu es dès aujourd'hui officier au service de l'Autriche, entends-tu ? Voici ton brevet, et ce n'est pas tout.

Le comte alla à une chaise sur laquelle était posée une épée, et présenta l'arme à son fils.

— Et voici ton épée, continua-t-il. Je ne devais te donner l'un et l'autre que dans six mois, mais, puisque tu les mérites dès à présent, reçois l'un et l'autre de ma main. Et maintenant, Éverard, crois-le bien, les faveurs de l'empereur ne s'arrêteront point là. Mais nous reparlerons de tout cela une autre fois ; pour le moment, les souvenirs que ta vue a éveillés en moi, la mémoire de mon cher Albert évoquée par mes regrets, le bonheur ressenti en te voyant tel que je pouvais te souhaiter, toutes ces émotions bonnes ou douloureuses m'ont épuisé. Je te laisse causer avec le docteur Blazius ; avant la fin du jour, je te reverrai, mon Éverard ; je te dirai les grands desseins auxquels je veux t'associer et que tu comprendras, j'en suis sûr. Sois joyeux en attendant, et fais de beaux rêves, mon enfant ; tes rêves ne seront jamais à la hauteur de la destinée qui t'attend à la cour de Vienne, où tu me suivras dans quelques jours.

Puis le comte sortit après avoir embrassé Éverard anéanti sous le coup, et en faisant un signe protecteur au docteur Blazius, qui se courbait jusqu'à terre.

— Dans quelques jours à la cour de Vienne ! répétait Éverard atterré en regardant tristement son brevet et son épée ; dans quelques jours, oh ! mon Dieu ! mon Dieu ! Que va-t-elle dire lorsqu'elle saura cela ?

Et il s'élança hors du château, malgré les cris du docteur Blazius qui, n'ayant pas la prétention de le suivre, lui cria :

— Monseigneur d'Eppstein, n'oubliez pas que l'on dîne dans une heure et que le comte votre père vous attend à souper.

Éverard[1] ne fit qu'un bond du château à la chaumière. Il trouva Rosemonde se promenant dans le jardin qu'il avait disposé pour elle. Pâle et essoufflé, il apparut tout à coup devant elle, tenant encore à la main son brevet et son épée.

— Qu'avez-vous donc, Éverard ? demanda Rosemonde.

— Ce que j'ai, dit Éverard, ce que j'ai, Rosemonde ! Le comte est arrivé, et, comme toujours, il ramène le malheur avec lui.

— Que voulez-vous dire, Éverard ?

— Voyez, voyez, s'écria le jeune homme ; et il présenta à Rosemonde le brevet et l'épée.

— Qu'est-ce que cela ? demanda-t-elle.

— Vous ne devinez pas, Rosemonde ?

— Non.

— Mon frère Albert est mort, me voilà l'aîné de la famille, et mon père, qui m'apporte ce brevet et cette épée, vient me chercher pour me conduire à Vienne.

La jeune fille devint pâle comme la mort, et cependant un mélancolique sourire passa sur ses lèvres.

— Donnez-moi le bras, Éverard, dit-elle, et rentrons.

Les deux jeunes gens rentrèrent dans la chaumière ; et tandis que Rosemonde se laissait tomber dans le fauteuil de Jonathas, Éverard posait l'épée dans un coin et jetait le brevet sur une table.

— Eh bien ! Éverard, dit Rosemonde, ne vous l'avais-je pas bien dit ce matin, qu'il fallait faire la part du malheur ? Seulement, il est venu la réclamer plus tôt que je ne le pensais.

— Que m'importe, Rosemonde ? répondit Éverard ; croyez-vous donc que je partirai ?

— Sans doute, je le crois.

— Rosemonde, je ne vous quitterai jamais ; je l'ai juré.

— Vous n'avez point juré cela, Éverard, car vous auriez juré de désobéir à votre père, et vous n'en avez pas le droit.

— Le comte m'a abandonné, il me l'a écrit lui-même ; je ne suis pas son fils, il n'est pas mon père.

— Une mauvaise pensée l'avait écarté de vous, Éverard, une bonne pensée le ramène à vous ; c'est Dieu lui-même qui n'a pas voulu cette division entre le fils et le père. Vous obéirez, Éverard, vous irez à Vienne.

— Je vous l'ai dit, Rosemonde, jamais.

— Alors, c'est moi qui retournerai au couvent du Tilleul-Sacré ; car certes, Éverard, je ne serai pas la complice de votre désobéissance.

— Rosemonde, vous ne m'aimez pas.

— Au contraire, Éverard ; c'est parce que je vous aime que je désire vous voir accepter ce que votre père vous propose. Il y a des devoirs imposés aux hommes le jour même de leur naissance, et auxquels ils ne peuvent se soustraire, Tant que vous aviez un frère aîné, tant que la gloire et le nom des d'Eppstein reposait sur une autre tête que la vôtre, vous pouviez être heureux et ignoré.

Maintenant, vous refuser à accepter l'héritage d'illustration et de douleur que le ciel vous envoie serait un crime à la fois envers vos ancêtres et vos descendants. La carrière des armes, que vous propose votre père, est belle et honorable ; vous partirez donc, Éverard.

— Rosemonde ! Rosemonde ! vous êtes bien cruelle.

— Non, Éverard ; seulement je vous parle comme si je n'existais pas, parce que devant de pareils intérêts l'existence d'une pauvre fille comme moi doit...

— Eh bien ! Rosemonde, jurez-moi une chose, dit Éverard.

— Laquelle ?

— C'est que, si je ne puis détourner mon père de la résolution de m'emmener à Vienne, si je suis forcé d'embrasser cette carrière des armes où je n'apporterai que le dégoût de la vie et le mépris de la mort, enfin si par cette carrière j'arrive à être libre, maître de moi, seul et unique arbitre de ma volonté, Rosemonde, vous accomplirez la promesse jurée ce matin, vous serez à moi.

— J'ai juré, Éverard, de n'être qu'à vous ou à Dieu ; je vous le jure une seconde fois, et rapportez-vous-en à moi pour tenir cette promesse.

— Et moi, dit Éverard, écoute bien, Rosemonde : je jure par la tombe de ma mère de n'avoir jamais d'autre femme que toi.

— Éverard ! Éverard ! s'écria Rosemonde épouvantée.

— Le serment est fait, Rosemonde, je ne le rétracterai pas ; à moi ou à Dieu, à toi ou à personne.

— Les serments sont une chose terrible, Éverard !

— Pour les parjures, oui, mais pas pour ceux qui veulent les tenir.

— Rappelle-toi une chose, Éverard, c'est que tu n'auras pas besoin de venir me trouver pour te relever de ton serment, car de ce moment je t'en relève.

— C'est bien, Rosemonde. Voici la cloche du souper qui m'appelle ; à demain.

Et Éverard sortit, laissant la jeune fille effrayée de la froide résolution de son amant.

XXI

Après le souper, où le comte se montra encore plus enjoué et plus affectueux pour son fils que dans la journée, Maximilien invita gravement Éverard à le suivre dans son appartement. Le jeune homme, l'esprit troublé et le cœur palpitant, obéit à l'ordre de son père.

Quand ils furent tous deux dans la chambre rouge, Maximilien désigna à son fils un fauteuil où le jeune homme s'assit en silence ; pour lui, il se mit à marcher à grands pas de la fenêtre à la porte secrète, observant à la dérobée cet Éverard à qui jusque-là il avait montré si peu l'affection d'un père. Presque intimidé par ce front candide et ce regard ingénu, il chercha évidemment des mots pour entrer en matière ; enfin il crut faire merveille en prenant le ton gourmé et l'air solennel qu'il employait avec succès dans les relations diplomatiques.

— Éverard, dit-il en s'asseyant vis-à-vis de son fils, permettez, je vous prie, au père de s'effacer un instant, et de laisser la parole à l'homme d'État, à un des chargés du destin d'un grand empire. Vous êtes appelé à remplir à mes côtés, Éverard, la place que laisse vide la mort de votre frère ; vous gouvernerez aussi un jour, à votre rang, les peuples et les idées, mon fils ; mais vous devez sentir, en acceptant une si glorieuse et si périlleuse mission, quels rudes devoirs cette destinée vous impose. Il faut vous dépouiller de vos passions et de votre personnalité ; il faut vous dire que vous ne vivrez plus pour vous, mais pour tous ; il faut, dans votre abnégation sublime, renoncer à vos désirs, à vos inclinations, à votre orgueil même, et vous mettre au-dessus des conventions sociales, au-dessus du bien et du mal, des systèmes et des préjugés, au-dessus de toutes les choses humaines, en un mot, afin de mener impartialement, comme Dieu, si j'ose le dire, mène le monde et l'univers, la grande nation dont vous serez responsable pour la part de son administration qui vous aura été dévolue.

Satisfait de ce majestueux exorde, le comte fit une pause pour en saisir l'effet sur le visage de son auditeur. Éverard semblait attentif, mais non émerveillé, et son attitude pouvait révéler aussi bien l'ennui que le respect.

— Vous avez dû méditer sur ces graves sujets, et vous partagez sans doute là-dessus mon opinion, Éverard ? demanda Maximilien un peu inquiet de ce silence obstiné.

— Je suis, en effet, de votre avis, mon père, répondit le jeune homme en s'inclinant, et j'admire de tout mon cœur ceux qui comprennent si bien leurs dignités ; mais je pense, et vous pensez comme moi à coup sûr, qu'en sacrifiant ses penchants, ses inclinations, son bonheur même, on doit maintenir les droits de sa conscience, et qu'en faisant abnégation de la vanité, on fait réserve de son honneur.

— Mots vides que tout cela, jeune homme, reprit le comte avec un sourire dédaigneux, distinctions subtiles dont vous ne tarderez point à reconnaître le néant. Ayez le cœur plus grand et l'âme plus forte.

— Je ne sais pas, mon père, reprit Éverard, si les mots vertu et probité sont, pour quelques-uns et à une certaine hauteur, des paroles vides ; mais pour moi, dans mon humble retraite, ce sont des sentiments et des instincts auxquels je tiens comme à ma vie, et je dirai même plus qu'à ma vie. Or, permettez-moi de vous le dire ici, Monseigneur, j'ai peur que vous n'ayez faussement conçu de moi de trop flatteuses espérances. Il faut penser qu'après tout je ne suis qu'un paysan lettré, un enfant sauvage de ces bois et de ces montagnes, et que j'aurais bien de la peine à me faire aux théories et aux usages de la société. Je pourrais bien, sans trop de désavantage, me montrer un instant dans le monde ; mais y vivre habituellement et m'y conduire sans gaucherie, ce serait, je le crois, chose impossible. Je me connais, et depuis ce matin j'ai beaucoup réfléchi. Habitué à l'air de mes forêts, j'étoufferais entre les murailles des villes. Fait à la vérité et à la liberté, je mourrais bientôt dans l'intrigue et la dépendance. J'aurais des indignations et des révoltes qui me perdraient et vous compromettraient peut-être, mon père. Je vous en prie, Monseigneur, renoncez donc pour moi à des projets si brillants, et, puisque vous n'avez que mon bonheur en vue, retournez seul à la cour et laissez-moi à mes champs.

— Je n'ai pas en vue votre bonheur seulement, Éverard, reprit le comte d'un ton où perçait déjà la sévérité, mais sans se laisser aller encore à la colère qui commençait à s'agiter sourdement au fond de son cœur ; j'ai en vue aussi la gloire et la fortune de notre maison, dont vous êtes malheureusement, à cette heure, le dernier héritier. Eh ! mon Dieu, moi aussi, autrefois, j'aurais mieux aimé courir et chasser sur mes domaines que de m'atteler au joug des affaires publiques ; mais on ne s'appelle point d'Eppstein impunément. Mon père m'a contraint au sacrifice de mes goûts, et je l'en remercie à cette heure comme vous m'en remercierez un jour. J'ai dompté et mes penchants d'oisiveté et mes habitudes violentes ; car j'étais autrefois aussi emporté et aussi farouche que vous me voyez aujourd'hui modéré et patient, mon fils. Il faudrait cependant ne pas trop me résister, Éverard, et il serait dangereux de me pousser à bout, surtout dans ma famille, où je me considère comme chef et juge suprême ; le vieil homme parfois se réveille, et sachez que mon courroux est terrible.

L'orage grondait, la parole du comte devenait sourde et brève. Il reprit néanmoins avec plus de douceur :

— Ce n'est pas d'ailleurs avec vous, Éverard, que j'ai besoin d'user de menace, je l'espère. Vous céderez à mes exhortations paternelles, et pour vous faire entendre raison, je n'aurai qu'un mot à vous dire : Éverard, mon enfant, j'ai besoin de vous.

— Quoi, mon père ! s'écria Éverard, emporté par la naïveté de son cœur, et touché de la naïve bonhomie avec laquelle le courtisan avait prononcé ces paroles ; quoi, vous pourriez avoir besoin de moi ?

Cette expression d'un sentiment dévoué n'échappa point à Maximilien, il résolut d'en profiter.

— C'est-à-dire, reprit-il en posant sa main sur celle de son fils, c'est-à-dire, Éverard, que vous m'êtes nécessaire. Vous ne savez pas ce que c'est que ce terrain glissant des cours, et quelles intrigues éternelles nous repoussent en arrière. Eh bien ! il y a deux mois, une de ces intrigues m'avait mis à deux doigts de ma perte. Le dévouement de votre frère allait me sauver quand Dieu me l'a repris. Alors, Éverard, moi, qui vous avais oublié, mon pauvre enfant, j'ai pensé à vous et je suis revenu à vous.

— Dites, mon père, dites, s'écria Éverard avec effusion, et je ferai ce qu'aurait fait mon frère.

— Oui, vous le ferez, Éverard, répondit Maximilien, car vous comprendrez que les hommes appelés par leur naissance aux fonctions suprêmes de l'État doivent payer cette gloire par une abnégation complète, et n'obtenir leurs douloureuses dignités que par bien des sacrifices et bien des épreuves. Le noviciat des honneurs est rude et pénible, Éverard ; il faut acheter ses titres par bien des sollicitudes, bien des dégoûts, bien des nuits sans sommeil, bien des jours sans loisirs. Les princes et leurs ministres, quelquefois par caprice, il faut l'avouer, plus souvent pour nous éprouver, nous imposent des conditions difficiles. Mais le but est si lumineux, si beau, si grand, reprit le comte avec enthousiasme, que nous oublions les difficultés semées sur la route.

Cette fois le diplomate avait manqué son effet ; à la peinture de l'ambitieux, Éverard avait repris tout son sang-froid ; il songeait au moyen d'éluder les terribles offres de son père. Celui-ci prit sa rêverie pour de l'attention et continua :

— Eh bien ! mon fils, tandis que de nombreux obstacles s'offrent à qui veut arriver, toi, en te jouant, toi, pendant ton sommeil, tu te trouves porté au terme que vingt autres ne peuvent atteindre après vingt ans d'efforts ! Le tout dépend, pour toi, d'une formalité, d'une misère, d'un acte insignifiant. Il s'agit tout simplement de te marier.

— Me marier, moi ! s'écria Éverard. Me marier ! Que dites-vous là, mon père ?

— Oui, je comprends que tu es un peu jeune, mais cela n'y fait rien. Voyons, écoute-moi jusqu'au bout, reprit le comte répondant à un mouvement d'effroi d'Éverard, tu t'étonneras après si tu veux, mais alors ce sera ton bonheur, j'en réponds. Le mariage que je te propose, Éverard, ton pauvre frère était sur le point de le conclure quand je l'ai perdu ; mais alors j'ai pensé à toi, car, vois-tu, ce mariage, c'est un avenir magnifique, c'est un bonheur inespéré, c'est un chemin aplani qui te

mène près du trône, et je dirai plus, Éverard, au
trône même, si la réalité du pouvoir a autant de
valeur que ses apparences. Eh bien ! tu te tais. Eh
quoi ! cet avenir ne t'éblouit pas ?

— Mon père, je vous le dis, ce n'est point là
qu'était mon rêve.

— Diable ! mais où était-il donc ? Eh bien ! Éverard, ce rêve que tu méprises a été le rêve de toute
la cour. Les plus nobles seigneurs se sont disputé
la gloire de devenir l'époux de la duchesse de B***[1],
mais, au nom d'Eppstein, tous ont compris qu'il
fallait faire place, et tous se sont écartés.

— Et quelle est donc cette duchesse de B***
dont je n'ai jamais entendu prononcer le nom,
dit Éverard, et à qui il faut l'héritier d'une des plus
vieilles maisons d'Allemagne ?

— La duchesse de B***, Éverard, c'est tout et
ce n'est rien ; c'est une simple femme sans nom,
oui, puisqu'on lui a créé un duché ; mais c'est
la véritable impératrice. Comprends-tu, Éverard, ce que pourra pour lui et pour sa famille
l'homme assez heureux pour devenir le mari de
cette femme ?

— Non, mon père, non, répondit Éverard ; je ne
comprends pas bien.

— Comment, tu ne comprends pas que cette
femme est libre, et que, pour sauver les convenances, il faut que cette femme soit mariée ! Eh
bien ! le mari de cette femme pourra tout vouloir
et tout donner. Sa grandeur et celle de sa famille
deviendra une nécessité d'État. Regarde les choses
de ce faîte social, Éverard, et réponds si la tête ne
te tourne pas.

— Sur quoi, Monseigneur, faut-il que je réponde ? demanda Éverard.

— Mais sur ma proposition, probablement.

— Quelle proposition ?

— Eh pardieu ! sur cette proposition de mariage. Est-ce de l'affectation ou de la niaiserie ?

— Ni l'une ni l'autre, Monseigneur ; c'est de la stupéfaction. Quoi ! vous, comte d'Eppstein, vous proposez à votre fils... Oh ! mais pardon, mon père ; c'est une épreuve ou une raillerie. Vous ne m'avez point parlé sérieusement, n'est-ce pas ?

— Éverard ! Éverard ! dit le comte, les dents serrées.

— Non, Monseigneur, continua Éverard sans l'entendre, non, je ne vous crois pas. Vous aimez les titres, les honneurs, plus que la gloire ; cela me semble étrange, pourtant je le conçois encore ; mais spéculer sur vos aïeux, vendre le nom que porteront vos enfants, c'est plus d'ignominie que je n'en puis comprendre ; et ce n'est pas vous, Maximilien d'Eppstein, qui me demandez une pareille chose ! Que vous m'excitiez à devenir ambitieux, soit ; mais me faire infâme, vous ne le voudriez pas.

— Misérable ! s'écria le comte pâlissant de fureur.

— Non pas misérable, mais fou de m'être à ce point mépris sur vos intentions, mon noble père. Oh ! pardonnez-moi. Que voulez-vous ? il ne faut pas trop se reposer sur ma pénétration. Je prends tout sottement à la lettre, et je commets d'étranges bévues. Je vous disais bien, Monseigneur, que vous feriez mieux de me laisser ici, dans mon coin, et de poursuivre seul vos grands desseins. Vous voyez bien que je ne suis bon à rien, moi ; parce que je comprends deux ou trois langues, je ne saurais pas parler celle de la cour. Abandonnez-moi, Monseigneur ; retournez sans moi à Vienne, et ne me forcez pas, je vous prie, à quitter ce pauvre village où j'ai renfermé mon ambition et mes vœux[1].

Depuis quelques instants, le comte, au milieu de sa colère, observait, frappé d'une idée subite, le visage d'Éverard. Enfin il parut prendre une résolution.

— Si pourtant vous ne vous étiez pas trompé, Éverard, lui dit-il, si ce projet de mariage n'était pas une simple supposition, mais un fait, vous résisteriez donc ?

— Oui, Monseigneur, répondit fermement le jeune homme. Seulement, je commencerais par vous conjurer et par vous dire : mon père, au nom du ciel ! (et il avait sur les lèvres : au nom de ma mère ! mais, sans savoir pourquoi, il n'avait pas osé rappeler ce souvenir) ne me contraignez pas à la honte ! Cette abjection de votre fils unique ne peut vous rendre aussi heureux qu'elle me rendrait misérable. Mon père, prenez ma vie si vous en avez besoin, mais épargnez ma conscience. Et si vous persistiez dans votre volonté, Monseigneur, je relèverais la tête et je vous dirais : Comte d'Eppstein, de quel droit venez-vous me demander mon honneur ? Ma vie est à vous, peut-être ; mais ma vertu, non pas. Et parce que je porte un des plus fiers et des plus nobles noms de l'Allemagne, vous ne me mettrez pas, s'il vous plaît, au-dessous du dernier des artisans auquel sa femme se donne au moins tout entière. Je vous désobéirais, Monseigneur.

Éverard parlait avec la chaleur de la passion. Le comte le tenait sous son regard froid et pénétrant, et souriait. Quand le jeune homme eut fini, il lui prit la main, et avec un contentement qui paraissait sincère, tant il était bien joué :

— Bien, Éverard, dit-il, très bien. Viens çà, mon cher fils, que je t'embrasse, et pardonne-moi d'avoir douté de toi, coeur loyal. Mais je ne te connais que d'aujourd'hui, après tout. Tu me rends le plus heureux des pères, mon noble enfant, car je vois à présent que tu es digne de celle que je te destine, de la plus pure et de la plus charmante fille de Vienne. Elle sera à toi, mon Éverard. Oui, l'une des plus riches et des plus nobles héritières de l'Autriche, un trésor de chasteté et de beauté, Lucile de Gansberg, sera ta femme.

Le comte Maximilien venait de nommer à Éverard celle dont Rosemonde lui avait parlé cent fois.

— Quoi ! Mon père, s'écria le jeune homme anéanti, quoi ! Lucile de Gansberg, cette belle et chaste jeune fille...

— C'est chose convenue : tu l'épouses dans un mois. Ton honneur n'a aucune objection à faire à cette union, je suppose.

— J'ai su, même dans ma solitude, dit Éverard en baissant les yeux, que Lucile de Gansberg est le parti le plus enviable et le plus envié de l'Allemagne.

— Eh bien, Éverard, dit le comte, j'attends tes remerciements. Une femme pure, une épée sans

tache, ce sont deux beaux présents et qui valent
bien un merci.

— Oui, mon père, je vous remercie, dit Éverard
en baisant la main que lui tendait Maximilien.
Oui, vous êtes le meilleur et le plus prévoyant des
pères. Je ne sais en quels termes vous exprimer
toute la reconnaissance dont je suis pénétré ; mais
je ne puis... je n'ose... je ne saurais aimer ni épouser Lucile de Gansberg.

— Holà ! Je vous tiens à présent mon jeune
maître, s'écria d'une voix terrible et en se levant
le comte Maximilien, dont les yeux flamboyèrent.
Ah ! Ah ! Profond hypocrite, vous êtes donc tombé
dans le piège ! Je vous trouve vraiment adorable.
Ce n'est donc pas l'honneur qui vous empêchait
d'épouser la femme que je vous destinais, hein ?
Ce n'était pas la femme, mais simplement le
mariage, qui vous répugnait. Quel est le bel amour
caché là-dessous, s'il vous plaît ?

La comédie tournait au drame. Éverard, pâle et
tremblant, n'avait pas la force de prononcer une
syllabe. Le comte lui mit la main sur l'épaule, une
main qui lui sembla de plomb, et, d'une voix brève
et impérieuse, lui dit entre ses dents :

— Écoute, cher fils, maintenant, je ne demande
pas, j'ordonne. Je ne dis pas : « veux-tu ? »,
je dis : « je veux ». Le prince a ma parole, le
mariage est annoncé. N'étaient mes cinquante
ans, je me passerais bien de toi, jeune révolté,
mais il faut quelqu'un de jeune ; tu es mon fils et
je te prends. Oh ! Pas un mot, car si j'approfon-
dis la cause de tes refus, dont le soupçon seul me
met en fureur, prends-y garde : je suis à craindre

quand on me pousse à bout. Tu veux, je crois, bal-
butier quelque chose ; tais-toi, je te le conseille, et
baisse les yeux. Crois-moi, il y a des souvenirs qui
m'exaspèrent plus qu'ils ne m'effraient. Mais vraiment je finis par avoir pitié de toi et peur de moi.
Sors, et je te donne jusqu'à demain pour réfléchir.
Sors, te dis-je, en toute hâte. À demain, et plaise à
Dieu que la nuit te soit une bonne conseillère, car,
songes-y, ton père injurié serait un juge implacable.

Et le comte, pâle et tremblant, montrait du doigt
la porte à Éverard. La colère de cet homme était
vraiment hideuse : il frappait du pied, il tremblait
de rage, l'écume jaillissait de sa bouche. Troublé
par ce courroux terrible, vaincu par l'ascendant
de la paternité, et convaincu d'ailleurs qu'il n'obtiendrait rien d'un emportement sourd et aveugle,
Éverard sortit en chancelant.

Tout cela se passait la veille de la nuit de Noël.

XXII

Éverard s'élança hors du château et s'enfonça
dans la forêt. La nuit était froide, mais belle, le ciel
tout bleu, le vent très âpre. Il avait neigé tous les
jours précédents, et la terre semblait couverte d'un
grand linceul. Les pins détachaient seuls leur verdure sombre sur la sinistre blancheur des champs.
Éverard, la tête nue et les cheveux en désordre,
allait, courait, haletant, sans but, sans pensée ;

il ne sentait ni le froid ni la bise. Son instinct, plutôt que sa raison, le conduisit droit à la chaumière ; mais il était près de minuit, tout était fermé, tout était éteint. Il en fit cinq ou six fois le tour ; mais voyant que tout semblait endormi, il courut à sa grotte, et, tombant à genoux sur le seuil, il fondit en larmes en appelant sa mère.

— Mère ! criait-il en se tordant les mains de désespoir, mère, où es-tu ? Sais-tu ce qu'on veut faire de ton enfant, dis ? Sais-tu dans quelle honte on veut l'entraîner ? Sais-tu de quelles menaces on l'entoure ? Est-ce que tu laisseras s'accomplir son déshonneur ou sa perte ? Tu étais ce matin ici, à cet endroit même où je pleure, et tu m'as vu ivre de joie. Désapprouves-tu mon bonheur ? Il me semblait que non, cependant tu ne m'as point parlé de tout le jour. Il est vrai que, perdu dans mon ravissement ou dans ma douleur, je ne t'ai point interrogée ; mais je t'interroge à cette à cette heure, pardonne-moi et réponds-moi.

Éverard écouta. Il n'entendait que le sifflement et le craquement sec des branches de sapins ; il resta quelques instants sans proférer une seule parole : on eût dit qu'il avait peur du son de sa propre voix.

— Mère ! reprit-il enfin doucement, tu ne dis donc rien, ou, si tu parles dans cette plainte lugubre de la bise, je ne t'entends plus, je ne te comprends plus. Est-ce que tu es fâchée à cause de mon amour ? Est-ce que tu te détournes de moi ? Ou bien aurais-tu des choses terribles à me révéler, et aimerais-tu mieux te taire ? Mon Dieu ! mon Dieu ! se peut-il que l'événement de ma vie approche ? Ne vas-tu pas me conseiller, alors ? Je ferais peut-être bien de fuir, dis ? Mais peut-être est-il déjà trop tard ? Ah ! rien ! rien !... Ma mère, tu ne me réponds rien ! Et toujours avec cela le vent qui pleure ! C'est effrayant. Hélas ! m'as-tu retiré ton amour pour la première fois de ma vie ? Je me sens seul et je tremble ; est-ce que Dieu t'éloigne de moi pour me livrer à la fatalité ou à mon mauvais ange ? Est-ce que tu serais morte, ombre de ma mère ?

Et tout continuait de se taire, excepté le souffle glacial du nord, qui courait en mugissant des collines aux vallées. Éverard commença à frissonner de froid et d'épouvante.

— Clémence du ciel ! murmura-t-il avec accablement et d'une voix étouffée par les sanglots, je suis certain que mon ange gardien n'est plus à mes côtés. Qu'arrivera-t-il donc demain ? Que fera le comte ? Que ferai-je moi-même ? Ah ! j'aurais dû partir il y a trois ans ; mais n'est-il pas temps encore ? Oui, c'est cela, partons ; allons rejoindre mon oncle Conrad : c'est mon seul, c'est mon dernier soutien ; c'était ton ami, ma mère ! Partons, fuyons devant ma destinée.

Et, tout égaré, il se releva, faisant un mouvement pour fuir.

— Et Rosemonde ! Rosemonde ! s'écria-t-il, il faut que je revoie Rosemonde. Enfin, elle est ma fiancée, elle est ma femme. Partir, partir sans elle !... Oh ! c'est bien cruel à toi, mère, de me châtier et de me délaisser ainsi. Que je souffre ! Tu me plaignais de ce que je devais être bourreau ; mais, jusqu'ici, je ne suis que victime.

Une rafale plus violente que les autres, si violente qu'elle déracina un des vieux chênes qui ombrageaient la grotte, sembla répondre aux plaintes d'Éverard, et acheva de le frapper de terreur. Le reste de la nuit, il le passa dans ces alternatives d'épouvante et d'abattement, de résignation et de révolte. Parfois, il marchait à pas précipités, puis il retombait assis en sanglotant ; parfois, il se jetait avec désespoir le visage contre terre, mordant la mousse de la grotte. Quand la pâle et tardive lueur de l'aurore dora les sommets du Taunus, il était plus blanc que le sol couvert de neige, plus froid que les rochers vêtus de givre ; qui l'eût vu l'eût pris lui-même pour un fantôme, tant il était pâle et glacé. C'est que toute la nuit, malgré ses prières, malgré ses supplications, malgré ses sanglots, Albine était restée muette.

Le soleil, un morne soleil de décembre, un soleil mourant, lança à travers les arbres desséchés ses rayons blafards, et Éverard, épuisé, se mit à marcher du côté de la chaumière. La seule résolution qu'il eût prise, c'était de revoir Rosemonde et de lui demander conseil ; il se disait bien que le mieux était de s'enfuir loin de son père, loin de l'Allemagne, mais il voulait revoir Rosemonde.

Comme il marchait plongé dans ses pensées, il releva tout à coup la tête en entendant le son du cor et l'aboiement des chiens ; puis à travers le taillis, il aperçut les piqueurs, la meute et enfin Maximilien qui chassait à cheval. Il n'eut que le temps de franchir un fossé et de se jeter dans l'épaisseur du bois. Lorsqu'il continua sa route, il crut distinguer à plusieurs reprises, aux détours du chemin, un valet du comte qui semblait le suivre ; mais peut-être n'était-ce qu'une nouvelle illusion de son délire. Il est certain qu'Éverard avait la fièvre.

Ce fut dans ces transes qu'il arriva à la maison du garde forestier. Jonathas, averti de grand matin, était sorti comme de raison pour accompagner son maître à la chasse. Éverard ne trouva donc que Rosemonde. La jeune fille jeta un cri en voyant entrer son amant si pâle et si défait. Éverard alors lui raconta tout ce qui s'était passé à sa seconde entrevue avec son père. Ce récit fut long, car vingt fois la parole lui manqua, vingt fois ses larmes l'interrompirent. Rosemonde fut, comme toujours, sublime de raison et de dévouement.

— Ami, dit-elle à Éverard, si réellement Lucile de Gansberg avait dû devenir votre femme, je vous dirais : Éverard, Lucile est une noble jeune fille ; obéissez à votre père, épousez Lucile, et, si vous n'êtes pas heureux, du moins vous resterez noble et honoré. Mais cette union avec la duchesse de B*** est monstrueuse, Éverard, et j'ai le droit de vous en détourner, car ce n'est pas à vous et à moi seuls que le comte d'Eppstein fait tort ici ; il offense la justice et Dieu. Il est votre père, Éverard ; cependant il a, assure-t-on, l'âme pleine de violence et de tyrannie. Il serait donc impie et dangereux de lutter contre lui, et le meilleur parti à prendre, c'est assurément de vous éloigner. Ne vous préoccupez point de moi, Éverard ; je savais bien que nos rêves étaient des chimères, et qu'à moins que le monde ne s'écroulât, je ne pourrais être votre femme. N'importe ! je suis à vous et ne serai jamais à aucun autre. Je resterai ici ou ailleurs à prier pour vous, à vous aimer sans espérance. Sans espérance, car vous voilà riche, maintenant ; vous voilà comte, et votre père pourrait consentir à une union entre nous, ce qui est impossible, que ce serait moi qui refuserais. Je vous répète pourtant que toute ma vie je vous serai fidèle comme si j'étais votre épouse ; mais vous, Éverard, allez, soyez libre ; restez grand et bon, apaisez de loin le comte d'Eppstein ; forcez-le, par vos belles actions, à vous pardonner, à vous nommer son fils, et, après cela, oubliez, si vous le voulez, la pauvre fille qui ne vous oubliera jamais.

— Rosemonde, ange visible, tu ne m'abandonnes pas, toi ! s'écria Éverard les larmes aux yeux, parle, oh ! parle toujours ; les pensées douces et clémentes descendent dans mon esprit avec tes paroles. Oui, je t'obéirai, cher guide de mon cœur, et ta dernière leçon ne sera pas perdue plus que les autres. Je partirai, non pour me sauver, mais pour sauver mon père ; car, vois-tu, Rosemonde, tu m'as rappelé à la sagesse et à la clémence. Ma mère ne m'a pas répondu cette nuit ; c'est aujourd'hui l'anniversaire de Noël, et j'ai peur, j'ai peur pour lui. Je fuis donc devant son danger, devant sa damnation peut-être.

— Éverard, que veux-tu dire ? demanda Rosemonde, inquiète de l'altération des traits du jeune visionnaire.

— Rien, rien, murmura Éverard ; les morts savent, les vivants ignorent. Laisse-moi partir vite, Rosemonde ; un dernier baiser seulement. Oh ! ne crains rien, un baiser de sœur, un baiser au front, un baiser que je recevrai à genoux.

Éverard s'agenouilla, et Rosemonde, comme
elle avait coutume de le faire après chaque leçon,
lui posa sur le front un baiser doux et chaste
comme son cœur, un baiser mêlé d'un soupir. En
ce moment, derrière les beaux et purs enfants,
un amer ricanement se fit entendre. Ils se retour-
nèrent avec précipitation, et virent le comte Maximilien debout sur le seuil, en costume de chasse,
un fouet dans une main, son fusil dans l'autre.

— Bien, fort bien, dit-il en saluant avec ironie.

Et il s'avança dans la chambre après avoir jeté
son fouet et sa casquette sur une table, et posé son
fusil contre la muraille. Rosemonde, rougissante
et immobile, restait les yeux baissés et n'osait faire
un pas. Pour Éverard, il s'était jeté au-devant d'elle
et bravait presque de son regard fier et décidé le
regard insolent et goguenard du comte.

Maximilien ôta avec lenteur ses gants, tout en
sifflant un air de chasse et en promenant de l'un à
l'autre amant son regard moqueur ; puis il se jeta
dans un fauteuil, et, passant avec nonchalance
une jambe sur l'autre :

— Voilà donc le mot de l'énigme, dit-il, un mot
très charmant, en vérité. Voilà donc la raison de
cette vertu spartiate, une raison tout à fait gentille
et appétissante, il faut en convenir.

— Monseigneur, dit Éverard, si votre colère…

— Ma colère ? interrompit vivement le comte.
Eh ! bon Dieu ! qui parle de ma colère ? Il est bien
question de cela. Je suis gentilhomme, mon cher
Éverard, et de plus fils du XVIIIe siècle. Je ne me suis
pas encore fait ermite, Dieu merci ! et bon chien
chasse de race. Non, mes enfants, non, je ne vous

en veux pas. Si je vous ai fait suivre, Éverard, c'est par intérêt, et non pour vous gêner, croyez-le. J'ai envoyé à la ville, sous un prétexte quelconque, votre père, ma belle enfant, votre père, qui n'est pas dans le secret, j'aime à le penser, et qui aurait pu gâter votre amicale entrevue : vous voyez que je ne suis pas un tyran. Seulement, je ne veux pas être une dupe, et je n'entends pas que votre amourette…

— Pardon, Monseigneur, si je vous coupe la parole, reprit Éverard avec fermeté, mais il y a ici un malentendu qu'il est de mon devoir de rectifier. Daignez m'accorder une minute d'attention, je vous prie. Vous m'avez abandonné dans le vieux château d'Eppstein, seul, sans guide, sans maître, sans soutien. J'ai dû grandir au hasard, comme un arbre de la forêt. Étiez-vous mon père ? étais-je votre fils ? On n'eût pu le croire à votre indifférence, j'allais presque dire à votre haine. Un jour, vous m'avez écrit qu'il me fallait renoncer à toute prétention sur votre tendresse, comme vous renonciez à tous vos droits sur mon obéissance ; puis, fidèle à votre résolution, vous ne vous êtes dès lors pas plus occupé de moi que si j'étais mort ou indigne de vous. Le paysan fait apprendre à lire à son fils, afin qu'il puisse au moins connaître la parole de Dieu ; vous ne vous êtes pas même informé, vous, si je savais lire ; vous m'avez laissé oisif, ignorant, vagabond, et vous êtes allé bien loin avec votre fils Albert, le fils unique de votre affection, pour vous conquérir des places, des titres, des honneurs. Or, il est arrivé que votre fils bien-aimé vous a été retiré par Dieu, dont la justice est parfois terrible. Vous vous êtes souvenu alors de l'abandonné, parce que vous aviez besoin pour vos projets d'un associé qui fût votre fils. Vous vous attendiez à trouver un esprit inculte, une âme sauvage, et vous ameniez je ne sais quel professeur officiel pour me mettre en état de servir vos desseins. Vous avez été surpris en voyant qu'une éducation libérale ne vous laissait presque rien à faire, et vous vous êtes réjoui, non pas pour moi, mais parce que cela avançait d'un an ou deux le succès de vos combinaisons. Eh bien ? savez-vous qui m'a enseigné la science, la vie et Dieu, qui m'a formé le cœur et la tête, qui a remplacé mon père absent par ses leçons, ma mère morte par ses conseils ? le savez-vous, Monseigneur.

— Ma foi non, répondit le comte. Vous m'avez bien nommé la solitude, mais c'est un maître un peu vague.

— Eh bien ! Monseigneur, c'est Rosemonde, Rosemonde que voici, Rosemonde que vous avez failli insulter tout à l'heure ; c'est cette noble et pieuse enfant qui a rendu au fils le bienfait de l'éducation qu'elle tenait de la mère, et qui, jour par jour, heure par heure, reprenait patiemment avec moi les éléments de toutes choses. Elle a fait un homme de votre fils, dont à peine vous aviez fait un chien ; elle m'a ramené à la dignité, à l'espoir, et, je puis le dire, à l'amour ; elle m'a préparé enfin aux plus rudes infortunes comme aux plus hautes destinées. Insultez-la donc, maintenant !

— Vous êtes éloquent, Éverard, dit Maximilien, et je m'en aperçois avec plaisir. Pourtant, ajouta-il en ricanant, ce qui résulte de plus clair

du merveilleux discours que vous venez de débi-
ter avec tant de feu, c'est tout simplement ce que
j'avais conjecturé moi-même au premier abord,
c'est-à-dire que cette chère enfant vous a instruit.
Eh ! mais c'est très bien à elle, et je lui en suis on
ne peut plus reconnaissant ; j'espère cependant
qu'en échange de ces leçons, vous lui en avez
rendu d'autres ; vous n'êtes plus ignorant, soit ;
mais elle, est-elle toujours innocente ?

Rosemonde, droite et fixe, voulut parler, mais
ses lèvres remuèrent sans qu'elle pût articuler un
seul mot, et elle resta immobile et pâle comme
une statue.

— Terre et ciel ! vous persévérez donc dans
votre méprise ! s'écria Éverard tremblant d'indignation.

— Dans ma méprise, non ; dans mon mépris,
oui, répondit le comte.

Rosemonde, toujours muette, éleva par un geste
sublime ses bras vers le ciel.

— Monseigneur, faites attention, reprit Éverard
chancelant de fureur ; vous avez si longtemps
oublié que vous étiez mon père, qu'à mon tour,
Dieu me pardonne, je pourrais bien oublier que
je suis votre fils.

— Oui-da, monsieur, en viendrons-nous là ?
dit Maximilien en quittant son rire insultant pour
redevenir tout à coup sérieux et hautain, ce serait
curieux à voir, en vérité. Jeune homme, jeune
homme, apaise-toi, je t'y engage ; ta colère d'enfant
s'émousserait vite contre la mienne, contiens donc
ta furie, c'est plus prudent, et laisse-moi en finir
avec ta Dulcinée, qui, pour n'être pas duchesse,

n'en fait pas moins en petit, à ce qu'il me paraît, le même métier que celle que tu refusais ce matin.

— Dieu du ciel ! s'écria Rosemonde en tombant évanouie sur le carreau.

— Par l'enfer ! s'écria Éverard en sautant sur son épée, qu'il avait laissée la veille dans l'angle de la cheminée.

Puis, la tirant à demi, il s'avança sur le comte ; mais à deux pas de lui, il s'arrêta, et repoussant son épée dans le fourreau :

— Vous m'avez donné la vie, dit-il, nous sommes quittes.

De son côté, Maximilien s'était jeté sur son fusil qu'il avait armé. Le père et le fils, à cette heure, se regardant avec des yeux flamboyants de colère, ne semblaient pas deux hommes, mais deux démons.

— Je t'ai donné la vie, dis-tu ? tu te trompes, misérable, je ne t'ai rien donné, et tu ne me dois rien. Tire donc ton épée. Nos deux rages étouffaient, ainsi contenues. Allons donc, à l'air, épées et colères ! Ah ! tu recules, lâche, tu recules... Eh bien ! je ne reculerai pas, moi.

Il alla vers la porte, et appela quatre ou cinq valets qu'il avait amenés avec lui.

— Saisissez cette fille, dit-il ; évanouie ou non, saisissez-la, et jetez-la hors de mes domaines.

Éverard se plaça devant elle, et tirant son épée :

— Si un seul de vous la touche, dit-il, il est mort.

Les domestiques intimidés hésitèrent.

— Lâches ! avancez-vous ? dit Maximilien en levant sur eux son fouet.

Ils firent un pas, mais Éverard les arrêta de la pointe de son épée.

— Monseigneur, dit-il, je vous déclare que moi, Éverard d'Eppstein, je suivrai cette enfant partout où elle ira, soit de gré, soit de force ; entendez-vous ?

— À ton aise, répondit Maximilien. Faites ce que j'ai dit, drôles, reprit-il en s'adressant aux valets.

— Monseigneur, reprit Éverard en posant la pointe de son épée sur le cœur de sa fiancée toujours évanouie, plutôt que de laisser toucher Rosemonde par un de ces hommes, je vous proteste que je la tuerai à vos yeux.

— Fais, si la pointe est bonne, dit le comte. Ah ! ah ! tu as peur encore ? Enlevez cette femme ou je vais moi-même me charger de ce soin.

— Monseigneur, s'écria Éverard, prenez garde, je la défendrai contre tout le monde !

— Même contre ton père ? dit le comte en s'avançant sur Éverard, son fusil à la main.

— Même contre le bourreau de ma mère ! s'écria Éverard aveuglé par je ne sais quelle frénésie.

Maximilien, emporté par le vertige de sa colère, coucha son fils en joue et fit feu.

— Ma mère, ma mère, ayez pitié de lui ! cria Éverard en tombant.

Le comte Maximilien resta debout, les yeux fixes, froid et pâle, comme foudroyé, car il lui semblait voir près de Rosemonde et d'Éverard inanimés, Albine et Conrad vivants.

C'était bien Conrad que voyait Maximilien dans son hallucination étrange, Conrad qui, selon sa promesse, venait visiter la famille d'Eppstein ; il était entré assez à temps pour détourner le fusil de son frère et sauver la vie à son neveu, en faisant d'une blessure qui eût été mortelle une légère blessure.

Le comte, en revenant à lui, l'aperçut à ses côtés. Il se crut d'abord le jouet d'un rêve horrible, et promena autour de lui des yeux égarés. Il se retrouvait dans la même chambre, mais seul avec Conrad ; tout le monde s'était retiré, le parquet était taché de sang.

— Où est Éverard ? dit Maximilien en frémissant.

— Là-haut, rassurez-vous ; blessé seulement à l'épaule et peu dangereusement, reprit Conrad.

— Et Rosemonde ?

— Elle a repris ses sens, elle soigne Éverard.

— Mais vous, êtes-vous Conrad, Conrad changé et vieilli comme moi ? Comment se fait-il que vous soyez là ? Qu'est-ce que cet uniforme d'officier français ?

— Oui, c'est moi qui étais Conrad ! je suis à présent un général de Napoléon. Je vous apprendrai tout quand vous serez tout à fait remis.

— Ainsi vous êtes vivant, je ne rêvais pas. Mais l'autre ! l'autre !

— De qui parlez-vous, Maximilien ?

— De celle qui était debout près d'Éverard, une main étendue vers lui comme pour le défendre, l'autre main étendue vers moi comme pour menacer.

— De qui parlez-vous ? répéta Conrad inquiet.

— Oh ! je l'ai reconnue, poursuivit Maximilien l'œil égaré, à l'expression farouche, implacable de son regard ; je l'ai bien reconnue, je suis condamné. Éverard a eu beau dire : « aie pitié de lui, ma mère », il n'y a pas de grâce à attendre.

— Je ne sais ce que signifient vos discours, reprit Conrad. Seulement Éverard m'a chargé de vous dire que pour sa part il vous pardonnait et prierait pour vous.

— À quoi bon ! à quoi bon ! dit le comte avec anxiété, elle était là, je vous le dis !

— Qui, elle ?

— Elle, le châtiment, elle, l'expiation, elle, Albine ! Mais venez, mon frère, venez, sortons d'ici. N'entendez-vous pas que ce sang parle et crie vengeance ? Ne voyez-vous pas que je suis comme ivre, ivre de meurtre et d'effroi ? Venez, l'air, ce me semble, me fera du bien, le grand air pur des champs. Mais peut-être mon haleine va-t-elle le corrompre ? Oh ! je suis damné !

— Ne souhaitez-vous pas voir Éverard et lui rendre pardon pour pardon ?

— Non, non, je ne veux voir personne ; je ne suis plus père, je ne suis plus homme, je n'appartiens plus à la terre, mais à l'enfer. Et puis, qu'importe mon pardon ? Le pardon d'un maudit, c'est un anathème. Venez, Conrad ; sortons d'ici, vous dis-je.

Maximilien quitta la chambre et la maison de Jonathas avec son frère, qui avait peine à le suivre. Il allait se heurtant contre les pierres et les aspérités du chemin, et à le voir ainsi courir les cheveux en désordre, les yeux égarés, on eût dit qu'il fuyait devant quelqu'un. Il fuyait en effet devant le remords qui vous atteint et vous dépasse toujours.

Les deux frères arrivèrent bientôt au château d'Eppstein, et Maximilien, toujours comme poursuivi, alla se réfugier dans la chambre rouge après avoir fait signe à Conrad de le suivre. D'un air effaré il ferma la porte à double tour et mit les verrous.

— Maintenant me voilà en sûreté, dit-il en tombant sur un fauteuil. Voyons, je suis bien éveillé maintenant, je puis me reconnaître et rappeler à moi ma raison. Mais tout ce qui vient de m'arriver, est-ce une réalité terrible, ou bien une vision fiévreuse ?

— Hélas ! tout n'est que trop certain, dit Conrad.

— Mais toi-même, qui me l'attestes, n'es-tu pas un fantôme, dis ?

— Ma vie est un secret, mais je vis, dit Conrad. Je passais à Eppstein pour tenir une promesse faite à Éverard et à Jonathas. Le hasard ou plutôt la Providence m'a amené précisément à temps pour détourner le canon de votre fusil et vous épargner un crime, et quel crime : le meurtre d'un fils !

— Est-ce possible ? est-ce possible ? balbutia Maximilien avec un reste de délire.

— Oui, et afin de vous sauver de la folie, mon frère, afin de vous ramener au sentiment du vrai, je vous dirai volontiers ma sombre histoire. Nous nous retrouvons d'ailleurs dans un moment si étrange et si terrible que toutes les règles sont confondues, et que je ne crois pas même avoir besoin de vous faire promettre sur l'honneur un inviolable silence. Ce mystère, sans être une nécessité absolue, est devenu pour moi une habitude et comme un besoin. J'ai vécu tellement en dehors des convenances reçues et les motifs qui ont dirigé mes actions seraient si mal compris et si faussement interprétés, le jugement de la foule pourrait si aisément calomnier et condamner avec des apparences légitimes toute ma conduite, que je préfère n'avoir que Dieu pour juge, Dieu, qui voit dans ma conscience la pureté de mes intentions. Et puis j'aime cette ombre où je me cache, parce qu'à force de dissimuler la première part de ma vie aux autres, j'arrive parfois à ne plus me la rappeler moi-même.

Conrad entama alors le récit de son orageuse et sinistre existence. Il le commença sérieux et l'acheva pleurant. Maximilien lui prêta une attention soutenue. Sa figure redevenait peu à peu calme et sereine ; il prit dans un nécessaire un flacon d'eau spiritueuse et en but deux ou trois verres à plusieurs reprises.

— Merci, Conrad, dit-il à son frère quand il eut cessé de parler, merci de m'avoir ramené dans le réel. Oui, bien que votre histoire soit étrange, bien que l'homme dont vous vous êtes fait le compagnon soit miraculeux, au moins je me retrouvais, en vous écoutant, avec des êtres que je connais, qui vivent et qui respirent. J'étais fou tout à l'heure, Conrad, j'avais eu je ne sais quelles folles visions et quelles terreurs puériles. Ma colère m'avait, je crois, enivré. Je vous ai parlé d'Albine, d'apparitions, de vengeance, n'est-ce pas ?

— En effet, dit Conrad surpris de ce retour subit de Maximilien.

— Mon Dieu, reprit Maximilien en souriant d'un rire amer, se peut-il que les plus fortes âmes aient parfois de ces moments de faiblesse et d'erreur ? Penser que moi, Maximilien d'Eppstein, moi, admis au conseil de l'héritier de César, j'ai pu un instant subir l'influence d'un conte de bonne femme ! J'ai dû bien vous amuser, mon frère.

— Vous m'avez fait peine et pitié, dit Conrad, votre fureur et votre épouvante m'ont effrayé et consterné, autant que votre âcre ironie et votre sang-froid égoïste m'affligent et m'indignent à cette heure.

— Allons donc, continua Maximilien en secouant son front encore tout chargé de pensées sombres et de doutes, allons donc, il faut être homme et ne pas se laisser prendre par des visions. J'ai eu tort de m'abandonner à cette colère terrible, j'en conviens, et je remercie Dieu et vous, Conrad, de m'avoir sauvé d'un meurtre. Mais, en vérité, je n'étais plus maître de moi, et ce jeune insolent m'avait par trop échauffé le sang. Enfin il en est quitte pour une blessure légère, m'avez-vous dit ? Cela lui servira de leçon et le disposera à m'obéir mieux, je l'espère. Quant aux menaces de la morte, quant aux rêves où elle m'est apparue, je ne suis ni assez jeune ni assez sot pour persister dans de pareilles chimères ; et vous Conrad, un homme supérieur, un soldat de Napoléon, vous croyez comme moi que ces songes sont vains et faux, n'est-il pas vrai ?

— Qui sait ? dit Conrad pensif.

— Comment, reprit Maximilien, vous ajouteriez foi aux revenants et aux fantômes ?

— Jésus, dit Conrad, a fait une loi aux vivants de prier pour les morts. Pourquoi l'évangile des trépassés ne leur ordonnerait-il pas de veiller sur les vivants ?

— Taisez-vous, taisez-vous, interrompit le comte de nouveau pâle et tremblant ; non ! cela ne se peut pas. Tous liens sont rompus entre la mort et la vie, j'en suis sûr, je le veux. Mon frère, mon frère, ne me rejetez pas dans mon délire et dans ma peur.

En une seconde et pour un mot cet homme, qui se targuait tout à l'heure d'une raison si forte, était revenu plus timide et plus tremblant qu'un enfant ou qu'une femme. Il fit cependant un effort et relevant la tête :

— Et quand cela serait, dit-il, quand Dieu ferait des élus du paradis des anges gardiens sur la terre, accorderait-il ce don merveilleux aux damnés ? Et je crois, je sais, Conrad, je suis certain en dépit de tout, qu'Albine n'est pas digne du ciel et qu'une femme adultère ne saurait protéger personne, pas même l'enfant de son crime.

— Albine ! s'écria Conrad. Est-ce de la pieuse, de la chaste, de la noble Albine que vous osez parler ainsi ?

— L'avez-vous connue ? demanda Maximilien.

— On m'a dit…, répliqua Conrad embarrassé.

— Ah ! on vous a dit ! Oui, elle avait de beaux dehors de sainteté et savait habilement tromper les gens, l'hypocrite ! Mais à vous, mon frère, je veux, je dois, je puis dire sa honte. Oui, poursuivit Maximilien en s'échauffant et en s'égarant, oui, à la fin, c'est un besoin pour moi de me justifier en la condamnant. Et vous allez convenir, avec moi que j'ai eu et que j'ai raison, qu'il faut braver ses menaces, que c'est une infâme, que le trouble de mon esprit a seul produit toutes mes terreurs, que mes remords avaient tort. Oui, je fus juste et non coupable ; si mes paroles l'ont tuée comme un couteau, c'est bien fait : cet Éverard n'est pas mon fils, mais le fils du capitaine Jacques, que Dieu maudisse !

— Du capitaine Jacques ! s'écria Conrad en reculant.

— Oui, un Français, qui était plein pour elle d'une belle affection chevaleresque ; un aventurier mystérieux dont elle n'a voulu me dire ni le vrai nom, ni l'histoire ; un étranger qu'elle appelait publiquement son ami et son frère.

— Et qui était bien son frère et son ami, malheureux ! dit Conrad d'une voix tonnante, car cet aventurier, ce Français, le capitaine Jacques, c'était moi, Conrad d'Eppstein, votre frère et le sien.

Maximilien se leva comme mu par un ressort et resta debout raide et pâlissant.

— C'était moi, poursuivit Conrad, qui lui ai follement demandé une discrétion que son âme généreuse m'avait promise jusqu'à la mort, moi qui, avec vous et comme vous, mais involontairement du moins, suis son meurtrier : moi qui vous taisais tout à l'heure mon premier et fatal retour d'il y a vingt ans, pour ne pas réveiller vos terreurs, et qui vous crie à présent que vous avez tué une innocente ! Mon frère, vous en répondrez devant Dieu.

Conrad s'arrêta, car vraiment l'accablement de Maximilien, de cet homme si énergique et si fier, était terrible et faisait pitié. Le comte était pâle comme un mort ; on eût dit qu'en vérité la main du Seigneur irrité pesait sur ses épaules. C'est à peine s'il osait lever ses yeux pleins d'une terreur indicible. Il croyait voir distinctement à ses côtés l'ange vengeur l'épée à la main. Un long silence suivit ces dernières paroles. Conrad ne se sentait plus la force de maudire, Maximilien murmurait : « Je suis perdu. » Seulement il répéta ces mots à plusieurs reprises avec un accent sourd et lugubre.

Il était quatre heures, et la nuit tombait. De gros nuages noirs chassés par le vent couraient dans le ciel, les pins craquaient, les corbeaux voletaient en bandes criardes autour des donjons d'Eppstein. Tout à coup Maximilien sortit de sa stupeur.

— Du monde ! Qu'on vienne ! Pourquoi sommes-nous seuls ? s'écria-t-il. Conrad, ordonnez que tous les gens du château s'assemblent dans la grande salle d'en bas. Qu'on allume toutes les torches et toutes les bougies, qu'on fasse de la musique et du bruit, qu'on m'empêche de la voir et de l'entendre !

— Vous êtes sauvé et vous vous repentez, lui dit avec douceur Conrad, pris malgré lui de commisération à l'aspect de cette frénésie.

— Me repentir ! J'ai peur, reprit Maximilien, vous comprenez, n'est-ce pas, Conrad ? De la lumière, du bruit. Est-ce que je puis demeurer seul ici dans cette chambre, dans la chambre rouge, au-dessous de la chambre du berceau, à côté de l'escalier des caveaux ? Ne voyez-vous rien de sinistre dans ces rideaux qui remuent, dans la flamme de cette lampe qui tremble, dans ce foyer qui pétille, dans cet air même et dans ce silence ? Ne voyez-vous pas que là, à mon cou, il y a la chaîne d'or, dernier et fatal avertissement de mon créancier glacé ? Oubliez-vous que nous sommes à la veille de Noël ? Vite donc, des chants, des flambeaux, de la foule ! Ou plutôt, qu'on commande mes équipages et que mes gens montent à cheval. Je veux partir sur-le-champ pour Vienne.

— Frère, dit Conrad, à quoi bon fuir ? à quoi bon vous entourer de valets ? Le mieux est de vous repentir, puisque déjà vous sentez une peur salutaire.

— Qui dit que j'ai peur ? s'écria Maximilien en se redressant tout à coup. Celui-là ment !

Il retomba sur son fauteuil, les poings crispés, les dents serrées. Une lutte étrange se livrait dans son cœur entre la honte et l'effroi. L'orgueil de Satan l'emporta.

— Les d'Eppstein n'ont pas peur ! reprit-il en riant aux éclats, et son rire ressemblait à un sifflement.

Conrad hochait la tête avec pitié, et c'était cette pitié muette qui révoltait Maximilien.

— Les d'Eppstein n'ont pas peur ! continua-t-il avec plus de force. Vivante, cette femme tremblait devant moi, et morte elle me ferait trembler ! non pas, je la brave, elle, et sa vengeance, et son fils rebelle !

— Des blasphèmes ? s'écria Conrad épouvanté.

— Eh ! non, du bon sens. Je crois en Dieu, c'est indispensable à la cour d'Autriche, mais je ne crois pas aux fantômes, par le diable ! et la légende de ce château m'a toujours fait hausser les épaules. Laissez-moi, je veux être seul. Ce sont vos rêveries qui m'égaraient. Une nuit que j'avais les nerfs irrités, j'ai eu le cauchemar ; il n'y a pas de quoi prendre de souci, mordieu !

— Ah ! Maximilien, dit Conrad, j'aimerais mieux

voir en vous la terreur dont vous vous défendez, que cette gaieté sacrilège.

— Mais de quelle terreur parlez-vous ? êtes-vous le même songe-creux qu'autrefois ? C'est vous-même, votre apparition subite, vos billevesées et la pitié pour ma victime qui m'ont troublé le cerveau, mais je ne crains rien, entendez-vous, ni les revenants, ni le diable, et je vais le prouver : vous allez me laisser seul et vous irez, s'il vous plaît, de ce pas prévenir mon Éverard qu'il ait à laisser là son infante et qu'il se prépare à me suivre à Vienne auprès de la duchesse.

— Mon frère, y songez-vous ? je ne vous quitte pas, dit Conrad.

— Si, par l'enfer ! vous me quitterez car vous m'exaspérez, enfin. Je ne suis pas un enfant qui tremble et qui recule, et j'entends rester seul pour envoyer à Vienne mes instructions et mon acceptation au nom d'Éverard.

— Prenez garde, Maximilien, dit encore Conrad.

— Prenez garde vous-même, répondit en frappant du pied le comte, vous devez savoir que j'ai peu de patience ; je veux rester seul, répéta-t-il avec l'obstination d'un fou, je veux rester seul !

— Faut-il donc laisser faire la justice de Dieu ? dit Conrad comme en lui-même.

— Sortiras-tu ! s'écria Maximilien.

— Oui, pauvre malheureux ! car tu échapperais cette nuit, que celle qui peut aller vite et qui va lentement parce qu'elle a la patience de l'éternité te reprendrait demain.

— Enfer ! reprit Maximilien en s'avançant sur son frère, les yeux flamboyants, les poings serrés.

Mais Conrad l'arrêta court par le regard calme et imposant de l'honnête homme qui dompte les impies.

— Adieu, lui dit-il en secouant la tête avec une amère pitié.

Il alla lentement vers la porte, l'ouvrit et sortit.

— Bonsoir, lui cria Maximilien en tirant bruyamment le verrou. Tu vois que je donne beau jeu au spectre, puisque je m'enferme avec lui. Ah ! ah ! Dis donc, si demain je ne suis pas descendu à huit heures, aie l'obligeance de faire enfoncer ma porte ! Bonsoir ! et que le diable qui te fait une si belle peur t'accompagne, poltron.

Maximilien n'eut pas la force d'en dire davantage, il tomba à genoux, tremblant, épuisé, livide. Conrad, qui écoutait dans le corridor, n'entendit plus rien. Il voulut envoyer un dernier adieu à son frère, mais la parole se glaça sur ses lèvres. Il pensait à veiller sur le seuil, mais une puissance supérieure le chassait, et il sentait la volonté de Dieu qui le poussait dehors. Il descendit l'escalier d'un pas chancelant et alla rejoindre Éverard chez Jonathas.

XXIII

Conrad, Éverard, Rosemonde et Jonathas réunis, passèrent dans la maison du garde-chasse une triste nuit d'insomnie, de terreurs et de larmes.

Éverard, le premier appareil une fois posé sur

sa blessure, avait voulu se lever : il était à demi étendu sur une chaise longue ; Conrad, assis à ses côtés, lui tenait la main ; Rosemonde allait et venait préparant quelque boisson au malade. Parfois, dans un pieux élan, elle se jetait à genoux et priait avec ferveur. Quant au bonhomme Jonathas, que ces événements qu'il eût dû prévoir en partie au moins, frappaient comme un coup de foudre, il ne fit que pleurer et sangloter pendant toute la lugubre veillée.

Entre ces quatre personnes unies par la pensée d'angoisse, il y eut pendant cette longue nuit, des silences qui durèrent des heures : on n'entendait que les sanglots de Jonathas, le tintement régulier de l'horloge de bois, et le vent qui faisait rage au-dehors, menaçant d'ébranler la frêle toiture de la maison. Puis des exclamations, des prières, des invocations à Dieu, tombaient au milieu de cette morne attente et la rendaient plus affreuse.

— Prions pour lui, disait Conrad.

— Jésus, ayez pitié de lui, répondait Rosemonde.

— Ma mère, pardonnez-lui, murmurait Éverard.

Minuit sonna. Une question de Conrad les fit tressaillir tous.

— Vit-il encore ? demanda-t-il.

— Hélas ! il est perdu, répondit Éverard après une pause. Ma mère me l'a toujours dit, il devait périr, sinon par moi, du moins à cause de moi. Je n'ai pas été le bourreau, je suis la hache. Et cependant la pauvre ombre le plaignait, mais le destin a été plus fort qu'elle. Tout a concouru à cet événement prédit, tout, non seulement ce qui était impur et mauvais, comme l'ambition du comte et les vices de mon frère, qui l'ont tué, mais ce qui était bon et religieux, comme la confiance de Jonathas et notre amour sacré. Le sort le voulait, les terribles passions dont mon père était possédé réclamaient leur victime. Il est perdu.

Une heure après, Éverard reprit :

— Que se passe-t-il à présent là-bas ? Quelle affreuse calamité nous attend ? Mon Dieu ! nous étions si heureux hier matin, nous faisions de si beaux rêves ! et maintenant quel espoir nous reste-t-il, et quelle est notre vie désormais ?

— Prions, dirent à la fois Conrad et Rosemonde.

L'aube, l'aube triste de décembre, plus sombre qu'une nuit de mai, fut bien lente à apparaître ce jour-là. Dès qu'une pâle lueur éclaira les vitres de la chambre, Conrad se leva.

— J'y vais, dit-il.

— Nous irons tous, reprit Éverard.

Nul ne fit d'objection : Éverard s'appuya sur son oncle, Rosemonde et Jonathas marchèrent derrière eux, et tous quatre s'acheminèrent vers le château. Huit heures sonnaient au moment où ils arrivaient devant la grande porte : les valets commençaient à s'éveiller.

— Quelqu'un de vous a-t-il vu le comte d'Eppstein depuis hier soir ? leur demanda Conrad.

— Non, répondirent-ils ; le comte s'est enfermé dans sa chambre en défendant qu'on le dérangeât.

— A-t-il sonné ce matin ? continua Conrad. Je

suis le comte Conrad, le frère de votre maître, et voici son fils Éverard que vous connaissez. Suivez-nous.

Conrad et Éverard, suivis de deux ou trois domestiques, montèrent à la chambre de Maximilien ; Rosemonde et Jonathas restèrent en bas. Arrivés à la porte, Conrad et Éverard se regardèrent et se firent peur l'un à l'autre, tant ils se trouvèrent pâles.

Conrad frappa : nul ne répondit. Il frappa plus fort : même silence. Il appela doucement d'abord, puis à haute voix, puis avec désespoir. Éverard et les gens du comte se joignirent à lui. Tout se tut encore.

— Qu'on apporte des pinces, dit Conrad.

La porte fut enfoncée. La chambre était vide.

— Nous entrerons seuls, Éverard et moi, dit Conrad.

Ils entrèrent, refermèrent la porte, et regardèrent autour d'eux.

Le lit n'était pas défait, rien ne semblait dérangé ; seulement la porte secrète était ouverte.

— Voyez ! dit Éverard en la montrant du doigt.

Conrad prit sur la cheminée une bougie qui brûlait encore. Puis l'oncle et le neveu s'engagèrent dans l'étroit passage et descendirent à pas lents l'escalier funèbre. La porte des caveaux était ouverte. Alors Éverard, prenant le flambeau des mains de son oncle, mena Conrad droit au tombeau de sa mère. Le couvercle de marbre était soulevé, et la main du squelette passait, tenant le comte Maximilien étranglé par deux tours de la chaîne d'or.

Le lendemain, quand, après avoir rendu les derniers honneurs au comte d'Eppstein, Conrad, Rosemonde et Éverard se retrouvèrent, en face l'un de l'autre :

— Adieu, dit Conrad ; je vais me faire tuer pour l'empereur.

— Adieu, dit Rosemonde ; je vous ai promis d'être au Seigneur ou à vous, Éverard ; je ne puis être à vous, je retourne au Tilleul-Sacré.

— Adieu, dit Éverard ; moi je reste à souffrir ici.

Conrad, atteint d'une balle au cœur, tomba à Waterloo.

Rosemonde, un an après, prononça ses vœux à Vienne.

Éverard demeura solitaire à Eppstein, continuant d'habiter la chambre où s'étaient accomplis les terribles événements que nous venons de raconter.

La mort du soldat, les prières de la vierge, les larmes du solitaire, ont-elles obtenu grâce pour le meurtrier ?

DOSSIER

CHRONOLOGIE

L'ENFANCE ET L'ADOLESCENCE (1802-1822)

24 juillet 1802. Naissance à Villers-Cotterêts d'Alexandre Dumas. Son père, Thomas Alexandre Dumas, fils d'une esclave de Saint-Domingue et du marquis Davy de la Pailleterie, est général de l'Empire. Sa mère, Marie-Louise-Élisabeth Labouret, appartient à la petite bourgeoisie campagnarde.

1806. Mort du général Dumas. Enfance et jeunesse d'Alexandre à Villers-Cotterêts, dans une certaine gêne matérielle.

1811-1813. Dumas fait de sommaires études : il fréquente le petit collège de l'abbé Grégoire, reçoit quelques cours particuliers de calligraphie, de violon et d'escrime. Il jugera plus tard son éducation « complètement manquée ».

1816. Il devient clerc de notaire et occupe deux postes successifs.

LA CONQUÊTE DE PARIS (1823-1828)

1823. Dumas s'installe à Paris après avoir obtenu, grâce à la recommandation du général Foy, une place de secrétaire surnuméraire du duc d'Orléans. Il n'est pas surchargé de travail et en profite pour se consacrer de plus en plus à la littérature.

1824. Naissance de son fils Alexandre dont la mère, Marie-Catherine Laure Labay, est blanchisseuse, et voisine de palier de Dumas. Il ne reconnaîtra son fils, le futur auteur de *La Dame aux camélias*, qu'en 1831.

1825. *La Chasse et l'amour*, pièce écrite en collaboration avec Adolphe de Leuven et James Rousseau, est jouée à l'Ambigu-Comique.

1826. Les *Nouvelles contemporaines* (*Laurette, Blanche de Beaulieu, Marie*) marquent sa première incursion dans le genre romanesque. *La Noce et l'enterrement*, pièce écrite en collaboration avec Hippolyte Lassagne à la Porte-Saint-Martin.

1827. Liaison avec Mélanie Waldor, qui servira de modèle à Adèle, l'héroïne d'*Antony*. En septembre une troupe de comédiens anglais qui jouent *Hamlet* et *Roméo et Juliette* à l'Odéon fait découvrir Shakespeare au public parisien. C'est une révélation pour Dumas.

1828. *Christine à Fontainebleau* est reçue à la Comédie-Française, mais non représentée.

RÉUSSITES ET ÉCHECS AU THÉÂTRE
(1829-1843)

1829. Première triomphale d'*Henri III et sa Cour* le 10 février, en présence du duc d'Orléans et de sa famille. À partir de ce moment, Dumas est un auteur reconnu.

1830. Dumas participe à la bataille d'*Hernani* (25 février). Avec enthousiasme, il prend part aux événements de Juillet 1830. Il est encore (pour peu de temps) en bons termes avec le nouveau roi des Français.

1831. 10 janvier, *Napoléon Bonaparte* à l'Odéon ; 3 mai, triomphe d'*Antony* à la Porte-Saint-Martin ; 20 octobre, *Charles VII et ses grands vassaux* à l'Odéon ; 10 décembre, *Richard Darlington*. – 5 mai, naissance de sa fille Marie, dont la mère, Belle Krelsamer, est comédienne.

1832. Encore une année très chargée : 6 février, *Teresa* ; 4 avril, *Le Mari de la veuve* ; 29 mai, *La Tour de Nesle*, 28 août, *Le Fils de l'Émigré*. Le choléra ravage Paris. Atteint en avril, Dumas se rétablit en mai. – Au cours de l'été, il entreprend un grand voyage dans les Alpes et en Suisse, dont il publiera le récit dans la *Revue des Deux Mondes*.

1833. 30 mars, Dumas donne un grand bal costumé pour le carnaval où il reçoit le Tout-Paris artistique. – 28 décembre, succès d'*Angèle* à la Porte-Saint-Martin.

1834. 7 mars, succès mitigé de *La Vénitienne*. Le 2 juin, semi-échec de *Catherine Howard*.

1835. Voyage en Italie et en Sicile avec la comédienne Ida Ferrier et le peintre Jadin.

1836. 30 avril, échec de *Don Juan de Marana* à la Porte-Saint-Martin. 31 août, première de *Kean* aux Variétés. – À partir de juillet, il commence à collaborer à *La Presse*, le journal d'Émile de Girardin, où il tient le feuilleton théâtral et fait paraître *Murat*, une scène historique.

1837. La production théâtrale n'est plus dominante. *Pascal Bruno* dans *La Presse* ; *Impressions de voyage en Suisse* dans *Le Figaro* puis chez Dumont. En outre, Dumas écrit en collaboration avec Nerval un opéra-comique, *Piquillo*, et une tragédie, *Caligula* ; c'est un échec.

1838. Le 21 mai, succès du *Bourgeois de Gand* à la Comédie-Française. Mais Dumas se tourne dans d'autres directions. Mars-juin : Plusieurs romans, dont *Pauline* et *Le Capitaine Paul*. Le 1er août, mort de sa mère, qui l'affecte beaucoup. Il entreprend avec

Ida Ferrier un voyage en Belgique et en Allemagne,
où ils sont rejoints par Gérard de Nerval, et dont
il tire les *Excursions sur les bords du Rhin*, qui
paraissent dans la *Revue de Paris* et *Le Siècle* puis
en volume en 1841.

1839. Sur le plan théâtral, gros succès de *Mademoiselle
de Belle-Isle* à la Comédie-Française, en avril, mais
dans le même temps, échec de *Léo Burckart* à la
Porte-Saint-Martin. Sur le plan romanesque et historique, *Vie et aventures de John Davis, Le Capitaine Pamphile, Les Crimes célèbres*.

1840. Le 5 février, Dumas épouse la comédienne Ida Ferrier. À la fin de mai, ils partent pour Florence, où
ils resteront neuf mois. Dumas se consacre au récit
de voyage (suite des *Excursions sur les bords du
Rhin, Le Midi de la France, Une année à Florence*)
et au roman (*Mémoires d'un maître d'armes*, écrit
en collaboration avec l'escrimeur Grisier).

1841. Mars : Dumas et sa femme sont de retour à Paris.
Juin : *Un mariage sous Louis XV* connaît un succès mitigé à la Comédie-Française. Dumas repart
pour Florence où il restera jusqu'en septembre.
Le Chevalier d'Harmental, un des premiers romans
écrits en collaboration avec Maquet. *Le Speronare*,
souvenirs de son voyage en Sicile de 1835, paraît
dans *La Revue de Paris*.

1842. En janvier, il repart pour Florence. En juin, il
visite l'île d'Elbe et repère l'île de Montechristo.
En août, il revient à Paris pour les obsèques du
duc d'Orléans, dont il se sentait très proche. Sur le
plan littéraire, nombreux témoignages sur l'Italie
distribués entre *La Presse* et *Le Siècle* : *La Villa
Palmieri, Le Corricolo*.

1843. *Les Demoiselles de Saint-Cyr* à la Comédie-
Française : grand succès, mais échec fracassant du
Laird de Dumbicky à l'Odéon. – Dumas se tourne
de plus en plus vers le roman, seul ou avec des col-
laborateurs, en explorant toutes les possibilités du

genre (histoire, fantastique, domaine sentimental). Le jeune Paul Meurice lui présente des manuscrits qu'il réécrit en les transformant plus ou moins. Trois romans naissent de cette collaboration et paraissent dans la presse cette année-là : *Le Château d'Eppstein* (sous le titre *Albine*, dans la *Revue de Paris*, 4 juin-16 juillet), *Ascanio* (*Le Siècle*, 31 juillet-4 octobre) et *Amaury* (*La Presse*, 29 décembre 1843-4 février 1844).

LE TRIOMPHE
DU ROMAN HISTORIQUE (1844-1854)

1844. Une année extrêmement importante pour la production romanesque : *Les Trois Mousquetaires*, *Une fille du Régent*, *Le Comte de Monte-Cristo*, *La Reine Margot* (à partir de décembre) paraissent en feuilletons. Ils sont écrits en collaboration avec Maquet. Dumas écrit (seul) *Gabriel Lambert*. **7 juin : *Le Château d'Eppstein* paraît chez Louis de Potter.**
Enrichi par le succès des *Trois Mousquetaires* et du *Comte de Monte-Cristo*, Dumas décide de se faire construire un château au Port-Marly.

1845. La collaboration avec Maquet continue : *Vingt ans après*, *Le Chevalier de Maison-Rouge*, *La Dame de Monsoreau*. Continuation de *Monte-Cristo*. En février, Eugène de Mirecourt, un pamphlétaire dont Dumas a refusé la collaboration, publie une brochure intitulée *Fabrique de romans. Maison Alexandre Dumas et Cie*. Dumas l'attaque pour diffamation et gagne son procès.
Retour au théâtre avec *Sylvandire* et *Les Mousquetaires* (adaptation de *Vingt ans après*).

1846. *Le Bâtard de Mauléon*, *Joseph Balsamo* (toujours avec Maquet), qui paraîtra jusqu'en 1848. *Une fille*

du Régent est représentée au Théâtre-Français le
1er avril. – D'octobre à janvier 1847, départ pour
l'Espagne (Dumas est invité au mariage du duc de
Montpensier avec l'infante Luisa Fernanda), puis
pour le Maroc. Le récit de ce voyage sera publié
en feuilletons l'année suivante (*De Paris à Cadix*)
puis en 1848 (*Le Véloce, ou Tanger, Alger, Tunis*).

1847. En février, Dumas ouvre le Théâtre-Historique
et y donne *La Reine Margot*, qui triomphe. Puis
suivent *Intrigue et amour*, *Le Chevalier de Maison-
Rouge* (adaptation du roman) et *Hamlet, prince
de Danemark*. Sur le plan romanesque, *Balsamo*
continue de paraître cependant que *Bragelonne*
démarre dans *Le Siècle* (septembre). – Il s'installe
au château de Monte-Cristo, où il organise une
grande fête le 25 juillet.

1848. En février, Dumas participe aux journées révolutionnaires (au même moment, *Monte-Cristo* débute
au Théâtre-Historique). Il se prononce d'abord
pour la régence de la Duchesse d'Orléans, mais se
rallie à la République quand celle-ci est proclamée
(27 février 1848). En mars et en juin, il se présente
à la députation en Seine-et-Oise et dans l'Yonne ;
il est battu chaque fois. – Après les journées insur-
rectionnelles de mai et juin, son discours devient
nettement plus conservateur ; directement touché
par le climat ambiant, car l'agitation politique
nuit gravement à la fréquentation théâtrale, il se
range du côté du « parti de l'ordre » et soutient
en novembre la candidature à la présidence de la
République de Louis-Napoléon Bonaparte. – En
décembre, *Le Collier de la Reine* (suite de *Joseph
Balsamo*) démarre dans *La Presse*.

1849. *La Jeunesse des Mousquetaires* au Théâtre-Historique,
Le chevalier d'Harmental, puis *Le Comte Hermann*.
– Parution dans *Le Constitutionnel* de nombreuses
nouvelles fantastiques (*Les Mille et Un Fantômes*,

Un dîner chez Rossini, Les Gentilshommes de la Sierra Morena, Les Mariages du père Olifus, Le Testament de M. de Chauvelin, La Femme au Collier de velours). – Criblé de dettes, Dumas vend son château de Monte-Cristo en mars. Un grand chagrin : en mai, mort de Marie Dorval, la créatrice d'Adèle dans *Antony*.

1850. Encore une année de difficultés financières ; il est saisi de ses biens. *Pauline* (adaptation du roman) est jouée au Théâtre-Historique, puis *La Chasse au Chastre* et *Le Capitaine Lajonquière*. Mais, le 15 octobre, les représentations s'interrompent ; en décembre, c'est la faillite, et le Théâtre-Historique ferme. – La production romanesque continue : en janvier, fin de *Bragelonne*. Dumas publie, en collaboration avec Meurice, *Le Trou de l'Enfer*, première partie de *Dieu dispose*, puis *La Tulipe Noire* et *Ange Pitou*, suite du *Collier de la Reine* (avec Maquet).

1851. Deux drames tirés de *Monte-Cristo, Le Comte de Morcerf* et *Villefort*, sont joués à l'Ambigu-Comique. *Olympe de Clèves*, roman historique, paraît dans *Le Siècle*. – Dumas part pour Bruxelles pour fuir ses créanciers (et non pas, comme Hugo, à la suite du coup d'État du 2 décembre). Il commence à jeter un regard rétrospectif sur sa vie : ses *Mémoires* (commencés en 1847) paraissent dans *La Presse* et à partir de juin remplacent *Ange Pitou* assujetti au droit de timbre.

1852. Année à Bruxelles à part un bref aller-retour à Paris pour voir à la Porte-Saint-Martin *Benvenuto Cellini*, que Meurice a adapté à la scène à partir d'*Ascanio*. Dumas collabore à *L'Indépendance belge*. Rédaction de *La Comtesse de Charny*, suite d'*Ange Pitou*, qui paraîtra jusqu'en 1856.

1853. Au cours de brefs séjours à Paris, Dumas dirige les répétitions de *La Jeunesse de Louis XIV* puis essaie, sans y parvenir, d'obtenir la levée de l'interdiction qui pèse sur cette pièce. Il fonde un journal,

Le Mousquetaire, dont le 1er numéro paraît le 20 novembre. À la fin de novembre, il se réinstalle à Paris.

1854. Nombreuses chroniques dans *Le Mousquetaire*, ainsi qu'un grand roman, *Les Mohicans de Paris* dont la parution s'étalera sur cinq ans. – La collaboration Meurice-Dumas continue avec *Le Capitaine Richard*.

LES ANNÉES DIFFICILES (1855-1868)

1855. Dumas publie essentiellement des « causeries » dans *Le Mousquetaire*. Pour acheter une concession perpétuelle à Marie Dorval, morte en 1849, il écrit *La Dernière Année de Marie Dorval*, dont chaque exemplaire est vendu au prix modique de 50 centimes.

1856. Théâtre : *L'Orestie* à la Porte-Saint-Martin. Roman : *Les Compagnons de Jéhu* commence à paraître en décembre.

1857. Voyages en Angleterre (une visite à Hugo à Guernesey) et en Allemagne. *Le Mousquetaire*, accablé de difficultés matérielles, cesse et est remplacé en avril par *Le Monte-Cristo*, dont Dumas est pratiquement l'unique rédacteur.

1858. De juin à mars 1859, il voyage en Russie, invité par le comte et la comtesse Kouchelev. Le récit du voyage paraît dans *Le Monte-Cristo* (*De Paris à Astrakan*).

1860. Voyages en Italie, navigation en Méditerranée sur son yacht l'*Emma*. Dumas rencontre Garibaldi et participe à l'expédition des Mille. Il écrit les *Mémoires de Garibaldi*, d'après des notes données par Garibaldi lui-même, qu'il publie dans *Le Siècle*. Il fonde en novembre *L'Indipendente*, dont il veut faire « le journal de l'unité italienne » et qui paraîtra de manière irrégulière, avec des interruptions.

– Le 24 décembre, naissance de Micaëlla Josepha, fille de Dumas et d'Émilie Cordier. Garibaldi en est le parrain.

1862. Dumas est de retour à Paris, après un séjour à Naples. *Le Monte-Cristo* cesse de paraître le 10 octobre.

1863. Des allers et retours entre Paris et Naples. Dans *La Presse*, à partir de décembre, parution de *La San Felice* (jusqu'en mars 1865).

1864. *Les Mohicans de Paris*, la pièce tirée du roman et jugée subversive est interdite par la censure. Après l'intervention de Napoléon III, le drame est représenté à la Gaîté.

1865. Causeries et conférences en province. Un roman inachevé, *Le Comte de Moret*. Voyage en Autriche et en Hongrie.

1866. Voyage en Italie, alors en guerre avec l'Autriche. En novembre, renaissance du *Mousquetaire* sous une nouvelle forme ; Dumas en est le directeur littéraire.

1867. Encore des romans : *Les Blancs et les Bleus* paraît dans *Le Mousquetaire*, puis *La Terreur prussienne*, directement inspirée de l'actualité européenne, dans *La Situation*.

1868. En février, Dumas fonde le *Dartagnan* (*Le Mousquetaire* a cessé de paraître en avril 1867) ; nombreux articles et causeries.

LES DERNIÈRES ANNÉES (1869-1870)

1869. Il commence un roman, *Hector de Sainte-Hermine*, qui restera inachevé. Il adapte pour la scène *Les Blancs et les Bleus* qui est représenté en mars au Châtelet. Ennuis de santé. Séjours en Normandie et en Bretagne. Il rédige son *Grand dictionnaire de cuisine*, qui ne sera publié qu'après sa mort. À partir de décembre, *Création et rédemption*, son dernier roman, paraît dans *Le Siècle* (jusqu'en mai 1870).

1870. Après un voyage en Espagne, très affaibli, il s'installe à partir de septembre chez son fils, à Puys, près de Dieppe. Il y meurt le 5 décembre. Enterré une première fois à Neuville-lès-Pollet, près de Dieppe, son corps sera ensuite transféré en 1872 au cimetière de Villers-Cotterêts.

2002. Ses cendres sont transférées au Panthéon le 30 novembre, au cours d'une cérémonie solennelle.

LA GENÈSE DU ROMAN

PARUTION

Le Château d'Eppstein n'est pas un roman-feuilleton. Il a été écrit intégralement avant de paraître, sous le titre d'*Albine*, dans la *Revue de Paris*, en sept livraisons, du 4 juin au 16 juillet 1843. Les revues, hebdomadaires, bimensuelles ou mensuelles, achètent des œuvres achevées d'auteurs reconnus ou de signatures en vogue, qu'elles divisent en tranches d'une vingtaine de pages. La logique de production en flux tendu leur est totalement étrangère. On ne trouvera pas non plus dans ces livraisons les tics de l'écriture feuilletonnesque (« Nos lecteurs se rappellent sans doute... »). Journaux et revues ont tous des prix élevés, mais le journal a un cercle de diffusion plus large que celui des seuls abonnés et touche parfois l'ensemble d'une maisonnée, domesticité comprise. Le public des revues, plus restreint et homogène, comprend essentiellement le monde élégant.

C'est avec la publication en volumes chez l'éditeur belge Louis de Potter, en juin 1844, que le roman trouve son titre définitif. Nous n'avons pas d'indication sur les origines de ce changement. Le chapitrage est identique à celui de l'édition préoriginale ; la parution en trois tomes rend nécessaire le regroupement avec d'autres titres pour compléter le dernier volume. Ces nouvelles (*Fra Barto-*

lomeo, Le Curé Chambard, La Vendée après le 25 juillet, Un miracle au XVᵉ siècle) n'ont aucun rapport avec le roman, d'où l'intérêt de la réédition que nous proposons, qui détache l'œuvre d'un ensemble artificiel.

Le roman rencontre un certain succès, si l'on en croit une lettre de Dumas à Jules Lacroix qui attribue ce résultat aux annonces faites dans les journaux par Louis de Potter :

> C'est à force d'annonces seules que l'on vend à cette heure ; car le cabinet littéraire se soustrait, autant qu'il peut, à l'achat de livres cotés 7 francs 50 centimes, et mon avis est que le plus ou moins d'annonces peut avantager ou diminuer la vente d'un ouvrage de trois ou quatre cents exemplaires.
>
> Dumont, par exemple, qui ne fait presque pas d'annonces, n'a encore vendu que sept ou huit cents exemplaires du *Chevalier d'Harmental*, publié il y a près de trois ans ; Potter, qui en fait beaucoup, en a déjà vendu mille du *Château d'Eppstein*, qui n'est publié que depuis un an.

(Lettre à J. Lacroix, janvier 1845.)

Malgré ce démarrage encourageant, le roman, sans doute éclipsé par le succès des grands romans historiques, ne fera pas l'objet de nombreuses rééditions. Après une version illicite en 1859 chez Méline et Cans (Bruxelles), il est réédité en 1860 chez Michel Lévy, en deux volumes, puis en 1892 chez Calmann-Lévy, dans la collection des œuvres complètes de Dumas.

Au XXᵉ siècle, il disparaît presque complètement. L'édition la plus récente est celle des Belles Lettres en 1998, dans la collection « Le Cabinet noir ».

GENÈSE

Le roman a été écrit plusieurs années avant sa parution : dans une lettre[1] à Jacques Domange, son fondé de

---

1. Ces lettres sont reproduites dans le 29ᵉ *Cahier Alexandre*

pouvoir, datée de septembre 1840, Dumas fait allusion à « un petit roman entièrement inédit, intitulé *La Chambre rouge* » qui « fera une vingtaine de pages », promis pour « le 15 ou 20 du mois prochain » à l'éditeur Dumont, qui a publié ses premiers romans et ses souvenirs de voyage. La parution en revue doit se faire dans la *Revue de Paris* de François Buloz. Une autre lettre à Domange, datée de janvier 1841, fait allusion à une avance de 1 000 francs de Buloz pour le futur roman, que Dumas s'est engagé à envoyer « avant le mois de mai ». Tout laisse donc penser que la rédaction se situe au printemps 1841, après le retour de Dumas à Paris, au mois de mars ; la collaboration avec Paul Meurice implique d'ailleurs une proximité géographique. On trouve dans les archives de Paul Meurice ce petit billet laconique, non daté :

> Mon cher enfant,
> Voici que je me remets à *La Chambre rouge*. Vous m'avez donné, je crois, jusqu'à la page 29. Avez-vous quelque chose à m'envoyer ?
> À vous,
> Alex. Dumas

Après certaines tensions avec l'éditeur Dumont, Dumas décide de faire paraître le roman chez Louis de Potter, qui publiera également *La Guerre des Femmes* en 1845.

LA COLLABORATION DE DUMAS ET MEURICE

Paul Meurice (1818-1905) est surtout connu aujourd'hui comme disciple et ami de Hugo. Il prend également part à la vie politique : en août 1848, avec les fils de Hugo et Auguste Vacquerie, il fonde *L'Événement*, créé pour soutenir la candidature de Louis-Napoléon Bonaparte à la présidence de la République. Cet engagement est

---

Dumas, intitulé *Correspondances. Deux cents lettres pour un bicentenaire.*

de courte durée : le journal, qui se désolidarise vite du Prince-Président, est attaqué en justice en 1851 et cesse de paraître ; Meurice fait l'objet d'un bref emprisonnement. Malgré sa situation d'opposant, ce romancier et dramaturge prolifique connaît un certain succès sous le second Empire. En 1869, avec la même équipe, augmentée d'Henri Rochefort, il fonde *Le Rappel*, de tendance républicaine affirmée.

À la mort de Hugo, en 1885, Paul Meurice est désigné comme son exécuteur testamentaire et supervise l'édition de référence de ses œuvres. En 1902, année du centenaire de la naissance de l'écrivain, il fonde la Maison de Victor Hugo, où d'importantes archives sont conservées.

Il semble que *Le Château d'Eppstein* marque le début de la collaboration entre Dumas et Meurice, avant *Amaury* et *Ascanio*, qui paraissent en 1844. Meurice reviendra à l'inspiration allemande avec *Le Trou de l'Enfer* (1850) puis *Le Capitaine Richard* (1854).

En outre, il collabore avec Dumas au théâtre, où cette pratique est courante. Ensemble, les deux hommes s'attellent à *Hamlet*. Meurice aide également George Sand à adapter à la scène certains de ses romans (*Les Beaux Messieurs de Bois Doré*, *Le Drac*).

On a l'habitude d'utiliser le terme de collaboration pour désigner des processus très différents. Le collaborateur peut simplement donner une idée, transmettre oralement une histoire ou des souvenirs, sans pour autant participer au travail d'écriture. C'est le cas de l'escrimeur Grisier (pour *Le Maître d'armes*) ou de la comédienne Marie Dorval (pour *Cécile*). La plupart du temps, il fournit de la documentation, propose un scénario, soumet au maître un premier jet. Le disciple le plus important est sans doute Auguste Maquet, rencontré en 1838, avec qui Dumas écrira la plupart de ses romans historiques et *Le Comte de Monte-Cristo*. On sait à ce propos, grâce à un témoignage de Dumas lui-même, que Maquet est intervenu directement dans la conception de l'œuvre, en suggérant une progression chronologique, alors que Dumas avait imaginé un début *in medias res* suivi de rétrospections. Les nombreux courriers entre les deux hommes nous renseignent aussi sur l'échange incessant qui caractérise ce travail d'écriture à deux. Nous avons malheureusement moins d'éléments sur la collaboration avec Paul Meurice : tout laisse penser que le jeune homme fournit à Dumas des textes déjà très avancés que le maître réécrit ensuite en les transformant plus ou moins. Il est donc primordial de retrouver ces manuscrits intermédiaires qui, bien plus que le manuscrit final, donnent des éclairages précieux sur la réécriture effectuée par Dumas.

LE MANUSCRIT DE PAUL MEURICE

Il se trouve à la bibliothèque de la Maison de Victor Hugo[1], dans un carton étiqueté « Brouillons et ébauches », regroupé avec d'autres manuscrits (*Struensee, Don Juan, Les Chevaliers de l'esprit*). Il est complet et totalement rédigé, mais ne comporte pas de titre.

Cette version de Meurice évolue en cours d'écriture. Certaines modifications sont mineures, notamment celles qui touchent aux prénoms : Noémi s'appelle d'abord Annette, ce qui est dans doute un souvenir du Freyschütz. Le prénom biblique s'impose avec la mention du livre de Ruth. Rosemonde est d'abord prénommée Albine, en hommage à la comtesse d'Eppstein. Le prénom est changé au moment de la mort de Wilhelmine.

On note une modification plus importante : Meurice introduit un personnage qu'il supprime par la suite. Il s'agit d'un enfant appelé Nip et rebaptisé David, qui pourrait être l'enfant de Conrad. Cet enfant est recueilli par Jonathas, le jour de la naissance de sa fille et d'Éverard.

---

1. Nous remercions vivement la bibliothèque de la Maison de Victor Hugo qui nous a permis de publier ici d'importants extraits de ce manuscrit.

Ce sont donc trois enfants qui grandissent ensemble dans la chaumière. David, très studieux, est conçu comme l'antithèse d'Éverard, qui est une sorte d'enfant sauvage. Puis Meurice l'abandonne au moment de la mort de Wilhelmine, comme en témoignent les biffures des passages qui le concernent.

Modification de la structure du roman

Quel est le rôle de Dumas dans ce roman ? Sa première intervention se situe en amont, avec l'ajout de l'introduction. C'est sa manière de s'approprier un texte et de l'assimiler. Ce début en forme de causerie, dans un cercle amical où chacun rapporte une histoire, est chez lui très courant. Il s'en servira aussi dans *Amaury* et dans *Les Mille et Un Fantômes*. C'est un procédé particulièrement intéressant pour traiter du fantastique : au lieu de la distance qu'établit un roman ou un conte autonome, le récit rapporté, fût-il fictif, prend à partie les contemporains et les force à s'interroger sur la proximité du surnaturel.

Cet ajout le conduit à modifier la *structure du roman* : Meurice avait rédigé un début *in medias res*, en mettant en scène la première apparition d'Albine dans la chambre rouge pour amener ensuite une rétrospection (les chapitres I à V dans l'édition définitive). Mais la nouvelle introduction remet en question ce choix : il est difficile de juxtaposer deux scènes d'apparitions dont l'une fait automatiquement figure de doublon. Dumas opte pour une progression chronologique qui dirige l'intérêt sur d'autres éléments que le fantastique : la rivalité entre les deux frères, le mariage mal assorti d'Albine et de Maximilien et surtout l'histoire récente marquée par les invasions des armées révolutionnaires en Rhénanie.

Voici le début de Paul Meurice, qui a toutes les caractéristiques d'une scène d'exposition. L'action est en relation directe avec le premier titre pressenti. Dans la version définitive, ce texte se retrouve au chapitre VI.

Dans la chambre rouge, le comte Maximilien d'Eppstein, la tête inclinée, la main sur son menton, se promenait en rêvant. Le comte Maximilien d'Eppstein était une figure sombre et altière. De haute taille et d'allure vigoureuse, il avait des gestes pour ainsi dire résolus et des airs impérieux. Sa physionomie exprimait mieux l'instinct que l'audace. Devant lui on se sentait en présence d'une volonté implacable, et c'est par cette mine hautaine et déterminée qu'il savait imposer à des esprits souvent supérieurs au sien. Le désir chez cet homme devait se traduire immédiatement en actions. On avait peine à soutenir son regard fixe et hardi. On se disait vaguement que peu d'obstacles devaient tenir contre sa colère et que peut être un crime ne devait pas arrêter cette violente nature. À l'époque où commence ce récit, le comte Maximilien pouvait avoir 30 à 36 ans. Mais des rides précoces sillonnaient déjà son visage où les soucis de l'ambition avaient laissé leur future empreinte. Le comte avait un front allemand large, mais qui sonnait le creux ; son nez recourbé et ses lèvres minces ne contribuaient pas peu à lui donner cet aspect dominateur, qui frappaient d'abord. Le pli de son sourcil, et il le fronçait souvent, était terrible ; son sourire, mais il ne souriait guère, était le masque avide et obséquieux du courtisan. Sa taille haute et droite ne se pliait (illisible) devant le maître. En somme, dans son aspect comme dans son âme, nulle vraie grandeur, calme et clémente. Il était ambitieux à la façon du père Joseph et non à celle de son compatriote Wallenstein. Il se vengeait de son humilité envers les grands par sa fierté envers les petits.

Maximilien se promenait donc de long en large dans la chambre rouge. C'était dans la nuit de Noël de l'année 1794, un grand feu brûlait dans la fantastique cheminée ; d'énormes quartiers de chênes se consumaient en criant. Pourtant, on avait froid dans cette chambre vaste et déserte. Un candélabre à cinq branches était posé sur une table. Pourtant, nulle clarté ne semblait pouvoir illuminer ces murailles sombres et ces hauts plafonds. Je ne sais quelle

*terreur glacée tombait de ces antiques lambris. Ce soir, le
vent soufflait et sifflait avec fureur.*

— *C'est une terrible imagination, songeait le comte, que
celle qui met dans la longue fureur du vent, les plaintes
désespérées de tous les trépassés. Ce pleur éternel incessamment grossi qui planerait en certains moments sur la
nature inanimée, cette angoisse impuissante qui briserait
les (ill.) et se briserait aux montagnes, ce funèbre reproche
de ceux qui sont sous la terre à ceux qui sont dessus, tout
cela serait affreux !*

*Le comte s'assit en frissonnant. Mais malgré lui, son
esprit plongeait jusqu'au fond dans sa lugubre idée. – Parmi
les morts qui pleurent là, se disait le comte, ceux qui se
lamentent dans les corridors du château sont peut-être les
miens. Hélas, Hélas ! ils sont bien nombreux ; la mort a
fait une ample moisson dans cette maison. Voyons, il y a
d'abord ma mère, une sainte femme. Quand elle vivait, je
l'ai fait gémir bien souvent. Plus elle était douce et tendre,
plus j'étais emporté et volontaire, moi. Que de nuits elle
a passé à genoux entre mon père et moi, exhortant l'un,
apaisant l'autre. Et lui, mon père, il est là aussi, et s'il s'est
couché dans la tombe avant son heure, c'est peut-être moi,
ô mon Dieu, qui ai abrégé ses derniers jours. C'était un
noble vieillard, mais bien austère et bien rigide. Il n'aurait
pas dû prendre au sérieux comme il le faisait les orageuses
boutades de ma jeunesse. Mon frère est là encore, sans
doute puisque je n'ai plus de nouvelles. Oh ! celui-là, je
l'aimais bien, le faible et poétique jeune homme que mon
père a maudit parce qu'il s'était mésallié et qui est mort
probablement parce que son père l'avait maudit. Sont-ce
là tous ceux que je pleure ? Non, la funèbre revue n'est pas
close. Il y a aussi Thécla, ma première femme, un nom plutôt qu'un souvenir, une ombre même quand elle respirait,
figure insignifiante qui n'a passé dans ma vie que pour
laisser, Dieu en soit béni, un aîné à la maison d'Eppstein.
Et puis, et puis, il y a l'autre, ma seconde femme, cette
Albine, qui m'a trahi. Elle doit se lamenter plus haut que
les autres, celle là. Enfin sa fin à elle n'a pas été naturelle*

comme celle de Thécla. Car je l'ai tuée, pas avec mon épée sans doute, mais il y a des paroles qui valent des coups de poignards. Eh bien quoi ! je l'ai tuée, ou plutôt je l'ai punie, et je ne m'en repens pas, et cela serait à refaire encore que je le referai encore.

[...]

Il est nécessaire maintenant de revenir sur le passé pour expliquer la sombre histoire qu'on n'a fait qu'entrevoir jusqu'ici.

Reportons nous à cinq ans en arrière. Nous sommes en 1789. [...]

La légende de la comtesse Léonore, qui n'apparaît pas dans le roman de Meurice, est entièrement inventée par Dumas, qui l'insère au moment de la première rencontre d'Albine et Maximilien. Elle est intéressante à plusieurs titres : s'inscrivant dans une époque reculée qu'elle relie ainsi à la modernité, elle mobilise un merveilleux médiéval que son éloignement chronologique rend acceptable pour le lecteur contemporain. Elle déplace également l'intérêt des personnages aux lieux : il ne s'agit pas uniquement de l'histoire d'Albine, mais aussi de celle du château à travers les siècles, qui devient ainsi un personnage et non plus un simple décor. Le choix du titre définitif s'inscrit dans cette logique.

Réécriture

Des scènes importantes sont réécrites et enrichies, comme celle de la mort de Wilhelmine. Voici la version de Meurice.

Dieu rappela à lui pourtant la femme de vingt neuf ans en même temps que le vieillard de quatre vingt six. Sa mère s'était de même prématurément éteinte comme sans doute sa soeur Noémi, Wilhelmine alla rejoindre la maîtresse qu'elle avait servie jusque dans la tombe. Elle eut une mort de sainte et finit calme et confiante en Dieu comme elle avait

*vécu : « pauvre ami, disait-elle dans ces derniers moments
à son mari qui sanglotait à son chevet, pauvre ami, cela
me déchire de te quitter si tôt, quand tu as encore besoin de
moi, toi qui m'as tant aimée. Mais le Seigneur le veut. Sois
ferme, sois homme. Lis l'évangile comme faisait mon père
quand les douleurs lui gonflaient le cœur. Par bonheur le
plus fort de ma tâche est fait, les enfants sont à moitié élevés
et se portent bien, Dieu merci. Je te les confie, Jonathas.*

*Écoute, je n'ai jamais eu le courage de me séparer de
Rosemonde. J'ai eu tort. Quand je n'y serai plus, je te prie
de la conduire à Vienne, mon ami, au couvent du Tilleul-
sacré, où tu remettras à la supérieure la lettre de ma bonne
maîtresse. On achèvera là d'élever notre enfant selon Dieu.
N'y manque pas, entends-tu bien ? Veille toujours sur Everard. Continue moi auprès de lui et sa mère t'accompagnera
partout comme elle m'accompagnait. Everard, mon Everard, écoutez, vous aussi, vous voilà grand et raisonnable
et vous irez aussi bien sans moi prier matin et soir sur le
tombeau, n'est-il pas ? N'y manquez pas un seul jour tant
que vous resterez ici, mon enfant. Respectez votre père mais
aimez votre mère. Je vous recommande votre sœur (rayé :
Albine) Rosemonde. Et toi, Rosemonde, ma fille, ne cesse
pas d'être pieuse et charitable, digne de la sainte maison
où tu vas entrer. Aie toujours devant les yeux, ma fille,
l'exemple de celle dont je t'ai si souvent raconté les vertus.
(rayé : David, tu es le plus âgé [ill.]... avec toi mes recommandations sont inutiles ; et tes beaux yeux aussi péné-
trants et aussi doux que ceux qu'avait Madame me disent
que tu m'avais comprise avant que je ne t'en ai parlé. Tu
seras sans doute un grand savant, David ; j'aimerais mieux
pourtant que tu aies un bon métier qui pût te nourrir tout
de suite si Jonathas venait à te manquer. Mais Dieu sait ce
qu'il fait, ne contrarions pas ses vœux. Continue d'étudier,
David. Le lait et la venaison sont abondants dans la maison du garde-chasse, et ta part ne diminuera pas.)*

*Adieu tous, je vais retrouver madame, j'espère qu'elle
sera contente de moi.*

Deux heures après, Wilhelmine n'était plus.

Sur un lambeau de papier ajouté, on trouve cette mention du vieux Gaspard, alors que dans un premier jet
Meurice le faisait mourir peu après le mariage de sa
fille :

> *Elle se tourna ensuite vers Gaspard assis près de son
> lit immobile et calme, vieux chêne qui avait vu périr tous
> ses proches : « À vous, mon père, que dirai-je, à vous qui
> douleur vivante, ensevelissez tous vos enfants ? »*
>
> *— Dis moi au revoir, ma fille répondit gravement le
> vieillard, car c'est moi qui te rejoindrai le premier. Si mes
> vieilles mains doivent encore coudre ton jeune linceul,
> notre séparation, du moins, sera moins longue, et la sain-
> teté de ta mort m'est encore une consolation. Nous nous
> retrouverons aux pieds de Dieu, Wilhelmine. Je m'en irais
> tout à fait tranquille si je savais que Noémi a fait une fin
> aussi chrétienne, aussi pure que la tienne.*
>
> *— N'en doutez pas mon père, n'en doutez pas. Moi je ne
> fais que mourir, Noémi avait souffert. Mais ne parlez pas
> encore de nous rejoindre, mon père. Vivez pour enseigner
> la résignation à Jonathas, vivez pour veiller sur mes deux
> enfants. Les morts ont la patience, ayant l'éternité. Vivez,
> et adieu, adieu tous.*

La comparaison entre ces deux versions est éclairante :
Meurice peint une mort édifiante dans la tradition classique,
avec des recommandations aux proches, mais n'insiste pas
sur les sentiments. Dumas, lui, s'intéresse à la progression
de la maladie, avec ses faux espoirs et ses rémissions, aux
réactions de l'entourage (clairvoyance ou déni de réalité[1]),
à l'incompréhension des enfants. La mort de Wilhelmine
devient un tableau traité sur le mode esthétisant, ce qui
n'empêche pas un profond pathétique et donne à ce personnage, secondaire chez Meurice, une dimension nouvelle.

---

1. Tous ces motifs seront développés et amplifiés dans *Amaury*,
autre roman écrit en collaboration avec Meurice.

Une autre scène fait l'objet d'une réécriture importante, celle qui voit le retour de Conrad d'Eppstein au château (chap. x). Voici la version de Meurice :

Quand vint la nuit, une nuit transparente et calme comme celle de la veille, il pria Everard de le conduire au château. L'enfant avait la clef d'une petite porte du parc et, nous l'avons dit, les deux ou trois domestiques laissés à Eppstein par le comte Maximilien ne s'étonnaient ni ne s'inquiétaient de la présence ou de l'absence du fils de leur maître. Everard put donc introduire son nouvel ami dans le château. Rien n'y était changé depuis la mort d'Albine, et à l'aspect de ces allées, de ces arbres et de ces parterres qu'il paraissait connaître et où son pied paraissait familier, le singulier compagnon d'Everard fut repris de cette émotion qu'il avait déjà tant de peine à maîtriser le matin. Et lorsqu'entrant dans le château il vit la chambre d'Albine, cet homme sérieux qui avait l'air si bien cuirassé contre les faiblesses humaines fondit en larmes :

— Voilà la place où elle s'asseyait devant son métier à tisser, c'est ici qu'elle priait, c'est de cette fenêtre qu'elle regardait la course du soleil !

— Oh ! qui êtes-vous donc qui avez si bien connu et tant aimé ma pauvre mère ? s'écria Everard.

— Tout ce que je puis vous dire en ce moment, c'est que je suis un colonel français qui revient de mission de Vienne. Vous saurez le reste, cher enfant, quand je le dirai à Gaspard. J'aurai tant à souffrir en racontant le souvenir de mon douloureux passé et ma main sur la plaie saignant encore que je voudrais m'épargner une fois au moins cette torture. Ne vous suffit-il pas en attendant de savoir que je vous aime comme mon fils, ayant aimé votre mère comme ma sœur ?

— Oh ! oui, cela me suffit, il y a si longtemps que je ne me suis senti aimé. Vous m'habituez à ma sœur Rosemonde. Que votre mémoire se taise, soit, puisque votre cœur veut bien parler.

Le lendemain et les jours suivants, le colonel devint de plus en plus prévenant et paternel avec Everard ; il l'interrogea beaucoup sur son père, le comte Maximilien.

— En vérité, je ne sais point si je le reconnaîtrais, dit l'enfant. Voilà si longtemps que je ne l'ai vu, et il a passé si vite. Toute son affection s'est portée comme de juste sur mon frère aîné Albert. Je ne m'en plains pas ; il m'a laissé tout entier à ma mère...

La version de Dumas, moins bavarde que celle de Meurice, est aussi beaucoup plus suggestive. Le mutisme de Conrad donne une émotion particulière à cette scène entre les deux personnages dont l'échange est implicite. Dumas s'est manifestement inspiré du début de l'acte IV des *Brigands*, qui met en scène le retour de Karl Moor au château paternel ; la mention des anciens comtes d'Eppstein fait éclater la dimension purement sentimentale qui prévaut chez Meurice. L'ajout du pèlerinage aux tombeaux replonge le lecteur dans l'atmosphère gothique et donne au vieux château la place d'honneur.

Suppressions

Dumas ne se contente pas d'ajouter ou de réécrire certaines scènes, il procède aussi à des suppressions. Nous transcrivons ici une partie du texte qui relate la mort de Noémi, évoquée de façon elliptique dans la version définitive.

Cependant les semaines s'écoulaient, l'époque fixée par Jonathas pour son retour était arrivée et Jonathas ne revenait pas. Il était parti à pied mais il avait emporté assez d'argent pour ramener sa fille en voiture et d'après ses calculs son voyage ne devait guère durer plus de vingt jours. Or près d'un mois s'était écoulé depuis son départ. Le vieux Gaspard, qui semblait n'avoir rassemblé le reste de ses forces que pour le temps fixé, s'éteignait visiblement. Le matin du 29ᵉ jour, le médecin en quittant le malade dit

*à Everard qu'il ne reviendrait plus et que c'était le pasteur
qu'il fallait appeler maintenant. Le pasteur vint en effet
et trouva le noble vieillard digne dans la mort comme il
l'avait été dans la vie.*

— *Dieu veut m'éprouver jusqu'à la fin, disait-il, en me
refusant les deux derniers bonheurs que je lui avais deman-
dés. La volonté de Dieu soit faite.*

— *Du courage et de la confiance, reprenait Everard,
d'une minute à l'autre Jonathas peut arriver avec Rosemonde.*

— *Oh ! je ne verrais plus mon enfant, j'ai devant les yeux
comme un nuage.*

— *Votre cœur la sentirait au moins, votre main la tou-
cherait.*

— *Oh oui, ce serait pour moi une grande joie, mais il
n'y faut plus penser. Relis moi l'histoire de Jacob, Everard.*

*En ce moment, le colonel prévenu par Everard entrait
dans la chambre et après l'avoir considéré avec respect et
affection, s'asseyait auprès de son lit.*

— *Pardon, père, reprit Everard, c'est qu'il y a là un étranger.*

— *Un étranger ! il faut le recevoir, mon enfant. Donne
lui la chambre de Jonathas et prie-le de m'excuser.*

— *J'avais prévenu vos désirs et ce voyageur est là qui
vous remercie de votre bonne hospitalité. Il dit qu'il revient
de France.*

— *De France ! de France ! s'écria le moribond, de Paris
peut-être où vit ma Noémi, où elle meurt devrais-je plutôt
dire.*

— *Noémi, reprit le (ill.) j'ai connu en 1793 une Allemande qui portait ce nom de baptême. Son mari s'appelait
Conrad d'Eppstein.*

— *Qu'est-ce qu'il dit ? qu'est-ce que vous dites ? Oh !
prenez garde, c'est impie de tromper un mourant. Toi qui le
vois Everard, regarde le, est-ce qu'il a l'air d'un trompeur ?*

— *Je dis la vérité, mon père. J'ai vu Mme d'Eppstein
et sa figure angélique n'est pas de celles qu'on oublie ; on
m'a raconté sa vie et son histoire est de celle dont on se
souvient.*

— *Vraiment ! Oh ! qui que vous soyez, vous êtes l'envoyé de Dieu. Ma Noémi ! regardez moi, je suis son père, dites moi tout, c'est ma fille, et hâtez-vous, hâtez-vous, je vais mourir. Est-elle morte ? Oh ! ne me cachez rien. Ce serait presque une joie pour moi. Je la retrouverai là haut plus vote qu'ici bas et une mort sainte vaut une vie. Elle est morte, n'est-il pas vrai ?*

— *Ecoutez, reprit l'étranger, Conrad d'Eppstein semblait comme quelqu'un dont le cœur était divisé en deux. Il semblait toujours et partout triste et d'une sombre pensée passait sur toute sa vie. Il avait bien une femme, mais il n'avait plus son père et sa mère qu'il aimait et quand un doux regard de Noémi lui mettait un sourire aux lèvres, il lui suffisait de tourner ses yeux du côté de sa patrie pour que ses yeux se mouillassent de larmes. [...] L'aube de la Révolution se levait alors en France, il espéra en cette jeune et (ill.) liberté et lui consacra la part de sa vie que l'exil laissait si douloureusement inoccupée. Il fut dès lors presque heureux. Son amour pour Noémi, son enthousiasme pour les principes nouveaux que le XVIIIe siècle avait semés dans le monde lui remplirent son esprit et ses jours. Il servait la république et il aimait sa femme, et s'il n'avait pas encore l'espérance, il commençait à avoir l'oubli. Mais bientôt le règne de la loi fit place au rythme de la Terreur, l'échafaud de Louis XVI fut dressé ; après les rois vinrent les nobles et Conrad d'Eppstein était noble et de plus étranger. Dénoncé comme gentilhomme et comme agent de l'empereur d'Autriche, il fut un jour arraché violemment à sa pauvre femme et jeté en prison. Il se résigna à mourir ; pourtant ce n'était pas ainsi qu'il eut voulu donner sa vie à la cause qu'il avait embrassée ; puis, qu'allait devenir sa chère Noémi ? pour elle, pour l'avenir, il eût voulu vivre tout en se préparant à mourir. Le jour où il fut conduit au tribunal révolutionnaire, il trouva un papier avec ce mot : on vous demandera si vous vous appelez vraiment Conrad Muden, et si vous êtes le fils d'un garde-chasse. Dites oui. Conrad avait des amis puissants auxquels il attribua cet avis et qu'il remercia dans son cœur pour sa femme. Il répondit hardiment*

*dans le sens qu'on lui avait indiqué et fut surpris de voir
qu'on le croyait sur parole. Il fut bien plus étonné encore
quand on le rendit à la liberté. Il rentra chez lui pour faire
partager à sa femme son bonheur. Il trouva la maison vide.
Noémi avait comparu pour être jugée deux jours avant lui.
Il courut à la prison. Voici ce qui était arrivé.*

    *— Mon Dieu ! Mon dieu ! murmura le vieux Gaspard,
aurais-je jamais pensé que je pourrais espérer le malheur
qui ferait de ma fille une sainte ?*

    *— Voici ce qui était arrivé, reprit l'étranger d'une voix
grave. Noémi, simple enfant du peuple, introduite de force
dans une vieille famille, était de ces âmes généreuses qui
aiment les généreuses vengeances. L'illustre nom qu'on ne
lui laissait porter que par contrainte était devenu un danger. On lui avait refusé la gloire ; elle avait bien le droit de
refuser le péril. Elle l'accepta, ce péril, et le prit même tout
entier. Sa pauvre vie, dédaignée par ses nobles parents,
allait servir à sauver celle de son époux, qu'on ne reconnaissait pas comme son bien. Du titre éclatant qu'on lui
avait si longtemps contesté, elle se servit pour attirer tous
les coups sur elle et pour les détourner de son amant. Aidée
par des amis sûrs de Conrad, elle avoua que c'était elle qui
était une Eppstein, elle qui avait épousé par amour malgré sa famille le fils du garde-chasse Gaspard Muden, elle
qui avait voulu s'enfuir en France avec lui. Les complices
de son dévouement appuyèrent ce sublime mensonge. Elle
s'accusait elle-même. On la crut. Conrad, ignorant tout,
confirma sa déclaration sans savoir qu'il la perdait en se
sauvant, et quand il fut absout elle avait été condamnée. Il
paraît que cette femme si simplement grande fut même plus
heureuse de la sentence qui la tuait que Conrad de l'arrêt
qui l'avait acquitté. Elle ne dit rien ; sa nature n'était pas
de parler beaucoup. Mais on vit sur son visage la joie d'un
ange et ce fut le front rayonnant qu'elle marcha à l'échafaud ; pour son amour, je lui donnerai ma mort, disait-elle
au prêtre qui l'accompagnait, je lui paierai le reste de mes
dettes en prières là-haut. Ils trouveront peut-être maintenant que j'ai bien (ill.) d'entrer dans la famille.*

Conrad, libre le jour où sa femme mourait pour lui,
voulut, instruit à moitié par la voisine, courir à la prison.
Son chemin était de traverser la grève, où l'échafaud était
permanent. Au moment où il passait, le bourreau montrait
au peuple la tête d'une femme aux longs cheveux blonds.
Conrad n'alla pas plus loin, il tomba évanoui sur la place
et ce ne fut qu'au bout de deux mois qu'on le sauva du
délire qui l'avait saisi.

— Merci mon Dieu, dit le vieux Gaspard d'une voix de
plus en plus faible. Je vais donc retrouver tout de suite mon
enfant. Si toutefois mes quatre-vingt ans de travail sont à la
hauteur du ciel où ses vingt années d'épreuves l'ont placée.
Mais tout cela n'est-il pas un songe, un songe envoyé par
l'ange de la dernière heure ? Tant de vertu, c'est bien vrai,
vous qui me l'attestez, avez-vous connu Noémi et Conrad,
d'où venez-vous ? qui êtes-vous ?

En ce moment la porte de la chambre s'ouvrit ; Jonathas,
paraissant sur le seuil avec Rosemonde, vit l'étranger assis
au chevet de Gaspard et pleurant de silencieuses larmes,
et comme le moribond répétait : qui êtes-vous ? qui êtes-
vous ?

— Monseigneur Conrad d'Eppstein, s'écria le garde-
chasse.

Ce fut une belle mort que celle de Gaspard Muden...

Malgré l'intérêt du passage, sa suppression se justifie
et fait gagner le roman en densité. Dumas obéit ici à
une exigence d'économie et de recentrage ; toute l'action se passe dans la petite vallée du Taunus, l'extérieur
n'y pénétrant que sous forme d'écho assourdi ; or ce
récit, en déplaçant l'intérêt vers la France de la Terreur,
compromet l'unité de lieu et d'action qui caractérise le
roman. Il risquait également de faire double emploi avec
les explications données par Conrad au chapitre XI. On
ne regrettera pas non plus le côté un peu lourd de la
démonstration morale, ni le dialogue larmoyant entre
Conrad et le vieux Gaspard.

*

Que conclure de cette étude ? La part de Dumas n'est peut-être pas des plus importantes, mais cela ne diminue en rien l'intérêt du roman. La comparaison entre le manuscrit de Meurice et la version définitive permet de faire la lumière sur le processus de réécriture. *Le Château d'Eppstein* est une leçon de mise en scène donnée à un jeune auteur par un écrivain confirmé. Mais l'échange va dans les deux sens ; c'est en réécrivant et en adaptant que Dumas se familiarise avec un genre qu'il découvre et qui va devenir son domaine de prédilection.

APERÇUS HISTORIQUES :
L'ALLEMAGNE AUX XVIIIᵉ ET XIXᵉ SIÈCLES

Même si *Le Château d'Eppstein* n'est pas un roman historique, il n'est pas inutile de donner quelques précisions sur la situation outre-Rhin de la fin du XVIIIᵉ et du début du XIXᵉ siècle.

LE SAINT EMPIRE ROMAIN GERMANIQUE

En 1789, l'Allemagne n'existe pas au sens politique du terme. Le Saint Empire romain germanique, immense conglomérat de territoires variés (principautés ecclésiastiques, duchés, grands-duchés, archevêchés, villes libres), perdure depuis le Xᵉ siècle et la partition de l'Empire carolingien. L'élection impériale a lieu à Francfort, ainsi que le couronnement qui, jusqu'en 1562, se déroulait à Aix-la-Chapelle. Sous le règne de Charles Quint (1519-1558), l'Empire ne comporte pas seulement l'actuelle Allemagne, mais aussi l'Autriche, la Bohême, les Pays-Bas, l'actuelle Belgique, et le nord de l'Italie.

Cette très ancienne organisation, déchirée par une forte rivalité entre l'Autriche et la Prusse, s'essouffle et semble anachronique à la fin du XVIIIᵉ siècle, qui voit l'éveil des nationalités. Elle va connaître d'importants bouleversements.

Les guerres révolutionnaires en Allemagne

La Révolution française suscite une réaction mitigée de la part des Européens. Pendant deux ans, c'est l'attentisme qui prévaut, alors que Louis XVI réclame vainement l'aide de l'Autriche. Après la fuite à Varennes, en juin 1791, et le retour de la famille royale à Paris, les princes allemands, soutenus par des émigrés français, menacent d'attaquer si le moindre tort est fait au roi et à sa famille.

Au printemps 1792, une première coalition réunit la Prusse et l'Autriche contre la France, et les hostilités se déclenchent. Après quelques succès prussiens, la victoire de Valmy, en septembre 1792, marque le début de l'offensive française. En novembre, l'armée du Rhin, commandée par le général Custine, prend Mayence, dont le prince-archevêque prend la fuite. Malgré l'occupation et les réquisitions, la population est partagée, et une part non négligeable de l'opinion éprouve une certaine sympathie pour les idéaux révolutionnaires.

En avril 1793, Mayence est encerclée et bombardée par les Prussiens, et les rapports se tendent entre les habitants et les forces d'occupation françaises, commandées par Kléber, qui promulguent la loi martiale. En juillet, les Français capitulent et Mayence devient provisoirement un avant-poste prussien.

La guerre se poursuit en 1794 sur d'autres fronts : la France, après la victoire de Fleurus, occupe la Rhénanie. En avril 1795, la Prusse demande la paix et signe le traité de Bâle qui abandonne à la France les terres situées sur la rive gauche du Rhin, en vertu de la théorie des « frontières naturelles ». Cette cession est confirmée par le traité de Campo-Formio de 1797. Mayence redevient française et le restera jusqu'en 1814.

Les guerres de l'Empire

Elles s'inscrivent dans la continuité des guerres révolutionnaires. Une troisième coalition se monte contre Napoléon, réunissant l'Autriche, l'Angleterre et la Russie. L'Autriche envahit la Bavière, alliée de Napoléon qui a refusé d'entrer dans la coalition, ce qui déclenche une offensive française marquée par la victoire d'Ulm en octobre 1805. Murat marche sur Vienne et la prend. Napoléon poursuit son avancée et rencontre les coalisés à Austerlitz le 2 décembre 1805. Sa victoire sans appel aura de grandes conséquences politiques.

En effet, l'empereur François II demande la paix (traité de Presbourg). Napoléon s'appuie sur ses alliés, les grands-duchés de Bade et de Wurtemberg et la Bavière, pour former en 1806 la Confédération du Rhin, sorte de protectorat français, qui regroupe seize états allemands, dont le grand-duché de Francfort (dans lequel se situe la petite cité d'Eppstein). C'est donc la fin, dans l'indifférence générale, du Saint Empire, dissous officiellement peu après par François II, qui devient François Iᵉʳ d'Autriche.

La Prusse, qui n'accepte pas cette situation, entre dans la quatrième coalition, avec l'Angleterre et la Russie, et déclare la guerre à la France ; après la victoire d'Iéna (octobre 1806), Napoléon entre dans Berlin, puis bat les Russes à Eylau (février 1807) et à Friedland (juin 1807). La paix de Tilsit (juillet 1807) marque des pertes territoriales importantes surtout pour la Prusse.

La France est encore victorieuse dans une autre guerre contre l'Autriche, marquée par la bataille de Wagram (1809). En 1810, Napoléon épouse Marie-Louise de Habsbourg pour établir une alliance entre les deux empires.

Depuis 1795, la carte de l'Allemagne a été profondément remodelée ; les territoires rhénans sont annexés par la France et passent sous administration directe. Les pays de la Confédération, sous l'impulsion de Napoléon, modernisent leur système juridique et politique. La Confédération est avant tout une alliance militaire : les États doivent fournir le cas échéant des troupes à la France.

La désastreuse campagne de Russie (1812), suivie d'une retraite éprouvante, met en évidence la fragilisation de la Grande Armée, malgré le renfort de troupes saxonnes. La Prusse comprend que le moment est venu d'attaquer : la bataille de Leipzig, dite bataille des Nations (16 octobre 1813) marque la fin de la suprématie napoléonienne.

En 1815, après la défaite de Waterloo, le Congrès de Vienne replace la France dans ses frontières de 1790 et entérine la création d'une Confédération germanique, qui comprend la Prusse et la partie germanique de l'Autriche. L'histoire de cette Confédération est marquée par l'antagonisme croissant des deux rivaux de toujours, concrétisé par la défaite autrichienne de Sadowa en 1866. En 1867, la Confédération de l'Allemagne du Nord marque la séparation des deux États. En 1871, après la victoire contre la France, ce sera la création de l'Empire allemand.

LES ALLEMANDS, LA RÉVOLUTION FRANÇAISE ET NAPOLÉON

La Révolution française n'a pas seulement suscité des réactions négatives en Allemagne, mais aussi un fort courant de sympathie et d'admiration. On sait que Kant salua l'événement et que le dramaturge Klopstock écrivit une *Ode à la Révolution*. Les idéaux révolutionnaires et notamment la *Déclaration des droits de l'homme* semblent incarner la modernité française face à un monde germanique figé dans une organisation obsolète et dépourvu de structures politiques fortes. Ces sentiments sont particulièrement forts dans les pays rhénans, malgré l'occupation et les réquisitions. À Mayence, notamment, une république éphémère voit le jour de mars à juin 1793 et proclame sa sortie du Saint Empire. Le club des Jacobins de Mayence, présidé par le francophile Georg Forster, demande son rattachement à la France. Le destin le plus remarquable est sans doute celui du député Adam Lux, qui va à Paris pour s'imprégner des idéaux révolutionnaires, demande la nationalité française, et finira guillotiné en 1793. Un changement s'opère cependant après la reprise de Mayence par la Prusse. La Terreur et ses excès provoquent le dégoût des Allemands et les inclinent à la méfiance envers les mouvements révolutionnaires.

Napoléon suscite une réaction comparable. D'abord salué pour son rôle politique et juridique (de nombreux états allemands lui doivent la modernisation de leurs institutions), obtenant le ralliement de plusieurs princes, mais pas du peuple, il devient ensuite l'objet d'un rejet affirmé, pour des raisons politiques et idéologiques. Rappelons que Beethoven, qui avait initialement dédié sa symphonie n° 3 à Napoléon, alors premier consul, changea d'avis après le couronnement (décembre 1804) et la dénomma *Eroica*. L'occupation française fait naître dans tout le pays un sentiment d'appartenance à la patrie allemande et d'hostilité envers l'envahisseur français. En 1806, Johann Palm, un libraire de Nuremberg, publie un pamphlet intitulé *L'Allemagne et son humiliation profonde*, ce qui lui vaut d'être condamné à mort et exécuté. En 1807, le philosophe Fichte prononce devant les étudiants de Berlin les fameux *Discours à la nation allemande*. Le dramaturge Heinrich von Kleist rédige en 1809 un *Catéchisme des Allemands* exprimant la haine envers l'empereur français. Le jeune Frédéric Staps, qui tente d'assassiner l'empereur en octobre de la même année, est fusillé quelques jours après. Des sociétés secrètes et des associations étudiantes se créent dans tout le pays.

Napoléon a cependant essayé de rallier à lui les élites intellectuelles, ce dont témoigne l'entreprise de séduction qui se déroule en marge de l'entrevue d'Erfurt (1808). À cette occasion, la Comédie-Française donne ses plus grands succès tragiques et l'empereur reçoit Goethe, qu'il décore de la Légion d'honneur. Goethe ne reniera jamais cette décoration et l'honneur qu'il en a ressenti.

Cette attitude est cependant minoritaire. Les batailles de 1813 sont vécues comme les épisodes d'une guerre de libération, et le jour anniversaire de la victoire de Leipzig (16 octobre) sera longtemps une fête nationale.

Cette histoire mouvementée est perçue de manière biaisée, quelques décennies plus tard, par les Romantiques français qui se focalisent sur les réactions d'adhésion du début en minimisant l'opposition ultérieure. Vivant dans le souvenir des guerres révolutionnaires, ils en recherchent les traces glorieuses dans l'Allemagne contemporaine. C'est ainsi que Dumas, dans ses *Excursions sur les bords du Rhin*, consacre tout un chapitre à Marceau, mort à Altenkirchen. En outre, ils restent attachés, malgré l'épreuve des faits, au projet napoléonien d'annexion de la rive gauche du Rhin. Le contexte a changé : ces territoires sont passés d'une administration française à une administration prussienne. Que cette situation ne soit pas toujours bien perçue par les habitants est indéniable, mais imaginer que les pays rhénans ne rêvent que de redevenir français relève de l'illusion, dans laquelle se complaisent certains esprits qui prennent leur désirs pour des réalités : « Toute cette rive nous aime, j'allais dire nous attend », affirme Hugo, qui prolonge sa méditation devant le tombeau de Hoche, à Weissturm : « Il me semblait entendre sortir de cet amas de pierre une voix qui disait : *il faut que la France reprenne le Rhin.* » L'actualité est alors marquée par la fameuse « Crise du Rhin » de 1840 : le gouvernement Thiers laisse entendre qu'il pourrait remettre en question les traités de 1815, ce qui suscite des réactions très hostiles de l'autre côté du fleuve : Nikolaus Becker et Max Schneckenburger publient des poèmes antifrançais très agressifs, *Le Rhin allemand* et *La garde sur le Rhin*. Lamartine essaie de calmer le jeu avec sa *Marseillaise de la paix,* mais Musset, plus belliqueux, répondra sur le même ton.

Le roman ne reflète cependant aucune trace de cette

crise, ce qui est significatif. Depuis Germaine de Staël, la majorité des intellectuels français observent l'Allemagne à travers un prisme déformant et privilégient l'image d'un pays idéalisé et pittoresque, entièrement voué à la philosophie et à la poésie. Malgré l'avertissement que fait passer Heine dans *De l'Allemagne* (1835), dont le titre reprend ironiquement celui de l'ouvrage de Mme de Staël, ce « mirage allemand » est destiné à une bonne fortune et perdurera jusqu'en 1870. *Le Château d'Eppstein* en est une illustration exemplaire et s'inscrit tout à fait dans une vision française qui relativise les antagonismes nationaux et prend ses distances avec la modernité germanique, incompatible avec l'atmosphère légendaire et poétique que le romantisme entend privilégier.

UN ROMAN EUROPÉEN :
LES INFLUENCES LITTÉRAIRES

« *Littérature nationale* est une expression qui n'a guère de sens aujourd'hui. La littérature universelle est à l'ordre du jour », proclamait Goethe en 1827[1]. Quelques années auparavant, Germaine de Staël, plus modestement, avait affirmé la nécessité de promouvoir « l'esprit européen[2] ». Opérant une synthèse entre le patrimoine culturel allemand et les grands représentants du romantisme européen, *Le Château d'Eppstein* organise un dialogue à travers les siècles, des temps bibliques à l'époque contemporaine, en passant par le Moyen Âge et le *Sturm und Drang*.

Les références religieuses vont de la Bible (histoire d'Agar, livre de Ruth, rencontre d'Éliezer et Rebecca) à l'*Imitation de Jésus-Christ*, écrite en latin par un moine, Thomas a Kempis, au XVe siècle et abondamment traduite dans tous les pays européens, comme la *Vie de sainte Thérèse*. Sans que la question soit approfondie, ces références s'inscrivent dans le contexte du catholicisme, dominant en Allemagne du Sud, souligné par le lien avec l'Autriche.

---

1. Propos rapporté par Eckermann dans les *Entretiens de Goethe avec Eckermann* et datés de 1827. Dans les *Conversations avec Goethe pendant les dernières années de sa vie*, Eckermann date cet entretien du 31 janvier 1827.
2. « Il faut, dans nos temps modernes, avoir l'esprit européen. » *De l'Allemagne*, partie II, chap. XXVIII, « Des romans ».

La littérature du Moyen Âge est également représentée par deux œuvres très connues, l'une française et l'autre allemande. Le conte pieux du *Chevalier au barisel* (XIIIe siècle), reproduit dans plusieurs recueils, figure dans les *Fabliaux et contes des poètes français* (1808), recueillis par Étienne Barbazan et édités par Dominique Méon. La légende de Geneviève de Brabant, rédigée en latin par un moine allemand du XVe siècle, Matthias Emmich, a été souvent traduite en français, notamment par Émile de la Bédollière en 1841. Elle développe un thème souvent traité au Moyen Âge, celui de la femme injustement accusée d'adultère dont l'innocence est finalement reconnue. Ancrées au départ dans un contexte local, ces légendes se diffusent très largement au-delà des frontières et constituent un fonds commun européen. L'intrigue même du roman fait référence à deux contes populaires dont le rayonnement, moins important, reste attaché à de petites bourgades du Main : *La Dame du château de Bade* et *Le Chevalier de Rodenstein*, présentés par Aloys Schreiber dans son recueil de *Traditions populaires*. Les deux *Märchen* mettent en scène des fantômes de jeunes femmes assassinées par leur maris.

LA LITTÉRATURE ALLEMANDE

Le champ culturel allemand est particulièrement mobilisé. *Götz von Berlichingen* de Goethe, l'*Histoire de la Guerre de Trente Ans* de Schiller, ainsi que sa trilogie de *Wallenstein*, font revivre la chevalerie allemande des XVIe et XVIIe siècles. Alors que l'histoire présente Götz (1480-1562) comme une sorte de mercenaire, notamment au service de Charles Quint, Goethe l'idéalise dans sa pièce (1773) et en fait un symbole de l'esprit chevaleresque germanique ; bon mari, esprit rude mais droit, déchiré par la trahison de son ami Weislingen, il devient une figure héroïque représentative de la vieille Allemagne.

C'est une transformation du même ordre qui s'opère sur Wallenstein : ce grand général de la guerre de Trente Ans, à la personnalité extrêmement complexe, a souvent été jugé comme un ambitieux prêt à trahir l'empereur pour viser la couronne de Bohême ; Schiller campe en lui un visionnaire, voulant établir la paix sur le continent européen, un caractère hors norme, capable de trahir au nom d'un idéal supérieur et finalement abandonné par ses proches et broyé par la fatalité.

Les Brigands, dont l'action se situe juste avant la guerre de Trente Ans, met en scène un jeune révolté, Karl Moor, qui crée une contre-société pour se venger des injustices dont il a été l'objet ; dépouillé par son frère Franz de son titre et de son héritage, il devient une sorte de brigand redresseur de torts, protecteur des petits contre les grands. Dans le roman de Dumas, Conrad d'Eppstein, qui a subi une spoliation comparable, fait un choix différent ; serviteur inconditionnel de Napoléon, abdiquant toute volonté propre, il est incapable de remettre en question un monde injuste et sclérosé. Le chapitre I du roman, qui se passe dans le château paternel, est largement inspiré de la scène I des *Brigands*. Les chapitres XIII et XXII, où l'on voit Maximilien terrifié implorer respectivement la présence de ses domestiques et le soutien de son frère, rappellent la scène I de l'acte V, dans laquelle Franz Moor appelle à l'aide le pasteur Moser. On rappellera que les deux impies meurent tous deux étranglés par une chaîne d'or.

D'autres œuvres font référence au contexte moderne et contemporain de l'action du *Château d'Eppstein*. *Intrigue et amour* est une pièce qui dénonce les rigidités et la corruption de la société autrichienne ; le jeune Ferdinand est amoureux de Louise Miller, fille d'un modeste musicien, mais son père, le cynique président de Walter, veut lui faire contracter une union de façade avec la maîtresse de son prince, lequel doit accepter un mariage diplomatique. Ferdinand, révolté, refuse cet arrangement ; l'affrontement entre le père et le fils a été repris au chapitre XXI, qui oppose Maximilien et Éverard. Dumas donnera de la pièce de Schiller une traduction et adaptation jouée en 1847 au Théâtre-Historique.

Hermann et Dorothée, enfin, est une idylle ancrée dans un cadre historique contemporain ; les habitants d'un petit village de la rive droite du Rhin voient affluer des réfugiés chassés par l'avance des troupes françaises en 1793. Le jeune Hermann admire une belle jeune fille, Dorothée, qu'il épouse à la fin du poème. Au-delà de l'histoire d'amour, ce court roman offre une peinture intéressante et nuancée des réactions allemandes devant la Révolution française : enthousiasme, d'abord, rejet ensuite, et surtout éclosion du sentiment national qui suscitera la lutte contre les armées révolutionnaires puis napoléoniennes.

Le monde germanique est également évoqué à travers le grand peintre et graveur Dürer, dont le célèbre tableau *Melencholia* pourrait servir d'emblème au roman. La musique qui, pour les Romantiques, constitue la traduction privilégiée des émotions humaines, est représentée par Gluck, Haydn, Mozart, et Beethoven qui est un contemporain de l'action. Largement postérieur, *Le Freischütz* (1821) de Weber est mentionné au chapitre VI par un narrateur qui se situe à l'époque présumée de l'écriture et se réfère à une œuvre bien connue par son auditoire (ou lectorat). Considéré comme le premier opéra romantique allemand, avec pour cadre les montagnes de Bohême, c'est aussi un conte fantastique : le chasseur Kaspar a fait un pacte avec le diable et entraîne son ami Max dans cet engrenage infernal. La deuxième partie de l'acte II (scènes IV à VI), qui montre la fonte des balles magiques dans la sinistre Vallée aux Loups, hantée par des esprits surnaturels et des visions de cauchemar, a été unanimement saluée.

D'AUTRES INFLUENCES EUROPÉENNES

Même si Corneille et Racine sont brièvement cités (voir p. 219 et 253), la littérature française dans *Le Château d'Eppstein* est surtout représentée par *Paul et Virginie* (1787), qui a connu un grand succès dans toute l'Europe. Amours enfantines, négation des hiérarchies sociales, cadre bucolique, dénouement tragique : ces ingrédients seront souvent remobilisés au XIXᵉ siècle. *Amaury*, un autre roman de Dumas et Meurice, qui paraît un an après *Le Château d'Eppstein*, y fait référence à maintes reprises.

L'influence de Shakespeare se fait également sentir à travers ses deux drames les plus célèbres. C'est en lisant *Roméo et Juliette* que Rosemonde se découvre des sentiments jusque-là inconnus. On rappellera que Dumas et Meurice ont traduit et adapté ensemble *Hamlet*. Après une lecture (mais sans représentation) à la Comédie-Française en 1844, la pièce est jouée en 1847 au Théâtre de la Renaissance sous le titre de *Hamlet, prince de Danemark*. Mélange entre Roméo et Hamlet, le personnage d'Éverard emprunte à ce dernier son spleen et son sentiment aigu de la fatalité ; instrument passif de la vengeance maternelle, il est détourné de son amour pour Rosemonde, comme son modèle, éloigné d'Ophélie par sa mission et son héritage.

Dante et *La Divine Comédie* représentent l'Italie médiévale dans ce concert européen. Les Romantiques ont une nette prédilection pour *L'Enfer* et s'attachent particulièrement aux amants maudits Paolo et Francesca, mythifiés par quelques vers du chant V. Les personnages de Dante, qui ont découvert l'amour en lisant l'histoire de Lancelot et Guenièvre, sont devenus plus largement le symbole des amours condamnées ; c'est également lors d'une lecture que Conrad et Noémi s'avouent leurs sentiments ; c'est en entendant ce récit que Rosemonde et Éverard voient clair en eux-mêmes. Comme leurs illustres devanciers, les deux couples sont voués au malheur.

*

Tous ces exemples mettent en évidence la force des modèles et leur influence encore vive dans la jeune littérature. On en saluera le résultat : la mobilisation d'influences et de références si nombreuses et si diverses, loin de donner un ensemble composite et hétérogène, forme un tout harmonieux. Creuset rassembleur des patrimoines nationaux, le romantisme forge une identité culturelle européenne en perpétuelle gestation.

BIBLIOGRAPHIE

MANUSCRIT

Le manuscrit de Paul Meurice se trouve à la bibliothèque de la Maison de Victor Hugo, sous l'étiquette
« Brouillons et ébauches ».

ÉDITIONS DE RÉFÉRENCE

Édition préoriginale : *Revue de Paris*, 4 juin-16 juillet
1843.
Édition originale : Louis de Potter, 3 vol. (regroupés avec
*Fra Bartolomeo, Le Curé Chambard, La Vendée après le
25 juillet, Un miracle au XVᵉ siècle*), 1844.
Autres éditions : Michel Lévy frères, 2 vol., 1860 ;
Calmann-Lévy, 1892.
Nous nous sommes fondés essentiellement sur le texte de
la *Revue de Paris* et l'édition de Potter, dont nous avons
repris le chapitrage, sauf dans un cas où le découpage
de la *Revue de Paris* paraissait plus approprié. Nous
avons également utilisé l'édition Arbieu de 1860 (disponible sur Gallica).
L'orthographe et la ponctuation ont été modernisées et
la présentation légèrement revue. L'édition de Potter

use et abuse du passage à la ligne (ce qui est une pratique courante à l'époque) pour tirer deux volumes et demi de ce petit roman ; nous en avons supprimé une grande partie, ce qui donne au texte un aspect plus structuré.

AUTRES ŒUVRES ÉVOQUÉES
DANS CETTE ÉDITION

BERNARDIN DE SAINT-PIERRE, Henri, *Paul et Virginie*, Gallimard, coll. « Folio classique », 1984.

DUMAS, Alexandre, *Laurette ou le rendez-vous*, dans *Nouvelles contemporaines*, P.O.L, 1993.

— *Pauline*, Gallimard, coll. « Folio classique », 2002.

— *Excursions sur les bords du Rhin*, Garnier Flammarion, 1991.

— *Le Trou de l'Enfer*, Phébus, coll. « Libretto », 2008.

— *Le Capitaine Richard*, Dufour, Mulat et Boulanger, 1858 (disponible sur Gallica).

— *La Terreur prussienne*, Michel Lévy, 1868.

GOETHE, Johann Wolfgang von, *Goetz de Berlinchingen à la main de fer*, dans *Théâtre complet*, Gallimard, coll. « Bibliothèque de la Pléiade », 1988.

— *Hermann et Dorothée*, Aubier-Montaigne, coll. « Bilingue », 1991.

HOFFMANN, Ernst Theodor Amadeus, *Le Majorat*, dans *Contes nocturnes*, Gallimard, coll. « Folio classique », 2012.

HUGO, Victor, *Le Rhin*, dans *Œuvres complètes*, *Voyages*, Robert Laffont, coll. « Bouquins », 2002.

LEWIS, Matthew Gregory, *Le Moine*, dans *Romans terrifiants*, Robert Laffont, coll. « Bouquins », 1984.

RADCLIFFE, Ann, *Les Mystères d'Udolphe*, Gallimard, coll. « Folio classique », 2001.

— *L'Italien ou le confessionnal des pénitents noirs*, dans *Romans terrifiants*, Robert Laffont, coll. « Bouquins », 1984.

SCHILLER, Friedrich von, *Die Räuber, Les Brigands*, Aubier Flammarion, coll. « Bilingue », 1968.
— *Intrigue et Amour*, Aubier-Montaigne, [s. d.], 1930.
— *Wallenstein* (*Le Camp de Wallenstein, Les Piccolomini, La Mort de Wallenstein*), L'Arche, 2005.
WALPOLE, Horace, *Le Château d'Otrante*, dans *Romans terrifiants*, Robert Laffont, coll. « Bouquins », 1984.

OUVRAGES DE RÉFÉRENCE

Sur Dumas :

LEDDA, Sylvain, *Alexandre Dumas*, Gallimard, coll. « Folio biographies », 2014.
SCHOPP, Claude, *Alexandre Dumas, le génie de la vie*, Mazarine, 1985 ; Librairie Arthème Fayard, 1997.

Sur l'Allemagne, les relations franco-allemandes et la littérature allemande :

BALDENSPERGER, Fernand, *Le Mouvement des idées dans l'émigration française*, Plon Nourrit et Cie, 1925.
BÉGUIN, Albert, *L'Âme romantique et le rêve*, Hachette, coll. « Le Livre de Poche », 1993.
BOGDAN, Henry, *Histoire de l'Allemagne, de la Germanie à nos jours*, Perrin, 1999.
CARRÉ, Jean-Marie, *Les Écrivains français et le mirage allemand. 1800-1940*, Boivin, 1947.
ECKERMANN, Johann Peter, et GOETHE, Johann Wolfgang von, *Entretiens de Goethe et d'Eckermann. Pensées sur la littérature, les moeurs et les arts*, Claye, 1862 (disponible sur Gallica).
— *Conversations avec Goethe dans les dernières années de sa vie*, Charpentier, 1863 (disponible sur Gallica) ; sous le titre : *Conversations de Goethe avec Eckermann*, Gallimard 1988.

MONCHOUX, André, *L'Allemagne devant les lettres françaises de 1814 à 1835*, Armand, 1965.

PAUL, Jean-Marie, *Du pessimisme*, Les Belles-Lettres, coll. « Encre Marine », 2013.

ROVAN, Joseph, *Histoire de l'Allemagne, des origines à nos jours*, Le Seuil, coll. « Points histoire », 1999.

STAËL, Germaine de, *De l'Allemagne*, Flammarion, coll. « GF », 1968.

Sur le fantastique :

ANSELMINI, Julie, *Le Roman d'Alexandre Dumas père ou la réinvention du merveilleux*, Genève, Droz, 2010.

CHELEBOURG, Christian, *Le Surnaturel*, Armand Colin, coll. « U », 2006.

CASTEX, Pierre-Georges, *Le Conte fantastique en France de Nodier à Maupassant*, José Corti, 1951.

BACHELARD, Gaston, *La Poétique de la rêverie*, PUF, coll. « Quadrige », 1984.

TODOROV, Tzvetan, *Introduction à la littérature fantastique*, Le Seuil, coll. « Points », 1970.

VAX, Louis, *La Séduction de l'étrange. Études sur la littérature fantastique*, PUF, coll. « Quadrige », 1987.

NOTES

INTRODUCTION

Page 35.

1. Dumas vécut effectivement à *Florence* de mai 1840 à mars 1841. Les *Galitzine* sont une célèbre famille princière russe. On attribue à la princesse le lancement de la station pyrénéenne de Cauterets en 1840.

2. *Le comte Élim* : sans doute le prince Élim Mestcherski (1808-1844), traducteur, poète et homme de lettres russe, auteur d'un recueil de poésie, *Les Boréades*.

Page 36.

1. On connaît l'admiration de Dumas pour E.T.A. Hoffmann. *Maître Floh* est le héros du conte du même nom et *Coppélius* le personnage principal de *L'Homme au sable.*

2. *Un riche négociant de Francfort* : il s'agit du banquier Rothschild, désigné plus loin par les initiales « M. de R. ». Dumas consacre un chapitre à cette famille dans *Les Bords du Rhin* (« La rue des Juifs »).

Page 37.

1. *Former le pivot* : pivoter autour d'un axe.

2. *Appuyer toujours aux montagnes du Taunus* : le Taunus est un massif montagneux au nord du Main, non loin de Francfort. « Appuyer » signifie ici « se diriger vers ».

Page 38.

1. *Couvert* : ombrage.
2. *Remise* : taillis.

Page 42.

1. *Contrevent* : volet extérieur.

Page 43.

1. *Promenade* : lieu (ici, parc) aménagé pour la promenade.

Page 46.

1. *M. de R* : voir p. 36, n. 2.

Page 55.

1. *Le château où Wilhelm conduisit Lénore* : allusion à la célèbre ballade *Lénore* (1773) de Gottfried Burger, qui raconte la chevauchée fantastique d'une jeune femme emportée par le fantôme de son fiancé mort à la guerre. Cette ballade a été traduite par Nerval en 1830 et a inspiré de nombreux tableaux. Elle a exercé une grande influence sur le romantisme français et allemand.

Page 65.

1. *Préopinant* (rare) : celui qui donne son avis avant un autre. Ici, le terme désigne le locuteur principal.

CHAPITRE I

Page 66.

1. *Francfort, ville libre, mais ville où se font les Césars* : les villes libres du Saint Empire, placées directement sous l'autorité de l'empereur, jouissent en fait d'une certaine autonomie municipale. C'est à Francfort que sont élus les empereurs des Romains, c'est à dire du Saint

Empire romain germanique ; à partir de 1562, la cérémonie du couronnement quitte Aix-la-Chapelle et se passe
également à Francfort. En 1789, l'empereur est Joseph II.
(Voir la notice « Aperçus historiques », p. 353.)

2. *Nous déclarer la guerre* : ce « nous » indique que le
narrateur est français, alors qu'un autre indice (« notre
fantastique Hoffmann ») laisse penser qu'il est allemand.
Cette petite incohérence révèle la juxtaposition des deux
textes de Dumas et de Meurice. (Voir la notice « La
genèse du roman », p. 335 et suiv.)

3. *Schiller* : tout ce premier chapitre s'inspire directement du début des *Brigands* (1781) de Schiller, qui met
en scène le comte Maximilien Moor et son fils Franz,
lequel s'attache à médire de son frère Karl.

Page 67.

1. *Daniel* : prénom du serviteur des Moor dans *Les
Brigands*.

Page 69.

1. *Père Joseph* : de son vrai nom Du Tremblay, ce
conseiller politique de Richelieu, dont on le disait l'émi-
nence grise, joua un rôle politique important dans la
guerre de Trente Ans. Par rapport à Wallenstein, qui
représente la bravoure du chef de guerre, il incarne la
diplomatie secrète et la dissimulation.

2. *Wallenstein* : ce héros de la trilogie de Schiller
(1796-1799) est un personnage historique important.
Albrecht von Wallenstein (1583-1634), issu de la noblesse
de Bohême, est un des plus fameux chefs de la guerre
de Trente Ans. Après avoir servi l'empereur, il mène une
politique plus ambiguë et traite avec les Suédois sans son
aval, avant d'être assassiné par des officiers loyalistes.
Dans la trilogie de Schiller, il est présenté comme un être
injustement broyé par la fatalité, dont les choix politiques
s'expliquent au nom d'un impératif supérieur, le rétablis-
sement de la paix en Europe, qui prévaut sur l'obéissance
due à l'empereur. L'œuvre de Schiller se compose de trois

parties : *Le Camp de Wallenstein, Les Piccolomini, La Mort de Wallenstein*.

Page 75.

1. *Un fils m'est né* : négligence ? Plus aucune mention ne sera faite de cet enfant. Dans le manuscrit de Meurice (voir « La genèse du roman », p. 335 et suiv.), on voit apparaître, le jour de la naissance d'Éverard et de Rosemonde, un enfant plus âgé, aux origines mystérieuses, qui grandit avec eux. Ce personnage disparaît ensuite.

Page 78.

1. *Appareil* : apparence imposante.

2. *Thécla* : prénom emprunté à Schiller (Thécla est la fille de Wallenstein ; voir p. 69, n. 2).

Page 79.

1. *Douaire* : portion des biens de l'époux qui revient à sa femme survivante en pleine propriété. Il semble que Maximilien pense plutôt à une dot.

CHAPITRE II

Page 82.

1. *Conseiller allemand* : sans doute un conseiller aulique membre du conseil particulier présidé par l'empereur.

Page 83.

1. *Goetz de Berlichingen* (1480-1562) : ce chef de guerre participe à tous les conflits européens de son époque. En 1524, il est à la tête de la révolte des Paysans, qui est une sorte d'immense jacquerie due à la misère et aux charges exorbitantes qui pèsent sur le monde rural. Il prend ensuite ses distances avec ce mouvement qui sera très durement réprimé. Il se met ensuite au service de l'empereur pour mener une guerre contre la France, puis

contre les Turcs. Après avoir perdu une main au combat, il s'en fait faire une en fer, d'où son surnom. À la fin de sa vie, il écrit son autobiographie, dont s'inspirera Goethe. Dans sa pièce (1773), Goethe situe une partie de l'action lors de la guerre des Paysans et fait de Goetz un défenseur des opprimés. Il est aussi le représentant d'une chevalerie allemande idéale, un survivant des temps féodaux, ennemi des cours et de leurs intrigues.

Page 84.

1. *Franz de Sickingen* et *Hans de Selbitz* : compagnons de Goetz.

2. *La guerre de Sept Ans* : cette guerre qui se joua sur plusieurs fronts entre 1756 et 1763 opposa notamment la Prusse et l'Autriche pour le contrôle de la Silésie.

Page 85.

1. *La porte de corne* et *la porte d'ivoire* : référence à l'*Énéide* (chant VI). Les songes empreints de véracité passent par la porte de corne, alors que les songes faux et illusoires passent par la porte d'ivoire.

Page 87.

1. *Élisabeth* : allusion à sainte Élisabeth de Hongrie, mariée au landgrave Louis IV de Thuringe. Au XIIIe siècle, le landgrave Hermann de Thuringe organise un concours de chant dans son château de la Wartburg entre chevaliers troubadours et décide que sa nièce Élisabeth sera la récompense du vainqueur. Wagner reprendra cette légende dans l'argument de *Tannhaüser* (1845). La véritable Élisabeth a bien grandi à la cour de Thuringe, mais en tant que fiancée promise au fils d'Hermann.

2. *Roland*, *Renaud*, *Olivier* comme, quelques lignes plus bas, *Astolphe*, sont de fameux chevaliers médiévaux. Roland et Olivier, les deux héros de *La Chanson de Roland*, sont bien connus. Renaud, le croisé, est un personnage de *La Jérusalem délivrée* du Tasse, dont tombe amoureuse la magicienne Armide – histoire qui a donné

lieu à de nombreux tableaux et opéras. Quant à Astolphe, personnage du *Roland furieux* de l'Arioste, c'est aussi un vaillant chevalier ami de Roland.

3. *Le maréchal de Berwick et le grand Turenne* : Jacques Fitz-James, duc de Berwick, fut tué par un boulet de canon au siège de Philippsburg en 1734, tout comme Henri de la Tour d'Auvergne, vicomte de Turenne, en 1675. L'éloge de ce dernier dans la bouche du duc de Schwalbach peut sembler curieux car le nom de Turenne évoque inévitablement la guerre et le sac du Palatinat qu'il conduisit en 1674. On rappellera cependant qu'à sa mort, son adversaire, le duc de Montecuccioli, lui rendit un hommage appuyé.

4. Le roi de Suède *Gustave-Adolphe* (1594-1632) fut le principal adversaire de l'Autriche lors de la guerre de Trente Ans. – *Wallenstein* : voir p. 69, n. 2. – *Frédéric le Grand*, roi de Prusse (1712-1786), est considéré comme un souverain novateur et un « despote éclairé ». Ce fut aussi un grand chef de guerre et un habile diplomate.

5. *Almanach de Gotha* : c'est l'annuaire des familles régnantes de la noblesse européenne imprimé dans la petite ville de Gotha (Saxe).

Page 89.

1. Il y eut bien une impératrice *Ermangarde*, femme de Louis le Pieux, fils de Charlemagne, mais elle mourut en 818.

Page 96.

1. *Aveu* : agrément, accord.

Page 97.

1. Ce « nous » pose à nouveau la question du narrateur, qui semble ici être le comte Élim, qui a effectivement décrit la chambre rouge dans l'Introduction.

CHAPITRE III

Page 98.

1. *Custine avait pris Mayence et menaçait Francfort* :
le comte de Custine, général de l'armée du Rhin, prit
Mayence en octobre 1792 avant de préparer sa marche sur
Francfort. En mars 1793, les Prussiens assiègent Mayence,
défendue par une garnison de 20 000 soldats, et reprennent
la ville en juillet. Lors de ce siège, les rapports entre la
population locale et les armées françaises se sont dégradés.

La chronologie du roman et celle des événements historiques peuvent s'accorder ainsi :

Mars-avril 1793 : Maximilien quitte tardivement la
Rhénanie déjà occupée. Arrivée du capitaine Jacques.

Juin-juillet : retraite des Français, départ du capitaine
Jacques, retour de Maximilien.

Décembre : naissance d'Éverard.

Il y a cependant une petite distorsion temporelle : le
capitaine Jacques (qui apparaît quelques lignes plus loin)
est censé avoir été blessé juste avant la prise de Francfort,
qui a lieu à la fin d'octobre 1792. Or il arrive au château
en mars 93, venant tout juste d'être blessé.

2. *Les jeunes troupes de la liberté* : le texte s'inspire ici
du chant VI (« Clio ») de *Hermann et Dorothée* de Goethe,
qui rappelle l'accueil favorable dont les troupes révolutionnaires bénéficièrent tout d'abord : « Les colonnes
de Français armés s'approchèrent, mais ils semblaient
n'apporter que l'amitié. Et de fait ils l'apportèrent, car
tous ils avaient l'âme exaltée. Gaiement ils plantèrent
les arbres joyeux de la liberté, promettant à chacun de
respecter ce qui lui appartenait, et à chacun de lui laisser
son gouvernement propre. Alors jeunes gens et vieillards
grandement se réjouirent et la danse joyeuse commença
autour du drapeau nouveau. Ainsi les Français triom-
phants conquirent d'abord l'esprit des hommes par l'ardeur et l'allégresse de leurs entreprises et séduisirent le
cœur des femmes par leur grâce irrésistible. »

Page 99.

   1. *Chanceuse* : hasardeuse.

Page 100.

   1. *Les nôtres* : les Français. (Voir p. 66, n. 2.)

Page 101.

   1. *Gaspard* : sur l'édition originale, c'est le nom de Jonathas qui figure par erreur.

   2. *Appareil* : bandage ou attelle.

Page 102.

   1. *Représentation* : observation.

Page 103.

   1. *Max Piccolomini* : personnage fictif de *Wallenstein*, la trilogie de Schiller (voir p. 69, n. 2), fils du lieutenant général Ottavio Piccolomini qui, lui, est bien réel. Max Piccolomini est amoureux de Thécla, la fille de Wallenstein. On notera qu'Albine ne peut pas connaître cette œuvre, qui paraît de 1796 à 1799. En revanche, elle peut avoir lu, de Schiller, l'*Histoire de la guerre de Trente Ans*, qui date de 1790, mais où il n'est pas question de Max Piccolomini.

Page 104.

   1. *Tobias* : prénom biblique, comme Noémi et Jonathas. Dans le manuscrit de Meurice, c'est Jonathas qui accompagne Maximilien et compromet bien involontairement Albine. Il paraît plus judicieux de mobiliser un autre personnage pour ce rôle.

Page 109.

   1. *Gaspard* : l'édition originale dit Jonathas, mais la suite indique que la maison est celle de Gaspard.

CHAPITRE IV

Page 110.

1. *Le livre de Ruth* : il raconte l'histoire de Noémi, émigrée au pays de Moab avec son mari et ses deux fils, et qui les perd tous les trois. Elle retourne alors en Israël avec Ruth, sa belle-fille. Celle-ci rencontre Booz, dont elle aura un fils, Obed, le grand-père de David. Le parallélisme entre l'histoire de Noémi et celle de Gaspard se poursuit au cours du roman, puisque, après la mort de sa femme, Gaspard perd également ses deux filles.

Page 111.

1. *Jonathas* : encore un prénom biblique. Jonathas est le fils du roi Saül, célèbre pour son amitié avec David, le futur roi d'Israël. Leur histoire est racontée dans les deux livres de Samuel.

Page 112.

1. *Agar* : servante d'Abraham qui lui donne un fils, Ismaël. Sarah, la femme d'Abraham, la fait chasser par jalousie. La tradition la représente errant dans le désert avec son enfant.

CHAPITRE V

Page 124.

1. *Ida* : le manuscrit de Meurice donnait : « je désire qu'elle s'appelle Albine, comme moi ». Dumas a remplacé ce prénom par celui de sa femme, Ida Ferrier.

Page 127.

1. *L'enthousiasme n'est pas une vertu vulgaire* : c'est, selon Mme de Staël, une qualité propre aux Allemands,

qu'elle oppose à l'esprit français porté à l'ironie et au désenchantement (*De l'Allemagne*, IVᵉ partie, chap. x, xi et xii).

CHAPITRE VI

Page 136.

1. *La chambre rouge* : dans le manuscrit de Meurice,
le roman commence sur cette scène (voir « La genèse du
roman », p. 335 et suiv.).

Page 138.

1. *Thécla* : erreur de l'édition originale, qui mentionne
Bertha au lieu de Thécla.

Page 139.

1. Le diplomate autrichien Anton von *Kaunitz*, homme
de confiance de Marie-Thérèse puis de Joseph II, n'était
plus en activité en 1794.

2. *1794* : erreur de l'édition originale, qui mentionne 1793.

Page 141.

1. Allusion à la représentation de l'enfer dans *La Divine
Comédie* et dans *Le Jugement dernier* qui se trouve sur le
mur de l'autel de la chapelle Sixtine. *Dante* (1265-1321)
et *Michel Ange* (1475-1564) sont salués par la génération romantique comme des inspirateurs majeurs. – Carl
Maria von *Weber* (1786-1826) est considéré, avec Mozart
et Beethoven, comme le créateur de l'opéra allemand.
L'allusion porte sur la fin du deuxième acte du *Freischütz*
(1821), qui se déroule dans la sombre Vallée aux Loups,
où les chasseurs Max et Kaspar font un pacte avec le
diable. Cette scène célèbre, où les bruits étranges de la
forêt alternent avec des apparitions surnaturelles, l'intervention d'esprits invisibles et des visions de cauchemar, a
été particulièrement appréciée par les romantiques français quand ils ont pu découvrir cet opéra dans la version

de Berlioz (1841), plus fidèle à l'original que l'« arrangement » qu'en avait donné Castil-Blaze en 1824 sous le titre *Robin des Bois.*

CHAPITRE VII

Page 149.

1. *Son fils Albert* : sans doute une étourderie puisqu'il est dit quelques pages plus haut que la solitude de Maximilien est vive parce que son fils est en pension à Vienne.

Page 155.

1. Petite contradiction avec la précision suivante donnée plus haut sur l'âge des enfants (« chacun dix ans »).

CHAPITRE VIII

Page 164.

1. *Lucus* : en latin, bois sacré.

Page 165.

1. *Saint François d'Assise* : erreur de l'édition originale, qui mentionne François de Sales. On retient de François d'Assise (1182-1226), surnommé le « saint aux oiseaux », son amour de toutes les créatures vivantes, immortalisé par les fresques de Giotto.

CHAPITRE IX

Page 178.

1. *La légende des eaux de cette montagne* : cette légende que raconte Éverard ressemble fort à un conte pieux en vers du XIIIe siècle intitulé *Le Chevalier au barisel.*

Page 183.

1. Dans la version de Paul Meurice (voir la notice sur la genèse du roman, p. 350), l'étranger (Conrad) apprend à Gaspard ce qu'est devenue sa fille. Ce passage a été supprimé dans la version finale.

CHAPITRE X

Page 188.

1. C'est la thèse de Dumas, présentée dans *Gaule et France* (1833) : « Trois hommes, selon nous, ont été choisis de toute éternité dans la pensée de Dieu pour accomplir l'œuvre de régénération :
César prépare le christianisme
Karl le Grand, la civilisation
Napoléon la liberté. »

CHAPITRE XI

Page 189.

1. On trouve dans le manuscrit de Meurice, juste avant le récit de la mort de Gaspard, une longue scène entre l'agonisant et l'étranger, qui lui raconte la mort de sa fille Noémi. (Voir « La genèse du roman », p. 347-351).

Page 192.

1. On dit fréquemment que *Le Contrat social* de Rousseau a préparé intellectuellement la Révolution. Quant à Mirabeau, il fut l'un des orateurs les plus illustres de l'Assemblée nationale, et fut enterré au Panthéon, à sa mort, en 1791.

Page 193.

1. *Le néant de mes rêves* : l'histoire de Conrad évoque celle du député allemand Adam Lux, partisan de l'éphé-

mère république de Mayence, parti pour Paris afin de s'imprégner des idéaux révolutionnaires. Il demande la nationalité française et finit guillotiné en 1793.

2. *Elle me donna sa vie* : dans un long passage supprimé par Dumas, Meurice donne plus de précisions sur le sort de Noémi (voir « La genèse du roman », p. 347 et suiv.).

Page 194.

1. Allusion à un épisode de l'histoire romaine rapporté par Tite-Live. Un gouffre s'ouvre dans le forum romain et un oracle déclare qu'il ne se refermera que lorsque Rome y aura jeté ce qu'elle a de plus précieux. Un jeune Romain, Curtius, s'y jette tout armé. Ce geste est considéré comme l'exemple même du sacrifice suprême.

Page 195.

1. En 1808, Napoléon entame la campagne *d'Espagne* pour installer son frère Joseph sur le trône. Marquée notamment par les événements du 2 mai (le fameux *Dos de Mayo*), elle déclenche dans tout le pays un fort ressentiment antifrançais. L'empereur s'y rend à la fin de 1808 avec la Grande Armée pour y rétablir l'ordre. C'est dans ce contexte que l'Autriche choisit, en avril 1809, d'attaquer la Bavière, alliée de la France, tout en soutenant dans le Tyrol (alors sous administration bavaroise) une insurrection dirigée par l'aubergiste Andreas Hofer. Une nouvelle armée française intervient en hâte et l'Autriche, battue à Wagram, est contrainte de signer la paix de Vienne qui lui est très désavantageuse. C'est à cette guerre, encore à venir, que Conrad fait allusion en évoquant sa prochaine déclaration. (Voir la notice « Aperçus historiques », p. 353.)

CHAPITRE XIII

Page 207.

1. *Mane, Thecel, Phares* : « Compté, pesé, divisé ». Allusion au livre de Daniel. Le dernier roi de Babylone, Balthazar, voit une main traçant ce message que le prophète Daniel interprète comme une annonce de la chute du royaume et de sa partition.

Page 213.

1. *Cette chaîne* : au chap. VI, il est dit qu'Albine tient cette chaîne de sa mère.

CHAPITRE XIV

Page 219.

1. La culture littéraire de Rosemonde est foncièrement européenne. Ce Panthéon éclectique est un hommage rendu par Dumas et Meurice à quelques auteurs phares : Corneille représente la tragédie et le culte du héros, Klopstock, la poésie épique, Goethe, le *Sturm und Drang* et le classicisme. Shakespeare est le grand inspirateur du romantisme français. (Voir la notice « Un roman européen », p. 360.)

2. La même remarque vaut pour le domaine musical. *Palestrina* (1525-1594) représente la musique religieuse, *Gluck* (1714-1787) est le champion de la musique allemande dans la célèbre Querelle des Bouffons, *Paisiello* (1740-1816) est un grand compositeur d'opéras bouffes ; quant à Mozart (1756-1791), tant admiré par Hoffmann, il n'a peut-être pas en 1808, époque de l'action du roman, l'immense *aura* qu'il obtiendra par la suite.

Page 220.

1. *À la sourdine* : en sourdine.

CHAPITRE XV

Page 229.

1. *Paul et Virginie* : paru en 1788, ce roman de Bernardin de Saint-Pierre connut un très grand succès dans toute l'Europe.

Page 231.

1. *Geneviève de Brabant* : cette histoire très ancienne est évoquée dans un texte de Matthias Emmich, un moine allemand du XVe siècle. L'argument se situe au VIIIe siècle. Geneviève est enceinte alors que son mari Siegfried, comte de Trêves, est à la guerre. Faussement accusée d'adultère par l'intendant Golo, qui a essayé en vain de la séduire, elle est rejetée par son mari et abandonnée dans une forêt. Elle s'installe dans une grotte et survit avec son enfant grâce à une biche qui leur donne son lait. Quelques années plus tard, Siegfried la retrouve, comprend la vérité et fait exécuter Golo. Cette légende extrêmement célèbre en Europe a donné lieu à de nombreuses œuvres littéraires, picturales et musicales. Ludwig Tieck en a tiré un drame en 1799, ainsi que Mme de Staël en 1806. En 1838, Anicet-Bourgeois, ami et collaborateur de Dumas, en fait un mélodrame. Signalons également que Paul Meurice avait un projet sur ce thème, dont témoignent des manuscrits dans ses archives.

CHAPITRE XVI

Page 239.

1. *Cette horreur que prêtait aux forêts notre grand Albert Dürer* : allusion à un poème des *Voix intérieures* (1837) de Hugo, intitulé « À Albert Dürer », dans lequel on trouve les vers suivants : « Une forêt, pour toi, c'est un monstre hideux, / Le songe et le réel s'y mêlent tous les deux. » Albrecht Dürer (1475-1528), immense peintre et graveur, peintre officiel de l'empereur Maximilien, fut couvert d'honneurs de son vivant. La postérité l'honora encore davantage ; salué par Goethe, il est considéré par les Romantiques comme l'exemple par excellence de l'artiste authentiquement allemand.

Page 241.

1. *Histoire de la guerre de Trente Ans* (1790) : ouvrage historique de Schiller. (Voir aussi p. 103, n. 1.)

Page 242.

1. *L'enthousiasme* : voir p. 127, n. 1.

Page 243.

1. *Les Hohenstauffen* : très ancienne dynastie du Saint Empire romain germanique (XIe-XIIIe s.) qui lui donna plusieurs empereurs, dont le célèbre Frédéric Barberousse.

2. *Rosemonde lui présenta la cruche, et il but* : toute cette scène s'inspire directement du chant VII (« Érato ») d'*Hermann et Dorothée* de Goethe, qui s'inspire lui-même de l'histoire d'Éliézer et Rébecca (voir la note suivante) : « Elle se pencha sur l'eau pour puiser ; lui saisit l'autre cruche et se pencha également, et ils virent leur image se balancer reflétée dans l'azur du ciel, et ils se firent un signe de tête et se saluèrent amicalement dans le miroir. / Donne-moi à boire, dit le jeune homme gaiement ; elle lui tendit sa cruche. »

3. *Éliézer* et *Rébecca* : épisode de la Genèse (24) où un serviteur d'Abraham (non nommé, mais que la tradition identifie comme Éliézer, son fils adoptif) va chercher une femme pour Isaac, le fils légitime. Il rencontre Rébecca à la fontaine et lui demande à boire, puis la ramène près de son maître. Cet épisode a souvent été traité en peinture.

CHAPITRE XVII

Page 249.

1. *Hamlet* et *Roméo et Juliette* sont considérés par la génération romantique comme des œuvres phares. Rappelons que Dumas et Meurice ont écrit en collaboration une traduction/adaptation de *Hamlet*, admise à la lecture à la Comédie-Française en 1844 mais non représentée. La pièce sera finalement jouée en 1847 au Théâtre de la Renaissance sous le titre *Hamlet, prince de Danemark*.

2. *Retourne au couvent* : *Hamlet*, acte III, scène I.

Page 250.

1. *Hamlet, Werther*, l'*Imitation de Jésus-Christ*, la *Vie de sainte Thérèse* : deux œuvres qui présentent des héros en proie à un mal-être, dans lesquels la génération romantique se reconnaît volontiers, et deux livres de piété censés contrebalancer leur influence morbide. On se rappelle qu'*Hamlet*, hanté par le fantôme de son père assassiné, sombre dans une mélancolie profonde et rejette l'amour d'Ophélie. L'exemple de Werther, qui se tue par désespoir amoureux, suscita une épidémie de suicides, ce qui horrifia Goethe et l'amena à prendre position sur ce point. L'*Imitation de Jésus-Christ* est un ouvrage de piété du XIVᵉ siècle, encore extrêmement populaire dans toute l'Europe au XIXᵉ siècle. L'autobiographie de Thérèse d'Avila (1515-1582), grande figure spirituelle du catholicisme, intitulée *Livre de la vie*, eut également un grand retentissement. La stature d'intellectuelle de Thérèse et son action de réformatrice annonce le destin de Rosemonde.

Page 251.

1. *Daphnis et Chloé* : ce roman bucolique du Grec Longus (IIIe s. ap. J.-C.), qui raconte l'amour naissant entre deux jeunes gens dans un cadre champêtre, a largement inspiré Bernardin de Saint-Pierre pour *Paul et Virginie*.

CHAPITRE XVIII

Page 252.

1. *Paolo et Francesca* : dans *La Divine Comédie* (*L'Enfer*, chant V), Francesca raconte comment Paolo et elle se sont avoués leur amour (interdit) en lisant ensemble un roman de chevalerie. Cet épisode a souvent été traité en peinture.

Page 253.

1. *L'Hippolyte de Racine* : allusion à *Phèdre*. L'héroïne éprouve une passion sensuelle (et non partagée) pour son beau-fils, Hippolyte ; celui-ci, d'abord sauvage et timide, conçoit ensuite un amour très chaste pour la jeune Aricie.

CHAPITRE XIX

Page 265.

1. Au sujet de ce passage non retenu par Dumas, voir la notice sur la genèse du roman, p. 335 et suiv.

CHAPITRE XX

Page 275.

1. *Docteur Blazius* : c'est évidemment un clin d'œil à la pièce de Musset, *On ne badine pas avec l'amour* (1834),

dans laquelle un précepteur pédant et grotesque porte le même nom.

Page 277.

1. Le philosophe allemand *Herder* (1744-1803) privilégie une approche anthropologique de l'histoire de l'humanité (*Une autre philosophie de l'histoire*, 1774) alors que *Bossuet* (1627-1704) adopte une perspective providentialiste selon laquelle Dieu intervient constamment dans le monde humain.

Page 281.

1. Cette fin du chapitre est un ajout de Dumas.

CHAPITRE XXI

Page 290.

1. *La duchesse de B**** : allusion à la pièce de Schiller, *Intrigue et amour*. Ferdinand de Walter est amoureux de Louise Miller, la fille d'un modeste musicien, mais son père veut lui faire épouser, pour la façade, la maîtresse du Prince, lequel doit accepter un mariage diplomatique. Dumas adaptera la pièce de Schiller en 1847.

Page 292.

1. *Mon ambition et mes vœux* : là se termine le chapitre XXI dans l'édition originale. Nous préférons le découpage adopté dans *La Revue de Paris*, plus cohérent, qui reprend l'intégralité de la scène entre Éverard et le comte.

LE CHÂTEAU D'EPPSTEIN

DOSSIER

DU MÊME AUTEUR

Dans la même collection

LES TROIS MOUSQUETAIRES. *Préface de Roger Nimier. Édition établie et annotée par Gilbert Sigaux.*

VINGT ANS APRÈS. *Préface de Dominique Fernandez.*

LA REINE MARGOT. *Édition présentée et établie par Janine Garrisson.*

GEORGES. *Édition présentée et établie par Léon-François Hoffmann.*

LE VICOMTE DE BRAGELONNE, I, II et III. *Édition présentée et établie par Jean-Yves Tadié.*

LE COMTE DE MONTE-CRISTO, I et II. *Préface de Jean-Yves Tadié. Édition établie et annotée par Gilbert Sigaux.*

PAULINE. *Édition présentée et établie par Anne-Marie Callet-Bianco.*

LE COLLIER DE LA REINE. *Édition présentée et établie par Sylvie Thorel-Cailleteau.*

LE CAPITAINE PAMPHILE. *Édition présentée et établie par Claude Schopp.*

LE CHEVALIER DE MAISON-ROUGE. *Édition présentée et établie par Sylvie Thorel-Cailleteau.*

LES MILLE ET UN FANTÔMES *précédé de* LA FEMME AU COLLIER DE VELOURS. *Édition présentée et établie par Anne-Marie Callet-Bianco.*

LES FRÈRES CORSES. *Édition présentée et établie par Claude Schopp.*

GABRIEL LAMBERT. *Édition présentée et établie par Claude Schopp.*

Dans la collection Folio théâtre

ANTONY. *Édition présentée et établie par Pierre-Louis Rey.*

LA TOUR DE NESLE. *Édition présentée et établie par Claude Schopp.*

COLLECTION FOLIO